ACTES NOIRS

LE MARCHAND DE SABLE

DU MÊME AUTEUR

L'HYPNOTISEUR, Actes Sud, 2010 ; Babel noir n° 84.
LE PACTE, Actes Sud, 2011 ; Babel noir n° 102.
INCURABLES, Actes Sud, 2013.

Titre original :
Sandmannen
Éditeur original :
Albert Bonniers Förlag, Stockholm
© Lars Kepler, 2012
Publié avec l'accord de Bonnier Group Agency

© ACTES SUD, 2014
pour la traduction française
ISBN 978-2-330-03711-6

LARS KEPLER

Le Marchand de sable

roman traduit du suédois
par Lena Grumbach

ACTES SUD

Poussée par le vent marin, la neige tourbillonne dans la nuit. Un jeune homme marche sur un haut pont ferroviaire en direction de Stockholm. Son visage est pâle comme du verre embué, son jean, raidi de sang gelé. Enjambant les traverses, il avance entre les rails. Cinquante mètres plus bas, la glace qui recouvre le bassin se distingue vaguement tel un lambeau de drap blanc. Les arbres et les réservoirs de pétrole du port sont à peine visibles ; les flocons de neige tournoient devant les projecteurs du portique à conteneurs.

Du sang chaud ruisselle le long de l'avant-bras gauche de l'homme, coule sur sa main et tombe goutte à goutte du bout de ses doigts.

À l'approche d'un train de nuit, le pont, long de deux kilomètres, se met à chuinter et à vibrer.

Le jeune homme vacille, s'assied sur la voie ferrée, puis parvient à se relever et à reprendre sa marche.

Sur sa lancée, le train déplace des masses d'air qui brassent la neige et réduisent la visibilité. La locomotive Traxx est déjà engagée au milieu du pont quand le conducteur découvre l'homme sur la voie. Il klaxonne et la silhouette perd l'équilibre, se déporte sur sa gauche vers la voie parallèle et s'agrippe au mince garde-fou.

Les vêtements de l'homme flottent autour de son corps. Sous ses pieds, le pont tremble violemment. Il reste immobile, les yeux écarquillés et la main serrée sur la rambarde.

Tout n'est que neige virevoltante et obscurité vertigineuse.

Avant de reprendre sa marche, il doit arracher de force sa main en sang collée au métal gelé du garde-corps.

Son nom est Mikael Kohler-Frost. Il a été porté disparu il y a treize ans et est déclaré mort depuis sept ans.

1

La grille en acier se referme derrière le nouveau médecin dans un lourd bruit métallique. L'écho le dépasse et s'engouffre dans l'escalier en colimaçon.

Anders Rönn a des frissons dans le dos lorsque le silence s'installe à nouveau.

À partir d'aujourd'hui, il va travailler au sein de l'unité sécurisée de psychiatrie médico-légale.

Dans ce bunker rigoureusement isolé se trouve depuis treize ans Jurek Walter. Cet homme vieillissant est condamné à des soins psychiatriques sous contrainte.

Il a reçu le diagnostic suivant : "Schizophrénie non spécifiée. Raisonnement chaotique. États psychotiques aigus et récurrents avec accès de violence." C'est tout ce que le jeune médecin sait de son patient.

Au sous-sol, abusivement appelé niveau zéro, Anders Rönn exhibe son badge au garde, se défait de son téléphone et suspend la clé de la grille dans l'armoire. Le garde lui ouvre la première porte du sas de sécurité, il entre et attend la fermeture. Un signal sonore retentit et le garde actionne l'ouverture de la porte suivante. Anders se retourne et lui fait un petit signe de la main, puis s'engage dans le couloir qui mène à la pièce réservée au personnel.

Le médecin-chef, docteur Roland Brolin, est un homme d'une cinquantaine d'années, corpulent, aux épaules tombantes

11

et aux cheveux coupés en brosse. Il est en train de fumer sous la hotte de la kitchenette tout en feuilletant le *Vårdförbundets tidning*, magazine publié par la Fédération des professionnels de la santé, boudant au passage un article sur les écarts de salaires entre hommes et femmes.

— Jurek Walter ne doit jamais rester seul avec un membre du personnel, dit-il à Anders. Il n'a pas le droit de rencontrer d'autres patients, ni de recevoir de visites, il n'a pas le droit de se rendre dans l'espace de promenade. Jamais non plus…

— Jamais ? demande Anders. Pourtant, la loi n'autorise pas à enfermer…

— Non, effectivement, le coupe sèchement Roland Brolin.

— Qu'est-ce qu'il a fait au juste ?

— Que des trucs sympas, répond le chef de service en se dirigeant vers le couloir.

Bien que Jurek Walter soit le pire tueur en série que la Suède ait connu, le grand public ignore tout de lui. Les délibérations au tribunal de première instance et à la cour d'appel se sont tenues à huis clos et son dossier judiciaire demeure confidentiel.

Anders Rönn et Roland Brolin passent une nouvelle porte de sécurité et une jeune femme avec des tatouages aux bras et des piercings aux joues leur fait un clin d'œil.

— Revenez vivants, dit-elle laconiquement.

— Ne vous inquiétez pas, dit Roland à Anders en baissant la voix. Jurek Walter est un homme âgé et paisible. Il n'est pas violent, il n'élève jamais la voix. La règle numéro un ici est de ne jamais entrer dans sa cellule. Mais cette nuit, pendant sa garde, Leffe s'est aperçu qu'il a réussi à se fabriquer un couteau. Il le cache sous son matelas et, évidemment, on doit le lui confisquer.

— Comment on s'y prend ? demande Anders.

— On va enfreindre le règlement.

— Et entrer dans sa cellule ?

— Vous allez y entrer… et vous lui demanderez gentiment de vous donner le couteau.

— Je vais entrer dans… ?

Roland Brolin éclate de rire et explique qu'ils vont faire son injection au patient comme d'habitude, mais en remplaçant le Risperdal par une forte dose de Zyprexa.

Le chef de service passe sa carte magnétique dans un lecteur et tape un code. Un bip retentit et la serrure de la porte de sécurité bourdonne.

— Tenez, dit Roland en lui tendant une petite boîte de boules Quies jaunes.

— Vous venez de me dire qu'il n'élève jamais la voix.

Roland esquisse un sourire las, contemple son nouveau collègue d'un regard fatigué et pousse un profond soupir avant de commencer à lui détailler ce qu'il doit savoir.

— Jurek Walter va vous parler très calmement, sans doute sur un ton aimable. Mais plus tard, ce soir, en rentrant chez vous en voiture, vous dévierez sur la voie opposée et irez vous encastrer dans un poids lourd… ou alors vous ferez un saut à la quincaillerie Järnia pour vous acheter une hache avant d'aller chercher vos enfants à la garderie.

— Je suis censé trembler de peur maintenant ? sourit Anders.

— Non, juste rester sur vos gardes.

En général, la chance ne sourit pas spécialement à Anders, mais quand il était tombé sur une petite annonce dans *Läkartidningen,* la revue des médecins, proposant un remplacement à temps plein de longue durée à l'unité sécurisée de l'hôpital Löwenströmska, il avait senti son cœur battre plus fort.

Le trajet de chez lui à l'hôpital n'est que de vingt minutes et il pourrait y avoir un emploi fixe à la clé.

Après ses dix-huit mois de médecine générale obligatoire passés à l'hôpital de Skaraborg et dans un dispensaire à Huddinge, il avait dû se contenter de remplacements occasionnels à l'hôpital psychiatrique de Sankt Sigfrid à Växsjö.

Les allers et retours incessants et les horaires irréguliers étaient inconciliables avec le travail de Petra à la Commission des sports et loisirs, et avec l'autisme d'Agnes.

Seulement deux semaines plus tôt, Anders et Petra avaient eu une discussion afin d'envisager une solution.

— Ça ne peut plus durer comme ça, avait-il dit très calmement.

— Qu'est-ce qu'on va faire alors ?

— Je ne sais pas.

Les larmes coulaient sur les joues de Petra. Le référent de leur fille à la maternelle avait signalé qu'Agnes avait eu une journée difficile. Elle avait refusé de lâcher son verre de lait, et les autres enfants s'étaient moqués d'elle. Elle ne voulait pas admettre que le goûter était terminé, puisque son père n'était pas venu la chercher comme d'habitude. Parti pourtant directement de Växsjö, il n'était arrivé à l'école qu'à dix-huit heures.

Il avait découvert Agnes seule dans la cantine, serrant son verre de lait entre ses mains.

En rentrant, sa fille était allée directement dans sa chambre, avait fixé le mur à côté de la maison de poupée et frappé dans ses mains de sa façon introvertie. Elle dit qu'il y a de petits bâtons gris qui apparaissent, qu'elle doit compter et stopper. Elle fait ça quand l'angoisse est trop forte. Parfois dix minutes suffisent pour la calmer, mais ce soir-là, ça avait duré plus de quatre heures avant qu'ils puissent la mettre au lit.

2

La dernière porte de sécurité se referme derrière eux et ils longent le couloir menant à la seule chambre d'isolement occupée des trois que comporte le service. Le néon du plafond se reflète dans le PVC du sol. Le revêtement mural en textile est éraflé à un mètre de hauteur par les multiples passages du chariot repas.

Le chef de service range son passe et laisse Anders le précéder jusqu'à la solide porte métallique.

À travers la vitre blindée, Anders voit un homme mince assis sur une chaise en plastique. Son pantalon et sa chemise sont en jean. Il est rasé de près et son regard est remarquablement calme. Les nombreuses rides qui sillonnent son visage pâle ressemblent à la vase craquelée d'un lit de rivière asséchée.

Jurek Walter n'est condamné que pour deux meurtres et une tentative de meurtre, mais il est très fortement soupçonné d'avoir commis dix-neuf autres homicides.

Treize ans plus tôt, dans la forêt de Lill-Jan, il a été pris en flagrant délit alors qu'il forçait une femme d'une cinquantaine d'années à retourner dans un cercueil enterré. Elle avait été maintenue en vie enfermée dans le cercueil pendant près de deux ans. Les blessures de cette malheureuse étaient effroyables. Ses muscles s'étaient atrophiés, elle souffrait d'une malnutrition sévère, présentait d'épouvantables engelures et escarres et était atteinte de graves lésions cérébrales. Si la police n'avait pas traqué Jurek Walter jusqu'au cercueil, l'homme n'aurait probablement jamais été arrêté.

Devant la cellule, le médecin-chef sort de sa poche trois petits flacons contenant une poudre jaune. Il ajoute de l'eau dans chaque récipient, les secoue afin que la poudre se dissolve, puis aspire la solution des flacons dans une seringue.

Il introduit les boules Quies dans ses oreilles et ouvre le vasistas. Une lourde odeur de béton et de poussière s'échappe de la pièce.

D'une voix traînante, le médecin annonce à Jurek Walter que c'est l'heure de sa piqûre.

L'homme redresse la tête et se lève en souplesse, tourne les yeux vers la porte et s'approche tout en déboutonnant sa chemise.

— Arrêtez-vous là et enlevez votre chemise.

Jurek Walter continue d'avancer lentement et Roland referme le volet et le verrouille vivement. Jurek s'arrête, défait les derniers boutons et laisse la chemise tomber sur le sol.

Son corps a été puissant autrefois, mais aujourd'hui la peau fripée pend mollement autour de ses muscles flasques.

Roland rouvre le vasistas. Jurek Walter avance jusqu'à la porte et sort par l'ouverture son bras mince et sec constellé de taches de vieillesse.

Anders lui badigeonne la peau d'alcool. Roland pique le muscle souple et injecte la solution bien trop rapidement. La main de Jurek tressaille de surprise, mais il ne retire pas son bras avant d'en avoir reçu la permission. Le chef de service referme et verrouille le vantail du vasistas, enlève les bouchons d'oreille, sourit nerveusement et jette un regard par la vitre.

Jurek Walter titube en direction de son lit, s'arrête et s'assied.

Subitement il tourne le regard vers la porte, et Roland fait tomber la seringue par terre.

Il essaie de la rattraper, mais elle roule hors de sa portée sur le sol.

Anders fait un pas, ramasse la seringue et, lorsqu'ils se redressent tous les deux et se retournent vers la cellule, ils s'aperçoivent que la vitre blindée est recouverte de buée. Jurek a soufflé sur le verre et y a tracé le mot "JOONA" avec son doigt.

— Qu'est-ce qu'il a écrit ? demande Anders d'une voix faible.

— Joona.

— Joona ?

— Qu'est-ce que ça veut dire, bordel de merde ?

La buée disparaît. Jurek Walter est assis sur le lit comme s'il n'avait jamais bougé. Il regarde son bras où il a reçu l'injection, masse le muscle et les fixe à travers la vitre.

— Il n'y avait que ça d'écrit ? demande Anders.

— Je n'ai vu que…

Un hurlement bestial leur parvient à travers la porte épaisse. Jurek Walter a glissé du lit, il se tient à genoux et hurle dans le vide. Les tendons de son cou sont contractés, les veines gonflées.

— Vous lui en avez donné combien ? demande Anders.

Les yeux de Jurek se révulsent, deviennent blancs. Il prend appui sur une main, tend la jambe, mais tombe à la renverse, sa tête heurte la table de nuit et il mugit, le corps secoué de spasmes convulsifs.

— Oh merde, chuchote Anders.

Allongé sur le sol, Jurek donne des coups de pied incontrôlés, se mord la langue, crache du sang sur sa poitrine, puis reste étendu sur le dos à haleter.

— Qu'est-ce qu'on fait s'il meurt ?

— On l'incinère, répond Roland Brolin.

Jurek est à nouveau saisi de crampes, tout son corps tremble, ses mains s'agitent frénétiquement avant de s'apaiser soudain.

Roland Brolin consulte sa montre. La sueur coule le long de ses joues.

Jurek Walter gémit, roule sur le côté, essaie de se relever, mais n'en a pas la force.

— Vous pourrez entrer dans deux minutes, dit le chef de service à Anders.

— Vous êtes sûr que c'est raisonnable ?

— Il sera bientôt inoffensif.

Jurek rampe à quatre pattes, du sang glaireux coule de sa bouche. Il vacille, rampe plus lentement et finit par s'effondrer au sol, inerte.

3

Anders regarde par l'épaisse vitre. Jurek Walter gît par terre depuis dix minutes. Son corps s'est relâché après les violentes crampes.

Le chef de service sort la clé, la glisse dans la serrure, hésite, jette un coup d'œil par la vitre puis déverrouille la porte.

— Amusez-vous bien !

— Qu'est-ce qu'on fait s'il se réveille ? demande Anders.

— Il n'y a aucun risque qu'il se réveille.

Brolin ouvre et Anders entre. La porte se referme aussitôt derrière lui et il entend le déclic de la serrure. Ça sent la sueur dans la chambre, mais autre chose aussi. Une odeur acide de vinaigre. Jurek Walter est allongé, parfaitement immobile, mais Anders peut deviner une lente respiration, un vague mouvement dans son dos.

Bien que sachant l'homme profondément endormi, il garde une certaine distance.

L'acoustique de la pièce est étrange, intrusive, comme si la résonance se produisait trop près de ses mouvements.

Sa blouse de médecin chuinte à chaque pas.

Jurek respire plus vite.

Le robinet goutte dans le lavabo.

Il distingue le chef de service qui l'observe à travers la vitre blindée, il note la peur dans ses yeux.

En arrivant devant le lit, Anders jette un coup d'œil vers Jurek avant de se mettre à genoux pour sonder l'espace sous le lit vissé au sol.

Il n'y a rien.

Il s'approche davantage, observe attentivement Jurek, puis s'allonge par terre.

Il ne peut plus surveiller Jurek. Il doit lui tourner le dos pour essayer de trouver le couteau.

Une faible lumière s'infiltre sous le lit. Des moutons de poussière tapissent le sol tout au fond.

Il ne peut s'empêcher d'imaginer Jurek Walter en train d'ouvrir les yeux.

Un objet est coincé entre les lattes du lit et le matelas. Difficile de voir ce que c'est.

Anders étire le bras, mais ne peut atteindre l'objet. Il est obligé de se mettre sur le dos et de se glisser sous le lit. Il y a très peu de place et il n'arrive même pas à tourner la tête. Il s'y introduit encore un peu plus, sent l'appui ferme du sommier contre sa cage thoracique à chacune de ses inspirations. Ses doigts tâtonnent. Son genou heurte une latte. Il souffle de la poussière de son visage et tâche de s'aplatir.

Subitement il entend un bruit sourd derrière lui dans la cellule. Il ne peut pas se retourner. Il doit se contenter de rester immobile et d'écouter. Sa propre respiration est tellement rapide qu'il a du mal à distinguer d'autres sons.

Précautionneusement, il tend la main, touche l'objet du bout des doigts et réussit à le dégager.

À partir d'un bout de plinthe métallique, Jurek a fabriqué un petit couteau à la lame très acérée.

— Sortez maintenant ! lance Roland Brolin par le vasistas.

Anders s'extirpe comme il peut de sous le lit, se tortille et s'égratigne la joue.

Sa blouse s'est accrochée et il n'arrive pas à l'enlever. Il est coincé.

Il lui semble entendre un mouvement venant de Jurek.

Ce n'est peut-être rien.

Anders tire de toutes ses forces sur la blouse. Les coutures craquent, mais ne cèdent pas. Il réalise qu'il doit se glisser de nouveau vers l'intérieur s'il veut la dégager.

— Qu'est-ce que vous foutez ? s'écrie Roland Brolin d'une voix alarmée.

Il referme et verrouille le vantail.

Anders constate que c'est la poche de sa blouse qui s'est accrochée à une latte cassée. Il la dégage en secouant vivement le tissu, retient sa respiration et force le passage pour sortir. La panique le gagne. Il s'érafle le ventre et les genoux, s'agrippe au bord du lit, exerce une traction et se libère.

Il roule sur lui-même, le souffle court, et se remet péniblement debout, le couteau à la main.

Jurek est couché sur le côté, un œil à moitié ouvert dans son sommeil. Il le fixe sans rien voir.

Anders s'approche rapidement de la porte, croise le regard affolé du chef de service derrière le verre blindé et essaie de sourire, mais la tension perce dans sa voix lorsqu'il dit :

— Ouvrez-moi la porte.

Roland Brolin se contente d'ouvrir le vasistas :

— Donnez-moi d'abord le couteau.

Anders l'interroge du regard, puis lui tend le couteau.

— Vous avez trouvé autre chose, dit Roland Brolin.

— Non.

— Une lettre.

— Il n'y avait rien d'autre.

Jurek commence à bouger sur le sol, il souffle légèrement.

— Regardez dans ses poches, dit le chef de service avec un sourire stressé.

— Pourquoi ?

— Parce que c'est une fouille.

Anders pivote et s'approche lentement de Jurek Walter. Ses yeux sont de nouveau complètement fermés, mais la transpiration perle sur son visage ridé.

À contrecœur, Anders se penche en avant et glisse la main dans une des poches du pantalon. Jurek tressaille et émet un faible grognement. Dans la poche arrière, il y a un peigne en plastique. Avec des mains tremblantes, Anders continue son inspection.

Des gouttes de sueur tombent du bout de son nez. Il est obligé de cligner plusieurs fois des yeux.

La grosse main de Jurek se serre plusieurs fois.

Les autres poches sont vides.

Anders tourne le regard vers la porte et secoue la tête. Le plafonnier de la chambre d'isolement scintille comme un soleil gris dans la vitre blindée, et il est impossible de voir si Brolin se trouve de l'autre côté de la porte.

Il faut qu'il sorte maintenant.

Trop de temps s'est écoulé.

Il se relève et se précipite sur la porte. Le médecin-chef n'est plus là. Anders approche son visage du carreau, mais il ne voit personne.

Jurek Walter respire plus vite, comme un enfant qui fait un cauchemar.

Anders frappe à la porte. Ses mains s'abattent sur le métal épais pratiquement sans bruit. Il frappe de nouveau. Aucune réaction. Il tapote avec son alliance sur le verre, lorsqu'il voit une ombre grandir sur le mur de la cellule.

Des frissons parcourent son dos, se répandent jusque dans ses bras. Le cœur battant, il sent l'adrénaline monter et jette un coup d'œil en arrière. Jurek Walter est en train de s'asseoir lentement. Son visage est détendu et son regard clair dirigé droit devant lui. Il saigne toujours de la bouche et ses lèvres ont pris une étrange teinte cramoisie.

4

Anders cogne à la lourde porte d'acier et appelle le chef de service, mais Brolin n'ouvre pas. Son pouls s'accélère et martèle ses tempes quand il se retourne vers le patient. Jurek Walter est toujours assis par terre, il cligne plusieurs fois des yeux puis commence à se relever.

— C'est un mensonge, dit Jurek, le sang coulant sur son menton. Ils prétendent que je suis un monstre, mais je ne suis qu'un être humain...

Il n'a pas la force de se relever et retombe en position assise, respirant avec peine.

— Un être humain, murmure-t-il.

D'un mouvement las, il glisse une main à l'intérieur de son pantalon, en retire un papier plié en deux qu'il lance devant Anders.

— La lettre dont il parlait. Depuis sept ans, je demande à rencontrer un conseiller juridique. Je n'ai aucun espoir de sortir d'ici, il ne s'agit pas de ça... Je suis ce que je suis, mais je suis aussi un être humain...

Anders se penche vers le papier, sans lâcher Jurek du regard. L'homme ridé essaie de nouveau de se relever, il prend appui sur ses mains, tangue un peu, et réussit à poser un pied sur le sol.

Anders ramasse le billet, recule et entend enfin le bruit de la clé qu'on glisse dans la serrure. Il se retourne sur des jambes flageolantes et fixe la vitre. Il sait parfaitement que Jurek Walter se tient debout maintenant et le regarde.

— Tu n'aurais pas dû me donner une dose si forte, murmure Jurek.

Le verre blindé de la porte est comme une plaque de glace trouble. Impossible de voir la personne qui se tient de l'autre côté.

— Ouvrez, ouvrez, chuchote-t-il et il perçoit la respiration de Jurek derrière son dos.

La porte s'ouvre et Anders titube dans le couloir. Tenant à peine sur ses jambes, il va heurter le mur en face.

Le souffle coupé, il constate que ce n'est pas le chef de service qui l'a sauvé, mais la jeune femme aux joues remplies de piercings.

— Je ne comprends pas ce qui s'est passé avec Roland, dit-elle. Il a perdu la tête, ma parole, d'habitude il est hyper à cheval sur la sécurité.

— Je vais lui parler…

— Il s'est peut-être senti mal… Je crois qu'il a des problèmes de diabète.

Anders essuie ses paumes humides sur sa blouse et lève les yeux sur la jeune femme.

— Merci de m'avoir ouvert.

— Je ferais n'importe quoi pour vous, plaisante-t-elle.

Il essaie d'afficher son sourire de gamin imperturbable, mais il a les jambes en coton quand il franchit la porte de sécurité derrière elle. Elle s'arrête au centre de vidéosurveillance et se tourne vers lui.

— Le seul ennui quand on bosse ici, au sous-sol, c'est que c'est tellement calme qu'on est obligé de manger un tas de sucreries pour rester éveillé.

— Ça ne me dérange pas.

Sur un moniteur, il aperçoit Jurek assis sur le lit, la tête dans ses mains. La salle de détente avec la télé et le tapis de course est vide.

5

Anders Rönn passe le reste de la journée à se familiariser avec les procédures de l'hôpital : débriefings des visites qui se tiennent dans le service 30 à l'étage au-dessus, protocoles de traitements individuels et demandes de sortie de l'hôpital, mais ses pensées vont sans cesse à la lettre dans sa poche et à ce que Jurek lui a dit.

À dix-sept heures dix, Anders quitte le service de psychiatrie médico-légale et retrouve la fraîcheur du soir. Autour du complexe hospitalier éclairé, la nuit d'hiver est tombée.

Il réchauffe ses mains dans les poches de sa veste, se presse pour gagner l'énorme parking devant l'entrée principale de l'hôpital.

Ce matin, quand il est arrivé, l'aire était remplie de voitures ; elle est pratiquement vide à présent.

Il aperçoit une personne dissimulée derrière sa voiture et plisse les yeux pour mieux voir.

— Ohé ! lance-t-il en pressant le pas.

L'homme se retourne, passe la main sur sa bouche et s'éloigne de la voiture. C'est Roland Brolin, le chef de service.

Anders ralentit et sort la clé de sa poche.

— Vous vous attendez sans doute à des excuses, dit Brolin avec un sourire forcé.

— Je préférerais ne pas avoir à informer l'administration de ce qui s'est passé.

Brolin le regarde dans les yeux, tend sa main gauche, paume ouverte.

— Donnez-moi la lettre, dit-il calmement.

— Quelle lettre ?

— La lettre que Jurek tenait à vous transmettre. Un bout de papier, le coin d'un journal, un morceau de carton.

— J'ai récupéré un couteau, comme vous me l'aviez demandé.

— Ça, c'était l'appât. Vous ne pensez tout de même pas qu'il s'expose à une telle douleur pour si peu ?

Anders observe le médecin-chef qui essuie de la main des gouttes de transpiration sur sa lèvre supérieure.

— Qu'est-ce qu'on fait si le patient veut rencontrer un avocat ? demande-t-il.

— Rien.

— Mais il vous l'a déjà demandé ?

— Je ne sais pas, je ne l'aurais pas entendu, je mets toujours mes boules Quies, sourit Brolin.

— J'ai vraiment du mal à comprendre pourquoi…

— Vous avez besoin de ce boulot. J'ai entendu dire que vous étiez le dernier de votre promotion, vous croulez sous les dettes, vous n'avez aucune expérience, pas de références.

— C'est bon, vous avez terminé ?

— Vous feriez mieux de me donner la lettre.

— Je n'ai pas trouvé de lettre.

Brolin serre les mâchoires et le regarde droit dans les yeux pendant un instant.

— Si un jour vous en trouvez une, vous me la donnerez sans la lire.

— Bien, compris, dit Anders et il ouvre la portière de sa voiture.

Il s'assied, referme la portière, démarre le moteur. Le chef de service a l'air un peu soulagé. Il tape sur la vitre, mais Anders l'ignore, se contentant d'enclencher la première et d'embrayer. Dans le rétroviseur, il voit Brolin fixer la voiture, le visage grave.

6

Une fois rentré chez lui, Anders referme rapidement la porte et glisse la chaîne de sécurité dans son rail.

Son cœur bat fort dans sa poitrine – pour une raison qu'il ignore, il a couru de la voiture jusqu'à la maison.

Dans la chambre d'Agnes, il entend la voix calme de Petra, et il esquisse un sourire. Elle est déjà en train de lire *Les Députés de Saltkråkan* à sa fille. En général il est beaucoup plus tard quand le rituel du coucher en est à la lecture d'un livre. Ça a dû être encore une bonne journée. Le nouveau remplacement d'Anders a rassuré Petra, elle a tout de suite osé réduire ses propres heures de travail.

Une flaque mouillée s'est formée sur le tapis de l'entrée autour des bottes boueuses d'Agnes. Son bonnet et son cache-nez sont jetés par terre devant la commode. Anders entre dans la cuisine et pose la bouteille de champagne sur la table, puis il reste planté là, les yeux dirigés sur le jardin plongé dans l'obscurité.

Il pense à la lettre de Jurek Walter et ne sait pas quoi faire.

Les branches du grand lilas frottent contre la fenêtre. Il ne voit rien à travers la vitre sombre qui lui renvoie le reflet de sa propre cuisine. Le lilas grince et il se dit qu'il ferait mieux d'aller chercher la grosse cisaille à haies dans la remise.

— Attends, attends, entend-il Petra dire. Je termine d'abord l'histoire…

Anders se faufile tout doucement dans la chambre de sa fille. La lampe de princesse au plafond est allumée. Petra lève les yeux du livre et croise son regard. Elle a réuni ses cheveux châtain clair en une queue de cheval et porte comme toujours ses boucles d'oreilles en forme de cœur. Assise sur ses genoux, Agnes n'arrête pas de dire que ce n'est pas comme ça qu'il faut lire, qu'elles doivent reprendre à partir du chien.

Anders va s'agenouiller devant elles.

— Salut petit amour, sourit-il.

Agnes le regarde furtivement avant de se dérober. Il lui tapote la tête, glisse quelques mèches derrière son oreille et se relève.

— Il y a des restes que tu peux réchauffer, dit Petra. J'arrive, il faut juste que je relise un chapitre.

— Le chien, ce n'est pas comme ça qu'il faut le lire, répète Agnes les yeux rivés au sol.

Anders retourne dans la cuisine, sort l'assiette du réfrigérateur et la pose sur le plan de travail à côté du four à micro-ondes.

Il retire lentement la lettre de la poche arrière de son jean et entend à nouveau Jurek répéter qu'il est un être humain.

D'une écriture petite et penchée, l'homme a rédigé quelques phrases assez ternes sur le mince papier. L'adresse d'une firme d'avocats à Tensta figure dans le coin supérieur droit de la lettre qui ne contient qu'une requête formelle. Jurek Walter demande une aide juridique pour comprendre le sens de sa condamnation à des soins psychiatriques en milieu fermé. Il a besoin qu'on lui explique ses droits et qu'on le renseigne sur les possibilités de demander une révision du jugement.

Anders n'arrive pas à expliquer son sentiment de malaise soudain, mais il perçoit une anomalie dans la lettre. Le ton utilisé et le vocabulaire tout à fait correct tranchent singulièrement avec les énormes fautes d'orthographe.

Les mots de Jurek fusent dans sa tête quand il se dirige vers le cabinet de travail pour prendre une enveloppe. Il écrit l'adresse dessus, y glisse la lettre et l'affranchit.

Bravant l'obscurité glaciale, il coupe par le pré pour aller poster la lettre au kiosque du rond-point. Avant de rentrer, il reste un moment à contempler la route et les voitures qui passent.

Le vent forme des vagues dans l'herbe givrée du pré. Un lièvre s'enfuit en direction des anciens jardins ouvriers.

Il ouvre la grille et regarde par la fenêtre qui donne sur la cuisine. La maison ressemble à une maison de poupées. Tout est éclairé et facile à observer. Il peut voir le couloir et la peinture bleue qui a toujours été là.

La porte de leur chambre est ouverte, l'aspirateur posé en plein milieu de la pièce. Le câble est encore branché dans la prise murale.

Soudain, Anders perçoit un mouvement et retient son souffle. Quelqu'un se tient dans la chambre, planté à côté du lit.

Il est sur le point de se ruer à l'intérieur quand il réalise que cette personne se trouve en réalité dans le jardin derrière la maison.

Et qu'il la voit simplement à travers la fenêtre.

Anders se lance sur l'allée de gravier, dépasse le cadran solaire et atteint l'arrière de la villa.

L'individu l'a entendu arriver, il est déjà en train de s'éloigner. Il force le passage à travers la haie d'arbustes. Anders le suit, écarte les branches, essaie de distinguer quelque chose, mais il fait beaucoup trop sombre.

7

Mikael se tient debout dans le noir quand le Marchand de sable souffle son horrible poussière dans la pièce. Il a appris qu'il est inutile de retenir sa respiration. Car lorsque le Marchand de sable veut que les enfants dorment, ils s'endorment.

Il sait très bien que ses yeux seront bientôt lourds de fatigue, tellement lourds qu'il devra les fermer. Il sait qu'il doit s'allonger sur le matelas et faire un avec l'obscurité.

Maman racontait souvent l'histoire d'Olimpia, la fille de l'Homme au sable, qui était en réalité un automate. Elle se glissait auprès des enfants quand ils s'étaient endormis et remontait leur couverture pour qu'ils n'aient pas froid.

Mikael s'appuie contre le mur, sent les sillons creusés dans le béton.

Le sable fin flotte comme du brouillard dans le noir. Sa respiration se fait difficile. Ses poumons luttent pour oxygéner son sang.

Il tousse et se lèche les lèvres. Elles sont sèches et paraissent déjà engourdies.

Ses paupières sont de plus en plus lourdes.

Maintenant, toute la famille est installée dans la balancelle. Les vis rouillées grincent. La lumière d'été scintille à travers les feuilles de la tonnelle.

Mikael sourit de toutes ses dents.

On se balance de plus en plus fort et maman essaie de freiner, mais papa continue. La table en prend un coup et le sirop de fraise tremble dans les verres.

La balancelle part en arrière et papa rit et lève les mains en l'air, comme quand on fait des montagnes russes.

Mikael pique du nez et écarquille les yeux dans le noir, il titube un peu et reprend appui contre le mur frais. Il se tourne vers le matelas, pense qu'il devrait s'allonger avant de s'évanouir à l'instant où ses jambes se dérobent sous lui.

Il s'effondre, son bras se coince sous son corps, la douleur au poignet et à l'épaule l'accompagne vers le sommeil.

Lourdement il roule sur le ventre et essaie de ramper, mais n'en a pas la force. Il reste sur le sol, haletant, la joue contre le béton. Il essaie de parler, mais n'a plus de voix.

Ses yeux se ferment bien qu'il essaie de résister.

Juste au moment où il glisse dans le noir, il entend le Marchand de sable entrer doucement dans la pièce, se faufiler sur ses pieds farineux en haut du mur et sous le plafond. Il s'arrête et tend les bras, cherche à l'atteindre avec le bout de ses doigts en porcelaine.

Il fait noir.

Quand Mikael se réveille, sa bouche est desséchée et il a mal à la tête. Le sable colle à ses yeux. Il est tellement fatigué que son cerveau voudrait se rendormir, mais un fragment de sa conscience note un changement radical.

L'adrénaline afflue comme une vague brûlante.

Il s'assied dans le noir et l'acoustique lui indique qu'il se trouve dans une autre pièce, plus grande.

Il n'est plus dans la capsule.

La solitude est glaçante.

Avec prudence, il rampe sur le sol et atteint un mur. Ses pensées tourbillonnent. Il n'arrive pas à se rappeler à quel moment il a abandonné toute idée d'évasion.

Son corps est encore lourd après le long sommeil. Il se lève sur des jambes flageolantes et longe le mur jusqu'à un coin, continue son exploration et touche une plaque de métal. Il en tâte les bords, comprend que c'est une porte, passe ses mains sur la surface et trouve la poignée.

Les mains de Mikael tremblent.

Le silence est total.

Doucement, il appuie sur la poignée et il est tellement sûr de rencontrer une résistance qu'il manque de tomber quand la porte s'ouvre.

Un seul pas suffit et il se trouve dans une pièce si claire qu'il est obligé de fermer les paupières un petit instant.

C'est comme un rêve.

Je vais pouvoir sortir, pense-t-il.

Sa tête menace d'éclater.

Il plisse les yeux, constate qu'il se trouve dans un corridor et le suit d'un pas chancelant. Son cœur bat tellement vite qu'il a du mal à respirer.

Il s'efforce de bouger en silence, mais la peur le fait malgré tout gémir.

Le Marchand de sable sera bientôt de retour – il n'oublie aucun enfant.

Mikael ne parvient pas à ouvrir les yeux en grand, mais il se dirige vers la lueur floue au bout du couloir.

Est-ce un piège ? Il est peut-être attiré comme un insecte vers la flamme d'une bougie.

Mais il continue d'avancer en laissant sa main courir sur le mur comme appui.

Il bute dans d'énormes ballots de laine d'isolation, pousse un petit cri de surprise, vacille et se cogne l'épaule contre le mur opposé, mais parvient à garder l'équilibre.

Il s'arrête et tousse aussi silencieusement que possible.

La lueur devant lui provient d'une porte vitrée.

Il s'en approche en trébuchant et appuie sur la poignée. C'est fermé.

Non, non, non.

Il secoue la poignée, tape sur la porte, secoue encore. La porte est fermée à clé. Désespéré, il est sur le point de s'affaisser sur le sol lorsqu'il entend des pas feutrés derrière lui. Il n'ose pas se retourner.

8

L'auteur Reidar Frost vide son verre de vin, le pose sur la table et ferme les paupières un instant afin de retrouver son calme. L'un des convives frappe dans ses mains. Veronica dans sa robe bleue se tourne vers le mur, se cache les yeux et commence à compter.

Les invités partent dans toutes les directions, le bruit des pas et des rires se répand dans les nombreuses pièces du manoir.

Le règlement stipule qu'il faut rester au rez-de-chaussée, mais Reidar se lève lentement, s'approche de la petite porte dérobée et se faufile dans le couloir de service. Il monte silencieusement l'étroit escalier de bonne, ouvre la deuxième porte secrète dissimulée dans la tapisserie et pénètre dans ses appartements privés.

Il sait qu'il ne devrait pas se trouver seul ici, mais continue quand même à parcourir les grandes pièces en enfilade.

Dès qu'il a franchi une porte, il la referme aussitôt derrière lui et rejoint finalement la galerie, tout au fond.

Les cartons contenant les vêtements et les jouets des enfants sont alignés le long d'un des murs. Un pistolet de l'espace vert clair est visible dans une caisse ouverte.

Assourdie par le plancher et les murs, il entend l'exclamation de Veronica : "Cent ! Ça y est, j'arrive !"

Par les fenêtres, il regarde les champs et le paddock. Au-delà s'étire la longue allée de bouleaux qui dessert le manoir de Råcksta.

Reidar pousse un fauteuil vers le milieu de la pièce et se débarrasse de sa veste sur le dossier. Il sent qu'il est ivre lorsqu'il grimpe dessus. La transpiration mouille le dos de sa chemise blanche. D'un mouvement sec, il lance la corde autour d'une poutre de la charpente. Le fauteuil craque sous son poids. La lourde corde passe par-dessus la poutre et le bout se balance de l'autre côté.

Une fine poussière tournoie lentement dans l'air.

Le coussin du siège lui paraît étrangement mou sous ses souliers.

De faibles cris et rires lui parviennent de la fête au rez-de-chaussée et Reidar ferme les yeux un instant, pense aux enfants, à leurs petits visages, leurs merveilleux visages, à leurs épaules et leurs bras minces.

Il peut à tout moment entendre leurs voix claires et leurs pieds agiles – le souvenir traverse son âme telle une brise d'été et le laisse vide et froid de nouveau.

Bon anniversaire, Mikael, pense-t-il.

Ses mains tremblent tant qu'il n'arrive pas à former le nœud coulant. Il se tient immobile, essaie de respirer plus calmement et recommence juste au moment où quelqu'un frappe à l'une des portes.

Il attend quelques secondes avant de lâcher la corde, puis descend du fauteuil et reprend sa veste.

— Reidar ?

C'est Veronica qui l'appelle à voix basse, elle a dû regarder en douce pendant qu'elle comptait et l'a vu disparaître par l'escalier de service. Elle ouvre les portes les unes après les autres et sa voix se fait plus distincte à mesure qu'elle s'approche.

Reidar éteint la lumière et sort de la salle des enfants, entre dans la pièce suivante et y reste.

Veronica vient vers lui, un verre de champagne à la main. Une lueur chaude flotte dans ses yeux sombres, ivres.

Elle est grande et mince, elle s'est fait faire une coupe à la garçonne qui flatte ses cheveux noirs.

— Ai-je dit que je voulais faire l'amour avec toi ? demande-t-il.

Elle tourne dans la pièce sur des jambes chancelantes.

— Très drôle, dit-elle avec un regard triste.

Veronica Klimt est l'agent littéraire de Reidar. Certes, il n'a pas écrit une seule ligne au cours des treize dernières années, mais les trois livres qu'il a publiés auparavant continuent de générer des droits d'auteur.

De la musique monte de la salle à manger, le rythme rapide d'une basse résonne dans l'ossature de la maison. Reidar s'arrête devant le canapé et passe sa main dans ses cheveux argentés.

— J'espère que vous me gardez un peu de champagne, dit-il en s'installant dans le canapé.

— Non, répond Veronica et elle lui donne son verre à moitié plein.

— Ton mari m'a appelé. Il trouve qu'il est temps pour toi de rentrer à la maison.

— Je ne veux pas, je veux divorcer et…

— Ne fais surtout pas une chose pareille, tranche Reidar.

— Pourquoi tu dis ça ?

— Pour que tu n'ailles pas t'imaginer que j'ai de l'affection pour toi.

— Je ne l'imagine pas.

Il vide le verre puis le pose tout bonnement sur le canapé, ferme les yeux et savoure le vertige de l'ivresse.

— Tu avais l'air triste, je me suis un peu inquiétée.

— Je suis comme un coq en pâte.

Les rires fusent et quelqu'un augmente le volume de la musique au point qu'ils sentent les vibrations dans leurs pieds.

— Je pense que tu commences à manquer à tes invités.

— Alors on va aller leur mettre de l'ambiance, sourit-il.

Depuis sept ans, Reidar veille à être entouré pratiquement vingt-quatre heures sur vingt-quatre. Il a un cercle de connaissances considérable. Parfois ce sont de grandes fêtes qu'il donne dans son manoir, parfois des dîners plus intimes. À certaines occasions, lors de l'anniversaire de l'un ou de l'autre de ses enfants, c'est particulièrement difficile pour lui de continuer à vivre. Il sait que, sans le soutien de ses amis, il serait très vite vaincu par la solitude et le silence.

9

Reidar et Veronica ouvrent en grand les portes de la salle à manger et la musique les frappe de plein fouet. Des hommes et des femmes se bousculent et dansent autour de l'immense table. D'autres sont assis, encore en train de manger la selle de chevreuil et ses légumes racines grillés.

Wille Strandberg, l'acteur, a déboutonné sa chemise, ses paroles se perdent dans la cacophonie ambiante quand il vient rejoindre Reidar et Veronica en dansant.

— *Take it off*, crie Veronica.

Wille obéit en riant, arrache sa chemise et la lui lance, puis il se déhanche devant elle, les mains derrière la nuque. Sa bedaine rebondie de quinqua gigote au rythme de ses mouvements rapides.

Reidar vide un autre verre et danse lui aussi en roulant des hanches.

La musique entre dans une phase plus calme, plus chuchotante, et le vieil éditeur David Sylwan prend Reidar par le bras et lui souffle quelque chose à l'oreille, le visage radieux et trempé de sueur.

— Quoi ?

— On n'a pas fait de concours aujourd'hui, répète David.

— Un *stud* ? demande Reidar. Du tir, de la lutte…

— Du tir ! s'exclament plusieurs voix enthousiastes.

— Allez chercher le joujou et quelques bouteilles de champagne, sourit Reidar.

Le rythme tonitruant reprend et toutes les conversations s'y noient. Reidar décroche un tableau du mur et l'emporte.

C'est un portrait à l'huile de lui-même réalisé par le peintre Peter Dahl.

— J'aime cette toile, déclare Veronica en posant la main sur son bras pour tenter de le stopper.

Reidar se dégage et continue jusqu'au vestibule. Presque tous les invités le suivent dehors dans le parc glacial. La neige fraîche recouvre la moindre aspérité du sol de sa couverture douce et lisse. Des flocons volettent sous le ciel noir.

Reidar patauge dans la neige et suspend le portrait à une branche de pommier. Wille Strandberg le suit avec une fusée de détresse qu'il a dénichée dans le placard à balais. Il ôte la protection plastique et tire sur la ficelle. Une petite explosion se produit, suivie de crépitements lorsque la flamme puissante s'allume. En rigolant, il titube jusque sous l'arbre où il plante la torche dans la neige. La lumière blanche illumine le tronc et les branches nues.

Maintenant tout le monde peut voir le portrait de Reidar, un stylo argenté à la main.

Berzelius, le traducteur, apporte trois bouteilles de champagne et, avec un grand sourire, David Sylwan exhibe le vieux colt de Reidar.

— Ce n'est pas drôle, tout ça, dit Veronica, mais sa voix est légère.

David se place à côté de Reidar, le colt à la main. Il introduit six cartouches dans les chambres avant de faire tourner le barillet.

Wille Strandberg n'a pas remis sa chemise, mais l'ivresse le rend insensible au froid.

— Si tu gagnes, tu pourras te choisir un cheval dans mon écurie, murmure Reidar en prenant le revolver de la main de David.

— Je vous en supplie, soyez prudents, dit Veronica.

Reidar se déplace un peu, tend le bras, vise et tire, mais ne touche rien. La déflagration résonne entre les bâtiments.

Quelques invités applaudissent poliment comme s'il avait joué au golf.

— À moi maintenant, rit David.

Veronica grelotte. Chaussée seulement de sandales légères, elle a les pieds frigorifiés.

— Moi, j'aime bien ce portrait, répète-t-elle.

— Moi aussi, dit Reidar et il fait feu une deuxième fois.

La balle frappe le coin supérieur de la toile, un peu de poussière s'envole, le cadre doré se défait et pend de guingois.

En pouffant de rire, David prend le revolver, titube, tombe et tire un coup de feu vers le ciel et un autre en essayant de se relever.

Deux invités applaudissent, d'autres trinquent joyeusement.

Reidar reprend le revolver et le débarrasse de la neige.

— C'est le dernier coup qui compte, annonce-t-il.

Veronica vient l'embrasser sur la bouche.

— Tu te sens comment ?

— Merveilleusement bien. Je ne pourrais pas être plus heureux.

Veronica le regarde et écarte quelques mèches de son front. Sifflements et rires fusent parmi les gens restés sur l'escalier en pierre.

— J'ai trouvé une meilleure cible ! s'écrie une femme rousse dont Reidar ne se souvient pas du nom.

Elle traîne une énorme poupée dans la neige. Tout à coup elle la lâche, tombe à genoux, puis se relève. Des taches humides s'étalent sur sa robe léopard.

— Je l'ai trouvée hier, sous une bâche dans le garage ! jubile-t-elle.

Berzelius se précipite pour lui donner un coup de main. C'est une poupée Spiderman en plastique rigide, elle est aussi grande que Berzelius.

— Bravo, Marie ! s'exclame David.

— On va le descendre, le Spiderman, murmure l'une des femmes derrière eux.

Reidar lève les yeux, voit l'énorme poupée et laisse l'arme tomber droit dans la neige.

— Il faut que je dorme, dit-il brusquement.

Il balaie de la main le verre de champagne que Wille lui tend et retourne vers le bâtiment principal d'un pas chancelant.

Veronica part avec Marie à la recherche de Reidar, passant d'une pièce à l'autre dans la vaste demeure. Elles trouvent sa veste jetée dans l'escalier et grimpent aussitôt au premier étage. Il fait sombre, mais elles aperçoivent la lueur scintillante d'un feu de cheminée. Dans le grand salon, Reidar est assis sur un canapé. Il a ôté ses boutons de manchette et les poignets dépliés de sa chemise recouvrent ses mains. Sur la bibliothèque basse à côté de lui se trouvent quatre bouteilles de Château Cheval Blanc.

— Je viens m'excuser, dit Marie en s'appuyant contre la porte.

— Fous-moi la paix, murmure Reidar sans se retourner.

— C'était stupide de sortir la poupée sans te demander la permission.

— Vous n'avez qu'à les brûler, toutes ces saloperies.

Veronica s'approche, s'agenouille devant lui et le fixe, un sourire peint sur la figure.

— Est-ce que tu as dit bonjour à Marie ? C'est la copine de David... je crois.

Reidar porte un toast à la rousse et avale une grande goulée. Veronica lui prend le verre, goûte au vin et s'assoit.

Elle se débarrasse de ses sandales, se renverse dans le canapé et monte ses pieds nus sur les genoux de Reidar.

Doucement, il caresse son mollet, passe sur l'hématome laissé par les nouveaux étriers de la selle, monte le long de sa cuisse vers son sexe. Elle se laisse faire, ne prête aucune attention à la présence de Marie dans la pièce.

Les hautes flammes dansent dans l'énorme foyer. La chaleur

dégagée est intense, Reidar la sent sur son visage qui devient brûlant.

Marie s'approche tout doucement. La température élevée de la pièce commence à boucler ses cheveux roux. Sa robe léopard est fripée et tachée.

— Une admiratrice, dit Veronica et elle éloigne le verre quand Reidar essaie de l'attraper.

— J'adore tes livres, déclare Marie.

— Quels livres ? demande-t-il sur un ton vif.

Il se lève, va chercher un autre verre dans l'armoire vitrée et le remplit de vin. Marie se méprend sur son geste et tend la main pour le prendre.

— Je suppose que tu vas aux chiottes quand tu as envie de pisser, dit Reidar en buvant une gorgée de vin.

— Tu n'es pas obligé d'être…

— Si tu veux du vin, tu n'as qu'à te servir toi-même, bordel de merde, l'interrompt-il en élevant la voix.

Marie rougit et inspire profondément. Elle va prendre un verre et se sert d'une main tremblante. Reidar pousse un profond soupir, reprend la bouteille et retourne s'asseoir en disant sur un ton plus doux :

— C'est un excellent millésime, l'un des meilleurs je dirais.

Un sourire aux lèvres, il observe Marie quand elle s'assoit à côté de lui, fait tourner le vin dans le verre et le déguste.

Reidar rit et la ressert, il la regarde droit dans les yeux, redevient sérieux et l'embrasse ensuite sur la bouche.

— C'est quoi, ton manège ? chuchote-t-elle.

Reidar l'embrasse encore une fois, très doucement. Elle détourne la tête, sans pouvoir s'empêcher de sourire. Elle boit une gorgée de vin, l'observe un instant, se penche en avant et l'embrasse à son tour.

Il caresse sa nuque, sous la chevelure, jusque sur l'épaule droite où la fine bretelle de la robe s'est enfoncée dans la chair.

Elle pose son verre et le laisse lui effleurer le sein tout en se disant que c'est de la folie.

Reidar refoule les pleurs douloureux plusieurs fois quand il caresse ses cuisses sous la robe, passe sur son patch de nicotine et continue autour de ses fesses.

Marie écarte sa main quand il essaie de baisser sa culotte, elle se lève et s'essuie la bouche.

— On ferait peut-être mieux de retourner avec les autres, dit-elle dans une tentative de paraître neutre.

— Oui, répond Reidar.

Veronica est assise, immobile, sur le canapé, elle évite le regard interrogateur de Marie.

— Vous venez ?

Reidar secoue la tête.

— Très bien, chuchote Marie.

Sa robe scintille quand elle quitte la pièce. Reidar fixe l'ouverture de la porte. L'obscurité a un aspect de velours sale.

Veronica se lève, prend son verre de vin sur la table et boit. Sa robe est tachée d'auréoles de transpiration aux aisselles.

— Tu es un vrai salaud, dit-elle.

— J'essaie simplement de tirer le plus possible de la vie, répond-il à voix basse.

Il saisit la main de Veronica qu'il porte à sa joue, et la tient ainsi en plongeant dans ses yeux tristes.

Le feu s'est éteint dans la cheminée et le salon est glacial lorsque Reidar se réveille sur le canapé. Ses yeux brûlent et il pense aux histoires du Marchand de sable que racontait sa femme. Celui qui jette du sable dans les yeux des enfants pour qu'ils s'endorment.

— Fait chier, chuchote Reidar en se redressant.

Il est tout nu et a renversé du vin sur le cuir du canapé. Il entend le rugissement lointain d'un avion. La lumière de l'aube se devine derrière les vitres poussiéreuses.

Reidar se lève et voit Veronica blottie sur le parquet devant la cheminée. Elle s'est enroulée dans la nappe. Quelque part dans la forêt, un chevreuil aboie. La fête au rez-de-chaussée se poursuit, mais à un niveau sonore plus raisonnable. Il quitte la pièce d'un pas mal assuré en emportant la bouteille de vin à moitié pleine. La migraine laboure ses tempes quand il commence à monter l'escalier en chêne grinçant pour rejoindre sa chambre. Sur le palier, il s'arrête et redescend. Tendrement, il soulève Veronica et l'installe sur le canapé, la recouvre d'un plaid, ramasse par terre ses lunettes de lecture et les pose sur la table.

Reidar Frost a soixante-deux ans, il est l'auteur de trois bestsellers internationaux, la trilogie Sanctum.

Il y a huit ans, il a déménagé de sa maison à Tyresö après avoir acheté le manoir de Råcksta à côté de Norrtälje. Deux cents hectares de forêt, des champs, une écurie et un magnifique paddock où parfois il entraîne ses cinq chevaux. Treize ans auparavant, Reidar Frost s'est retrouvé seul dans la vie, dans des circonstances que personne ne devrait avoir à vivre. Son fils et sa fille ont disparu sans laisser de traces un soir où ils avaient fait le mur pour aller chez un copain. Les vélos des enfants avaient été retrouvés sur un sentier pédestre qui longe la baie d'Erstaviken. À part un inspecteur de police à l'accent finnois, tout le monde supposait que Mikael et Felicia avaient joué trop près de l'eau et s'étaient noyés.

La police avait abandonné les recherches, et les corps n'avaient jamais été retrouvés. Bientôt l'épouse de Reidar, Roseanna, n'avait plus supporté son mari ni sa propre douleur. Elle était partie s'installer provisoirement chez sa sœur, avait demandé le divorce et, avec l'argent qui lui revenait du partage des biens, avait quitté la Suède pour aller vivre à l'étranger. Quelques mois seulement après la séparation, elle s'était donné la mort dans sa chambre d'hôtel à Paris. Par terre, devant la baignoire où elle s'était suicidée, on avait découvert un dessin que Felicia lui avait fait pour la fête des mères.

Depuis sept ans, les enfants sont déclarés morts. Leurs noms sont inscrits sur la stèle d'une tombe que Reidar visite rarement. Le jour de la déclaration judiciaire de leur décès, il avait invité ses amis chez lui et, depuis, il a veillé à entretenir une fête permanente comme on entretient un feu dans la cheminée.

Reidar Frost est convaincu qu'il va se tuer à force de boire, mais il sait aussi qu'il mettrait fin à ses jours si on le laissait seul.

12

Le train de marchandises fonce à toute allure dans un paysage d'hiver nocturne. La locomotive tracte derrière elle une rame de près de trois cents mètres de long.

La cabine est occupée par le conducteur Erik Johnsson. Sa main repose sur le pupitre de conduite. Le vacarme de la machine et des rails est régulier et monotone.

La neige semble tourbillonner dans un tunnel de lumière, illusion créée par les deux phares de la locomotive. Partout ailleurs l'obscurité est totale.

Lorsque le train sort de la grande courbe autour de Vårsta, Erik Johnsson accélère de nouveau.

Avec ces bourrasques de neige, il sera obligé de s'arrêter au plus tard à Hallsberg pour effectuer une vérification des freins.

Au loin, dans la brume blanche, deux chevreuils sautent en bas du remblai et filent dans un champ. Ils se déplacent dans la neige avec une souplesse magique avant de disparaître dans la nuit.

À l'approche du long pont d'Igelsta, Erik pense à Sissela, qui autrefois l'accompagnait souvent dans la cabine. Ils s'embrassaient dans chaque tunnel et sur chaque pont. Aujourd'hui, elle refuse de louper le moindre cours de yoga.

Il décélère en douceur, dépasse Hall et s'engage sur le pont. C'est comme de voler. La neige virevolte dans la lumière des phares et élimine presque la notion de haut et de bas.

La locomotive se trouve déjà au-dessus de la glace du bassin de Hall, au milieu du pont, lorsque Erik Johnsson aperçoit une ombre vacillante dans la brume. Il y a un piéton sur les rails. Il klaxonne comme un fou et voit la personne faire un grand pas vers la droite sur la voie parallèle.

Le train approche à très grande vitesse. Pendant une demi-seconde, les phares éclairent l'individu. Un homme jeune au visage éteint. Ses vêtements volent autour de son corps mince, puis il disparaît.

Erik a actionné les freins sans même réfléchir, il réalise après coup que tout le convoi ralentit. Il entend un fracas de friction métallique et ne sait pas s'il a touché le jeune homme ou non.

Il tremble, sent monter l'adrénaline et appelle SOS Alarm.

— Je suis conducteur de train, je viens de voir un homme sur le pont d'Igelsta… Il se tenait au milieu de la voie, mais je ne pense pas l'avoir heurté…

— Est-ce qu'il y a des blessés ? demande l'opérateur.

— Je ne pense pas l'avoir touché, je ne l'ai vu que pendant quelques secondes.

— Où était-il exactement ?

— Au milieu du pont d'Igelsta.

— Sur la voie ferrée ?

— Il n'y a que ça ici, c'est un pont ferroviaire.

— Il se tenait immobile ou bien il marchait ? Dans quelle direction ?

— Je ne sais pas.

— Mon collègue avertit la police et les secours à Södertälje. Il faut stopper la circulation des trains sur le pont.

13

Le centre d'appels d'urgence envoie immédiatement des voitures de police aux deux extrémités du pont. Neuf minutes plus tard seulement, la première voiture quitte la route de Nyköping, gyrophare allumé, et tourne dans l'étroit chemin de terre qui monte vers le pont en décrivant une courbe. Il n'est pas déblayé et la neige poudreuse s'envole et vient frapper capot et pare-brise.

Les policiers laissent la voiture à la culée du pont puis s'engagent à pied sur la voie ferrée en se guidant de leurs lampes de poche. Il n'est pas aisé d'avancer sur les rails. Les quatre voies fusionnent en deux, qui s'étirent haut au-dessus de la zone industrielle de Björkudden et du bassin gelé. Des voitures passent sur l'autoroute en contrebas.

Le policier en tête s'arrête et pointe le doigt. Quelqu'un a de toute évidence marché sur la voie de droite devant eux. À la lueur dansante des lampes-torches, ils aperçoivent des empreintes de pas presque effacées et quelques éclaboussures de sang.

La deuxième voiture de police arrive à ce moment-là à l'extrême opposé, à plus de deux kilomètres de distance.

Les pneus crissent quand Jasim Muhammed, gardien de la paix, engage la voiture le long de la voie ferrée. Son coéquipier, Fredrik Mosskin, vient d'établir le contact radio avec leurs collègues sur le pont.

Le vent rugit si fort dans le microphone qu'ils distinguent tout juste la voix, mais ils comprennent que quelqu'un s'est déplacé sur le pont tout récemment.

Les phares éclairent une haute paroi rocheuse et la voiture s'immobilise. Fredrik coupe la communication, le regard dans le vide.

— Qu'est-ce qu'il se passe ? demande Jasim.

— Apparemment, il se dirige vers nous.

— Ils ont parlé de sang, non ? Beaucoup de sang ?

— Je n'ai pas bien entendu.

— On va jeter un coup d'œil, dit Jasim en ouvrant la portière.

La lumière bleue du gyrophare balaie des sapins aux branches enneigées.

— Ils envoient une ambulance, dit Fredrik.

La neige fraîche n'a pas encore durci et Jasim s'y enfonce jusqu'aux genoux. Il détache la lampe-torche de sa ceinture et éclaire les deux voies. Fredrik glisse sur le ballast en voulant y monter, mais retrouve vite son équilibre.

— Quel est l'animal qui a un deuxième trou du cul au milieu du dos ? demande Jasim.

— Je ne sais pas, murmure Fredrik.

L'air est tellement saturé de neige qu'ils ne distinguent pas les faisceaux des lampes de poche de leurs collègues à l'autre bout du pont.

— Un cheval de la police montée, répond Jasim.

— T'es con, putain…

— C'est ma belle-mère qui racontait ça aux mômes, sourit Jasim.

Ils arrivent maintenant sur le tablier du pont. La neige est vierge de toute marque de pas. Soit l'homme se trouve encore sur les voies, soit il a sauté. Les caténaires au-dessus de leurs têtes sifflent singulièrement. Le terrain au-dessous est en pente escarpée.

Ils discernent les lumières de la prison de Hall non loin, l'établissement pénitentiaire brille comme une ville sous-marine.

Fredrik essaie d'entrer en contact avec ses collègues, mais la radio ne transmet que les hurlements du vent.

Ils avancent avec précaution. Fredrik se tient derrière Jasim, une lampe-torche à la main. Jasim note les mouvements insolites de sa propre ombre sur le sol, oscillant de droite à gauche.

C'est bizarre qu'ils ne voient pas encore leurs collègues.

Au-dessus de l'eau gelée du bassin, le vent de la mer est déchaîné. La neige vole dans leurs yeux et le froid engourdit aussitôt leurs joues.

Jasim plisse les yeux pour mieux voir. Le pont devant lui disparaît dans une obscurité tourbillonnante. Tout à coup, il aperçoit une silhouette à l'extrémité du faisceau de sa lampe. Un grand bonhomme sans tête, comme un dessin.

Jasim glisse, sa main cherche le modeste garde-fou. Il voit de la neige tomber cinquante mètres plus bas sur la glace.

La lampe de poche heurte la rambarde et s'éteint.

Le cœur de Jasim s'emballe, il scrute de nouveau le pont, mais ne voit plus personne.

Derrière lui, Fredrik crie quelque chose et il se retourne. Son collègue lui fait un signe de la main, mais Jasim n'arrive pas à entendre ce qu'il dit. Il semble effrayé, tâte l'étui de son pistolet et Jasim comprend subitement qu'il essaie de le mettre en garde, qu'il montre quelque chose derrière son dos.

Il se tourne et inspire profondément.

Un homme rampe sur la voie, droit vers lui. Jasim recule instinctivement et essaie de dégainer son pistolet. L'homme se met péniblement debout sur des jambes chancelantes. Il est jeune. Il fixe les policiers d'un regard vide. Son visage barbu est maigre et ses pommettes saillantes. Il titube, semble avoir des difficultés à respirer.

— L'autre partie de moi est restée sous terre, dit-il dans un halètement.

— Vous êtes blessé ? demande Jasim.

— Qui ?

Le jeune homme tousse et tombe à genoux. Fredrik pose une main sur le holster de son arme de service.

— Est-ce que vous êtes blessé ? demande Jasim encore une fois.

— Je ne sais pas, je ne ressens rien, je…

— Ne craignez rien, venez avec moi.

Jasim l'aide à se relever. Sa main droite est couverte de sang gelé.

— Je ne suis que la moitié… le Marchand de sable… il a pris l'autre partie…

14

Le portail d'accès aux urgences de l'hôpital Söder se referme derrière l'ambulance. Une aide-soignante aux joues rouges accompagne les ambulanciers lorsqu'ils descendent le chariot brancard et le pousse à l'intérieur.

— On n'a trouvé aucune carte d'identité, rien.

Le patient est confié à l'infirmière d'accueil et conduit dans une salle de déchoquage.

Après avoir pris les constantes, l'infirmière attribue au patient le deuxième degré de priorité, couleur de triage orange, très urgente.

Quatre minutes plus tard, le docteur Irma Goodwin entre dans la salle et l'infirmière lui fait un rapide résumé :

— Voies respiratoires dégagées, aucun traumatisme aigu… mais il a une mauvaise saturation, de la fièvre, des signes de confusion et une instabilité hémodynamique.

Le médecin consulte le dossier et s'approche de l'homme décharné. Ses vêtements ont été découpés. La cage thoracique squelettique se soulève au rythme de sa respiration saccadée.

— On ne sait toujours pas comment il s'appelle ?

— Non.

— Donne-lui de l'oxygène.

Le jeune homme garde les paupières fermées et tremblantes pendant que l'infirmière lui met les lunettes à oxygène.

Il paraît étrangement sous-alimenté, mais il n'y a pas de cicatrices d'injections visibles sur son corps. Irma n'a jamais vu une personne aussi pâle. L'infirmière prend sa température par l'oreille encore une fois.

— Trente-neuf, neuf.

Irma Goodwin coche dans un dossier les examens préconisés, puis elle ausculte de nouveau le patient. Sa poitrine est agitée de tressaillements, il tousse un peu et ouvre les yeux un court instant.

— Je ne veux pas, je ne veux pas, chuchote-t-il de façon maniaque. Je dois rentrer à la maison, je dois, je dois...

— Quelle est votre adresse ? Vous pouvez nous dire où vous habitez ?

— Qui... Lequel de nous ? demande-t-il en avalant avec difficulté.

— Il délire, dit l'infirmière à voix basse.

— Vous avez mal quelque part ?

— Oui, dit-il avec un sourire confus.

— Vous pouvez nous dire...

— Non, non, non, non, elle crie à l'intérieur de moi, c'est insupportable, j'en peux plus, je...

Ses yeux se révulsent, il tousse et murmure des paroles décousues à propos de doigts en porcelaine, puis il se remet à haleter.

Irma choisit de lui donner du Neurobion en injection intramusculaire, un antipyrétique et un antibiotique par voie intraveineuse, de la pénicilline G, dans l'attente des résultats de la culture microbienne.

Quittant la salle de déchoquage, elle se dirige vers son bureau tout en tripotant son annulaire où elle a porté son alliance pendant dix-huit ans avant de la faire partir avec la chasse d'eau. Son mari l'avait trompée pendant bien trop longtemps pour qu'un pardon soit envisageable. Cela ne fait plus mal, mais elle a encore le sentiment d'un immense gâchis, d'un avenir commun gaspillé. Elle se demande si elle peut appeler sa fille malgré l'heure tardive. Depuis le divorce, elle a souvent des crises d'angoisse et appelle Mia pour un oui et pour un non.

Derrière une porte du couloir, elle entend la surveillante parler avec les urgences sur la ligne interne. Une ambulance transportant une priorité absolue va arriver sous peu. Un grave accident de la route. La surveillante met immédiatement sur pied une équipe chirurgicale.

Irma s'arrête net et retourne d'un pas rapide dans la salle de déchoquage. L'aide-soignante aux joues rouges nettoie avec l'infirmière une plaie à l'aine. Le jeune homme à l'identité inconnue s'est de toute évidence empalé sur une branche d'arbre pointue.

Irma reste à la porte.

— Comme antibiotique, il vaut mieux un macrolide, dit-elle d'une voix catégorique à l'infirmière. Un gramme d'érythromycine IV.

L'infirmière lève les yeux.

— Tu penses à une légionellose ? demande-t-elle, surprise.

— On verra ce que va dire la culture, elle…

Irma se tait lorsque le corps du patient est secoué de spasmes. Elle regarde son visage blanc et voit qu'il ouvre lentement les yeux.

— Je dois rentrer à la maison, chuchote-t-il. Je m'appelle Mikael Kohler-Frost et je dois rentrer…

— Mikael Kohler-Frost, dit Irma. Vous vous trouvez à l'hôpital Söder et…

— Elle crie tout le temps !

Irma quitte la salle et hâte le pas pour rejoindre son modeste bureau. Elle referme la porte derrière elle, met ses lunettes, s'installe devant l'ordinateur et ouvre une session. Le nom ne figurant pas dans le registre des patients, elle le cherche dans les archives de l'état civil.

Là, elle le trouve.

Irma Goodwin tripote inconsciemment la place vide sur son annulaire et lit encore une fois les données concernant le patient qu'elle vient d'examiner.

Mikael Kohler-Frost est mort depuis sept ans, il est enterré au cimetière de Malsta dans la paroisse de Norrtälje.

15

Joona Linna, inspecteur principal de la Rikskrim*, se trouve les deux genoux à terre dans une petite pièce aux murs et au sol en béton brut, tandis qu'un homme en uniforme de camouflage vise sa tête avec un Sig Sauer noir. La porte est surveillée par un autre homme qui garde son fusil d'assaut belge dirigé sur Joona.

Sur le sol, contre le mur, est posée une canette de Coca-Cola. La lumière provient d'une ampoule au plafond, coiffée d'un abat-jour en aluminium cabossé.

Un téléphone mobile bourdonne. Avant de répondre, l'homme au pistolet crie à Joona de baisser la tête.

L'autre homme pose son doigt sur la détente de son fusil d'assaut et fait un pas en avant.

Sans quitter Joona du regard, l'homme au pistolet parle au téléphone, puis écoute. Du gravier crisse sous ses grosses chaussures. Il hoche la tête, prononce quelques mots et écoute de nouveau.

Au bout d'un moment, l'homme au fusil d'assaut pousse un soupir d'impatience et s'assied sur la chaise près de la porte.

Joona reste totalement immobile, à genoux. Il est vêtu d'un pantalon de jogging et d'un tee-shirt blanc trempé de sueur. Les courtes manches sont tendues par ses puissants muscles. Il incline légèrement la tête. Ses yeux sont gris comme du granit poli.

---

* *Rikskriminalpolisen* : la police criminelle nationale. *(Toutes les notes sont de la traductrice.)*

L'homme au pistolet s'emporte au téléphone, clôt la conversation, semble réfléchir pendant quelques secondes, puis fait quatre pas rapides vers Joona et appuie le canon contre son front.

— C'est maintenant que je prends le contrôle sur vous deux, dit Joona très aimablement.

— Hein ?

— J'ai été obligé d'attendre, explique-t-il. Jusqu'à une possibilité de contact physique direct.

— Je viens juste de recevoir l'ordre de t'exécuter.

— Oui, la situation est critique, puisque je dois écarter le pistolet de mon visage et de préférence m'en servir dans les cinq secondes.

— En faisant quoi ? demande l'homme près de la porte.

— Pour obtenir un effet de surprise, je ne dois surtout pas réagir à ses mouvements, explique Joona. C'est pour ça que je devais le laisser arriver près de moi, s'arrêter et respirer deux fois, ni plus ni moins. J'attends donc la fin de sa deuxième expiration avant de…

— Pourquoi ? demande l'homme au pistolet.

— Je gagne quelques centièmes de secondes parce que tu ne peux rien faire sans d'abord inspirer.

— Mais pourquoi la deuxième expiration précisément ?

— Parce que tu ne t'y attends pas si tôt, et que c'est au milieu du comptage le plus répandu au monde : un deux trois…

— Pigé, sourit l'homme en exhibant une incisive marron.

— La première chose qui va bouger, c'est ma main gauche, explique Joona en direction de la caméra de surveillance au plafond. Elle va monter vers le canon du pistolet et l'écarter de mon visage en un seul mouvement. Je dois saisir le canon, le tourner vers le haut et me mettre debout en me servant de son corps comme bouclier. Un seul mouvement. Mes mains doivent se concentrer sur l'arme, mais je dois aussi surveiller l'homme avec le fusil d'assaut. Parce que dès que j'aurai pris le contrôle du pistolet, ce sera lui, la principale menace. Donc, je frappe au menton et au cou avec mon coude, rapidement et autant de fois qu'il le faut, pour m'emparer du pistolet, je tire trois coups, je pivote et je tire trois autres coups.

On recommence. La scène se répète. L'homme au pistolet reçoit ses instructions par téléphone, hésite, puis s'approche vivement de Joona et appuie le canon sur son front. L'homme expire une deuxième fois, il est sur le point d'inspirer lorsque Joona saisit le canon du pistolet avec sa main gauche.

Bien qu'attendu, le déroulement surprend par sa rapidité, sa soudaineté.

Joona repousse l'arme et tourne le canon vers le plafond en un seul mouvement. Il se remet debout, marque quatre coups avec le coude contre la gorge de son adversaire, s'empare du pistolet et tire dans la poitrine de l'homme à la porte.

Les trois détonations des balles à blanc crépitent entre les murs.

Le premier adversaire titube encore lorsque Joona pivote et lui tire trois balles dans la poitrine.

Il tombe contre le mur.

Joona se précipite sur la porte, s'empare du fusil d'assaut, glisse dans sa poche le chargeur supplémentaire de l'arme et quitte la pièce.

16

La porte s'ouvre à la volée et rebondit violemment contre le mur en béton. Joona entre dans la pièce, tout en introduisant un nouveau chargeur dans l'arme. Les huit personnes présentes quittent l'écran géant des yeux pour les braquer sur lui.

— Six secondes et demie avant le premier coup de feu, dit l'un d'eux.

— C'est beaucoup trop long, répond Joona.

— Mais Markus aurait lâché le pistolet plus vite si le coude l'avait atteint pour de vrai, fait remarquer un homme assez grand au crâne rasé.

— Oui, là, tu aurais gagné un peu de temps, sourit une femme officier.

La scène se rejoue déjà à l'écran. Le muscle tendu de l'épaule de Joona, le mouvement souple en avant, l'alignement de l'œil et du guidon au moment où il presse la détente.

— Putain, c'est impressionnant, dit le commandant en chef et, en un geste large, il pose ses deux paumes sur la table.

— Venant d'un flic, complète Joona.

Ils rigolent, se renversent sur leurs chaises et le commandant en chef, gêné, se gratte le bout du nez.

Joona Linna accepte un verre d'eau minérale. Il ne sait pas encore que toutes ses peurs vont bientôt s'embraser, comme une tempête de feu. Il ne se doute nullement qu'une petite étincelle s'approche lentement de la mare d'essence.

Il est venu à la garnison de la forteresse de Karlsborg pour enseigner le combat rapproché au groupe des opérations spéciales. Sans être un instructeur diplômé, il est probablement la personne en Suède qui a le plus d'expérience des techniques que ces agents doivent apprendre. À dix-huit ans, Joona faisait son service militaire comme parachutiste à Karlsborg précisément. Aussitôt sa formation de base accomplie, il fut recruté dans un nouveau corps d'élite chargé des opérations qui ne pouvaient être effectuées par des unités militaires conventionnelles.

Alors qu'il a depuis longtemps quitté l'armée et mené à bien ses études à l'École supérieure de la police, il lui arrive encore de rêver la nuit de l'époque où il était parachutiste. Il est à nouveau dans l'avion, il entend le vacarme assourdissant et regarde dehors par l'ouverture hydraulique. L'ombre de l'avion court sur l'eau claire en contrebas, telle une croix grise. Dans son rêve, il descend en courant la tranche arrière et saute dans l'air froid, entend le sifflement du vent dans les sangles, sent la secousse dans le harnais et se laisse porter quand le parachute se déploie. L'eau s'approche à une vitesse vertigineuse. Le Zodiac noir tout en bas est ballotté par les vagues écumantes.

Joona a été formé aux Pays-Bas au combat rapproché à la baïonnette, au couteau et au pistolet. Il a été entraîné à exploiter toutes sortes d'environnements et à innover en utilisant comme armes des objets insolites. Ces techniques particulières constituent une variante ciblée de la méthode de close-combat connu sous le nom hébreu de *krav-maga*.

— On va garder cette situation comme point de départ, puis on augmentera le degré de difficulté au cours de la journée, dit Joona.

— Comme tuer deux personnes avec une seule balle ? demande l'homme au crâne rasé.

— C'est impossible, répond Joona.

— On a entendu dire que tu l'avais fait, proteste la femme, intriguée.

— Pas du tout, sourit Joona et il passe la main dans ses cheveux blonds ébouriffés.

Le téléphone sonne dans la poche de sa veste. Le numéro sur l'écran lui indique que c'est Nathan Pollock, de la Rikskrim. Nathan sait où se trouve Joona et il ne l'appellerait que pour une affaire importante.

— Excusez-moi, dit Joona avant de répondre.

Il boit une gorgée d'eau et écoute, un sourire aux lèvres avant de prendre un air sérieux. Soudain, il blêmit.

— Jurek Walter est toujours sous les verrous ? demande-t-il.

Le tremblement de sa main l'oblige à poser le verre d'eau sur la table.

17

La neige virevolte autour de Joona quand il court rejoindre sa voiture. Il s'y engouffre et traverse en ligne droite la grande cour de gravier où il faisait ses exercices militaires à l'âge de dix-huit ans, puis il braque dans un crissement de pneus et sort de l'enceinte militaire.

Son cœur bat fort et il a toujours du mal à croire ce que Nathan vient de lui apprendre. Des gouttes de sueur perlent sur son front et ses mains ne veulent pas cesser de trembler.

Il double un convoi de poids lourds sur la E20 peu avant Arboga. L'appel d'air créé par le dépassement des semi-remorques fait tanguer sa voiture et l'oblige à tenir fermement le volant.

Il ne cesse de penser au coup de fil qui a interrompu son entraînement avec le groupe des opérations spéciales.

La voix de Nathan Pollock était parfaitement maîtrisée quand il lui a annoncé que Mikael Kohler-Frost était vivant.

Joona a toujours été persuadé que le garçon et sa petite sœur étaient deux des nombreuses victimes de Jurek Walter. Et voilà qu'on venait de retrouver Mikael sur un pont de chemin de fer à Södertälje et l'expédier à l'hôpital Söder à Stockholm.

Nathan lui a précisé que le jeune homme se trouve dans un état grave, mais que sa vie n'est pas en danger. Il n'a pas encore été entendu par la police.

— Jurek Walter est toujours sous les verrous ? fut la première question de Joona.

— Oui, il est toujours dans le service d'isolement, répondit Pollock.

— Tu en es sûr ?

— Oui.

— Et le garçon ? Comment savez-vous que c'est Mikael Kohler-Frost ?

— Apparemment il a dit son nom plusieurs fois. C'est tout ce qu'on sait… et l'âge correspond. On a évidemment envoyé un échantillon de salive au SKL*…

— Mais vous n'avez pas contacté le père ?

— On doit comparer les ADN d'abord, on n'a pas droit à l'erreur…

— J'arrive.

* *Statens Kriminaltekniska Laboratorium* : Institut national de la police technique et scientifique.

Joona Linna voit la route noire et boueuse filer sous la voiture et il se retient d'accélérer tout en repassant en mémoire ce qui est arrivé tant d'années auparavant.

Mikael Kohler-Frost, pense-t-il.

Mikael Kohler-Frost a été retrouvé vivant après tout ce temps.

Le seul nom de Frost suffit à Joona pour revivre le drame.

Il double une voiture blanche maculée de gadoue, remarquant à peine l'enfant derrière la vitre qui lui fait coucou avec sa peluche. Happé par ses souvenirs, il se revoit dans le salon encombré et néanmoins accueillant de son collègue Samuel Mendel.

Samuel se penche par-dessus la table. Ses cheveux noirs et bouclés tombent sur son front lorsqu'il répète les paroles de Joona.

— Un tueur en série ?

Il y a treize ans, Joona avait ouvert une enquête préliminaire qui allait transformer sa vie du tout au tout. Avec son collègue Samuel Mendel, il avait commencé à examiner les cas de deux personnes portées disparues dans la ville de Sollentuna.

La première affaire concernait une femme de cinquante-cinq ans qui avait disparu un soir en promenant son chien. L'animal avait été retrouvé sur un sentier pédestre derrière la supérette Ica Kvantum. Deux jours plus tard, la belle-mère de cette femme avait disparu à son tour sur le court trajet entre son logement pour personnes âgées et le local du Loto.

Il s'avéra qu'on avait aussi perdu la trace de son frère cinq ans auparavant, à Bangkok. Interpol et le ministère des Affaires étrangères avaient été avertis, mais l'homme n'avait jamais été retrouvé.

Il n'existe pas de statistiques compilées des personnes qui disparaissent chaque année dans le monde, mais on sait que le chiffre ferait frémir. Aux États-Unis, elles doivent être près de cent mille, et en Suède environ sept mille.

La plupart réapparaissent, mais le nombre de personnes qui ne refont jamais surface est effarant.

Parmi celles qui ne sont jamais retrouvées, très peu ont été enlevées ou assassinées.

Joona et Samuel étaient tous les deux arrivés assez récemment à la Rikskrim quand ils avaient commencé à s'intéresser aux deux femmes de Sollentuna. Certaines circonstances rappelaient celles de deux disparitions à Örebro deux ans plus tôt.

Il s'agissait alors d'un homme de quarante ans et de son fils. Qui se rendaient à un match de football à Glanshammar, mais n'y étaient jamais arrivés. La voiture fut retrouvée abandonnée sur une petite route forestière qui ne menait nullement au terrain de sport.

Au début, ce ne fut qu'une idée en l'air.

Se pouvait-il qu'il y eût un lien concret entre ces deux affaires, malgré les distances d'ordres géographique et temporel ?

Dans ce cas, il n'était pas absurde de supposer que d'autres disparitions puissent être reliées à ces quatre.

L'enquête préliminaire préparatoire consistait principalement en un travail policier routinier, celui qui se déroule au bureau, devant un ordinateur. Joona et Samuel rassemblaient et systématisaient les informations concernant tous les disparus en Suède qui n'avaient pas été retrouvés au cours des dix dernières années.

L'idée générale était de vérifier si parmi toutes ces personnes certaines avaient quelque chose en commun, au-delà des limites du hasard.

Ils superposaient les différents cas tels des feuillets transparents – et lentement une sorte de constellation se profilait parmi tous ces points flous reliés entre eux.

Le dessin inattendu qui apparut montrait que nombre de disparus appartenaient à des familles où plus d'une personne s'était déjà volatilisée.

Joona se souvient du silence qui planait dans la pièce quand ils contemplaient le résultat. Quarante-cinq personnes disparues correspondaient à ces critères. Beaucoup seraient probablement éliminées de la liste les jours suivants, mais quarante-cinq, c'étaient trente-cinq de plus que ce qu'on pouvait imputer à une simple coïncidence.

Sur l'un des murs du bureau de Samuel à la Rikskrim était affichée une grande carte de la Suède où chaque disparu était marqué d'une épingle.

Ils se doutaient bien que ces quarante-cinq personnes n'avaient pas toutes été assassinées, mais dans un premier temps ils choisirent d'enquêter sur chacune d'elles.

Aucun des criminels figurant dans le registre de la police n'était compatible avec les dates des disparitions. Joona et Samuel orientaient donc leur investigation sur des motifs possibles et sur un procédé, un *modus operandi*. Ils ne trouvaient aucune similitude avec des affaires de meurtre résolues. Le tueur qu'ils recherchaient ne laissait pas de traces de violence et cachait très soigneusement les corps.

On divise en général les tueurs en série en deux catégories, à partir du choix de leur victime : les organisés, particularistes, et les désorganisés qui sont généralistes. Les particularistes cherchent toujours la victime idéale, correspondant le plus à leurs fantasmes. Ces meurtriers se concentrent sur un type humain spécifique, par exemple des garçons blonds prépubères.

Pour ceux du deuxième groupe, les généralistes, c'est l'accessibilité à la proie qui guide le choix. La victime remplit en premier lieu un rôle dans l'imaginaire du tueur et peu importe son identité ou son physique.

Mais le tueur en série que Joona et Samuel avaient l'impression de discerner se situait en marge de ces deux catégories. D'un côté, il était généraliste, puisque ses victimes étaient tout à fait hétéroclites, et de l'autre particulariste, puisque aucune n'était facilement accessible.

Ils recherchaient un assassin qui semblait invisible. Qui ne suivait pas de schéma et ne laissait pas de traces, pas de signature intentionnelle.

Les jours passaient sans que les disparues de Sollentuna ne soient retrouvées.

Joona et Samuel furent incapables de présenter à leur chef des pistes concrètes d'un tueur en série. Ils durent se contenter de répéter que c'était la seule explication à toutes ces disparitions. Deux jours plus tard, l'enquête préliminaire fut classée non prioritaire et les moyens alloués aux investigations, retirés.

Mais Joona et Samuel refusaient de s'avouer vaincus et commençaient à consacrer leurs soirées libres et leurs week-ends à l'affaire.

Le schéma type voulait que si deux personnes d'une même famille avaient disparu, le risque était accru qu'une troisième disparaisse à son tour dans un avenir proche, et ils concentraient leurs investigations là-dessus.

Pendant qu'ils enquêtaient sur la famille des femmes de Sollentuna, deux enfants furent portés disparus à Tyresö. Mikael et Felicia Kohler-Frost. Les enfants du célèbre écrivain Reidar Frost.

20

Joona jette un regard sur la jauge à essence en dépassant la bretelle d'accès à la station-service Statoil et son aire de repos enneigée.

Il se souvient de la conversation qu'il avait eue avec Reidar Frost et sa femme, Roseanna Kohler, trois jours après la disparition de leurs deux enfants. Il ne leur avait pas dit ce qu'il soupçonnait – qu'ils avaient été enlevés par un tueur en série que la police ne recherchait plus, un assassin dont ils n'avaient réussi à discerner l'existence que sur un plan théorique.

Joona se contenta de poser ses questions et laissa les parents s'accrocher à l'idée que leurs enfants s'étaient noyés.

La famille habitait dans une belle villa donnant sur une plage de sable et la mer. Le temps avait été clément pendant plusieurs semaines et une grande partie de la neige avait fondu. Les rues et les allées piétonnes apparaissaient, noires et mouillées. L'eau en bordure de la plage était dégagée et la glace qui la recouvrait plus loin avait un aspect gris sombre et trempé.

Joona se rappelle qu'il avait traversé la villa, était passé devant une vaste cuisine et s'était installé à une grande table blanche devant une baie vitrée. Mais Roseanna avait tiré les rideaux devant toutes les fenêtres et, bien que sa voix fût calme, sa tête tremblait en permanence.

Les recherches des enfants étaient restées infructueuses. On avait survolé la zone en hélicoptère d'innombrables fois, on avait envoyé des plongeurs sonder la mer, on avait constitué une chaîne de battue avec des volontaires et des équipes cynophiles spécialisées.

Mais personne n'avait vu ni entendu quoi que ce soit.

Le regard de Reidar Frost était celui d'un animal pris au piège. Il ne voulait qu'une chose, poursuivre les recherches.

Assis en face des deux parents, Joona posa des questions de routine : avaient-ils reçu des menaces, quelqu'un dans leur entourage avait-il eu un comportement étrange ou inhabituel, s'étaient-ils sentis suivis.

— Tout le monde pense qu'ils sont tombés à l'eau, chuchota la femme, et sa tête fut de nouveau prise de tremblements incontrôlables.

— Vous nous avez dit qu'il leur arrivait parfois de faire le mur le soir après le coucher, poursuivit Joona calmement.

— Ils n'en ont pas le droit, évidemment, glisse Reidar.

— Mais vous saviez que parfois ils sortaient par la fenêtre pour se rendre à vélo chez un copain ?

— Chez Rikard.

— Rikard Van Horn, au numéro 7, Björnbärsvägen, dit Joona.

— On a essayé d'en parler avec Micke et Felicia, mais… ce sont des enfants et on se disait que ce n'était pas très grave, répondit Reidar en posant doucement sa main sur celle de sa femme.

— Qu'est-ce qu'ils font chez Rikard ?

— Ils jouent au Diablo, ils ne restent jamais très longtemps.

— Tous les gamins font ça, chuchota Roseanna en retirant sa main.

— Mais samedi dernier, ils ne sont pas allés chez Rikard, ils sont allés à la plage, poursuivit Joona. Ils y vont parfois le soir ?

— On ne pense pas, non, dit Roseanna et elle se releva brusquement, comme si elle ne pouvait plus contrôler son agitation intérieure.

Joona hocha la tête.

Il savait que le garçon qui s'appelait Mikael avait reçu un coup de téléphone juste avant de quitter la maison avec sa petite sœur, mais le numéro était impossible à retracer.

Se trouver ainsi face aux parents était insoutenable. Joona ne laissa rien paraître, mais il était de plus en plus persuadé que leurs enfants faisaient partie des victimes du tueur en série. Il écoutait et posait ses questions, mais ne pouvait leur révéler le fond de sa pensée.

21

Si les deux enfants figuraient réellement parmi les victimes de ce tueur en série, si de plus Joona et Samuel avaient raison de penser qu'il essaierait bientôt de supprimer l'un des parents, les deux enquêteurs étaient obligés de faire un choix.

Joona et Samuel décidèrent d'axer la surveillance sur Roseanna Kohler.

Elle avait déménagé chez sa sœur dans le quartier de Gärdet à Stockholm.

La sœur occupait avec sa fille de quatre ans un appartement près de la forêt de Lill-Jan.

Joona et Samuel se relayaient pour surveiller le petit immeuble blanc. Une semaine durant, l'un d'eux restait jusqu'à l'aube dans une voiture garée un peu plus loin dans la rue.

Le huitième jour, bien calé contre le dossier sa voiture, Joona observait comme d'habitude les habitants de la maison se préparer pour la nuit.

Une femme en doudoune argentée faisait sa promenade habituelle avec son golden retriever avant que les dernières fenêtres s'éteignent.

La voiture de Joona était stationnée à l'abri d'un pick-up défraîchi et d'une Toyota rouge.

Dans le rétroviseur, il apercevait des buissons couverts de neige fraîche et une haute clôture entourant un poste électrique.

Le quartier résidentiel était tout à fait paisible. À travers le pare-brise, il contemplait la lueur statique des réverbères, les trottoirs et les fenêtres noires des immeubles.

Il sourit soudain en pensant au repas qu'il avait partagé avec sa femme et sa fille avant de venir ici. Lumi était pressée de finir de manger pour entreprendre un examen approfondi de la bouche de son père.

— Laisse-moi terminer mon assiette d'abord, avait-il tenté.

Mais Lumi avait adopté une mine sérieuse et s'était adressée à sa mère au-dessus de la tête de Joona. Elle lui avait demandé s'il se lavait les dents tout seul.

— Il se débrouille super bien, avait répondu Summa.

Avec un petit sourire, elle avait annoncé à sa fille que toutes les dents de Joona avaient percé. Lumi avait posé un bout de Sopalin sous le menton de son père et essayé d'introduire un doigt entre ses lèvres en lui disant d'ouvrir grand la bouche.

Lumi disparut vite de ses pensées quand une lampe s'alluma dans l'appartement de la sœur. Joona vit Roseanna en chemise de nuit parler au téléphone.

Elle éteignit ensuite la lumière.

Une heure passa, et le quartier était toujours aussi tranquille.

Il commençait à faire froid dans la voiture quand Joona aperçut une silhouette dans le rétroviseur. Un homme tassé sur lui-même approchait dans la rue déserte.

22

Joona s'affaissa un peu sur son siège, suivit la progression de l'individu dans le rétroviseur et essaya de distinguer son visage.

Les branches du sorbier se balancèrent sur son passage.

À la lumière grise du poste électrique, Joona s'aperçut que c'était Samuel.

Son collègue avait presque une demi-heure d'avance.

Il ouvrit la portière et s'assit sur le siège passager qu'il recula aussitôt pour étirer ses jambes.

— Tu es grand et blond, Joona… et on est bien, tous les deux ici dans la voiture et tout ça, soupira-t-il. Mais je préfère quand même dormir avec Rebecka… J'ai envie d'aider les garçons à faire leurs devoirs.

— Tu peux faire des devoirs avec moi.

— Sympa, rit Samuel.

Joona observa la rue, l'immeuble avec ses portes fermées, les garde-fous rouillés des balcons et les vitres noires et luisantes.

— On se donne encore trois jours.

Samuel sortit son thermos en inox contenant la *yoich*, le nom qu'il donnait à sa soupe de poulet.

— Je ne sais pas, j'ai pas mal réfléchi, finit-il par dire sur un ton grave. Rien ne colle dans cette affaire. On essaie de coincer un assassin qui n'existe peut-être même pas.

— Il existe, s'obstina Joona.

— Mais il ne correspond pas à ce qu'on a appris, il ne correspond pas aux critères scientifiques, sur aucun plan.

— C'est pour ça… que personne ne l'a vu. Il est visible seulement parce qu'il jette une ombre dans les statistiques.

Ils se turent. Samuel souffla sur sa soupe, la sueur perlant au front. Joona fredonnait un air de tango et laissa son regard glisser de la fenêtre de Roseanna jusqu'aux stalactites de glace sous l'avancée du toit, survolant les cheminées et les modules de climatisation sous leur manteau blanc. Après quelques semaines de dégel, le froid était revenu, et la neige aussi.

— Il y a quelqu'un derrière l'immeuble, chuchota subitement Samuel. Je crois que j'ai vu un mouvement.

Il pointa son doigt sur le bâtiment, mais tout était figé comme dans un rêve.

La seconde suivante, Joona vit de la neige poudreuse s'envoler d'un buisson près de la résidence. Comme si quelqu'un venait de passer.

Ils ouvrirent doucement les portières et se glissèrent dehors.

Le quartier endormi était plongé dans le silence. Les seuls bruits qu'ils percevaient étaient ceux de leurs propres pas et le ronron du poste électrique.

Ils s'approchèrent du pignon aveugle, continuèrent en bas du talus herbeux et passèrent devant l'atelier d'un tapissier situé au rez-de-jardin.

La lueur du réverbère le plus proche arrivait jusqu'à l'étendue de neige fraîche derrière le corps de bâtiment. Ils s'arrêtèrent au coin de l'immeuble et observèrent les arbres qui se densifiaient vers la forêt de Lill-Jan et la Kungliga Tennishallen, où se déroulait chaque année l'Open de Stockholm.

Tout d'abord Joona ne vit rien dans l'obscurité entre les vieux troncs tordus.

Il était sur le point de faire signe à Samuel d'avancer quand il découvrit la silhouette.

Un homme se tenait entre les arbres, aussi immobile que les branches ourlées de neige.

Le cœur de Joona se mit à battre plus fort.

Tel un fantôme, l'homme mince fixait la fenêtre derrière laquelle Roseanna Kohler était en train de dormir.

Il ne montrait aucune hâte, ne laissait deviner aucun but apparent.

Une certitude glaçante remplit Joona. L'homme dans le parc était le tueur en série dont ils avaient deviné l'existence.

Parmi les ombres, son visage paraissait maigre et ridé.

Il se contentait de se tenir là, comme si la vue de la maison le remplissait d'un calme jouissif, comme s'il avait déjà attiré sa victime dans sa nasse.

Ils sortirent leurs armes, sans savoir comment agir. Ils n'en avaient pas parlé au préalable. Bien qu'ils aient surveillé l'immeuble de Roseanna pendant des jours et des nuits d'affilée, ils n'avaient jamais discuté de la marche à suivre s'il s'avérait qu'ils avaient raison.

Ils ne pouvaient pas se précipiter et arrêter un homme parce qu'il regardait une fenêtre. Certes, ils apprendraient son identité, mais ils se verraient vraisemblablement contraints de le relâcher.

23

Joona fixait la silhouette immobile entre les troncs d'arbres. Il sentait le poids de son pistolet semi-automatique, l'air nocturne qui refroidissait ses doigts et la respiration de Samuel à ses côtés.

La situation commençait à tourner à l'absurde lorsque, brusquement, l'homme fit un pas en avant.

Il portait un sac à la main.

Sans savoir pourquoi, les deux inspecteurs étaient convaincus d'avoir trouvé leur tueur.

L'homme adressa un sourire tranquille à la fenêtre de Roseanna, puis disparut parmi les buissons.

La neige qui recouvrait le gazon crissait faiblement sous leurs pieds quand ils se lancèrent à ses trousses. Ils suivirent les empreintes fraîches à travers le bois de feuillus endormi et, au bout d'un moment, parvinrent à une ancienne voie ferrée.

Loin sur la droite, ils pouvaient voir l'homme avancer sur les rails. Il passait sous un haut pylône électrique, marchait dans les ombres entrecroisées de sa membrure métallique.

Ce vieux chemin de fer était toujours utilisé pour des trains de marchandises, il courait du port de Värtahamnen à travers toute la forêt de Lill-Jan.

Pour ne pas se faire repérer, Joona et Samuel suivirent l'homme en contrebas du remblai, dans la neige profonde.

Les rails cheminaient sous un viaduc puis de nouveau dans le grand bois. Tout devint subitement beaucoup plus sombre et silencieux.

Les arbres se dressaient, denses, avec leurs branches enneigées.

Sans souffler mot, Joona et Samuel se mirent à courir.

En débouchant sur la ligne droite après la grande courbe autour du marais d'Uggleviken, ils trouvèrent la voie ferrée vide.

Le fuyard avait dû abandonner les rails à un endroit donné du virage pour s'engager dans la forêt.

Ils montèrent sur le talus, observèrent la forêt et revinrent sur leurs pas. La neige était tombée ces derniers jours et le manteau blanc était pratiquement vierge.

Puis ils découvrirent les marques de pas qu'ils avaient ratées auparavant. L'homme avait quitté les rails pour s'enfoncer tout droit dans le bois. Le sol sous la couverture neigeuse était mouillé et les marques de ses chaussures avaient eu le temps de s'assombrir, alors que dix minutes plus tôt elles étaient encore blanches et invisibles dans la faible luminosité.

Il avait pris la direction du grand réservoir d'eau. L'obscurité était pratiquement totale entre les arbres.

À trois endroits, les pattes légères d'un lièvre avaient croisé les empreintes humaines détrempées.

Il faisait tellement noir qu'un instant ils crurent l'avoir perdu encore une fois. Ils s'arrêtèrent, repérèrent la piste et poursuivirent la traque.

Soudain, ils entendirent de légers gémissements. On aurait dit les plaintes d'un animal, ça ne ressemblait à rien que Joona ou Samuel aient déjà entendu. Ils s'approchèrent du bruit, guidés par les traces dans la neige.

Le tableau qui s'offrait à eux entre les troncs d'arbres semblait tout droit sorti d'un conte grotesque du Moyen Âge. L'homme qu'ils avaient poursuivi se tenait devant une tombe peu profonde. Le sol tout autour était noir de terre remuée. Une femme sale et maigre essayait de sortir d'un cercueil. En pleurs, elle luttait pour en franchir le bord. Mais dès qu'elle se redressait, il la faisait retomber.

Pendant quelques secondes, Joona et Samuel se contentèrent d'observer la scène, avant de dégainer leurs armes et de se ruer en avant.

L'homme n'était pas armé et Joona savait qu'il devait viser les jambes, pourtant il dirigea son pistolet droit sur son cœur.

Ils coururent dans la neige sale, jetèrent l'homme à plat ventre et le menottèrent aux mains et aux pieds.

Samuel le tenait en joue pendant que, hors d'haleine, il appelait le centre d'appels d'urgence.

Joona entendit les sanglots dans sa voix.

Ils venaient d'arrêter un tueur en série inconnu jusque-là.

Son nom était Jurek Walter.

Avec précaution, Joona sortit la femme du cercueil et essaya de la rassurer. Elle resta allongée sur le sol, haletante. Il était en train de lui expliquer que les secours n'allaient pas tarder à arriver quand il perçut un mouvement entre les arbres. Une ombre s'enfuit, une branche cassa, des ramées de sapin furent secouées et de la neige s'envola doucement comme un voile.

Un chevreuil sans doute.

Plus tard, Joona comprit que ce devait être le complice de Jurek Walter, mais sur le moment il ne pensait qu'à sauver la victime et à conduire l'homme à l'hôtel de police de Stockholm pour l'écrouer à la maison d'arrêt attenante.

On découvrirait bientôt que cette femme avait passé près de deux ans dans le cercueil. Jurek Walter lui avait régulièrement donné de l'eau et de la nourriture, avant de recouvrir à nouveau la tombe de terre.

Elle avait perdu la vue et était fortement sous-alimentée, ses muscles étaient atrophiés, ses mains et ses pieds présentaient de graves engelures et des escarres avaient déformé son corps.

Elle avait subi un traumatisme psychique sévère, et il s'avérerait par la suite que sa captivité avait également entraîné d'importantes lésions cérébrales.

24

Joona verrouilla très soigneusement la porte en rentrant chez lui à quatre heures et demie du matin. Le cœur palpitant d'angoisse, il poussa le corps en sueur de Lumi vers le milieu du lit avant de se coucher, puis il passa son bras autour de sa fille et de sa femme. Il comprit qu'il ne dormirait pas, mais il avait besoin de rester allongé tout près d'elles.

Dès sept heures du matin, il était de retour dans la forêt de Lill-Jan. Le secteur avait été bouclé, mais la neige autour de la tombe était déjà tellement piétinée par les policiers, les chiens et les secouristes que ça ne servait à rien de rechercher des traces d'un éventuel complice.

À dix heures, un chien policier marqua l'arrêt près du réservoir d'Uggleviken, à deux cents mètres seulement de la tombe de la femme. Des techniciens de la police scientifique et des enquêteurs de scènes de crime furent appelés, et deux heures plus tard ils déterraient les restes d'un homme d'âge moyen et d'un garçon d'une quinzaine d'années. Les deux corps étaient enfouis dans un fût en plastique bleu, et l'examen fait par le médecin légiste révéla qu'ils avaient été enterrés près de quatre ans plus tôt. Ils n'avaient survécu que quelques heures dans le fût bien que celui-ci soit pourvu d'un tuyau pour respirer.

Jurek Walter était domicilié dans la rue Björnövägen à Södertälje. C'était sa seule adresse connue. Selon le registre de l'état civil, il n'avait pas vécu ailleurs depuis 1994, année où il avait obtenu son permis de travail, peu après son arrivée en Suède en provenance de Pologne.

Jurek Walter était ouvrier dans une petite entreprise de mécanique générale spécialisée dans la réparation des moteurs Diesel et des aiguillages de chemin de fer.

Tout indiquait qu'il avait mené une vie paisible et très solitaire.

Björnövägen fait partie d'un complexe d'habitation homogène construit au début des années 1970 dans un cadre enchanteur à Södertälje.

Joona, Samuel et les deux techniciens ignoraient ce qu'ils allaient trouver dans l'appartement de Jurek Walter. Une salle de torture, une collection de trophées, des flacons de formol, des congélateurs renfermant des morceaux de corps humains, des photos compromettantes ?

La police avait bouclé tout le premier étage et les abords immédiats de l'immeuble.

Ils enfilèrent leurs combinaisons, ouvrirent la porte et disposèrent tout de suite des plaques de cheminement pour ne pas détruire d'indices.

Jurek Walter occupait un deux-pièces de trente-trois mètres carrés.

Un tas de prospectus jonchait le parquet de l'entrée sous la fente à courrier. À part ça, le vestibule était entièrement vide. Il n'y avait ni chaussures ni vêtements dans le placard à côté de la porte.

Ils pénétrèrent lentement dans l'appartement.

Joona était préparé à l'éventualité d'y trouver quelqu'un, mais tout était d'une immobilité absolue, comme si le temps avait abandonné les lieux.

Les stores vénitiens étaient baissés. Le logement dégageait une odeur de soleil et de poussière.

Il n'y avait pas de meubles dans la cuisine. Le réfrigérateur était ouvert et débranché. Rien n'indiquait qu'il ait jamais servi. Les plaques électriques étaient légèrement rouillées. Dans le four, sur la grille jamais utilisée, se trouvait un mode d'emploi Électrolux. Les provisions du garde-manger se résumaient à deux boîtes de conserve d'ananas en tranches.

Dans la chambre, un lit à une place sans literie, et une chemise propre sur un cintre en fer dans la penderie.

Rien d'autre.

Joona essaya de comprendre la signification de ce logement vide. De toute évidence, Jurek n'y avait pas habité.

Peut-être l'utilisait-il uniquement comme adresse postale.

Aucun élément dans l'appartement ne leur permettait de poursuivre l'enquête. Les seules empreintes digitales étaient celles de Jurek lui-même.

Il n'avait pas de casier judiciaire, n'était pas fiché parmi les suspects de crimes, n'était pas connu des services sociaux. Jurek Walter n'était pas assuré, n'avait jamais contracté d'emprunt, ses impôts étaient prélevés à la source et il n'avait jamais demandé de déduction fiscale.

L'État dispose d'une multitude de bases de données. Plus de trois cents sont soumises à la loi sur la protection des données personnelles. Jurek Walter figurait uniquement dans celles qu'aucun citoyen ne peut éviter.

Pour le reste, il était inexistant.

Il n'avait jamais été en arrêt maladie, n'avait jamais consulté de médecin ni de dentiste.

Il était absent du registre des détenteurs d'armes à feu, du fichier des immatriculations automobiles, du répertoire des écoles, des listes de membres des partis politiques et de celles des églises indépendantes.

C'était comme s'il avait mené sa vie avec l'objectif d'être pour ainsi dire invisible.

Les rares données dont on disposait ne menaient nulle part.

Les quelques personnes qui avaient été en contact avec Jurek Walter sur son lieu de travail ne savaient rien de lui. Elles avaient déclaré qu'il ne parlait jamais beaucoup, mais que c'était un mécanicien très compétent.

En se renseignant auprès de la *Policja* en Pologne, la Rikskrim apprit que de nombreuses années auparavant, un homme du nom de Jurek Walter avait été retrouvé assassiné dans les toilettes publiques de la gare centrale de Cracovie. La police polonaise proposa de leur transmettre des photographies et des empreintes digitales.

Ni les photos ni les empreintes ne correspondaient au tueur en série arrêté en Suède.

Tout laissait à croire qu'il avait usurpé l'identité du véritable Jurek Walter.

L'homme qu'ils avaient arrêté dans la forêt de Lill-Jan apparaissait de plus en plus comme une effroyable énigme.

Après les découvertes de l'homme et du garçon dans le fût, la police continua pendant trois mois à passer la forêt au peigne fin, mais aucune autre victime ne fut retrouvée.

Jusqu'à ce que Mikael Kohler-Frost apparaisse sur un pont ferroviaire, marchant en direction de Stockholm.

25

Un procureur prit la direction de l'enquête préliminaire, mais de l'ordonnance de détention provisoire jusqu'au jugement, les interrogatoires furent menés par Joona et Samuel dans la maison d'arrêt. Si Jurek Walter n'avouait rien, il ne niait pas non plus avoir commis des crimes. Il se contentait de philosopher sur la mort et sur la condition humaine. Puisqu'il n'y avait pas de véritables pièces à conviction, ce furent les circonstances de l'arrestation, l'absence d'explications du prévenu et l'examen psychiatrique médico-légal qui conduisirent au jugement prononcé par le tribunal de première instance. L'avocat de Jurek Walter fit appel et, dans l'attente de l'arbitrage final, les interrogatoires se poursuivirent à la maison d'arrêt.

Les membres du personnel de l'établissement pénitentiaire en avaient vu d'autres, mais la présence de Jurek Walter les incommodait. L'homme semait le trouble. Là où il se trouvait, des conflits éclataient, deux gardiens en étaient venus aux mains et l'un d'eux avait dû être conduit aux urgences.

Après une réunion de crise, il fut décidé d'appliquer de nouvelles règles de sécurité. Jurek Walter n'eut plus le droit de croiser d'autres prévenus ni de fréquenter la cour de promenade.

Samuel se mit en arrêt maladie et Joona longea seul ce jour-là le couloir et les thermos blancs alignés devant les portes vertes des cellules. De longues éraflures noires couraient sur le PVC brillant du sol.

La cellule de Jurek Walter était vide et la porte grande ouverte. Joona nota les murs nus et la fenêtre munie de barreaux. La lumière matinale jetait des reflets sur l'inox du lavabo et sur la housse en plastique usée du matelas.

Plus loin dans le couloir, un policier portant un pull bleu marine discutait avec un prêtre syriaque orthodoxe.

— Ils l'ont emmené en salle deux, lança le policier à Joona.

Un gardien était posté devant la salle d'interrogatoire et, par la porte vitrée, Joona vit Jurek Walter assis sur une chaise, le visage tourné vers le sol. Son conseiller juridique et deux autres gardiens étaient avec lui.

— Je suis venu vous écouter, dit Joona en entrant.

Le silence se fit et, après un court instant, Jurek Walter échangea quelques mots avec son avocat. Il parlait à voix basse et gardait la tête baissée lorsqu'il lui demanda de partir.

— Vous pouvez attendre dans le couloir, dit Joona aux gardiens.

Seul avec Jurek Walter dans la salle d'interrogatoire, il tira une chaise et s'installa tellement près de l'homme qu'il put sentir l'odeur de sa transpiration.

Jurek Walter resta immobile sur sa chaise, la tête pendante.

— Votre avocat prétend que vous vous trouviez dans la forêt de Lill-Jan pour libérer la femme, dit Joona sur un ton neutre.

Jurek garda les yeux rivés au sol pendant près de deux minutes sans esquisser le moindre mouvement avant de répondre :

— Je parle trop.

— La vérité me suffit.

— Ça m'est égal d'être condamné à tort.

— Vous serez incarcéré.

Jurek tourna son visage vers Joona et dit pensivement :

— Cela fait longtemps que la vie m'a quitté. Je n'ai peur de rien. La douleur… la solitude ou l'ennui, je ne les crains pas.

— Mais moi, je cherche la vérité, dit Joona avec une naïveté toute calculée.

— On n'a pas besoin de la chercher. C'est comme pour la justice ou les dieux. On les choisit selon ses besoins.

— Ce sont les mensonges qu'on ne choisit pas.

Les pupilles de Jurek se contractèrent.

— À la cour d'appel, la description que le procureur fera de mes actes sera considérée comme établie hors de tout doute, dit-il sans une once de supplication dans la voix.

— Vous voulez dire que ce sera une erreur ?

— Je ne vais pas m'arrêter aux détails techniques puisque, en réalité, creuser une tombe et la combler revient au même.

Quand Joona quitta la salle d'interrogatoire ce jour-là, il avait la ferme conviction que Jurek Walter était un homme extrêmement dangereux. Pourtant, la possibilité que Jurek ait voulu laisser entendre qu'il assumait le verdict à la place d'un autre venait sans cesse l'obnubiler. Il comprenait bien entendu que son intention était de semer le doute, mais il devait se rendre à l'évidence : l'accusation présentait très clairement une faille.

26

La veille du procès en appel, Joona, Summa et Lumi étaient invités à déjeuner chez Samuel et sa famille. Un soleil bas brillait encore derrière les rideaux de lin au moment où ils se mirent à table, puis il déclina peu à peu. Après avoir allumé une bougie, Rebecka souffla l'allumette. La lueur vacillante se refléta dans la pupille singulière d'un de ses yeux luisants. Elle avait expliqué un jour que cela s'appelait de la dyscorie et que ce n'était pas grave. Elle voyait tout aussi bien avec cet œil-là qu'avec l'autre.

Le repas paisible se termina avec un gâteau au miel, et ensuite on prêta à Joona une kippa qu'il devait mettre pendant la récitation de la Birkat hammazon.

Ce fut la dernière fois qu'il vit la famille de Samuel.

Très bien élevés, les garçons jouèrent un moment avec la petite Lumi avant que Joshua s'absorbe dans un jeu vidéo et que Ruben disparaisse dans sa chambre pour s'exercer à la clarinette.

Rebecka sortit à l'arrière de la maison pour fumer une cigarette et Summa lui tint compagnie, son verre de vin à la main.

Joona et Samuel débarrassèrent la table et se mirent aussitôt à parler de leur travail et du procès du lendemain.

— Je n'irai pas, déclara Samuel d'une voix grave. Ce n'est pas que j'aie peur, mais c'est comme si ça me salissait… comme si chaque seconde que je passe près de cet homme entachait mon âme.

— Je suis certain qu'il est coupable, dit Joona.

— Mais ?

— Je pense qu'il a un complice.

Samuel soupira et posa les assiettes dans l'évier.

— On a arrêté un tueur en série. Un fou solitaire qui…

— Il n'était pas seul devant la tombe quand on est arrivés.

— Mais si, il était seul, sourit Samuel en rinçant les assiettes.

— Ça ne serait pas la première fois qu'un tueur en série a un assistant, objecta Joona.

— C'est vrai, mais absolument rien n'indique que Jurek Walter ferait partie de cette catégorie. On a fait notre travail, c'est terminé, mais toi, Joona, comme toujours, tu ne peux pas t'empêcher de lever un doigt en l'air et de dire אכפיאןאמלידו.

— Ah bon ? sourit Joona. Et ça signifie quoi ?

— "Mais c'est peut-être le contraire qui prévaut."

— Effectivement, on peut toujours ajouter ça, sourit Joona en hochant la tête.

Le soleil se déversait par les fenêtres en verre soufflé du palais Wrangelska où loge la cour d'appel. L'avocat de Jurek Walter précisa que son client était durement éprouvé par le procès. Son état psychique ne lui permettait pas d'expliquer les raisons de sa présence sur les lieux du crime au moment de sa capture.

Joona était appelé à témoigner et il décrivit tout le travail d'investigation qui avait mené à l'arrestation. L'avocat de la défense lui demanda s'il pensait possible que l'exposé des faits présenté par le procureur soit fondé sur une supposition erronée.

— Mon client a-t-il pu être condamné par le tribunal de première instance pour un acte commis par quelqu'un d'autre ?

Joona croisa le regard angoissé de l'homme de loi et revit mentalement la scène où, sans pour autant se montrer agressif, Jurek Walter repoussait la femme dans le cercueil chaque fois qu'elle tentait d'en sortir.

— Je vous le demande puisque vous y étiez, poursuivit l'avocat. Peut-on imaginer qu'en réalité Jurek Walter essayait de sauver la femme dans la tombe ?

— Non, répondit Joona.

Après deux heures de délibérations, le président de la cour d'appel déclara que le jugement du tribunal de première instance était maintenu. Pas un muscle ne bougea sur le visage de Jurek Walter pendant la lecture de la peine renforcée. Il était condamné à des soins psychiatriques sous contrainte. Le jugement était assorti de clauses particulières stipulant que seul un tribunal administratif était habilité à décider d'une éventuelle sortie. Eu égard à son implication immédiate dans plusieurs enquêtes préliminaires en cours, des restrictions particulièrement sévères lui furent également appliquées.

Quand le président de la cour d'appel eut terminé le prononcé de la sentence, Jurek Walter se tourna vers Joona. Son visage était sillonné de fines rides et ses yeux clairs vinrent croiser les siens.

— Bientôt les deux fils de Samuel Mendel vont disparaître, dit Jurek d'une voix mesurée. Et Rebecka, la femme de Samuel, va disparaître. Mais… Non, écoutez-moi, Joona Linna. La police va enquêter et quand elle abandonnera, Samuel va poursuivre les recherches, mais il finira par comprendre qu'il ne reverra jamais sa famille et il se donnera la mort.

Joona se leva pour quitter la salle d'audience.

— Et votre fille, la petite Lumi, poursuivit Jurek Walter en examinant ses ongles.

— Faites bien attention à ce que vous dites !

— Lumi va disparaître, chuchota Jurek. Et Summa va disparaître. Et quand tu auras compris que tu ne les retrouveras jamais… tu te pendras.

Il leva la tête et regarda de nouveau Joona droit dans les yeux. Son visage reflétait un grand calme, comme si son règne était déjà instauré.

En règle générale, le condamné était ramené en maison d'arrêt dans l'attente de son transfert vers un établissement pénitentiaire ou une institution psychiatrique. Le personnel de la maison d'arrêt de Kronoberg était cependant si impatient d'être débarrassé de Jurek Walter qu'un transport fut mis en place directement du palais Wrangelska vers une unité sécurisée de psychiatrie médico-légale à vingt kilomètres au nord de Stockholm.

Jurek Walter devait être maintenu en isolement total dans l'unité la mieux surveillée de Suède, pour un temps indéfini. Samuel Mendel considéra les menaces de Jurek comme des paroles en l'air prononcées par un homme vaincu, alors que Joona était persuadé que l'avertissement avait été proféré comme une vérité, un fait établi.

On ne retrouva pas d'autres corps et l'enquête préliminaire fut bientôt jugée non prioritaire.

Même si elle n'était pas formellement classée, elle s'éteignait d'elle-même à petit feu.

Joona refusa d'abandonner, mais les morceaux du puzzle étaient trop peu nombreux et toutes les pistes donnaient sur des impasses. Bien que Jurek Walter soit arrêté et condamné, ils n'en savaient pas plus sur lui.

L'homme demeurait une énigme.

Un vendredi après-midi, deux mois après le procès, Joona prenait un double expresso avec Samuel à l'*Il Caffè*, près de l'hôtel de police. Ils menaient d'autres enquêtes désormais, mais se rencontraient régulièrement pour discuter du cas Jurek Walter. Ils avaient examiné les pièces du dossier d'innombrables fois, sans trouver quoi que ce soit qui confirmerait l'existence d'un complice. Leur acharnement prit bientôt les allures d'une sorte de jeu, consistant à soupçonner et désigner coupable n'importe quel quidam innocent, lorsque l'horreur frappa.

Le téléphone de Samuel bourdonna à côté de sa tasse. La photo de Rebecka s'afficha sur l'écran, avec sa pupille en forme de goutte. Joona écouta distraitement la conversation tout en ôtant le sucre perlé de son petit pain à la cannelle avant de le croquer. Il crut comprendre qu'elle et les garçons devaient se rendre plus tôt que convenu à Dalarö, et Samuel dit qu'il pourrait se charger des courses en chemin. Il lui recommanda de faire attention sur la route, lui envoya mille baisers avant de raccrocher.

— Le menuisier veut qu'on vienne voir ce qu'il a fait sur la véranda le plus vite possible, expliqua Samuel. Si c'est OK pour le lambris, le peintre pourra intervenir dès ce week-end.

Joona et Samuel retournèrent dans leurs bureaux respectifs à la Rikskrim, et ne se croisèrent plus de la journée.

Cinq heures plus tard, tandis que Joona dînait en famille, Samuel l'appela. Il était hors d'haleine et Joona eut du mal à comprendre ses propos décousus, mais apparemment, Rebecka et les enfants ne se trouvaient pas dans la maison de vacances de Dalarö. Ils n'y étaient jamais arrivés et ils ne répondaient pas au téléphone.

— Il y a sûrement une explication, tenta Joona.

— J'ai appelé tous les hôpitaux et la police et...

— Tu es où, là ?

— Je suis sur la route de Dalarö, j'y retourne.

— Qu'est-ce que je peux faire ? demanda Joona.

L'idée l'avait déjà effleuré, et pourtant ses cheveux se dressèrent sur sa tête quand Samuel répondit :

— Vérifie si Jurek Walter ne s'est pas évadé.

Joona contacta immédiatement le service de psychiatrie médico-légale de l'hôpital Löwenströmska, eut le chef de service, docteur Brolin, au bout du fil et s'entendit répondre qu'il n'y avait eu aucune activité anormale dans l'unité sécurisée. Jurek Walter se trouvait dans sa cellule, il avait passé la journée dans l'isolement le plus total.

Quand Joona rappela Samuel, la voix de son ami avait changé, elle était affolée, suraiguë.

— Je suis dans la forêt, cria presque Samuel. Je viens de retrouver la voiture de Rebecka, elle est là, au milieu de la route du cap, mais il n'y a personne, il n'y a personne !

— J'arrive, dit Joona aussitôt.

La police lança des recherches importantes pour retrouver la famille de Samuel. Les traces de Rebecka et des enfants s'arrêtaient sur le chemin de terre à cinq mètres de la voiture abandonnée. Les chiens ne flairaient aucune piste, ils allaient et venaient, tournaient en rond, sans jamais marquer l'arrêt. On fouilla en vain les forêts, les routes, les maisons et les eaux pendant deux mois. Après que la police eut retiré ses hommes du terrain, Samuel et Joona poursuivirent tout seuls. Opiniâtres, ils cherchaient avec une terreur intérieure exacerbée qui finit par atteindre les limites du supportable. Ils ne mentionnèrent pas une seule fois ce qu'ils avaient en tête, ni l'un ni l'autre. Impossible de prononcer à voix haute leurs craintes pour Joshua, Ruben et Rebecka. Ils avaient tous les deux été témoins de la cruauté de Jurek Walter.

29

Durant cette période, la terrible angoisse de Joona le privait de sommeil. Il surveillait sa femme et sa fille, les accompagnait partout, allait les chercher, les déposait, instaurait des règles particulières pour l'école maternelle de Lumi. Mais il finit par admettre que ça ne tiendrait pas, à la longue.

Joona fut obligé de regarder le danger en face.

Il ne pouvait pas en parler avec Samuel, mais il n'avait plus le droit de se mentir à lui-même.

Jurek Walter n'avait pas commis ses crimes en solitaire. Il avait été aidé. La grandiose modestie de Jurek Walter le désignait comme chef, mais de toute évidence, il avait un complice.

Qui avait reçu pour mission d'enlever la femme et les deux fils de Samuel et l'avait accomplie sans laisser la moindre trace.

Joona savait que le tour de sa propre famille viendrait. Seuls des concours de circonstances l'avaient épargnée jusque-là.

Jurek Walter ne faisait grâce à personne.

Joona en discuta à plusieurs reprises avec Summa, mais elle ne prenait pas la menace aussi au sérieux que lui. Elle acceptait son inquiétude et ses mesures de sécurité en se disant que ses craintes se dissiperaient peu à peu.

Joona avait espéré que l'énorme mobilisation policière déclenchée lors de la disparition de Rebecka et ses deux fils permettrait d'arrêter le complice. Pendant plusieurs semaines, il avait eu l'impression d'être le chasseur, mais à présent les rôles s'étaient indubitablement inversés.

C'était lui, le gibier, et le calme qu'il affichait devant Summa et Lumi n'était qu'une façade.

Il était dix heures et demie du soir et Summa et Joona lisaient côte à côte dans le lit, quand un bruit au rez-de-chaussée fit bondir le cœur de Joona. Il savait que le programme du lave-linge n'était pas encore fini, c'était peut-être juste une fermeture éclair heurtant le tambour, mais il ne put s'empêcher de se lever et d'aller s'assurer que toutes les fenêtres étaient intactes et toutes les portes fermées à clé.

Quand il revint dans la chambre, Summa ne lisait plus. Elle le fixa du regard.

— Tu faisais quoi ? demanda-t-elle doucement.

Joona se força à sourire et était sur le point de lui répondre, quand il entendit de petits pieds marteler le parquet. Il se retourna et vit sa fille entrer. Ses cheveux étaient ébouriffés et son pantalon de pyjama bleu ciel s'était vrillé d'un quart de tour sur son corps.

— Lumi, il faut que tu dormes, soupira-t-il.

— On a oublié de dire bonne nuit au chat.

Le soir, Joona lisait souvent une histoire à sa fille, et une fois la lecture terminée, il fallait toujours qu'ils fassent un petit coucou au chat gris qui dormait sur le rebord de la fenêtre chez le voisin.

— Retourne te coucher, dit Summa.

— Je vais venir, promit Joona.

Lumi murmura quelque chose et secoua la tête.

— Tu veux que je te porte ? demanda Joona et il la hissa sur son bras.

Elle s'agrippa à lui et il sentit alors combien son cœur battait fort.

— Qu'est-ce qu'il y a ? Tu as fait un mauvais rêve ?

— Je voulais dire bonne nuit au chat, chuchota-t-elle. Mais il y avait un squelette dehors.

— Chez le voisin ?

— Non, dehors. Tu sais, là où on avait trouvé le hérisson mort... Il me regardait...

Joona la déposa vivement dans le lit à côté de Summa.

— Tu restes là, dit-il.

Il dévala l'escalier et, sans se donner la peine de prendre le pistolet dans l'armoire forte ni d'enfiler ses chaussures, il ouvrit la porte de la cuisine et se rua dans l'air frais.

Il n'y avait personne.

Il enjamba la clôture et pénétra dans le jardin du voisin, puis dans le suivant aussi. Tout le lotissement était plongé dans le silence. Il retourna au pied de l'arbre à l'arrière de leur maison où Lumi et lui avaient trouvé un hérisson mort l'été dernier.

Quelqu'un s'était incontestablement tenu dans l'herbe haute, juste de l'autre côté de leur clôture. De cet endroit, on pouvait très nettement regarder droit dans la chambre de Lumi.

Joona retourna à l'intérieur, verrouilla la porte derrière lui, alla chercher son pistolet, inspecta le moindre recoin de la maison et alla ensuite se coucher. Lumi s'endormit presque tout de suite entre lui et Summa, et un moment après, sa femme dormait aussi.

30

Joona avait déjà évoqué avec Summa la possibilité de fuir, de refaire leur vie, mais elle n'avait jamais rencontré Jurek Walter, elle ne connaissait pas l'étendue de ses actes et ne croyait tout simplement pas qu'il soit derrière la disparition de Rebecka, Joshua et Ruben.

Avec une concentration fiévreuse, Joona tâchait maintenant de regarder l'inévitable en face. Une acuité glaçante le remplissait quand il étudiait chaque angle, chaque détail, pour l'élaboration de son plan.

Un plan qui les sauverait tous les trois.

La police criminelle ne savait pratiquement rien sur Jurek Walter. La disparition de la famille de Samuel Mendel avait eu lieu après le jugement, c'était la principale raison pour laquelle on le soupçonnait d'avoir un bras droit.

Mais le complice n'avait pas laissé la moindre trace.

Il était l'ombre d'une ombre.

Ses collègues prétendaient que c'était sans espoir, mais Joona refusait d'abandonner. Il comprenait évidemment qu'il allait être difficile de trouver et d'appréhender un acolyte invisible. Cela pourrait prendre plusieurs années, et Joona n'était qu'un homme. Il ne pourrait pas en même temps chercher un criminel et surveiller Summa et Lumi, pas toutes les deux, pas chaque instant, jour et nuit.

S'il engageait deux gardes du corps pour les suivre vingt-quatre heures sur vingt-quatre, toutes leurs économies seraient englouties en six mois.

Le complice de Jurek avait attendu des mois avant de s'en

prendre à la famille de Samuel. Il était clairement patient, n'agissait pas dans la précipitation.

Joona essaya de trouver des solutions qui leur permettraient de rester ensemble tous les trois. Ils pourraient déménager, changer de métiers et d'identités et vivre discrètement retirés quelque part.

Rien n'était plus important que de pouvoir être avec Summa et Lumi.

Mais, en tant que policier, il savait qu'une nouvelle identité dans un programme de protection de témoin n'est jamais sûre. Elle procure juste un moment de répit. Plus on s'éloigne, plus le sursis est long, mais dans le dossier regroupant les victimes probables de Jurek Walter figurait un homme qui avait disparu de l'hôtel à Bangkok où il s'était réfugié.

Il n'y avait nulle part où aller.

Cette nuit-là, Joona fut obligé d'accepter qu'il existait quelque chose de plus important pour lui que de pouvoir vivre avec Summa et Lumi.

Leur vie était plus importante.

Prendre la fuite ou disparaître avec elles reviendrait à inviter Jurek ou son complice à se mettre à sa recherche.

Et, à force de chercher, on finit tôt ou tard par trouver ceux qui se cachent, Joona en était convaincu.

Jurek Walter ne devait pas se mettre à chercher. C'était l'unique façon de ne pas être trouvé.

Une seule solution se présentait à Joona. Amener Jurek Walter et son ombre à croire que Summa et Lumi étaient mortes.

31

La circulation devient plus dense à mesure que Joona approche de Stockholm. Des flocons de neige tourbillonnent dans l'air et se dissipent sur la chaussée mouillée de l'autoroute.

Il n'a pas le courage de se remémorer comment il avait organisé la mort de Summa et de Lumi pour leur faire vivre une tout autre vie. Nils Åhlén, plus connu sous le nom de l'Aiguille, l'avait aidé, sans grand enthousiasme cependant. Il comprenait que c'était la meilleure chose à faire, dans l'hypothèse de l'existence d'un complice. Mais si Joona se trompait, c'était une erreur impardonnable.

Au fil des ans, ce doute a pesé comme un deuil sur le corps maigre du médecin légiste.

La clôture du cimetière Norra défile derrière les vitres de la voiture et Joona se souvient du moment où les urnes de Summa et de Lumi furent inhumées. La pluie crépitait sur les parapluies noirs et frappait les rubans de soie qui décoraient les couronnes mortuaires.

Joona et Samuel poursuivaient leurs recherches chacun de son côté, mais ils n'avaient plus aucun contact. Leurs sorts réciproques dressaient un mur entre eux. Onze mois après la disparition de sa famille, Samuel arrêta les recherches et reprit son travail. Il tint bon trois semaines, après avoir abandonné tout espoir. Tôt le matin par une magnifique journée de mars, il se rendit dans sa maison de campagne. Il descendit à la plage où ses fils avaient l'habitude de se baigner, dégaina son pistolet de service, engagea une cartouche et se tira une balle dans la tête.

Lorsque Joona reçut le coup de fil de son chef l'informant de la mort de Samuel, un épouvantable froid l'envahit.

Deux heures plus tard, il se rendit en grelottant chez le vieil horloger dans la rue de Roslagsgatan. C'était bien après l'heure de la fermeture, mais le vieil homme était encore en train de travailler parmi des monceaux de montres, la loupe coincée devant son œil gauche. Joona frappa sur la vitrine et l'homme vint lui ouvrir la porte.

Lorsqu'il quitta l'horlogerie au bout de quinze jours, il avait perdu sept kilos. Il était pâle et tellement faible qu'il s'arrêtait tous les dix mètres pour se reposer. Il vomit dans le parc qui plus tard allait recevoir le nom de la chanteuse de jazz Monica Zetterlund, puis continua son chemin en titubant.

Joona n'avait jamais imaginé qu'il allait perdre sa famille pour toujours. Il renonçait à voir et à toucher sa femme et sa fille pendant un certain temps, plusieurs années peut-être, mais il avait l'intime conviction qu'il trouverait un jour l'ombre de Jurek Walter et l'arrêterait. Joona était certain qu'il dévoilerait leurs crimes, ferait la lumière sur leurs méfaits, en révélerait chaque détail. Dix ans plus tard cependant, il n'avait pas plus avancé qu'au bout de dix jours. Rien ne lui permettait de progresser. La seule preuve concrète de l'existence d'un deuxième homme était l'exécution de la sentence prononcée par Jurek contre Samuel.

Officiellement, il n'y avait aucun lien entre Jurek Walter et la famille de Samuel. La disparition de sa femme et de ses enfants était considérée comme un accident. Bientôt il n'y eut plus que Joona pour croire que le lieutenant de Jurek Walter les avait enlevés.

Malgré cette conviction, il commença à accepter l'idée d'un match nul. Il ne trouverait pas le complice, mais sa famille était encore en vie.

Il cessa de parler de l'affaire, mais comme il ne pouvait pas exclure d'être surveillé, il était condamné à la solitude.

Les années passaient et la mort fictive ressemblait de plus en plus à la mort réelle.

Il avait vraiment perdu sa fille et sa femme.

Joona arrête sa voiture derrière un taxi devant l'entrée principale de l'hôpital Söder, sort sous la légère averse de neige et franchit la porte tambour vitrée.

32

Mikael Kohler-Frost a été transféré de la salle de déchoquage vers le service 66, celui des maladies infectieuses, chroniques ou aiguës.

Un médecin au visage fatigué mais sympathique se présentant comme Irma Goodwin accompagne Joona Linna dans le couloir.

— Son état général est très mauvais, lui explique-t-elle. Il est sous-alimenté et il souffre d'une pneumonie. Le laboratoire a constaté la présence d'anticorps contre la légionelle dans ses urines et...

— La maladie du légionnaire ?

Joona s'arrête et passe une main dans ses cheveux en bataille. Le médecin voit ses yeux gris prendre un éclat intense, presque comme de l'argent dépoli, et elle se dépêche de l'assurer que ce n'est pas une maladie contagieuse.

— Elle est liée à des lieux spécifiques avec...

— Je connais, la coupe Joona et il se remet en marche.

L'homme qui avait été découvert mort dans le fût en plastique était atteint de légionellose. Pour contracter cette maladie, il faut se trouver dans un endroit où l'eau est contaminée. Les cas sont très rares en Suède. La bactérie du genre *legionella* se développe dans des bassins, des réservoirs d'eau et des tuyauteries où la température de l'eau est comprise entre 25 et 45 degrés.

— Mais il va guérir ? demande Joona.

— Je pense que oui, je l'ai immédiatement mis sous macrolide, répond-elle tout en essayant de suivre le rythme de l'inspecteur.

— Et c'est efficace ?

— Il faut quelques jours – il a toujours beaucoup de fièvre et il y a un risque d'emboles septiques.

Elle ouvre une porte, fait un geste de la main pour inviter Joona à entrer et le suit au chevet du patient.

La lumière du jour traverse et fait briller la poche suspendue au pied à perfusion. Un homme maigre et très pâle est allongé sur le lit, les paupières fermées. Il murmure de façon maniaque :

— Non, non, non… non, non, non, non…

Son menton tremble et les gouttes de sueur sur son front se réunissent en petits filets qui coulent sur ses tempes. Une infirmière assise à côté du lit tient fermement sa main gauche et enlève précautionneusement des éclats de verre d'une plaie.

— Il a parlé ? demande Joona.

— Il a pas mal déliré, c'est difficile de comprendre ce qu'il dit, répond l'infirmière et elle applique une compresse sur la plaie.

Elle quitte la chambre et Joona s'approche lentement du patient. Il examine les traits amaigris et reconnaît tout de suite le visage d'enfant qu'il a tant de fois étudié sur les photographies. La jolie bouche en cul-de-poule, les longs cils sombres. Joona se souvient de la dernière photo de Mikael. Il avait dix ans, il était installé devant son ordinateur, les cheveux tombant sur ses yeux et un petit sourire amusé aux lèvres.

Le jeune homme dans le lit d'hôpital tousse péniblement, il respire par à-coups, les yeux fermés, puis chuchote de nouveau :

— Non, non, non…

Il n'y a aucun doute, c'est bien Mikael Kohler-Frost qui est allongé sur le lit devant Joona.

— Tu es en sécurité maintenant, Mikael, dit-il.

Irma Goodwin se tient en silence derrière lui, le regard fixé sur l'homme décharné.

— Je veux pas, je veux pas.

Il secoue la tête et tressaille puis tous les muscles de son corps se tendent. Le soluté dans le sac du goutte-à-goutte se teinte de sang. Il tremble et se met à geindre faiblement.

— Je m'appelle Joona Linna, je suis inspecteur de police. Je suis l'un de ceux qui t'ont cherché quand tu n'es pas rentré à la maison.

Mikael ouvre un peu les paupières, semble tout d'abord ne pas voir grand-chose, il cille des yeux et les plisse vers Joona.

— Vous croyez que je suis vivant...

Il tousse, fixe Joona en respirant avec peine.

— Tu étais où, Mikael ?

— Je sais pas, je sais vraiment pas, je sais rien, je sais pas où je suis, je sais rien de...

— Tu te trouves à l'hôpital Söder à Stockholm, dit Joona.

— La porte est fermée à clé ? Est-ce qu'elle est fermée à clé ?

— Mikael, j'ai besoin de savoir où tu te trouvais.

— Je comprends pas ce que tu dis, chuchote-t-il.

— Il faut me raconter...

— Mais merde à la fin, qu'est-ce que vous me faites ? dit-il d'une voix désespérée, puis il se met à pleurer.

— Je vais lui donner un calmant, dit le médecin et elle quitte la chambre.

— Tu es en sécurité, explique Joona. Tout le monde ici essaie de t'aider et...

— Je veux pas, je veux pas, je supporte pas de...

Il secoue la tête et essaie maladroitement d'enlever le cathéter du pli du bras.

— Où as-tu été pendant si longtemps, Mikael ? Où as-tu vécu ? Tu t'es caché ? Tu as été enfermé ou...

— Je sais pas, je comprends pas ce que tu dis.

— Tu es fatigué et tu as de la fièvre, dit Joona à voix basse. Mais tu dois faire un effort et me répondre.

33

Mikael Kohler-Frost est allongé sur son lit d'hôpital, sa respiration saccadée rappelle celle d'un lièvre percuté par une voiture. Il parle silencieusement à lui-même, s'humecte la bouche et regarde Joona avec de grands yeux pleins d'interrogations.

— Est-ce qu'on peut être enfermé dans du rien ?

— Non, ce n'est pas possible, répond Joona calmement.

— Ah bon ? Je comprends pas, je sais pas, j'arrive pas à penser, chuchote l'homme rapidement. Il y a rien à se rappeler, c'est sombre… tout est comme du rien et je confonds… je confonds ce qu'il y avait avant et ce qu'il y avait au début, j'arrive pas à penser, il y a trop de sable, je sais même pas ce qui est rêve et…

Il tousse, incline la tête en arrière et ferme les yeux.

— Ce qu'il y avait au début…, dit Joona. Peux-tu essayer de…

— Ne me touche pas, je veux pas que tu me touches !

— Je ne te touche pas.

— Je veux pas, je veux pas, je peux pas, je veux pas…

Ses yeux se révulsent et il penche la tête d'une étrange façon oblique, serre les paupières et tremble de tout son corps.

— Tout va bien, dit Joona.

Au bout d'un moment, le corps de Mikael se détend de nouveau, il toussote et ouvre les yeux.

— Peux-tu me raconter un peu comment c'était au début, répète Joona d'une voix douce.

— Quand j'étais petit… on se tassait par terre, dit-il presque sans voix.

— Alors vous étiez plusieurs au début ?

Joona sent des frissons dans son dos et ses cheveux qui se dressent sur sa tête.

— On avait peur... j'appelais maman et papa... et il y avait une femme et un vieux monsieur par terre... ils étaient assis par terre derrière le canapé... elle essayait de me calmer, mais... mais j'entendais bien qu'elle pleurait tout le temps.

— Qu'est-ce qu'elle disait ?

— Je m'en souviens pas, je me souviens de rien, j'ai peut-être rêvé tout ça...

— Tu viens de faire allusion à un vieux monsieur et à une femme.

— Non.

— Derrière le canapé.

— Non, chuchote Mikael.

— Tu te souviens de leurs noms ?

Il tousse et secoue la tête.

— Tout le monde criait et pleurait et la femme avec l'œil parlait tout le temps de deux garçons, dit-il avec un regard absent.

— Tu te souviens de leurs noms ?

— Quoi ?

— Est-ce que tu te rappelles comment ils s'appelaient ?

— Je veux pas, je veux pas...

— Je suis désolé de te bouleverser, mais...

— Tout le monde disparaissait, ils disparaissaient du jour au lendemain, dit Mikael de plus en plus fort. Tout le monde disparaissait, tout le monde...

Sa voix se casse et les mots se perdent.

Joona lui répète que tout va s'arranger. Mikael le regarde droit dans les yeux, mais il tremble tellement qu'il ne peut pas parler.

— Tu es en sécurité ici, reprend Joona. Je suis inspecteur de police et je veille à ce qu'il ne t'arrive rien.

Irma Goodwin revient, accompagnée d'une infirmière qui s'approche du patient et lui remet délicatement les lunettes à oxygène. Elle injecte le sédatif dans la tubulure de perfusion tout en expliquant d'une voix aimable ce qu'elle fait.

— Il doit se reposer maintenant, dit Irma à Joona.

— J'ai besoin de savoir ce qu'il a vu.

Elle incline la tête et tripote son annulaire.

— C'est si urgent que ça ?

— Non. Pas vraiment.

— Revenez demain alors, dit Irma. Je crois que...

Son téléphone portable sonne, elle dit quelques mots puis quitte vivement la chambre. Joona reste près du lit et l'entend s'éloigner dans le couloir.

— Mikael, tu parlais de l'œil de cette femme ? Qu'est-ce que tu voulais dire ? demande-t-il lentement.

— Elle était comme... comme une goutte noire...

— La pupille ?

— Oui, chuchote Mikael et il referme les paupières.

Joona regarde le jeune homme dans le lit. Le sang bat dans ses tempes et sa voix est éraillée comme du métal oxydé quand il demande :

— Est-ce qu'elle s'appelait Rebecka ?

34

Mikael pleure quand le sédatif coule dans son sang. Ses muscles se décontractent, les pleurs se font moins intenses et cessent totalement à la seconde où il glisse dans le sommeil.

Joona se sent bizarrement vide en quittant la chambre. Il sort son téléphone, s'arrête, inspire profondément et appelle l'Aiguille, qui avait pratiqué l'autopsie judiciaire sur les corps retrouvés dans la forêt de Lill-Jan.

— Nils Åhlén.

— Tu es devant ton ordinateur ? demande Joona.

— Joona Linna, je suis content de t'entendre, dit l'Aiguille de sa voix nasale. Figure-toi que j'étais là, à rien foutre, les yeux fermés devant mon écran. J'imaginais que je m'étais acheté une lampe à bronzer.

— Tu as des fantasmes coûteux.

— Suffit d'être économe.

— Est-ce que tu pourrais jeter un coup d'œil à quelques vieux dossiers pour moi ?

— Demande plutôt à Frippe, il t'aidera.

— Pas possible.

— Il est aussi compétent que…

— Ça concerne Jurek Walter, l'interrompt Joona.

Un long silence s'ensuit.

— Je t'ai dit que je ne voulais plus jamais en entendre parler, dit l'Aiguille en contrôlant sa voix.

— Une de ses victimes est revenue vivante.

— Ne plaisante pas avec ça.

— Mikael Kohler-Frost… Il est atteint de la maladie du légionnaire, mais il va probablement s'en sortir.

— Quels sont les dossiers qui t'intéressent ? demande l'Aiguille avec une pointe de nervosité dans la voix.

— L'homme dans le fût était atteint de légionellose, poursuit Joona. Mais le garçon qui était avec lui, est-ce qu'il présentait aussi des traces de la bactérie ?

— Pourquoi tu demandes ça ?

— S'il y a un lien, on pourrait établir une liste des endroits où on trouve la légionelle. Et alors…

— Ça va faire quelques millions d'endroits.

— Très bien…

— Joona, tu dois comprendre que… que même si la légionelle figure dans les autres dossiers, ce n'est en aucun cas une preuve que Mikael ferait partie des victimes de Jurek Walter.

— Donc, il y avait des bactéries dans…

— Oui, j'ai trouvé des anticorps dans le sang du garçon, il avait probablement eu la fièvre de Pontiac, dit l'Aiguille avec un soupir. Je sais que tu veux avoir raison, Joona, mais rien de ce que tu dis ne suffit à…

— Mikael dit qu'il a rencontré Rebecka.

— Rebecka Mendel ? demande l'Aiguille et sa voix frémit.

— Ils étaient enfermés ensemble.

— Ça voudrait dire… ça voudrait dire que tu avais raison sur toute la ligne, Joona, dit l'Aiguille et il paraît sur le point de fondre en larmes. Tu n'imagines pas combien je suis soulagé.

Il déglutit plusieurs fois avant de chuchoter :

— Ça veut dire que, finalement, on a bien agi.

— Oui, dit Joona d'une voix blanche.

L'Aiguille et lui ont bien agi à l'époque en organisant un accident de voiture pour la femme et la fille de Joona.

Deux personnes mortes sur la route furent incinérées et enterrées à la place de Lumi et Summa. À l'aide de dossiers dentaires falsifiés, l'Aiguille avait échangé l'identité des morts. Il s'était toujours demandé si l'aide qu'il avait apportée à Joona était justifiée. Il croyait en lui et il lui faisait confiance, mais la décision était si grave, si cruciale, que le doute ne lui avait jamais laissé de répit.

Joona n'ose pas quitter l'hôpital avant l'arrivée de deux agents de police chargés de surveiller la chambre de Mikael. Dans le couloir, il appelle Nathan Pollock et lui demande d'envoyer quelqu'un chez le père de la victime.

— Je suis certain que c'est Mikael, dit-il. Et je suis certain qu'il est resté prisonnier de Jurek Walter pendant toutes ces années.

Il monte dans sa voiture, s'éloigne lentement de l'hôpital tandis que les essuie-glaces balaient la neige du pare-brise.

Mikael Kohler-Frost avait dix ans quand il avait disparu – il n'a réussi à s'enfuir qu'à l'âge de vingt-trois.

Il arrive de temps en temps que des personnes séquestrées parviennent à s'enfuir, comme Elisabeth Fritzl en Autriche, qui s'est évadée après avoir vécu vingt-quatre années comme esclave sexuelle dans la cave de son père. Ou Natascha Kampusch, qui a pu se soustraire à son ravisseur au bout de huit ans.

À l'instar de ces deux femmes, Mikael a forcément vu celui qui le détenait prisonnier. Subitement, Joona imagine une fin possible. Dans seulement quelques jours, dès qu'il sera suffisamment remis, Mikael devrait pouvoir les guider vers l'endroit où il a été enfermé pendant tout ce temps.

Joona dévie sur la chaussée opposée pour doubler un bus et entend les pneus tonner quand il franchit la congère de neige amassée au milieu de la route. Il dépasse Riddarhuset, la Maison de la Noblesse et, sous la neige qui tombe dru, il voit la ville s'étendre entre le ciel noir et les eaux sombres du Strömmen.

Le complice sait évidemment que Mikael s'est évadé et qu'il peut le démasquer. Il a probablement déjà commencé à éliminer des indices et à changer de cachette, mais si Mikael les conduit là où il a été détenu, les techniciens trouveront des pistes et la traque pourra commencer.

Il reste beaucoup de chemin à parcourir, mais le cœur de Joona a quand même commencé à battre plus fort dans sa poitrine.

Bouleversé par ces pensées, il est obligé de s'arrêter et de couper le moteur sur le pont Vasa. Un conducteur derrière lui s'énerve, klaxonne. Joona sort de la voiture, monte sur le trottoir et inspire profondément l'air froid.

Un début de migraine le fait vaciller. Il prend appui sur le garde-fou, ferme les paupières et attend que la douleur s'évanouisse avant de rouvrir les yeux.

Des flocons de neige tombent du ciel par millions puis disparaissent en direction de l'eau noire sous le pont, comme s'ils n'avaient jamais existé.

Il est trop tôt pour aller jusqu'au bout de sa pensée, mais il réalise quand même la signification de cette nouvelle donne. La certitude envahit son corps tout entier. S'il réussit à arrêter le complice, il n'y aura plus de menace contre Summa et Lumi.

35

Il fait trop chaud dans le sauna pour bavarder. Une lumière dorée enveloppe leurs corps nus et le bois de santal clair. La température est montée jusqu'à 97 °C et l'air brûle les poumons de Reidar Frost à chaque respiration. Des gouttes de sueur tombent du bout de son nez sur les poils grisonnants de sa poitrine.

La journaliste japonaise Mizuho est assise sur la banquette à côté de Veronica. Leurs corps sont rouges et brillants. La transpiration coule entre leurs seins et sur leur ventre jusqu'aux poils pubiens.

Mizuho regarde Reidar avec un grand sérieux. Elle a fait tout le chemin depuis Tokyo pour l'interviewer. Au téléphone, il lui avait répondu très aimablement qu'il n'accordait jamais d'interview mais qu'elle était cordialement invitée à se joindre à eux pour la fête de la soirée. Elle espère sans doute obtenir un commentaire sur la série manga qui sera tirée de sa trilogie Sanctum. Elle est là depuis quatre jours.

Veronica soupire et ferme les yeux un instant.

Mizuho n'a pas enlevé sa chaîne en or avant d'entrer dans le sauna et Reidar voit que le métal commence à lui brûler la peau. Marie n'est restée que cinq minutes avant d'aller prendre une douche, et la journaliste japonaise finit, elle aussi, par quitter l'étuve.

Veronica appuie les coudes sur ses genoux, elle respire, la bouche mi-ouverte, les gouttes de sueur dégoulinant de ses mamelons.

Reidar ressent une sorte de frêle tendresse pour elle. Mais il ne sait pas comment lui expliquer le vaste désert qu'il porte en lui. Comment lui faire comprendre que tout ce qu'il fait aujourd'hui, tous les projets dans lesquels il se lance ne sont qu'un tâtonnement au hasard à la recherche de quelque chose qui lui permettra de survivre encore une minute ?

— Marie est vraiment belle, dit Veronica.

— Oui.

— Elle a de gros seins.

— Arrête, marmonne Reidar.

Elle le regarde et son visage se fait grave quand elle dit :

— Pourquoi est-ce que je ne peux pas simplement demander le divorce et...

— Alors tout serait fini entre toi et moi, l'interrompt Reidar.

Les yeux de Veronica se remplissent de larmes. Elle est sur le point de répliquer lorsque Marie revient et s'assied à côté de Reidar en pouffant un peu.

— Pouh, quelle chaleur ! s'exclame-t-elle. Comment vous pouvez tenir si longtemps ?

Veronica envoie une louche d'eau sur les pierres. Une vapeur brûlante s'en dégage et les enveloppe pendant quelques secondes, puis la chaleur redevient sèche et immobile.

Reidar se tient incliné en avant. Ses cheveux sont tellement chauds qu'il se brûle presque la main en les ébouriffant.

— J'en peux plus, finit-il par souffler et il descend de la banquette.

Les deux femmes lui emboîtent le pas quand il sort tout droit dans la neige douce. Le crépuscule dépose ses premières touches d'obscurité sur la couverture blanche qui a pris un aspect bleu ciel.

De lourds flocons tombent sur les trois personnes nues qui pataugent dans la neige fraîche et profonde.

David, Wille et Berzelius sont en train de dîner avec les autres membres du bureau de la fondation Sanctum, et les chansons à boire s'entendent jusqu'ici, à l'arrière de la grosse bâtisse.

Reidar se retourne et regarde Veronica et Marie. La vapeur monte de leurs corps fumants, les entourant d'un voile de brume. Veronica se penche et envoie des brassées de neige sur Reidar. Il recule en riant et trébuche, tombe à la renverse, enfoui sous la poudreuse.

Il reste étendu sur le dos à écouter le rire des femmes.

Le contact de la neige l'apaise. Sa peau est toujours brûlante. Reidar fixe le ciel au-dessus de lui, la chute hypnotique des flocons qui tourbillonnent depuis le centre de l'univers, une éternité de blancheur tombant du firmament.

Un souvenir le prend au dépourvu. Il se voit enlever toutes les épaisseurs de vêtements des enfants. Ôtant les bonnets avec des billes de neige accumulées dans la laine. Il se rappelle leurs joues fraîches et leurs cheveux humides de sueur. L'odeur des habits qui sèchent et des bottes trempées.

Le manque intense qu'il ressent de ses enfants envahit tout son corps.

À cet instant, plus que tout, il voudrait être seul et rester dans la neige jusqu'à perdre connaissance. Jusqu'à mourir enseveli dans le souvenir de Felicia et de Mikael. Là où ils étaient encore avec lui.

Il se remet péniblement debout et laisse son regard balayer les champs immaculés. À quelques mètres de lui, Marie et Veronica rient, roulent sur elles-mêmes et font des anges dans la neige en remuant les bras et les jambes.

— Depuis combien de temps est-ce que tu organises ces fêtes ? lui crie Marie.

— Je préférerais ne pas en parler, murmure Reidar.

Il ferait mieux de s'en aller, de se saouler et de passer sa tête dans le nœud coulant, mais Marie se plante devant lui, jambes écartées.

— Tu ne veux jamais parler, je ne sais rien de toi, dit-elle avec un petit rire. Je ne sais même pas si tu as des enfants ou…

— Mais fous-moi la paix à la fin ! crie Reidar en la repoussant. Qu'est-ce que tu cherches, au juste ?

— Pardon si…

— Fous-moi la paix, répète-t-il brutalement avant de disparaître à l'intérieur de la maison.

Les deux femmes retournent dans le sauna en grelottant. Leurs corps dégoulinent d'eau et la chaleur se referme de nouveau sur elles.

— Qu'est-ce qui cloche avec lui ? Tu le sais, toi ? demande Marie.

— Il fait semblant d'être vivant, alors qu'il a le sentiment d'être mort, se contente de répondre Veronica.

36

Reidar Frost a enfilé un pantalon à doubles galons et une chemise qu'il laisse à moitié déboutonnée. Ses cheveux sont humides dans la nuque. Il porte une bouteille de Château Mouton Rothschild dans chaque main.

Ce matin, il était monté vers la pièce tout là-haut pour enlever la corde accrochée à la poutre, mais en arrivant devant la porte, il avait été pris d'une furieuse envie. Il était resté la main sur la poignée, puis s'était forcé à faire demi-tour et à descendre réveiller ses amis. Ils s'étaient versé de l'eau-de-vie aromatisée dans de petits verres effilés et avaient préparé des œufs à la coque avec du caviar.

Reidar marche pieds nus dans le couloir aux murs couverts de portraits sombres.

La neige dehors crée une lumière indirecte, une sorte d'obscurité pâle.

Il s'arrête dans le salon de lecture aux fauteuils en cuir brillant et regarde par l'immense fenêtre. La vue est féerique. Comme si le roi Hiver avait soufflé la neige sur les terres, au-dessus des pommiers et des champs.

Soudain, il aperçoit une lumière scintillante dans la longue allée qui mène des grilles à la grande cour de gravier devant la maison. Les branches des arbres ressemblent à de la dentelle au fuseau. Une voiture. Les feux arrière teintent en rouge la neige qui vole.

Reidar ne se rappelle pas avoir invité d'autres personnes.

Il se dit qu'il laissera le soin de recevoir les nouveaux venus à Veronica, puis il s'aperçoit qu'il s'agit d'une voiture de police.

Il hésite, pose les bouteilles sur une commode et redescend l'escalier. Il chausse les bottes d'hiver doublées de feutre posées à côté de la porte d'entrée et sort dans la cour accueillir les visiteurs.

— Reidar Frost ? demande une femme en civil en descendant de la voiture.

— Oui.

— Est-ce qu'on peut entrer ?

— On peut parler ici.

— Vous ne voulez pas vous asseoir dans la voiture ?

— À votre avis ?

— Nous avons retrouvé votre fils, dit la femme et elle fait un pas dans sa direction.

— Je comprends, soupire-t-il et il lève la main pour imposer le silence à la femme policier.

Il respire, sent l'odeur de neige, d'eau qui a gelé et formé des étoiles de cristaux tout là-haut dans le ciel. Il se maîtrise et baisse distraitement sa main levée.

— Donc, vous l'avez découvert où ? demande-t-il d'une voix étrangement calme.

— Il marchait sur un pont qui…

— Qu'est-ce que vous dites, bordel de merde ?! rugit Reidar.

La femme fait un pas de côté. Elle est grande, ses cheveux sont rassemblés en une solide queue-de-cheval dans la nuque.

— J'essaie de vous expliquer qu'il est en vie.

— C'est quoi, cette histoire ? demande Reidar, l'air perdu.

— Il a été admis à l'hôpital Söder.

— Ce n'est pas mon fils, il est mort il y a très…

— Aucun doute, je vous assure, c'est bien lui.

Reidar la fixe de ses yeux devenus absolument noirs.

— Mikael est en vie ?

— Il est revenu.

— Mon fils ?

— Je comprends que ça paraisse bizarre, mais…

— Je croyais que…

Le menton de Reidar tremble quand il entend la policière confirmer que l'ADN correspond à cent pour cent. La terre sous ses pieds mollit, gondole telle une vague, et sa main cherche un appui dans le vide devant lui.

— Seigneur tout-puissant, chuchote-t-il. Merci, mon Dieu…

Il affiche un grand sourire et ressent en même temps un épuisement infini. Il lève les yeux vers le ciel et la neige tandis que ses jambes se dérobent sous lui. La policière essaie de le tenir, mais il tombe sur un genou, bascule sur le côté et se rattrape avec une main.

La policière l'aide à se redresser et il s'agrippe à son bras, puis voit Veronica descendre l'escalier, pieds nus et enveloppée de son épais manteau d'hiver.

— Vous êtes vraiment sûre que c'est lui ? chuchote-t-il.

Elle hoche la tête.

— Nous venons d'avoir un résultat qui correspond à cent pour cent. C'est bien Mikael Kohler-Frost et il est en vie.

Veronica arrive à ses côtés. Elle le soutient quand il suit l'agent de police vers la voiture.

— Qu'est-ce qu'il se passe, Reidar ? demande-t-elle, effrayée.

Il la regarde. Son visage exprime la confusion, et tout à coup il a l'air très vieux.

— Mon petit garçon, dit-il seulement.

37

De loin, quand ils se dessinent derrière les flocons de neige, les bâtiments de l'hôpital Söder ressemblent à des pierres tombales.

Tel un somnambule, Reidar Frost a boutonné sa chemise dans la voiture qui le conduit à Stockholm et l'a glissée dans son pantalon. Il a entendu les policiers lui dire que le patient identifié comme Mikael Kohler-Frost a été déplacé des soins intensifs vers une chambre individuelle, mais il a toujours l'impression que les événements se déroulent dans une réalité parallèle.

En Suède, s'il est vraisemblable qu'une personne est morte, bien que son corps n'ait pas été retrouvé, la famille peut demander au bout d'un an qu'elle soit déclarée morte. Après avoir attendu six ans que les corps de ses deux enfants soient retrouvés, Reidar avait fait la demande d'une reconnaissance légale de décès. L'administration de l'état civil avait accédé à sa requête, la décision avait été publiée dans le Journal officiel et était entrée en vigueur six mois plus tard.

Accompagné de la policière en civil, Reidar longe un long couloir. Il ne sait pas vers quel service ils se dirigent, il se laisse guider, le regard rivé sur le sol et les traces entrelacées laissées par les roulettes des lits.

Il essaie de se convaincre qu'il ne faut pas trop espérer, la police a très bien pu faire une erreur.

Treize années auparavant, Felicia et Mikael avaient disparu tard un soir alors qu'ils étaient sortis jouer.

Des plongeurs avaient sondé toute la baie de Lilla Värtan. Des battues avaient été organisées et un hélicoptère avait survolé le secteur pendant les premiers jours.

Reidar avait fourni des photographies, des empreintes digitales, des dossiers dentaires et des échantillons d'ADN des deux enfants pour faciliter les investigations.

On avait vérifié les alibis d'un certain nombre de malfaiteurs fichés, mais la conclusion de la police départementale fut sans appel : l'un des enfants avait dû tomber dans l'eau très froide – on était au mois de mars – et l'autre y avait été entraîné en voulant lui porter secours.

Reidar chargea secrètement une agence de détectives d'explorer toutes les pistes possibles, et d'abord dans l'entourage des enfants : chaque professeur, chaque animateur périscolaire, les entraîneurs de foot, les vendeurs et vendeuses des magasins du voisinage, le personnel des cafés et tous ceux qui avaient été en contact avec les enfants au téléphone ou sur Internet. Les parents de leurs camarades de classe et même des membres de la propre famille de Reidar furent scrutés à la loupe.

Longtemps après que la police eut arrêté les recherches et que tous les individus même très éloignés des enfants eurent été passés au peigne fin, Reidar commença enfin à comprendre que c'était terminé. Mais plusieurs années durant, il fit sa promenade quotidienne le long de la plage dans l'espoir de trouver ses enfants rejetés par la mer.

Reidar et la policière en civil avec la queue-de-cheval blonde patientent pendant que des brancardiers poussent le lit d'une vieille dame dans l'ascenseur. Ils s'avancent ensuite jusqu'aux portes du service des hospitalisations et enfilent des protections bleu ciel sur leurs chaussures.

Reidar chancelle et s'appuie contre le mur. Plusieurs fois, il s'est demandé s'il était en train de rêver. Il n'ose pas donner libre cours à ses pensées.

Ils entrent dans le service et croisent des infirmières vêtues de blanc. Reidar se sent calme et parfaitement maître de soi, mais il précipite quand même le pas.

Il perçoit autour le brouhaha ambiant, mais en lui règne un silence insaisissable.

La chambre quatre se trouve tout au fond à droite. Il heurte un chariot repas, renverse une pile de tasses.

C'est comme s'il se déconnectait du monde réel au moment où il entre dans la chambre et découvre le jeune homme sur le lit, un cathéter dans le pli du coude et une sonde à oxygène dans le nez. Suspendu au pied à perfusion, un sac de soluté voisine avec un oxymètre de pouls blanc relié à son index gauche.

Reidar s'arrête, s'essuie la bouche et sent qu'il perd le contrôle des traits de son visage. La réalité revient en un flot tonitruant d'émotions.

— Mikael, dit-il à voix basse.

Le jeune homme ouvre lentement les yeux et Reidar voit à quel point il ressemble à sa mère. Il pose une main légère sur la joue de son fils et sa bouche tremble tant qu'il a du mal à parler.

— Où étais-tu, Mikael ? demande Reidar, les larmes ruisselant sur ses joues.

— Papa, chuchote son fils.

Son visage est d'une blancheur effrayante et ses yeux très fatigués. Treize années se sont écoulées et le visage d'enfant que Reidar a gardé en mémoire est devenu celui d'un homme, mais sa maigreur lui rappelle ses premiers jours, quand il avait dû être placé en couveuse.

Il caresse la tête de son fils :

— Maintenant je peux être heureux à nouveau, chuchote-t-il.

38

Disa est enfin de retour à Stockholm. Elle attend dans l'appartement de Joona, au dernier étage de l'immeuble. Joona rentre chez lui après avoir acheté du turbot, qu'il a l'intention de poêler et d'accompagner d'une sauce rémoulade.

Une vingtaine de centimètres de neige recouvrent le trottoir près du garde-corps, là où personne n'a marché. Toutes les lumières de la ville brillent comme des lanternes embuées.

À hauteur de Kammakargatan, il entend des voix nerveuses. Ce secteur fait partie des quartiers délaissés de la ville. Des remblais de neige et des enfilades de voitures garées jettent des ombres. Des filets de neige fondue ruissellent sur les pentes monotones des toits.

— File-moi mon fric, crie un homme d'une voix rauque.

Au loin, Joona distingue deux silhouettes qui bougent lentement devant la balustrade de l'escalier de Dalatrappan. Il s'approche.

Deux hommes se mesurent du regard, haletants. Ils sont tassés sur eux-mêmes, ivres et en colère. L'un porte une veste matelassée à carreaux et un bonnet de fourrure. Il tient un petit couteau brillant à la main.

— Putain d'enculé, râle-t-il. Putain de merdeux…

L'autre est vêtu d'un pardessus noir craqué aux coutures sur une épaule. Il a le visage mangé par une barbe et agite une bouteille de vin vide devant lui.

— File-moi mon fric, et avec les intérêts, répète le barbu.

— *Kiskoa korkoa !* répond l'autre, et il crache du sang dans la neige.

Une femme corpulente d'une soixantaine d'années s'appuie contre un coffre en plastique bleu contenant des granulats pour le sablage de l'escalier. Le bout rougeoyant de sa cigarette s'agite entre ses lèvres et éclaire son visage bouffi.

L'homme avec la bouteille recule sous le grand arbre aux branches enneigées. L'autre le suit en titubant. La lame du couteau scintille dans sa main. Le barbu continue de reculer puis il assène un coup sur le crâne de son débiteur avec la bouteille. Des éclats de verre volent autour du bonnet de fourrure. Joona cherche instinctivement son pistolet, sachant pourtant bien qu'il est enfermé dans l'armoire forte.

L'homme au couteau vacille, mais ne s'effondre pas. L'autre brandit les restes de la bouteille cassée.

Un cri retentit. Joona enjambe les remblais de neige et les stalactites de glace tombées des gouttières.

Le barbu glisse, sa main cherche à s'agripper à la rambarde métallique de l'escalier, mais il s'étale de tout son long.

— Mon fric, répète-t-il en toussant.

Joona ramasse de la neige du toit d'une voiture garée dans la rue et en fait une boule compacte.

L'homme à la veste à carreaux s'approche de l'autre d'un pas chancelant.

— Je vais t'étriper et te fourrer le fric…

Joona jette la boule de neige et atteint l'homme à la nuque. Un bruit sourd se fait entendre quand la neige s'éparpille aux quatre vents.

— *Perkele*, s'écrie l'homme, surpris, et il se retourne.

— Bataille de boules de neige, les gars ! s'écrie Joona.

L'homme au couteau le regarde et une lueur s'allume dans son regard trouble.

Joona lance une autre boule et touche l'homme par terre dans la poitrine. La neige gicle dans son visage barbu.

L'homme le fixe, un méchant sourire sur les lèvres :

— *Lumiukko*.

Il jette sur Joona des brassées de neige. L'homme debout recule, range son couteau et prépare une boule de neige bien tassée. Le barbu se relève en titubant et s'agrippe à la rambarde.

— Ça, je sais le faire, murmure-t-il pendant qu'il forme une boule, lui aussi.

L'homme à la veste à carreaux vise son copain, puis pivote brusquement et lance la boule qui atteint Joona à l'épaule.

Pendant quelques minutes, les boules de neige volent entre eux. Joona glisse et tombe. L'homme à la veste matelassée perd son bonnet et l'autre se précipite pour le remplir de neige.

La femme applaudit et se prend une boule en pleine figure. La neige reste collée sur son front comme une bosse blanche. Le barbu éclate de rire et s'écroule sur un tas de vieux sapins de Noël. L'autre lui envoie un peu de neige avec le pied, mais n'a plus la force de continuer. Il souffle et se tourne vers Joona.

— Putain, tu sors d'où, toi ?

— De la Rikskrim, répond Joona en balayant la neige sur ses vêtements.

— La police ?

— Vous avez pris mon enfant, murmure la femme.

Joona ramasse le bonnet de fourrure, le secoue pour le débarrasser de la neige et le tend à l'homme à la veste matelassée.

— Merci.

— J'ai vu l'étoile filante, continue la femme ivre. Je l'ai vue quand j'avais sept ans… et je fais le vœu que tu brûles dans les feux de l'enfer et que tu cries comme…

— Ta gueule, grommelle l'homme à la veste matelassée. Heureusement que j'ai pas poignardé le frangin.

— File-moi mon fric, s'écrie l'autre, un sourire malicieux sur les lèvres.

39

En arrivant chez lui, Joona trouve la salle de bains allumée. Il entrouvre la porte et voit Disa allongée dans la baignoire, les yeux fermés. Entourée de mousse, elle fredonne doucement pour elle-même. Ses vêtements crottés forment un tas sur le sol.

— J'ai cru qu'ils t'avaient mis sous les verrous, dit Disa. J'étais prête à récupérer ton appartement.

Au cours de l'hiver, Joona avait fait l'objet d'une enquête menée par l'unité du procureur général traitant les affaires policières. Il était accusé d'avoir saboté un long travail d'investigation et d'avoir exposé au danger les forces d'intervention de la Säpo*.

— Il semblerait que je sois coupable, répond-il, et il prend les vêtements de Disa et les fourre dans le lave-linge.

— C'est ce que je dis depuis le début.

— Oui, c'est…

Les yeux de Joona tournent soudain au gris comme un ciel orageux.

— Il y a autre chose ?

— La journée a été longue, répond-il en quittant la salle de bains.

— Ne t'en va pas.

Comme il disparaît, elle sort du bain, s'essuie et enfile son mince peignoir. La soie beige colle à son corps chaud.

Elle retrouve Joona dans la cuisine, en train de dorer à la poêle de petites pommes de terre rattes.

* *Säkerhetspolisen* : le service de la sûreté de la Suède.

— Qu'est-ce qu'il s'est passé ?

Joona lui lance un bref regard.

— L'une des victimes de Jurek Walter est réapparue… Le garçon a été séquestré pendant tout ce temps.

— Alors tu avais raison : il y avait bien un complice.

— Oui, soupire-t-il.

Disa fait quelques pas vers lui, pose ses paumes très doucement dans le bas de son dos.

— Tu sauras l'arrêter ?

— J'espère, dit Joona, l'air sérieux. Je n'ai pas eu l'occasion d'interroger le garçon correctement, il est assez mal en point. Mais il devrait pouvoir nous mettre sur une piste.

Joona retire la poêle, se retourne et la regarde.

— Quoi, qu'est-ce qu'il y a ? demande-t-elle, alarmée.

— Disa, il faut que tu acceptes le projet de recherche au Brésil.

— Je n'en ai pas envie, je te l'ai déjà dit, répond-elle vivement, puis elle comprend où il veut en venir. Tu ne peux pas raisonner comme ça. Je m'en fous de Jurek Walter, je n'ai pas peur, je ne peux pas me laisser guider par la peur.

Il écarte tendrement les cheveux mouillés qui sont tombés devant son visage.

— Ça sera transitoire. Le temps que je règle tout ça.

Elle appuie sa tête contre sa cage thoracique, entend les sourds battements de son cœur.

— Il n'y a jamais eu personne d'autre que toi, dit-elle en toute simplicité. Quand je t'ai hébergé après l'accident de Summa et Lumi… C'est à ce moment-là, tu le sais, que je me suis attachée… Un vrai coup de foudre, comme on dit… mais c'est comme ça.

— Je veux juste te protéger.

Elle caresse son bras et chuchote qu'elle ne veut pas partir. Les paroles s'étranglent dans sa gorge, et il l'attire tout près de lui et l'embrasse.

— On s'est vus pendant toutes ces années, dit Disa en le regardant droit dans les yeux. Je veux dire, s'il existe réellement un complice qui nous menace, pourquoi rien n'est arrivé jusque-là ? Ça ne colle pas.

— Je sais, je suis d'accord avec toi, mais quand même. Je dois le faire, je suis obligé de me lancer dans cette traque, c'est maintenant ou jamais.

Disa sent une vague de pleurs monter dans sa gorge. Elle se force à la ravaler et détourne le visage. À l'époque, Summa était sa copine. C'est comme ça qu'ils s'étaient rencontrés. Et quand la vie de Joona s'était effondrée, elle avait été là pour lui.

Il avait emménagé chez elle pendant la période où il était au fond du trou.

Ces nuits-là, il dormait sur son canapé et elle entendait ses mouvements et savait qu'il savait que dans la chambre à côté, elle ne dormait pas non plus. Elle était là, de plus en plus perplexe et blessée par sa distance et son indifférence, et il ne pouvait l'ignorer. Jusqu'à ce qu'une nuit il se lève, s'habille et quitte son appartement.

— Je reste, chuchote Disa et elle essuie maladroitement les larmes sur ses joues.

— Il faut que tu partes.

— Pourquoi ?

— Parce que je t'aime, dit-il. Tu devrais le sentir…

— Et tu crois que c'est ça qui va me convaincre ? demande-t-elle avec un grand sourire.

40

Une des neuf fenêtres du grand écran montre Jurek Walter. Tel un fauve enfermé, il fait le tour de la salle de détente, passe devant le canapé, tourne à gauche et suit le mur devant le poste de télévision. Il contourne le tapis de course, continue sur la gauche avant de retourner dans sa chambre.

Dans une autre fenêtre, Anders Rönn a une vue plongeante sur Jurek, et il l'aperçoit simultanément en plein écran sur le moniteur plus petit.

Il se lave la figure, puis s'assied sur la chaise en plastique, sans s'essuyer. Il fixe la porte, laissant l'eau s'égoutter sur sa chemise.

My est installée au poste d'opérateur. Elle consulte sa montre, attend trente secondes, regarde Jurek, coche sur son écran d'ordinateur la case correspondant à la salle de détente pour actionner le système de verrouillage de la porte.

— Aujourd'hui, il aura du steak haché au dîner... Il aime bien ça, dit-elle.

— Ah bon ?

Anders Rönn trouve les procédures qui entourent leur unique patient terriblement répétitives et ennuyeuses. La seule chose qui permet de distinguer un jour d'un autre est le débriefing à l'étage au-dessus, dans le service 30. Les autres médecins parlent de leurs patients et de leurs protocoles, et se contrefichent sûrement de l'entendre répéter que la situation dans l'unité sécurisée est inchangée.

— Tu n'as jamais essayé de parler avec le patient ? demande Anders.

— Avec Jurek ? Vaut mieux pas, répond My, et elle gratte son avant-bras tatoué. Tu comprends… il dit toujours des choses qu'on ne peut plus oublier.

Anders n'a plus reparlé avec Jurek Walter après ce premier jour. Il veille seulement à ce qu'il reçoive son injection quotidienne de neuroleptique.

— Tu sais comment il faut faire avec l'ordinateur ? demande Anders. Je n'arrive pas à fermer les dossiers des patients.

— Dans ce cas, tu n'as pas le droit de rentrer chez toi !

— Mais je…

— Je rigole. Les ordinateurs plantent tout le temps ici.

Elle se lève, attrape la bouteille de Fanta sur la table et sort dans le couloir. Anders voit que Jurek est toujours assis, parfaitement immobile, les yeux ouverts.

C'est vrai que ça n'a rien de passionnant de finaliser son service de spécialisation obligatoire à des dizaines de mètres sous terre, derrière des sas et des portes de sécurité, mais Anders se persuade que c'est formidable de travailler si près de chez lui et d'être disponible pour Agnes le soir. Il sort à son tour et suit My dans le couloir faiblement éclairé. Elle marche d'un pas détendu. Lorsqu'elle pénètre dans le bureau plus lumineux, il peut voir sa petite culotte rouge à travers le tissu blanc de son pantalon d'infirmière.

— Voyons ça, murmure-t-elle en s'installant sur la chaise d'Anders.

Elle sort l'ordinateur du mode veille et force la fermeture de l'application qui ne répond plus, puis la relance aussitôt d'un air satisfait. Anders la remercie, s'enquiert de qui sera là cette nuit et lui demande d'approvisionner le chariot à médicaments, si elle a le temps.

— Et n'oublie pas de signer le registre après, dit-il.

Il s'en va, emprunte le deuxième couloir et entre dans les vestiaires. Le service est plongé dans le silence. Il ne sait pas ce qui le pousse à ouvrir le placard de My et à fouiller dans son sac de sport. Sous un tee-shirt humide et un pantalon de jogging gris clair, il trouve une petite culotte trempée de sueur. Les mains tremblantes, il la prend, l'approche de son nez et en inspire l'odeur. Soudain, il se rend compte qu'elle peut très bien être en train de le regarder sur le moniteur, si elle est de retour au poste d'opérateur.

41

En arrivant chez lui, Anders trouve la maison silencieuse et la lampe dans la chambre d'Agnes éteinte. Il pousse le verrou de la porte d'entrée et va dans la cuisine. Petra est en train d'essuyer le récipient d'un mixer.

Elle porte une tenue décontractée et confortable : un tee-shirt trop grand portant l'inscription "Chicago White Sox" et un legging jaune qu'elle a remonté jusqu'aux genoux. Anders se place derrière elle et l'entoure de ses bras, aspire l'odeur de ses cheveux et du nouveau déodorant qu'elle utilise. Elle se tortille, mais il glisse quand même ses mains sous son tee-shirt et serre ses lourds seins.

— Comment va Agnes ? demande-t-il en la lâchant.

— Elle s'est fait un copain à la maternelle, dit Petra avec un grand sourire. Un garçon qui est arrivé la semaine dernière et qui apparemment est amoureux d'elle… J'ignore si c'est réciproque, mais en tout cas elle a accepté qu'il lui donne des Lego.

— Ça ressemble à de l'amour, dit-il en s'asseyant.

— Tu es fatigué ?

— Je boirais bien un verre de vin – tu en veux ?

— J'ai le choix ?

Elle le regarde dans les yeux et lui adresse son grand sourire qu'il n'avait plus vu depuis très longtemps.

— Qu'est-ce qu'il se passe, là ?

— Est-ce que ça compte, ce que je veux ? chuchote-t-elle, espiègle.

Il secoue la tête et les yeux de Petra lancent des étincelles. Ils abandonnent la cuisine pour la chambre. Anders ferme à clé.

Petra fait coulisser les portes de placard habillées de miroirs et ouvre un tiroir. Elle enlève une pile de sous-vêtements et attrape un sac en plastique.

— Ah, c'est là que tu caches le matos…

— Ne me fais pas rougir, dit-elle.

Il retire le couvre-lit et Petra répand sur le lit le contenu du sac qu'ils ont acheté après avoir lu *Cinquante Nuances de Grey*. Il prend la corde souple et l'attache au poignet de Petra, la passe autour des montants de la tête de lit et tire dessus, faisant tomber sa femme en arrière, les bras au-dessus de la tête, puis il fait deux demi-clefs autour des pieds du lit. Petra serre les jambes et se tortille quand il baisse son legging et sa culotte.

Il défait la corde, la noue autour de la cheville gauche de Petra, l'attache à un montant, la fait passer autour de l'autre montant puis autour de sa cheville droite.

Doucement il tire dessus si bien que ses jambes s'écartent.

Elle le regarde, les joues en feu.

Puis il tire davantage, forçant les cuisses à s'ouvrir au maximum.

— Doucement, dit-elle rapidement.

— Tu te tais, lui intime-t-il, et il la voit sourire de satisfaction.

Il fixe le bout du cordon, remonte le tee-shirt de Petra sur sa tête de sorte qu'elle ne puisse plus le voir. Ses seins ballottent quand elle essaie de s'en débarrasser.

Elle ne peut pas se dégager – elle est totalement vulnérable dans cette position, les bras au-dessus de la tête et les jambes tellement écartées que ça doit lui faire mal à l'aine.

Anders se tient devant elle, il la regarde remuer la tête, et son cœur se met à cogner de plus en plus fort. Il voit le sexe de Petra scintiller d'humidité pendant qu'il déboutonne lentement son pantalon.

42

En entrant dans la chambre d'hôpital, Joona découvre un homme d'un certain âge assis au chevet de Mikael. Il lui faut quelques secondes pour comprendre que c'est Reidar Frost. Ils ne se sont pas vus depuis de nombreuses années, mais il a vieilli de bien plus encore. Le garçon dort, et Reidar est assis là, tenant la main gauche de son fils entre les siennes.

— Vous n'avez jamais cru que mes enfants s'étaient noyés, dit-il doucement.

— Non.

Reidar laisse ses yeux reposer sur le visage endormi de Mikael, puis se tourne vers Joona et ajoute :

— Merci de ne pas nous avoir parlé de l'assassin.

Joona avait soupçonné que les enfants Kohler-Frost figuraient parmi les victimes de Jurek Walter précisément parce que c'était par leur intermédiaire que le tueur avait été pisté et arrêté. C'était devant la fenêtre de leur mère que Joona et Samuel l'avaient vu pour la première fois.

Joona contemple le mince visage du jeune homme, la barbe clairsemée, les joues creuses et les gouttes de sueur que la fièvre fait perler sur son front.

Lorsque Mikael avait raconté comment c'était au début, quand ils étaient plusieurs et qu'il avait rencontré Rebecka Mendel, il parlait probablement des toutes premières semaines après son enlèvement.

Depuis, plus d'une décennie de captivité s'est écoulée.

Mais il a réussi à s'évader – et l'endroit doit être trouvable.

— Je n'ai jamais cessé de chercher, dit Joona posément.

Reidar regarde son fils et son visage s'illumine d'un sourire étincelant. Il est resté assis dans cette position pendant des heures, sans se rassasier de la vue de son enfant.

— Ils disent qu'il va se rétablir, ils le promettent, ils promettent qu'il ne gardera pas de séquelles, dit-il d'une voix éraillée.

— Vous lui avez parlé ?

— Ils lui donnent beaucoup de calmants, il dort tout le temps, mais ils disent que c'est bien, qu'il en a besoin.

— Je les crois, confirme Joona.

— Il s'en sortira… Je veux dire, psychiquement, ça prendra le temps qu'il faudra, mais il s'en sortira.

— Et lui, il a dit quelque chose ?

— Il m'a chuchoté des mots que je n'ai pas compris, dit Reidar. C'était assez confus. Mais il m'a reconnu.

Joona sait qu'il est important de se mettre immédiatement au travail pour évoquer ce qui est arrivé. Que la mémoire joue un rôle décisif dans le processus de guérison. Mikael aura besoin de temps, mais il ne faudra pas lui laisser de répit. Les questions pourront progressivement devenir de plus en plus exigeantes, même si le risque demeure qu'une personne ayant subi un traumatisme psychique se ferme complètement.

Et après tout, rien ne presse, se répète Joona.

Établir une cartographie de tout ce qui s'est passé prendra des mois, mais il va falloir poser la question la plus importante dès aujourd'hui.

Il doit absolument savoir si Mikael connaît l'identité du complice.

Si seulement il lui livrait un nom ou un bon signalement, ce cauchemar pourrait prendre fin. Joona sent son cœur s'emballer.

— Je dois lui parler dès qu'il se réveillera. J'ai deux, trois questions précises à lui poser, même si cela peut lui être un peu pénible.

— Je ne veux pas qu'il soit effrayé, dit Reidar. En aucun cas je ne le permettrai.

Il se tait à l'arrivée d'une infirmière. Elle les salue silencieusement et vérifie le pouls de Mikael et la saturation en oxygène.

— Ses mains se sont refroidies, lui dit Reidar.

— C'est bientôt l'heure de son fébrifuge, le rassure l'infirmière.

— Vous lui donnez aussi des antibiotiques, j'espère ?

— Oui, mais parfois il faut compter deux jours avant qu'ils fassent effet.

L'infirmière lui adresse un sourire apaisant avant de suspendre une nouvelle pochette de perfusion.

Reidar l'aide, il se lève, maintient la tubulure pour lui faciliter la tâche, puis la suit jusqu'à la porte.

— Je voudrais parler avec le médecin, dit-il.

Mikael pousse un soupir et chuchote quelque chose tout bas. Reidar s'arrête et se retourne. Joona se penche en avant pour tenter de saisir ses paroles.

La respiration de Mikael se fait plus rapide, il agite la tête, chuchote quelque chose, ouvre les paupières et fixe Joona droit en face d'un regard affolé.

— Il faut que tu m'aides, je peux pas rester ici. J'en peux plus, j'en peux plus, ma sœur m'attend, je la sens tout le temps, je sens…

Reidar s'avance rapidement, prend sa main et la tient contre sa joue.

— Mikael, je sais, dit-il à mi-voix en avalant sa salive.

— Papa…

— Je sais, Mikael, je pense à elle sans arrêt.

— Papa, crie Mikael d'une voix stridente. J'en peux plus, j'ai plus la force, je…

— Calme-toi, calme-toi.

— Elle vit, Felicia est en vie, crie-t-il. Je peux pas rester ici, je dois…

Il est pris d'un accès de toux. Reidar tient sa tête et essaie de le soulager. Il murmure des paroles douces pour rassurer son fils, dont le regard brûle d'une panique sans fond.

Mikael retombe sur l'oreiller en soufflant, les larmes coulent sur ses joues et il marmonne des mots inaudibles.

— Qu'est-ce que tu as dit au sujet de Felicia ? demande Reidar calmement.

— Je veux pas…, souffle Mikael. Je peux pas rester ici…

— Mikael, l'interrompt Reidar. Il faut que tu sois plus clair.

— Je supporte pas de…

— Tu viens de dire que Felicia est en vie. Pourquoi as-tu dit cela ?

— Je l'ai laissée, je l'ai abandonnée, pleure Mikael. J'ai couru et je l'ai abandonnée.

— Felicia est toujours en vie ? demande Reidar pour la troisième fois.

— Oui, papa, murmure Mikael, les joues inondées de larmes.

— Dieu du ciel ! chuchote son père et il passe une main tremblante sur son crâne. Dieu du ciel !

Mikael a une violente quinte de toux, du sang afflue dans la tubulure, il inspire profondément, tousse encore puis se met à haleter.

— On est restés ensemble tout le temps, papa. Dans l'obscurité, par terre... mais je suis parti, je l'ai laissée là.

Il se tait comme si toutes ses forces l'avaient quitté. Son regard se trouble, il est épuisé.

Reidar ne ressent plus le besoin d'afficher une façade, son visage s'effondre.

— Il faut que tu nous dises...

La voix brisée, il respire profondément et répète :

— Mikael, tu dois comprendre qu'il faut me dire où elle se trouve pour que je puisse la chercher...

— Elle est restée... Felicia est restée, dit Mikael faiblement. Elle est restée. Je la sens, elle a peur...

— Mikael, supplie Reidar.

— Elle a peur parce qu'elle est seule... Elle supporte pas ça, elle se réveille toujours en pleurs la nuit avant de comprendre que je suis là avec elle...

Reidar sent une contraction intense dans sa poitrine. De grosses auréoles de transpiration se forment sur sa chemise aux creux des aisselles.

Reidar entend les paroles de Mikael, mais il a toujours du mal à en saisir le sens. Il se tient devant le lit de son fils, lui répond d'une voix calme sans le lâcher des yeux.

Mais ses pensées gravitent inlassablement autour d'un seul point, comme prises dans un tourbillon. Il doit chercher Felicia. Il ne faut pas qu'elle soit seule.

Il fixe le vide devant lui, puis s'approche de la fenêtre d'un pas lourd. Tout en bas, quelques moineaux sont perchés sur les branches nues des églantiers. Des chiens ont fait pipi dans la neige autour d'un réverbère. Il y a un gant perdu sous le banc de l'arrêt de bus.

Quelque part derrière lui, il entend Joona Linna qui essaie de pousser Mikael à en dire plus. Sa voix grave se mêle aux battements de cœur rapides de Reidar.

C'est après coup qu'on comprend ses propres erreurs et certaines sont tellement accablantes qu'on a du mal à se supporter soi-même.

Reidar sait qu'il était un père injuste. Jamais de manière intentionnelle, mais quand même.

L'adage veut qu'on aime d'un amour égal tous ses enfants. Pourtant, on les traite différemment.

Mikael était son préféré.

Felicia l'irritait tout le temps, parfois il se fâchait contre elle au point de l'effrayer. C'est assez inconcevable, rétrospectivement. Après tout, c'était lui, l'adulte, et elle, l'enfant.

Je n'aurais pas dû lui crier dessus, pense-t-il.

Il fixe le ciel couvert et perçoit une douleur aiguë à l'aisselle gauche.

— Je la sens tout le temps, dit Mikael à Joona. Elle reste allongée sur le sol... elle est terrifiée.

La douleur migre dans la poitrine de Reidar et lui coupe presque le souffle. La sueur coule le long de son cou. Joona s'approche de lui, le prend par le bras et lui demande s'il va bien.

— Ça va.

— Vous avez mal à la poitrine ? demande Joona.

— Je suis simplement fatigué.

— Vous paraissez...

— Il faut que je trouve Felicia !

Une vive brûlure traverse sa mâchoire puis la même douleur lui contracte de nouveau la poitrine. Il tombe, sa joue heurte le radiateur, et la seule chose qui lui vient à l'esprit, ce sont les paroles qu'il avait lancées à Felicia le jour même de sa disparition. Il lui avait hurlé qu'elle était une moins que rien.

Il se met à genoux, essaie de ramper et entend Joona revenir dans la chambre avec un médecin.

Joona s'entretient avec le médecin de Reidar et retourne ensuite dans la chambre de Mikael. Il ôte sa veste et la suspend à la patère derrière la porte, tire la seule chaise de la pièce à côté du lit et s'assied.

S'il s'avère exact que Felicia est en vie, il y a désormais urgence. D'autres personnes sont peut-être retenues captives aussi ? Il faut absolument que Mikael raconte ses souvenirs.

Mikael se réveille au bout d'une heure. Il ouvre lentement les yeux et plisse les paupières, car la lumière est vive. Il les referme pendant que Joona lui répète plusieurs fois que son père est hors de danger.

— J'ai une première question à te poser, dit Joona avec un grand sérieux.

— Ma sœur, chuchote Mikael.

Joona pose son téléphone sur la table de chevet et démarre le dictaphone intégré.

— Mikael, je dois te demander… Sais-tu qui t'a maintenu en captivité ?

— C'était pas…

— Quoi ?

Le garçon commence à respirer plus fort.

— Il voulait seulement qu'on dorme, c'est tout, on devait dormir.

— Qui ?

— Le Marchand de sable, souffle Mikael.

— Qu'est-ce que tu as dit ?

— Rien, je suis fatigué maintenant…

Joona regarde son téléphone pour s'assurer que l'enregistrement de la conversation se poursuit.

— J'ai cru t'entendre dire "le Marchand de sable", s'obstine-t-il. Tu veux parler de celui qui aide les enfants à s'endormir ?

Mikael croise son regard.

— Il existe pour de vrai. Il sent le sable, dans la journée il vend des baromètres.

— Comment est-il ?

— Il fait toujours noir quand il vient.

— Tu as bien dû voir quelque chose, non ?

Mikael secoue la tête et pleure en silence, les larmes coulent sur ses tempes et tombent sur l'oreiller.

— Et ce Marchand de sable, il a un autre nom ?

— Je ne sais pas, il ne dit rien, il ne nous parle jamais.

— Tu peux le décrire ?

— Je l'ai seulement entendu dans l'obscurité. Il a le bout des doigts en porcelaine et quand il prend le sable dans le sac, ils se touchent et ça cliquette… et puis…

Les lèvres de Mikael remuent sans qu'aucun son n'en sorte.

— Je n'entends pas, dit Joona.

— Il jette le sable à la figure des enfants… et la seconde d'après, ils dorment.

— Comment sais-tu que c'est un homme ?

— Je l'ai entendu tousser, répond Mikael sur un ton grave.

— Mais tu ne l'as jamais vu ?

— Non.

46

Une femme très belle aux traits indiens se penche sur Reidar quand il se réveille. Elle lui explique qu'il a fait une crise d'angine de poitrine.

— J'ai cru que c'était un infarctus, murmure-t-il.

— Il va falloir faire une coronarographie et...

— Oui, soupire-t-il en se redressant.

— Vous avez besoin de repos.

— Je viens d'apprendre... que ma... dit-il, mais sa bouche se met à trembler au point qu'il ne peut pas terminer sa phrase.

Elle pose sa main sur sa joue et lui sourit, comme à un enfant qui a un gros chagrin.

— Il faut que je retourne auprès de mon fils, explique-t-il d'une voix plus ferme.

— Vous devez subir un examen complet avant de quitter l'hôpital, j'espère que vous comprenez, répond-elle seulement.

Elle lui donne un petit flacon rose contenant de la trinitrine à pulvériser sous la langue à la moindre alerte.

Reidar repart vers le service 66, mais avant d'atteindre la chambre de Mikael, il doit faire une pause dans le couloir et prendre appui contre le mur.

Quand il entre, Joona se lève et lui propose la chaise. Le téléphone est toujours posé sur la table de chevet.

Mikael est allongé, les yeux ouverts.

— Mikael, tu dois m'aider à la retrouver, dit Reidar en s'asseyant.

— Papa, comment tu vas ?

— Oh, ce n'était rien, répond Reidar en essayant de sourire.

— Qu'est-ce qu'ils disent, qu'est-ce que le docteur a dit ?

— Elle a dit que j'ai des petits problèmes avec mes artères coronaires, mais ça m'étonnerait bien. Et peu importe, on doit retrouver Felicia.

— Felicia pensait qu'elle ne comptait pas pour toi. Je lui ai dit qu'elle se trompait, mais elle était sûre que tu me cherchais moi, seulement moi.

Reidar reste totalement figé. Il sait ce que Mikael sous-entend, car il n'a jamais oublié ce qui s'est passé le jour de sa disparition. Son fils pose sa main décharnée sur son bras et leurs regards se croisent à nouveau.

— Tu venais de Södertälje quand tu as été retrouvé… C'est là que je dois commencer à chercher ? C'est là qu'elle se trouve ?

— Je ne sais pas, répond Mikael sourdement.

— Mais tu dois bien te rappeler quelque chose, poursuit Reidar tout doucement.

— Je me rappelle de tout. Mais il n'y a rien à se rappeler.

Joona se place au pied du lit et s'appuie sur le dosseret. Les paupières de Mikael sont mi-closes et il tient fermement la main de son père.

— Tu as dit tout à l'heure que vous étiez toujours ensemble, toi et Felicia, par terre dans l'obscurité, dit Joona.

— Oui, chuchote Mikael.

— Depuis combien de temps n'étiez-vous plus que tous les deux ? Quand est-ce que les autres ont disparu ?

— Je ne sais pas. C'est impossible à dire, le temps ne fonctionne pas comme les gens le croient.

— Tu peux me décrire la pièce ?

Le regard de Mikael est tourmenté quand ses yeux croisent ceux de Joona.

— Je ne l'ai jamais vue. À part au début, quand j'étais petit… À cette époque il y avait une lampe puissante qui s'allumait parfois, on pouvait se regarder. Mais je ne me rappelle pas comment était la pièce, j'avais tellement peur…

— Mais il y a bien des détails dont tu te souviens, non ?

— Le noir, il faisait presque tout le temps noir.

— Et le sol, il y avait un sol, insiste Joona.

— Oui, chuchote Mikael.

— Continue, l'encourage Reidar doucement.

Mikael détourne les yeux des deux hommes. Il regarde dans le vide quand il parle de l'endroit où il a passé tant d'années :

— Le sol… il est dur et froid. Six pas comme ça… et quatre comme ça… Et les murs sont en béton. Ça ne résonne même pas quand on frappe dessus.

47

Reidar serre la main de son fils sans rien dire. Mikael ferme les yeux et laisse les images et les réminiscences s'organiser en mots.

— Il y a un canapé et un matelas par terre qu'on éloigne de l'écoulement d'eau quand on se sert du robinet qui sort du mur, dit-il en avalant sa salive.

— Le robinet qui sort du mur, répète Joona.

— Et la porte... elle est en fer ou en acier. Elle n'est jamais ouverte. Je ne l'ai jamais vu ouverte, il n'y a pas de verrou à l'intérieur, pas de poignée... et à côté de la porte, il y a un trou dans le mur, c'est là qu'arrive le seau avec la nourriture. C'est un tout petit trou, mais si on y glisse le bras et qu'on le tourne vers le haut, on peut toucher une trappe métallique du bout des doigts.

Reidar pleure en silence, tandis qu'il écoute Mikael raconter ses souvenirs de la pièce.

— On essaie d'économiser la nourriture. Mais parfois il n'y en a plus... Des fois, ça dure tellement longtemps qu'on guette sans cesse le bruit de la trappe et qu'on vomit dès qu'on a enfin quelque chose dans le ventre... et parfois il n'y a plus d'eau dans le robinet, on a soif et ça commence à sentir mauvais dans le siphon...

— C'était quoi comme nourriture ? demande Joona calmement.

— Des restes surtout... Des bouts de saucisse, des pommes de terre, des carottes, des oignons... des macaronis.

— Celui qui vous apportait la nourriture, il ne vous parlait jamais ?

— Au début on criait dès que la trappe s'ouvrait, mais alors elle se refermait tout de suite et on n'avait rien à manger… Après, on a essayé de parler avec lui, mais il ne répondait jamais. On écoutait tout le temps… on entendait une respiration, des chaussures sur le béton… les mêmes chaussures chaque fois…

Joona vérifie encore le bon fonctionnement de l'enregistrement. Il pense à l'extrême isolement dans lequel les deux enfants ont vécu. La plupart des tueurs en série évitent tout contact avec leurs victimes, s'abstiennent de leur parler pour qu'elles demeurent des objets. Mais vient toujours un moment où ils ressentent le besoin de les voir, où ils ont envie de lire la terreur et la détresse sur leur visage.

— Tu l'as entendu bouger, dit Joona. Tu as entendu autre chose venant de l'extérieur ?

— Comment ça ?

— Réfléchis bien. Des oiseaux, des aboiements de chien, des voitures, des trains, des voix, des avions, des coups de marteau, des bruits de télé, des rires, des cris… des véhicules de secours… n'importe quoi.

— Seulement l'odeur du sable…

Le ciel s'est obscurci de l'autre côté des fenêtres et de grosses gouttes commencent à frapper les carreaux.

— Qu'est-ce que vous faisiez quand vous étiez réveillés ?

— Rien… Au début, quand on était petits, j'ai réussi à défaire une vis du fond du canapé… On s'en est servi pour gratter le mur et faire un trou. La vis devenait tellement chaude qu'on s'y brûlait presque. On a fait ça pendant une éternité… Le mur est en béton et à quelques centimètres de profondeur, il y a une sorte de filet en fer. Alors on a continué à creuser entre les mailles, mais un peu plus loin, il y avait un autre filet, c'était impossible… On ne peut pas s'évader de la capsule.

— Pourquoi appelles-tu cette pièce la capsule ?

Mikael affiche un sourire fatigué qui exprime toute sa solitude.

— C'est Felicia qui a commencé… Elle imaginait qu'on était dans l'espace, que c'était une mission… Ça, c'était au début, avant qu'on arrête de parler, mais je continuais à penser à la pièce comme à une capsule.

— Pourquoi avez-vous arrêté de parler ?

— Je ne sais pas, on a arrêté, c'est tout, il n'y avait plus rien à dire…

Reidar lève une main tremblante vers sa bouche. Il a l'air de lutter contre les larmes.

— Tu dis qu'on ne peut pas s'évader… et pourtant tu l'as fait, dit Joona.

Le chef de la Rikskrim, Carlos Eliasson, sort d'un rendez-vous au tribunal, il traverse le Rådhusparken sous la neige légère, tout en parlant au téléphone avec sa femme. L'hôtel de police devant lui ressemble à un palais d'été dans un paysage hivernal. La main qui tient le téléphone est devenue tellement froide qu'il en a mal aux doigts.

— J'ai l'intention de mettre en œuvre de gros moyens.

— Tu es certain que Mikael va se rétablir ?

— Oui.

En arrivant sur le trottoir de l'autre côté du parc, Carlos tape des pieds pour débarrasser ses souliers de la neige.

— Formidable, murmure-t-elle.

Il entend son épouse soupirer et s'asseoir.

— Il vaut mieux que je ne dise rien, lâche-t-il après un petit moment. N'est-ce pas ?

— Oui.

— Et si ça devait devenir déterminant pour l'enquête ?

— Tu ne dois rien révéler, tranche-t-elle.

Carlos poursuit en remontant la rue, regarde sa montre et entend sa femme chuchoter qu'elle doit y aller.

— À ce soir, dit-il tout bas.

Au fil des ans, l'hôtel de police a connu des extensions successives. Chaque segment témoigne de la versatilité des modes. La partie la plus récente se trouve près du parc de Kronoberg. C'est là qu'est logée la Rikskrim.

Carlos franchit deux portes de sécurité, passe devant la cour vitrée et prend l'ascenseur jusqu'au septième étage. Son visage paraît soucieux quand il se débarrasse de son pardessus et longe le couloir et son enfilade de portes fermées. Sur son passage, l'appel d'air fait voleter une coupure de presse sur un panneau d'affichage. Elle est épinglée là depuis la douloureuse soirée où la chorale de la police fut éliminée du télécrochet *Talang*.

Cinq de ses collègues sont déjà arrivés dans la salle de réunion. Verres et bouteilles d'eau sont disposés sur la table en pin verni. Les rideaux jaunes ont été ouverts et par les fenêtres basses on aperçoit les cimes des arbres enneigés. Tout le monde essaie de paraître calme, mais derrière les masques de sombres pensées s'agitent. La réunion que Joona a convoquée va commencer dans deux minutes. Benny Rubin a ôté ses chaussures, il est en train d'expliquer à Magdalena Ronander ce qu'il pense des nouveaux formulaires d'évaluations de cotes de sécurité.

Carlos serre la main de Nathan Pollock et de Tommy Kofoed de la Riksmordkommissionen*. Comme d'habitude, Nathan est vêtu d'une veste anthracite, et ses longs cheveux gris noués en catogan pendent dans son dos. À côté d'eux se tient Anja Larsson, elle porte une chemise argentée et une jupe bleu ciel.

— Anja a essayé de nous moderniser… Il fallait qu'on apprenne à utiliser l'*Analyst's Notebook*, sourit Nathan. Mais on est trop vieux pour ça…

— Parle pour toi, marmonne Tommy d'un air boudeur.

— Vous avez tous l'air un peu recyclé, affirme Anja.

Carlos se place en bout de table et le sérieux marquant son visage leur cloue le bec, même à Benny.

— Soyez les bienvenus, dit-il sans la moindre trace de son sourire habituel. Comme vous l'avez sans doute compris, il y a du nouveau dans l'affaire Jurek Walter et… nous ne pouvons plus considérer l'enquête préliminaire comme terminée…

— Qu'est-ce que je vous avais dit ? lance depuis la porte une voix tranquille à l'accent finnois.

---

* La Commission nationale pour les homicides, groupe d'experts composé de neuf policiers et de deux civils qui assistent la police locale lors d'enquêtes particulièrement difficiles.

49

Carlos se retourne vivement vers Joona Linna. Des flocons de neige scintillent sur le pardessus noir de l'inspecteur principal élancé.

— Joona n'a pas toujours raison, sachez-le, dit Carlos. Mais, évidemment… cette fois…

— Il n'y avait donc que Joona pour penser que Jurek Walter avait un acolyte ? demande Nathan Pollock.

— Oui, euh…

— Et ça dérangeait pas mal de gens de l'entendre dire que la famille de Samuel Mendel faisait partie des victimes, dit Anja à voix basse.

— Voilà, admet Carlos en opinant de la tête. Joona est brillant, aucun doute là-dessus. Je venais de prendre mon poste ici, à l'époque, et je n'écoutais peut-être pas les bonnes personnes, mais à présent, nous sommes sûrs… et nous allons donc reprendre l'enquête pour…

Il se tait et regarde Joona qui fait un pas en avant.

— J'arrive directement de l'hôpital Söder, dit-il assez sèchement.

— J'ai dit quelque chose qu'il ne fallait pas ?

— Non.

Carlos regarde l'assemblée d'un air gêné.

— Mais tu trouves que je devrais dire plus ? Joona, c'était il y a treize ans, beaucoup d'eau a coulé sous les ponts.

— Oui.

— Et tu avais absolument raison cette fois-là, je l'ai dit.

— Et en quoi avais-je raison au juste ? demande Joona sur un ton assourdi en regardant son chef droit dans les yeux.

— En quoi ? répète Carlos, d'une voix stridente. En tout, Joona ! Tu avais raison sur toute la ligne. Ça va, comme ça ? Ça devrait suffire, non ?

Carlos lâche un soupir et Joona sourit brièvement.

— L'état général de Mikael Kohler-Frost s'est beaucoup amélioré et j'ai pu lui poser des questions à plusieurs reprises. J'avais évidemment espéré qu'il identifie le complice.

— C'est peut-être trop tôt, dit Nathan pensivement.

— Non. Mikael n'a aucun nom à nous fournir, aucun signalement… mais…

— Il est traumatisé ? demande Magdalena Ronander.

— Il ne l'a simplement jamais vu, répond Joona en croisant le regard de Magdalena.

— Donc, on n'a absolument rien ? dit Carlos tout bas.

Joona avance un peu plus dans la pièce et son ombre s'étend sur la table de réunion.

— Mikael appelle son ravisseur le Marchand de sable. J'en ai discuté avec Reidar Frost et il m'a expliqué que ce nom vient d'un conte pour enfants que leur mère racontait… Le Marchand de sable est l'incarnation d'un personnage qui jette du sable dans les yeux des enfants pour les endormir.

— Oui, c'est connu, sourit Magdalena. Et la preuve que le Marchand de sable est passé, c'est le sable qu'on a dans les yeux au réveil.

— Le Marchand de sable, répète Pollock songeusement et il note quelque chose dans son carnet noir.

Anja prend le téléphone portable de Joona et commence à le brancher sur le système audio sans fil.

— Mikael et Felicia Kohler-Frost sont à moitié allemands. Roseanna Kohler est arrivée en Suède de Schwabach quand elle avait huit ans, commence Joona.

— Qui se trouve au sud de Nuremberg, ajoute Carlos.

— Le Marchand de sable était l'équivalent pour elle de notre John Blund, poursuit Joona. Le soir, avant le coucher, elle racontait aux enfants un passage de ses aventures. Au fil des ans, elle ajoutait à ce conte provenant de sa propre enfance un tas d'inventions personnelles et des fragments tirés de l'histoire d'E. T. A. Hoffmann qui met en scène un vendeur de baromètres et une fille qui est un automate. Felicia et Mikael n'avaient que huit et dix ans et ils ont cru que c'était le Marchand de sable qui les avait enlevés.

L'équipe autour de la table regarde Anja installer le matériel qui leur permettra d'écouter le récit de Mikael. Les visages sont graves. Ils seront les premiers à entendre le témoignage de la seule victime survivante de Jurek Walter.

— On n'est donc pas en mesure d'identifier le complice, précise Joona. Reste le lieu. Si Mikael pouvait nous guider vers le lieu, alors...,

50

Les enceintes sifflent et certains sons se trouvent amplifiés, comme du papier qu'on froisse, tandis que d'autres sont à peine audibles. Parfois les pleurs de Reidar ressortent clairement, comme lorsque son fils raconte les fabulations de Felicia sur la capsule spatiale.

Pendant qu'ils écoutent, Nathan Pollock prend des notes dans son carnet et Magdalena Ronander retranscrit la conversation à l'ordinateur. La voix sérieuse de Joona résonne dans les enceintes :

— Tu dis qu'on ne peut pas s'évader. Et pourtant tu l'as fait...

— On ne peut pas s'évader, ça ne s'est pas passé comme ça, répond Mikael Kohler-Frost vivement.

— Ça s'est passé comment alors ?

— Le Marchand de sable soufflait sa poussière sur nous et quand je me suis réveillé, j'ai compris que je n'étais plus dans la capsule. Il faisait totalement noir, mais j'ai compris que la pièce était différente, et j'ai senti que Felicia n'était plus là, près de moi. J'ai tâté les murs dans l'obscurité et j'ai trouvé une porte avec une poignée... je l'ai ouverte et je me suis retrouvé dans un couloir... Sur le moment, je ne me suis pas dit que j'étais en train de m'évader, mais je savais que je devais continuer d'avancer... Je suis arrivé devant une porte fermée à clé et j'ai cru que c'était un piège. Le Marchand de sable pouvait revenir d'une seconde à l'autre... J'ai paniqué et j'ai cassé le carreau de la porte avec ma main, j'ai passé le bras par le trou et j'ai tourné la clé... J'ai couru à travers un dépôt plein de sacs de ciment et de cartons recouverts de poussière… et alors je me suis rendu compte que le mur à droite n'était qu'une bâche en plastique tendue, maintenue avec du gros scotch… J'avais du mal à respirer et en arrachant le plastique, j'ai vu que j'avais les doigts en sang. J'ai compris que je m'étais blessé sur le carreau de la porte, mais ça m'était égal, j'avançais sur un immense sol en béton… C'était une pièce encore inachevée et j'ai simplement continué dehors dans la neige… Le ciel n'était pas encore complètement noir… J'ai couru et j'ai dépassé une pelle mécanique, elle avait une étoile bleue. Je suis entré dans la forêt et j'ai commencé à comprendre que j'étais libre. J'ai continué à courir entre les arbres et les buissons, la neige sur les branches m'a dégringolé dessus, je n'ai pas regardé en arrière, j'ai traversé un champ et je suis monté vers un petit bosquet d'arbres quand j'ai été arrêté net… Je m'étais pris une branche morte droit dans l'aine, j'étais coincé, je suis resté comme ça. Ça faisait mal et le sang coulait dans ma chaussure. J'ai voulu me dégager, mais j'étais bloqué… J'ai pensé que j'allais casser la branche, j'ai essayé, mais je n'y suis pas arrivé, j'étais trop faible et je suis resté là, j'ai eu l'impression d'entendre les doigts de porcelaine du Marchand de sable… Quand j'ai voulu me retourner, j'ai glissé et la branche s'est arrachée. Je ne sais pas si j'étais en train de perdre connaissance… J'étais tellement lent, mais je me suis redressé, je suis monté sur un talus, j'ai trébuché et j'ai cru que je n'aurais plus de forces, mais j'ai rampé et je suis arrivé sur des rails. Je ne sais pas combien de temps j'ai marché là, j'avais froid, mais j'ai continué, parfois je voyais des maisons au loin, mais j'étais tellement fatigué que je n'ai fait que suivre les rails… Il neigeait de plus en plus, mais j'ai marché, marché, comme dans un rêve, j'avais l'intention de ne jamais m'arrêter, tout ce que je voulais, c'était m'en aller très loin…

51

Quand la voix de Mikael s'éteint et que le chuintement des enceintes disparaît, le silence s'installe dans la salle de réunion. Carlos s'est levé. Il est en train de se ronger l'ongle du pouce, les yeux perdus dans le vide.

— Nous avons abandonné deux enfants, dit-il lentement. Ils avaient disparu, nous les avons déclarés morts, et ensuite nous avons repris tranquillement nos vies.

— Mais leur mort ne laissait aucun doute, rétorque Benny doucement.

— Joona voulait poursuivre l'enquête, précise Anja à mi-voix.

— Sauf qu'à la fin, moi aussi, j'étais persuadé qu'ils n'étaient plus en vie, réplique Joona.

— Et on n'avait pas la moindre piste à creuser, dit Pollock. Aucun indice, pas de témoins…

Carlos est pâle, sa main tâtonne son cou, il essaie de déboutonner le col de sa chemise.

— Mais ils étaient vivants, chuchote-t-il.

— Oui, répond Joona.

— J'en ai vu des choses dans ma vie, mais ça… s'enflamme Carlos et il tire sur son col à nouveau. Je ne comprends pas, c'est tout. Pourquoi, bordel de merde ? Je ne comprends pas, je…

— On ne peut pas comprendre, ça dépasse l'entendement, dit Anja gentiment et elle essaie de l'entraîner dans le couloir. Viens, un verre d'eau te fera du bien.

— Pourquoi est-ce qu'on enferme deux enfants pendant plus de dix ans ? s'emporte-t-il. Pourquoi est-ce qu'on veille à ce qu'ils survivent, mais rien de plus, pas de demandes de rançon, pas de violence, pas d'abus sexuels...

Anja tente toujours de le faire sortir de la pièce, mais il résiste en s'agrippant au bras de Nathan Pollock.

— Trouvez la fille, dit-il. Faites en sorte de la trouver aujourd'hui même.

— Je ne suis pas sûr que...

— Trouvez-la, le coupe Carlos avant de se laisser escorter hors de la salle de réunion.

Anja revient au bout d'un moment, seule. Les membres du groupe marmonnent un peu et consultent leurs dossiers. Tommy Kofoed esquisse un sourire tourmenté. La bouche entrouverte et le regard vide, Benny tripote distraitement le sac de sport de Magdalena avec les orteils.

— Qu'est-ce qui vous prend ? demande Anja, incrédule. Vous n'avez pas entendu le chef ?

Magdalena et Tommy sont tout de suite désignés pour mettre sur pied un groupe d'intervention et une équipe de techniciens tandis que Joona s'appliquera à définir une première zone de recherche au sud de Södertälje.

Joona regarde la sortie d'imprimante de la dernière photo qui a été prise de Felicia. Il ne sait plus combien de fois il l'a examinée. Ses yeux sont grands et sombres, ses longs cheveux noirs sont réunis en une tresse touffue sur une épaule. Elle tient une bombe d'équitation à la main et sourit au photographe d'un air espiègle.

— Mikael dit qu'il a commencé à marcher peu avant la tombée de la nuit, dit Joona, le regard fixé sur le mur où est affichée une grande carte du secteur. À quelle heure exactement est-ce que le conducteur du train a donné l'alerte ?

Benny consulte son ordinateur.

— À trois heures vingt-deux.

— Ils ont trouvé Mikael ici, dit Joona et il entoure la portion nord du pont d'Igelsta. On peut difficilement imaginer qu'il ait marché à plus de cinq kilomètres à l'heure, étant donné qu'il était blessé et malade.

Avec une règle, Anja mesure le trajet maximal en direction du sud, compte tenu de la vitesse et de l'échelle de la carte, puis elle trace un cercle avec un grand compas. Vingt minutes plus tard ils ont trouvé et entouré cinq travaux de construction en cours qui pourraient correspondre à la description de Mikael.

Un écran plasma de deux mètres de large affiche une vue hybride, combinant carte et image satellite. Benny s'applique à entrer les données dans l'ordinateur qui partage désormais son écran avec l'écran plasma. À côté de lui, Anja collecte des informations complémentaires en jonglant avec deux téléphones, tandis que Nathan et Joona discutent des différentes localisations.

Les cinq chantiers dans le secteur défini sont maintenant affichés sur le grand écran. Trois d'entre eux sont situés en agglomération urbaine.

Observant la carte, Joona suit du regard les voies ferrées possibles, puis montre l'un des deux autres cercles, dans la forêt près de la réserve naturelle d'Älgberget.

— C'est ici, dit-il.

Benny clique sur le rond et fait apparaître les coordonnées, et Anja lit à l'attention de tout le monde une brève information sur l'entreprise NCC qui construit un nouveau datacenter pour Facebook. Le chantier est cependant bloqué depuis un mois à cause d'un conflit porté au tribunal de l'environnement.

— Je dois me procurer les plans des bâtiments ? demande Anja.

— Oui. On y va de suite, répond Joona.

52

Sur le chemin défoncé de la forêt, la neige est intacte. Une grande parcelle a été défrichée. Tuyaux et câbles sont enterrés et les regards de visite sont en place. La dalle en béton des 40 000 mètres carrés au sol est coulée, plusieurs bâtiments annexes sont pratiquement terminés, tandis que d'autres n'en sont qu'au stade d'ossatures. La neige recouvre les pelles mécaniques et les camions-bennes.

Pendant le trajet pour Älgberget, Joona a reçu sur son téléphone portable une carte de référence de la zone issue du plan d'urbanisme. Anja avait déjà trouvé les plans du permis de construire auprès des services municipaux.

Magdalena Ronander étudie la carte avec les groupes d'intervention avant qu'ils descendent des voitures et pénètrent sur le site par trois côtés différents.

Ils avancent à la lisière de la forêt. Il fait sombre entre les troncs d'arbres et la neige sous leurs pieds dissimule les bosses et les creux du terrain. Ils occupent rapidement leurs positions, progressent avec précaution en fouillant le site du regard.

Une ambiance étrange, ensommeillée, règne sur les lieux. Une grande pelle mécanique est immobilisée devant une fosse béante.

Marita Jakobsson accourt, s'arrête près d'une pile de tapis de dynamitage et se met à genoux. C'est une policière entre deux âges, possédant une longue expérience. Elle observe minutieusement les bâtiments aux jumelles avant de faire signe à son équipe de la rejoindre.

Joona dégaine son pistolet et contourne un petit bâtiment

annexe avec son groupe. De la neige vole du toit, tournoie dans les airs, scintillante.

Tout le monde porte des casques et des gilets pare-balles avec plaques de céramique, et deux d'entre eux sont équipés de fusils d'assaut Heckler & Koch.

Sans un bruit, ils longent une ossature en bois et montent sur la dalle de béton nue.

Joona indique la bâche de protection qui ondule au vent. Le plastique s'est détaché entre deux montants de bois et se rabat mollement sur le côté.

Le groupe suit Marita à travers un dépôt jusqu'à une porte dont la vitre est brisée. Des traces de sang sombres sont visibles sur le sol et sur la porte elle-même.

Il n'y a aucun doute : c'est l'endroit d'où Mikael s'est évadé.

Les éclats de verre crissent sous leurs bottes. Ils s'engagent dans le couloir, ouvrent les portes les unes après les autres et inspectent scrupuleusement les locaux.

Tout est désert.

Dans une des pièces, ils trouvent un casier avec des bouteilles vides. Rien d'autre.

Il est encore impossible de déterminer dans quelle pièce Mikael se trouvait à son réveil, mais il s'agit vraisemblablement d'une de celles qui donnent dans le couloir.

Les groupes d'intervention parcourent le bâtiment en cours de construction et examinent minutieusement tous les espaces avant de se retirer.

Alors seulement, les techniciens font leur entrée.

Ensuite, toute la forêt doit être ratissée par les brigades canines.

Tenant son casque à la main, Joona fixe les reflets étincelants des cristaux de neige sur le sol.

Je savais bien qu'on n'allait pas trouver Felicia ici, s'avoue-t-il. La pièce que Mikael appelle la capsule a des murs épais en béton armé, un robinet et un passe-plat. Elle est construite pour retenir des personnes en captivité.

Joona a lu dans le dossier du patient que les médecins ont trouvé des traces de Sévoflurane, un anesthésique, dans le tissu adipeux de Mikael. Il a donc été drogué avant d'être déplacé.

Cela correspond à la description de son réveil dans une nouvelle pièce. Il s'est endormi dans la capsule et a repris connaissance ici.

Pour une raison inconnue, Mikael a été transféré dans ce lieu après toutes ces années.

Le moment de se retrouver dans un cercueil était-il finalement venu pour lui aussi lorsqu'il a réussi à s'évader ?

La température baisse encore alors que Joona voit les policiers retourner à leurs voitures. Le visage éreinté de Marita Jakobson est fermé. Elle a l'air triste.

Si Mikael a été endormi, il n'a aucun moyen de les guider jusqu'à la capsule.

Il n'a rien vu pendant son transfert.

Nathan Pollock fait un signe de la main à Joona, signifiant qu'il est temps de partir. Joona voudrait lever le bras pour lui répondre mais n'en a pas le courage.

Les choses ne peuvent pas s'arrêter là. Ça ne peut pas être fini, pense-t-il en se passant la main dans les cheveux.

Que reste-t-il à faire ?

Joona connaît déjà l'effroyable réponse à sa question.

53

En souplesse, Joona engage la voiture dans le parking souterrain Q-Park, prend son ticket et descend se garer. Il reste à l'intérieur de la voiture, à regarder un employé rassembler les chariots du supermarché situé au rez-de-chaussée.

Lorsqu'il n'y a plus personne en vue, Joona quitte sa voiture et s'approche d'un fourgon noir brillant aux vitres teintées. Il ouvre la portière latérale et monte dans le véhicule.

La porte se referme sans un bruit et Joona salue tranquillement le directeur de la Rikskrim, Carlos Eliasson, et le directeur de la Säpo, Verner Zandén.

— Felicia Kohler-Frost est séquestrée dans une pièce aveugle, commence Carlos. Elle y est restée pendant plus de dix ans avec son frère aîné. Maintenant elle se retrouve toute seule. Allons-nous l'abandonner ? Dire qu'elle est morte et la laisser là ? Si elle n'est pas malade, elle peut très bien vivre vingt ans de plus.

— Carlos, dit Verner sur un ton apaisant.

— Je sais que je ne suis plus du tout objectif, sourit-il en levant les mains en un geste qui se veut rassurant. Mais je souhaite vraiment que nous fassions notre maximum cette fois-ci.

— J'ai besoin d'une grande équipe, dit Joona. Si vous mettez cinquante personnes à ma disposition, on peut tenter de remonter les pistes anciennes, réexaminer toutes les disparitions. Ça ne donnera peut-être rien, mais c'est le seul moyen qu'on a. Mikael n'a pas vu le complice et il a été drogué avant d'être déplacé. Il ne peut pas nous dire où se trouve la capsule. On va évidemment poursuivre les entretiens avec lui, mais je crois tout simplement qu'il ignore où il a été détenu pendant ces treize années.

— Si Felicia est encore en vie, elle est vraisemblablement restée dans la capsule, constate Verner de sa voix de basse.

— Oui.

— Alors comment on va la trouver, bordel de merde ? Ce n'est pas possible, grogne Carlos. Personne ne sait rien de cette capsule.

— Personne à part Jurek Walter, rectifie Joona.

— Qu'on ne peut pas interroger, complète Verner.

— C'est ça.

— Toujours totalement psychotique et…

— Il n'a jamais été psychotique, l'interrompt Joona.

— C'est pourtant ce que dit l'examen psychiatrique judiciaire, se défend Verner. Les experts l'ont déclaré schizophrène, psychotique, chaotique et ultra-violent.

— Uniquement parce que Jurek tenait à ce diagnostic, répond Joona calmement.

— Tu penses donc qu'il est sain d'esprit ? C'est ça que tu veux dire, qu'il est sain d'esprit ?! s'emporte Verner. C'est quoi, ces conneries ? Dans ce cas, pourquoi est-ce qu'on ne le soumet pas à un interrogatoire ?

— Il doit être maintenu en isolement, fait remarquer Carlos. Le jugement de la cour d'appel…

— Putain, il doit bien être possible de contourner le jugement, soupire Verner en étirant ses longues jambes.

— Peut-être.

— Je dispose de personnes compétentes qui ont mené des interrogatoires avec des suspects de terrori…

— Joona est le meilleur, le coupe Carlos.

— Pas du tout, répond Joona.

— Tu es celui qui a traqué et arrêté Jurek et tu es le seul à qui il a parlé avant le procès.

Joona secoue la tête et laisse son regard se perdre dans le parking désert.

— J'ai essayé, dit-il lentement. Mais on ne peut pas tromper Jurek, il n'est pas comme les autres, il ne ressent pas d'angoisse, il n'a pas besoin d'empathie, il ne raconte rien.

— Est-ce que tu accepterais d'essayer ? demande Verner.

— Non, je ne peux pas.

— Pourquoi ?

— Parce que j'ai peur, répond Joona en toute simplicité.

Carlos lui lance un regard inquiet.

— C'est une blague, n'est-ce pas ? dit-il nerveusement.

Joona le fixe. Ses yeux sont durs, comme du schiste humide.

— On ne va tout de même pas avoir peur d'un petit vieux qui est sous les verrous, réplique Verner en se grattant le front dans un geste stressé. C'est lui qui devrait avoir peur de nous. Merde quoi, on peut très bien envoyer un commando dans sa cellule lui foutre la trouille de sa vie, pas besoin de prendre de putain de gants.

— Ça ne marcherait pas, dit Joona.

— Il existe des méthodes qui fonctionnent à tous les coups, poursuit Verner. Je peux faire appel à un groupe clandestin qui est intervenu à Guantánamo.

— Cette réunion n'a jamais eu lieu, se dépêche de souligner Carlos.

— Pratiquement toutes mes réunions n'ont jamais eu lieu, précise Verner en se penchant en avant. Mon groupe sait tout ce qu'il y a à savoir sur les électrochocs et la simulation de noyade.

— Jurek ne craint pas la douleur, rétorque Joona.

— Alors quoi, on va abandonner ?

— Non.

Joona se renverse si brutalement sur son siège qu'on entend le dossier craquer.

— Vas-y, dis-nous… Qu'est-ce que tu as en tête ?

— Si on entre dans la cellule de Jurek pour lui parler, on peut être sûrs qu'il mentira. Il sera maître de l'entretien et quand il aura compris ce qu'on est venus chercher, il nous poussera à marchander et on finira par lui donner quelque chose qu'on regrettera plus tard.

Carlos baisse les yeux et se gratte derrière le genou d'un air irrité.

— Il nous reste quoi d'autre, comme solution ? demande Verner doucement.

— Je ne sais pas si ça va être possible. Mais il faudrait placer un agent comme patient dans la même unité de psychiatrie médico-légale…

— Je ne veux plus rien entendre, le coupe Carlos.

— Une personne suffisamment convaincante pour que Jurek Walter cherche à établir le contact…

— Merde alors… marmonne Verner.

— Un patient, chuchote Carlos.

— Il faudra bien veiller à ne pas envoyer quelqu'un dont il pourrait se servir ou qu'il pourrait exploiter, précise Joona.

— Qu'est-ce que tu essaies de nous dire ?

— Il faut trouver un agent suffisamment exceptionnel pour éveiller la curiosité de Jurek Walter.

54

Le sac de frappe émet un soupir et les maillons de la chaîne s'entrechoquent. Saga Bauer se déplace doucement sur le côté, son corps suit les mouvements du sac, puis elle frappe de nouveau. Deux chocs sourds, puis un enchaînement de coups qui résonnent entre les murs de la salle de boxe vide.

Elle s'entraîne à une combinaison de deux crochets du gauche rapides, un haut et un bas, suivis d'un puissant crochet du droit.

Le sac de frappe noir balance, l'attache grince. Son ombre passe sur le visage de Saga et elle frappe encore. Trois coups rapides. Elle roule les épaules, recule, glisse de l'autre côté du sac et cogne.

Sa rapide rotation de la hanche fait voler sur le côté ses longs cheveux blonds qui viennent balayer son visage.

Saga oublie le temps quand elle s'entraîne, son esprit se vide. Elle est totalement seule dans le local depuis deux heures. Les derniers ont quitté le club pendant qu'elle sautait à la corde. Les projecteurs au-dessus du ring sont éteints, mais la lumière blanche provenant d'un distributeur de soda dans l'entrée pénètre jusque dans la salle. Dehors, la neige tourbillonne devant les fenêtres, autour de l'enseigne lumineuse du pressing et le long du trottoir.

Du coin de l'œil, Saga note qu'une voiture s'arrête devant le club, mais elle continue à enchaîner la même combinaison de coups en essayant systématiquement d'augmenter sa puissance de frappe. Des gouttes de sueur éclaboussent le sol devant un ballon de boxe tombé de son crochet.

Stefan entre. Il tape des pieds pour faire tomber la neige de ses chaussures, puis reste sans rien dire un moment. Son pardessus est ouvert, on devine le costume clair et la chemise blanche en dessous.

Sans cesser de frapper, Saga le voit enlever ses chaussures avant de pénétrer dans le local.

Les seuls bruits qu'on entend sont les coups contre le sac et le tintement de la chaîne.

Saga voudrait continuer son entraînement, elle n'est pas encore disposée à relâcher sa concentration. Baissant le front, elle poursuit sa série de coups de poing rapides et réguliers bien que Stefan vienne se placer derrière le sac.

— Plus fort, dit-il en bloquant l'accessoire.

Elle assène au sac un puissant direct du droit qui oblige Stefan à faire un pas en arrière. Elle ne peut s'empêcher de rire et, avant qu'il ait retrouvé son équilibre, elle frappe encore.

— Ne le lâche pas, dit-elle avec un soupçon d'impatience.

— Il faut qu'on y aille.

Le visage de Saga est fermé et brûlant quand elle entame une longue série de coups. Elle se laisse facilement gagner par une rage désespérée, face à laquelle elle se sent faible. Mais c'est aussi la rage qui la pousse à poursuivre le combat et à enchaîner les coups quand d'autres abandonnent.

Le sac tremble et la chaîne vibre. Elle se refrène, alors qu'elle pourrait s'acharner encore longtemps.

Elle fait quelques pas légers en arrière, haletante. Le sac continue de balancer. Une fine poussière de béton tombe du plafond.

— Ça y est, j'ai ma dose, je suis contente, sourit-elle, puis elle retire ses gants d'entraînement avec les dents.

Il la suit dans le vestiaire des femmes et l'aide à défaire les bandages autour de ses poignets.

— Tu t'es fait mal, chuchote-t-il.

— Ce n'est rien, dit-elle en regardant sa main.

Ses vêtements de sport délavés sont trempés de sueur. On aperçoit ses mamelons à travers le soutien-gorge mouillé et ses muscles sont enflés et gorgés de sang.

Saga Bauer est inspectrice à la Säpo et elle a collaboré avec Joona Linna dans deux affaires majeures. Boxeuse de haut niveau, elle est aussi une excellente tireuse d'élite et a suivi une formation spéciale en technique d'interrogatoire avancée.

Âgée de vingt-sept ans, des yeux bleus comme un ciel d'été et des rubans multicolores tressés dans ses longs cheveux blonds, elle est d'une beauté presque irréelle. La plupart des gens qui la croisent ressentent immédiatement une sorte de vide étrange, un désarroi. La voir, c'est tomber irrémédiablement amoureux.

L'eau chaude de la douche dégage de la vapeur et les miroirs sont déjà embués. Les deux jambes solidement écartées et les bras ballants, Saga se laisse inonder par le jet puissant. Un gros hématome est en train de virer au jaune sur sa cuisse et les jointures de sa main droite saignent.

Elle lève les yeux, essuie l'eau de son visage et voit que Stefan est en train de la reluquer, sans la moindre gêne.

— À quoi tu penses ? demande Saga.

— Qu'il pleuvait la première fois qu'on a fait l'amour, répond-il à mi-voix.

Elle se souvient très bien de cet après-midi-là. Ils étaient allés voir un film dans la journée et, à la sortie du cinéma, il pleuvait à torrents. Ils avaient couru dans la rue jusqu'au studio de Stefan, où ils étaient arrivés complètement trempés. Stefan en parle souvent : elle s'était déshabillée tout naturellement, avait posé ses vêtements sur un radiateur puis s'était mise à jouer d'un doigt sur son piano. Incapable de détacher son regard d'elle, il l'avait comparée à la boule de verre incandescent qui éclaire l'atelier sombre d'un maître verrier.

— Viens sous la douche, dit Saga.

— On n'a pas le temps.

Elle fronce les sourcils.

— Je suis donc seule, constate-t-elle, abrupte.

— Qu'est-ce que tu veux dire ?

— Seule, je suis seule.

Stefan lui tend une serviette et dit calmement :

— Allez, viens maintenant.

55

La neige tombe toujours quand ils sortent du taxi devant le café *Glenn Miller*. Saga tourne son visage vers le ciel, ferme les yeux et sent les flocons se poser sur sa peau chaude.

La salle exiguë est déjà bondée, mais ils ont de la chance et trouvent une table libre. Des bougies flambent dans des photophores en verre dépoli et la neige mouillée glisse à l'extérieur des fenêtres.

Stefan suspend son sac sur le dossier d'une chaise et va passer commande au bar.

Les cheveux de Saga sont toujours humides et un frisson la secoue quand elle retire sa parka trempée. Autour d'elle, les gens se retournent et elle s'inquiète d'avoir peut-être pris la place de quelqu'un.

Stefan pose deux vodkas martini et une coupelle de pistaches sur la table. Ils sont assis face à face et trinquent en silence. Saga est sur le point de dire qu'elle a faim lorsqu'un homme mince aux lunettes rondes s'arrête devant eux.

— Jacky ! s'exclame Stefan, surpris.

— J'ai repéré l'odeur de pisse de chat, sourit l'homme.

— Je te présente ma copine.

Jacky jette un regard sur Saga, mais ne se donne pas la peine de la saluer, il se contente de rigoler et de glisser un mot à l'oreille de Stefan.

— Non, sérieux, il faut que tu viennes jouer avec nous, dit-il. Mini est là aussi.

Il désigne un homme corpulent qui se dirige vers une contrebasse de couleur noirâtre et une guitare Gibson semi-acoustique posées dans un coin.

Saga ne saisit pas de quoi ils parlent, il est question d'un concert historique, le meilleur contrat qu'ils aient jamais eu et une composition de quartet géniale. Elle patiente et promène son regard dans la salle du restaurant. Stefan lui dit quelque chose, alors que Jacky est déjà en train de le tirer de sa chaise.

— Tu vas jouer ? demande Saga.

— Juste un morceau, s'écrie Stefan avec un grand sourire.

Elle lui fait un signe de la main en le voyant quitter la table. Le brouhaha dans la salle se calme quand Jacky prend le microphone et présente son invité. Stefan s'installe au piano.

— *April in Paris*, dit-il seulement et il attaque le morceau.

56

Stefan joue, les yeux mi-clos. Saga a la chair de poule quand la musique prend le dessus et envahit le moindre recoin de la pièce, sous les scintillements de l'éclairage tamisé.

Jacky plaque des accords mélodieux très doux, puis la contrebasse le rejoint.

Saga sait que Stefan se trouve dans son élément ici, mais elle a du mal à oublier qu'ils avaient décidé de prendre du temps pour eux, de passer une soirée tranquille en tête à tête.

Toute la semaine, elle s'est réjouie à cette idée.

Lentement, elle grignote quelques pistaches, rassemble les coques en un petit tas et attend.

L'idée qu'il l'a tout bonnement plantée là fait son chemin dans son esprit et la remplit d'une angoisse sourde. Ce n'est pas très rationnel, elle ne sait pas ce qui la pousse à de tels enfantillages.

Quand sa vodka martini est finie, elle prend le verre de Stefan. Les glaçons ont fondu, mais elle boit le cocktail quand même.

Un homme aux joues rouges la prend en photo avec son portable au moment où elle lorgne la sortie. Elle est fatiguée, elle ferait mieux de rentrer se coucher, mais elle aimerait parler avec Stefan avant de partir.

Ils ont joué de nombreux morceaux, elle en a perdu le compte. John Scofield, Mike Stern, Charles Mingus, Dave Holland, Lars Gullin et une version très longue d'un morceau dont elle ne se souvient plus du nom, mais qui figurait sur l'album de Bill Evans et Monica Zetterlund.

Saga contemple le tas de coques de pistaches pâles, les curedents dans les verres de martini et la chaise vide en face d'elle.

Elle va au bar commander une Grolsch et, après avoir bu sa bière, elle se rend aux toilettes.

Quelques femmes sont en train de se maquiller devant le miroir, les cabinets sont occupés et elle est obligée de faire la queue un petit moment. Quand arrive son tour, elle entre, ferme le verrou, s'assied et reste à fixer la porte blanche.

Un vieux souvenir la prive subitement de toute énergie. Elle se rappelle sa mère dans son lit, le visage marqué par la maladie. Elle aussi se contentait de fixer la porte blanche. Saga n'avait que sept ans et la consolait de son mieux, lui assurant que tout allait s'arranger. Mais sa mère ne voulait pas tenir sa main.

— Tu arrêtes maintenant, chuchote Saga pour elle-même, assise sur la cuvette, mais l'image s'attarde.

L'état de sa mère se détériorait de jour en jour et Saga devait l'aider à prendre ses médicaments et à tenir son verre d'eau.

Elle était assise par terre à côté du lit de sa mère, les yeux braqués sur elle, allait lui chercher une couverture quand elle avait froid et tentait de joindre son père au téléphone chaque fois que sa mère le lui demandait.

Quand sa mère finissait par s'endormir, elle éteignait la petite lampe, montait sur le lit et se glissait entre ses bras.

Elle évite en général de penser à cette période. Elle veille à maintenir le souvenir à distance, mais là, il l'a prise d'assaut et son cœur cogne très fort dans sa poitrine quand elle sort des toilettes.

Leurs chaises sont restées inoccupées, les verres vides n'ont pas été débarrassés et Stefan joue toujours. Il garde un contact visuel avec Jacky, chacun s'amuse à répondre aux variations de l'autre.

C'est peut-être la faute des cocktails ou de sa mémoire si son jugement vacille. Elle se fraie un passage jusqu'aux musiciens. Stefan est plongé dans les dédales d'une longue improvisation quand elle pose une main sur son épaule.

Il sursaute, la regarde et secoue la tête d'un air stressé. Elle le prend par le bras pour qu'il arrête de jouer.

— Viens, dit-elle.

— Gère-la, ta copine, siffle Jacky.

— Je suis en train de jouer, souffle Stefan entre les dents.

— Mais on… on avait dit qu'on allait… essaie-t-elle de dire, et à sa grande surprise, elle sent les larmes monter.

— Casse-toi, entend-elle Jacky cracher.

— On peut pas rentrer bientôt ? demande-t-elle en caressant la nuque de Stefan.

— Putain, merde !

Saga recule et renverse un verre de bière posé sur une enceinte. Il tombe et se brise par terre.

De la bière éclabousse les habits de Stefan.

Il ne la regarde pas, reste concentré sur les touches du piano et sur ses doigts qui courent, tandis que la transpiration coule sur ses joues.

Elle l'attend là un moment avant de retourner à leur table. Deux hommes ont pris leurs places. Sa parka verte a glissé sur le sol. Elle la ramasse de ses mains tremblantes et se rue dehors sous la neige qui tombe dru.

57

Saga Bauer passe toute la matinée suivante dans une des salles de réunion de la Säpo avec quatre autres agents, trois analystes et deux personnes de l'administration. La plupart ont un ordinateur ou une tablette devant eux. Un tableau lumineux gris affiche un diagramme des communications filaires effectuées hors des frontières de la nation au cours de la semaine.

On discute de la base de données analytique du service chargé du renseignement d'origine électromagnétique, de nouveaux termes de référence et de la radicalisation rapide d'une trentaine d'islamistes prônant la violence.

— Même si les Shebabs somaliens ont énormément utilisé le réseau d'al-Qimmah, je ne crois pas que ça donnera grand-chose, dit Saga et elle repousse ses longs cheveux derrière les épaules. On va continuer, bien entendu, mais on devrait commencer par infiltrer le groupe de femmes dans la périphérie, comme je l'ai déjà suggéré et…

La porte s'ouvre et le directeur de la Säpo, Verner Zandén, entre en levant une main en signe d'excuse.

— Je ne veux absolument pas vous déranger, dit-il de sa voix puissante et il capte le regard de Saga. Mais je pars faire une petite promenade et ce serait vraiment sympa si tu pouvais m'accompagner.

Elle hoche la tête, ferme les applications en cours et éteint son ordinateur, mais elle le laisse sur la table en quittant la salle en compagnie de Verner.

Des flocons de neige tombent du ciel quand ils sortent dans Polhemsgatan. Il fait très froid et la lumière vaporeuse du soleil inonde les petits cristaux dans l'air. Verner fait de si grands pas que Saga doit presque courir à ses côtés, comme une enfant.

Ils dépassent Fleminggatan en silence, prennent le raccourci par le portail du dispensaire Sankt Erik et ressortent dans le parc circulaire de la chapelle, puis descendent l'escalier qui mène aux eaux de Barnhusviken, prises dans la glace.

La situation paraît de plus en plus étrange, mais Saga s'abstient de poser des questions.

Verner fait un petit geste de la main et tourne à gauche sur la piste cyclable.

À leur approche, des petits lapins se réfugient sous les buissons enneigés. Les bancs publics ne sont plus que de vagues formes arrondies dans le paysage blanc.

Au bout d'un moment, ils montent vers les hauts immeubles sur la rue de Kungsholms strand. Ils s'arrêtent devant une porte, Verner pianote un code, ouvre et guide Saga jusqu'à l'ascenseur.

Dans le miroir couvert de rayures, Saga voit ses cheveux pailletés de flocons de neige, qui fondent rapidement et se transforment en gouttes d'eau brillantes.

L'ascenseur bringuebalant s'arrête et Verner sort une clé munie d'une simple étiquette en plastique, puis ouvre une porte dégradée par de multiples tentatives de cambriolage et lui fait signe d'entrer.

Ils pénètrent dans un appartement totalement vide. Quelqu'un a déménagé il y a peu. Les murs sont constellés de trous laissés par des tableaux et des étagères. Le parquet usé est couvert de moutons de poussière, un petit tournevis est abandonné sur le sol.

La chasse d'eau est actionnée dans les toilettes, puis Carlos Eliasson, directeur de la Rikskrim, en sort. Il s'essuie les mains sur son pantalon avant de saluer Saga et Verner.

— Allons dans la cuisine, dit-il. Je vous offre quelque chose à boire ?

Il ouvre un paquet de gobelets en plastique et fait couler l'eau du robinet, puis il tend les verres à Saga et Verner.

— Tu croyais peut-être qu'on allait déjeuner, dit Carlos en voyant l'expression étonnée de Saga.

— Non, mais…

— Si tu veux, j'ai des pastilles, ajoute-t-il rapidement en sortant une boîte de Läkerol.

Saga secoue la tête, mais Verner accepte l'offre, prend la boîte et en fait tomber quelques pastilles menthe-réglisse qu'il fourre dans sa bouche.

— Quel festin, sourit-il.

— Saga, comme tu dois t'en douter, ceci est une réunion tout à fait informelle, dit Carlos et il se racle la gorge.

— Qu'est-ce qu'il se passe ?

— Tu connais Jurek Walter ?

— Non.

— Peu de gens le connaissent… et c'est tant mieux, dit Verner.

Le reflet du soleil danse sur la fenêtre sale de la cuisine juste au moment où Carlos Eliasson tend un dossier à Saga Bauer. Elle ouvre la chemise et regarde droit dans les yeux clairs de Jurek Walter. Elle déplace la photographie et commence à lire le rapport vieux de treize ans. Le visage de plus en plus pâle, elle se laisse glisser par terre, adossée au radiateur. Elle poursuit sa lecture, examine les photographies, survole les rapports d'autopsie et lit le jugement de placement d'office.

Elle referme la chemise et Carlos lui raconte l'apparition de Mikael Kohler-Frost sur le pont d'Igelsta après treize années d'absence.

Verner ouvre le fichier audio de son téléphone portable dans lequel le jeune homme raconte sa captivité et son évasion. Saga écoute la voix désespérée et quand elle l'entend parler de sa sœur, son cœur se met à cogner plus fort dans sa poitrine. Elle regarde la photographie dans le dossier. La petite fille avec sa tresse emmêlée et sa bombe d'équitation a l'air de se préparer à faire quelque chose d'amusant et d'interdit.

Quand la voix de Mikael se tait, elle se relève et marche de long en large dans la cuisine vide avant de s'arrêter devant la fenêtre.

— La Rikskrim en est au même point qu'il y a treize ans, dit Verner.

— Nous ne savons rien… mais Jurek Walter sait, il sait qui est son complice et il sait où se trouve Felicia.

Verner explique à Saga qu'il est impossible de soutirer des informations à Jurek Walter en ayant recours à des interrogatoires classiques ou en faisant intervenir des psychologues ou des pasteurs.

— Même la torture ne marcherait pas, ajoute Carlos et il essaie de se hisser sur le rebord de la fenêtre.

— Mais merde à la fin, pourquoi on ne s'y prend pas comme d'habitude ? demande Saga. On n'a qu'à recruter un informateur à la con, notre organisation ne fait pratiquement que ça en sous-main.

— Joona est d'avis… désolé de t'interrompre, dit Verner. Mais Joona est d'avis que Jurek n'aurait aucun mal à démonter un informateur qui essaierait…

— Et il faut quoi alors ?

— La seule chose à tenter, c'est d'introduire un agent professionnel en tant que patient dans le même service que lui.

— Et pourquoi parlerait-il à un patient ? demande Saga, sceptique.

— Joona nous a conseillé de trouver un agent suffisamment exceptionnel pour éveiller la curiosité de Jurek Walter.

— Sa curiosité ?

— Son désir de découvrir une personne nouvelle… et pas juste un moyen de s'évader, répond Carlos.

— Joona a cité mon nom ?

— Non, mais tu es notre premier choix, précise Verner fermement.

— Qui est le deuxième ?

— Personne.

— Comment voulez-vous organiser tout ça d'un point de vue pratique ? demande Saga d'une voix atone.

— La machine administrative est déjà à l'œuvre, répond Verner. Une ordonnance mène à une autre et, si tu acceptes la mission, il n'y a qu'à monter dans le train…

— Vachement tentant, murmure-t-elle.

— On fera en sorte que tu aies un jugement à la cour d'appel – internement psychiatrique et placement immédiat à l'hôpital de Karsudden.

Verner va remplir son gobelet au robinet.

— On a découvert – et c'est plutôt malin de notre part – qu'on pouvait tirer parti d'un libellé figurant dans l'arrêté du conseil général. Ça date de l'époque de la création de l'unité sécurisée de psychiatrie médico-légale à l'hôpital Löwenströmska.

— Il y est écrit noir sur blanc que le service doit proposer des soins à trois patients, complète Carlos. Mais pendant treize ans, ils n'ont eu que Jurek Walter.

Verner boit bruyamment quelques gorgées d'eau, puis il broie le gobelet et le jette dans l'évier.

— La direction a déjà refusé plusieurs patients, poursuit Carlos. Mais ils savent qu'ils sont obligés d'accepter en cas d'injonction formelle.

— Et c'est ce qui va se produire. L'administration pénitentiaire va convoquer une réunion extraordinaire et prendre la décision de transférer à Löwenströmska un patient du pavillon fermé de Säter et un autre patient de l'hôpital de Karsudden.

— Dans ce cas, tu seras le patient de Karsudden, dit Carlos.

— Si j'accepte cette mission, je serai donc internée comme patiente dangereuse ?

— Oui.

— Et le jugement sera inscrit dans mon casier judiciaire ?

— Une mention à la Direction des services judiciaires serait sans doute suffisante, répond Verner. Mais on tient à créer une identité complète, avec jugement au tribunal de première instance et expertise psychiatrique.

59

Le cœur de Saga bat lourdement et chaque muscle de son corps lui hurle de refuser la proposition des deux directeurs.

— Est-ce que c'est illégal ? demande-t-elle, sa bouche soudain toute sèche.

— Oui, évidemment… et c'est classé follement confidentiel, répond Carlos avec un grand sérieux.

— Follement ? répète-t-elle en esquissant un petit sourire.

— À la Rikskrim, nous allons classer le dossier confidentiel pour que la Säpo ne puisse pas le consulter.

— Et je veillerai à ce que la Säpo le classe confidentiel pour que la Rikskrim ne puisse pas le lire, poursuit Verner.

— Personne ne sera au courant, à moins d'une décision directe du gouvernement, dit Carlos.

Le soleil filtre par la vitre sale et Saga regarde le toit en tôle rafistolé de l'immeuble voisin. Le chapeau de ventilation d'une cheminée lui envoie un bref éclair. Elle se tourne à nouveau vers les deux hommes.

— Pourquoi faites-vous ça ?

— Pour sauver la fille, sourit Carlos, mais le sourire n'arrive pas jusque dans ses yeux.

— Vous voulez que je croie ça, que le directeur de la Rikskrim et le directeur de la Säpo s'associent pour…

— J'ai connu Roseanna Kohler, l'interrompt Carlos.

— La mère ?

— On était dans la même classe à l'école Adolf Fredriks et on était très proches… on a… c'est vraiment difficile, ça a été…

— C'est personnel alors ? demande Saga en faisant un pas en arrière.

— Non, c'est… c'est la seule chose à faire, tu devrais le comprendre, répond-il avec un geste vague en direction du dossier.

Comme Saga reste impassible, il ajoute :

— Mais si tu veux que je sois sincère… Ce n'est évidemment qu'une hypothèse, mais je ne suis pas certain que cette réunion aurait eu lieu si ce n'était pas personnel.

Il commence à tripoter le mitigeur de l'évier. Saga l'observe et comprend clairement qu'il ne lui a pas tout dit.

— Dans quelle mesure est-ce personnel ?

— Ça n'a pas d'importance, répond-il rapidement.

— Tu es sûr ?

— Ce qui est important, c'est de lancer cette infiltration. C'est la seule chose, la seule bonne chose à faire… parce qu'on pense que la fille peut être sauvée.

— On introduit sans délai un agent dans le service – c'est tout, ce n'est pas une grosse opération, dit Verner.

— Évidemment, nous ne pouvons pas savoir si Jurek Walter lui racontera quoi que ce soit, mais la possibilité existe… et à l'évidence, c'est notre seule option.

Saga se tient immobile, les yeux fermés, un long moment.

— Qu'est-ce qu'il se passe si je refuse ? Vous laissez la fille mourir dans cette foutue capsule ?

— On trouve un autre agent, répond Verner simplement.

— Alors vous pouvez chercher tout de suite, réplique Saga et elle se dirige vers le vestibule d'entrée.

— Tu ne veux pas y réfléchir ? lui lance Carlos.

Tournant le dos aux deux chefs, elle s'arrête et secoue la tête. La lumière du soleil brille sur son épaisse chevelure tressée de rubans de soie.

— Non, répond-elle avant de quitter l'appartement.

60

Saga prend le métro jusqu'à la station Slussen et fait à pied le court trajet pour rejoindre le studio de Stefan. Sur la place Södermalmstorg, elle achète un bouquet de roses rouges en se disant que Stefan lui a peut-être aussi acheté des fleurs.

Elle est soulagée d'avoir dit non à la difficile mission d'infiltrer l'unité de psychiatrie médico-légale.

Elle grimpe l'escalier à grandes enjambées, déverrouille la porte, entend la musique et sourit pour elle-même. Elle pénètre dans l'appartement, voit Stefan au piano et s'arrête. Sa chemise bleue est déboutonnée. Il a une canette de bière à côté de lui et la pièce sent la fumée de cigarette.

— Chéri, finit-elle par dire. Je suis désolée… Je veux que tu le saches, je suis vraiment désolée pour hier soir…

Il continue à jouer, une musique douce, chatoyante.

— Pardonne-moi, dit-elle, d'un ton grave.

Stefan a le visage détourné, mais ses mots lui parviennent quand même :

— Je ne veux pas te parler, là, maintenant.

Saga lui tend le bouquet et s'efforce de sourire.

— Pardon, répète-t-elle. Je sais que j'ai été vraiment chiante, mais je…

— Je suis en train de jouer.

— Mais il faut qu'on parle de ce qui s'est passé.

— Va-t'en, dit-il d'une voix distincte.

— Pardon d'avoir…

— Et referme cette putain de porte derrière toi.

Il se lève et pointe son doigt sur la porte d'entrée. Saga lâche le bouquet de fleurs, s'avance vers lui et lui donne un petit coup dans la poitrine, suffisamment fort pour qu'il trébuche, renverse le tabouret de piano et envoie valdinguer les partitions. Elle se tient prête à frapper s'il l'attaque à son tour, mais Stefan reste les bras ballants et la regarde.

— Ça ne fonctionne pas, nous deux.

— Je suis un peu déstabilisée ces temps-ci, explique-t-elle.

Il relève le tabouret et ramasse les partitions. Saga sent la peur monter en elle et fait un pas en arrière.

— Je ne veux pas que tu sois triste, dit-il d'une voix inexpressive qui transforme la peur de Saga en panique.

— Qu'est-ce qu'il y a ? demande-t-elle en réprimant un haut-le-cœur.

— Ça ne marche pas, on ne peut pas rester ensemble, on…

Il se tait et elle essaie de sourire, de faire fonctionner son cerveau, mais son front se couvre de sueur froide et elle est prise de vertige.

— Parce que j'ai été chiante hier soir ? réussit-elle à articuler.

Stefan croise timidement son regard.

— Tu es la femme la plus belle que j'ai jamais rencontrée, la plus belle au monde… et tu es futée et drôle et je devrais être l'homme le plus heureux. Je vais sans doute regretter cette décision toute ma vie, mais je crois que je suis obligé de rompre notre relation.

— Je ne comprends pas, chuchote-t-elle. Juste parce que je me suis emportée… parce que je t'ai dérangé quand tu jouais ?

— Non, c'est…

Il se rassoit et secoue la tête.

— Je peux changer, dit-elle et elle le fixe un instant avant de poursuivre. Mais c'est déjà trop tard, hein ?

Le voyant acquiescer de la tête, elle se retourne et quitte la pièce. Dans le vestibule, elle prend le vieux tabouret de Dalécarlie et le lance contre le miroir. Le verre tombe par plaques entières qui se brisent sur le carrelage. Elle pousse la porte de l'épaule, dévale les marches et sort en courant dans la vive lumière bleue de l'hiver.

Saga court sur le trottoir entre les immeubles et les amas de neige qui bordent le trottoir. Elle inspire si profondément que ses poumons brûlent au contact de l'air glacé. Elle traverse la rue, coupe par la place Mariatorget, s'arrête et ramasse de la neige sur le toit d'une voiture garée, l'applique contre ses yeux brûlants et repart au pas de course jusque chez elle.

Ses mains tremblantes glissent la clé dans la serrure. Un gémissement plaintif s'échappe de sa gorge quand elle entre dans le vestibule et referme la porte derrière elle.

Elle lâche le trousseau de clés par terre, envoie balader ses chaussures et traverse l'appartement jusqu'à sa chambre.

Elle prend le téléphone, compose le numéro, puis reste immobile à attendre. Au bout de six sonneries, la messagerie de Stefan s'enclenche. Sans écouter l'annonce, elle balance de toutes ses forces le téléphone contre le mur.

Elle chancelle, se penche en avant et prend appui sur la commode.

Sans enlever sa parka, elle s'allonge sur son grand lit et se met en position fœtale. Cette détresse, elle l'a déjà ressentie une fois. Elle était petite et venait de se réveiller dans les bras de sa mère morte.

Saga Bauer ne se rappelle plus quel âge elle avait quand sa mère est tombée malade. Mais elle avait cinq ans quand elle a compris que sa maman souffrait d'une grave tumeur au cerveau. La maladie modifiait du tout au tout son humeur. Sous l'effet des cytostatiques, elle était de plus en plus lunatique, ou comme absente.

Son père n'était pratiquement jamais à la maison. Elle n'a pas le courage à cet instant de repenser à sa défection. Adulte, elle a essayé de considérer que c'était un comportement médiocre, certes, mais humain. Elle a voulu s'en convaincre, mais l'amertume qu'elle nourrit contre lui ne veut pas céder. Comment avait-il pu se tenir ainsi à distance, laissant sa fille si petite porter un tel fardeau ? C'était tout simplement incompréhensible. Mais elle ne veut pas y penser et elle n'en parle jamais, de peur de réveiller sa colère.

La nuit où la maladie avait fini par l'emporter, sa mère était si affaiblie qu'elle avait besoin d'aide pour prendre ses médicaments. Saga lui donnait les comprimés, les uns après les autres, elle allait remplir le verre d'eau.

— Je n'en peux plus, avait chuchoté sa mère.

— Il faut que tu y arrives.

— Appelle ton père et dis-lui que j'ai besoin de lui.

Obéissant à sa demande, Saga avait prié son père de rentrer tout de suite.

— Ta maman sait que je ne peux pas venir, répondit-il.

— Mais il le faut, elle n'a plus de forces…

Plus tard dans la soirée, sa mère, épuisée, n'avait rien avalé à part ses médicaments et s'était fâchée quand Saga avait renversé le flacon sur le tapis. Elle souffrait terriblement et Saga essayait de la consoler.

Sa mère ne souhaitait qu'une chose : qu'elle rappelle son père et lui dise qu'elle serait morte avant le lendemain matin.

Saga la suppliait de ne pas mourir, elle hoquetait qu'elle ne pourrait pas vivre sans sa maman. Les larmes coulaient le long de ses joues, baignaient ses lèvres quand elle avait rappelé son père. Assise par terre, elle entendait ses propres sanglots et la messagerie de son père.

— Appelle… appelle papa, chuchotait sa mère.

— J'essaie, pleurait Saga.

Quand sa mère s'était finalement endormie, Saga avait éteint la lampe de chevet et était restée un instant devant le lit. Sa mère avait les lèvres luisantes et la respiration lourde. Saga s'était blottie entre ses bras chauds et endormie à son tour, exténuée. Elle avait sombré tout contre sa maman jusqu'au petit matin, où elle s'était réveillée grelottant de froid.

Saga se relève, regarde les fragments du téléphone brisé, enlève sa parka et la laisse tomber par terre. Elle va prendre une paire de ciseaux dans la cuisine, puis se rend dans la salle de bains. Elle s'observe. C'est l'image de la jolie princesse de John Bauer* que lui renvoie la glace. Elle se dit qu'elle pourrait sauver une fille abandonnée. Je suis peut-être la seule qui puisse sauver Felicia, pense-t-elle en fixant avec un grand sérieux son reflet dans le miroir.

---

* John Bauer (1882-1918), artiste-peintre et illustrateur, connu surtout pour ses illustrations de *Bland Tomtar och Troll,* un livre de contes pour enfants.

62

Une réunion a été organisée seulement deux heures après que Saga Bauer a annoncé à son chef qu'elle avait changé d'avis et qu'elle acceptait la mission.

Carlos Eliasson, Verner Zandén, Nathan Pollock et Joona Linna l'attendent dans un appartement au dernier étage du 71, Tantogatan, avec vue sur la glace couverte de neige de la baie d'Årsta et l'arche en treillis métallique du pont ferroviaire.

L'appartement est aménagé dans un style contemporain, avec des meubles blancs et épurés et un éclairage encastré. On a disposé des sandwiches du *Non Solo Bar* sur la grande table à manger. Quand Saga apparaît sur le seuil du salon, Carlos s'arrête net et la dévisage. Verner s'interrompt au milieu d'une phrase, il a presque l'air effrayé, et Nathan Pollock s'affaisse sur sa chaise, le regard consterné.

Saga a rasé ses longs cheveux. Elle a des coupures à plusieurs endroits du crâne.

Ses yeux sont gonflés de pleurs.

Son beau visage pâle apparaît dans toute sa grâce, avec ses petites oreilles et son long cou fin.

Joona Linna traverse la pièce et la prend dans ses bras. Elle le serre fort un petit instant, appuie sa joue contre sa poitrine et perçoit les battements de son cœur.

— Tu n'es pas obligée de le faire, tu sais, dit-il au-dessus de sa tête.

— Je veux sauver cette fille, répond-elle à mi-voix.

Elle le tient encore un moment tout contre elle, puis va dans la cuisine, et les quatre hommes lui emboîtent le pas. Verner lui tire une chaise.

— Je crois que tu connais tout le monde ici.

— Oui.

Elle balance sa parka vert sombre par terre et s'assied. Elle porte ses vêtements habituels, un jean noir et la veste de survêtement de son club de boxe.

Carlos ne parvient pas à cacher son excitation.

— Si tu es réellement prête à infiltrer le service de Jurek Walter, on peut immédiatement entrer en action, dit-il.

— J'ai jeté un coup d'œil sur ton contrat chez nous et il y a pas mal de choses qu'on pourrait améliorer, explique Verner vivement.

— Bien, murmure Saga.

— Je pense à une petite augmentation de salaire et…

— Pour le moment, je m'en fous complètement.

— Tu es consciente que cette mission comporte des risques ? demande Carlos doucement.

— Je veux le faire, affirme-t-elle.

Verner sort un téléphone gris de son sac, le pose à côté de son téléphone portable habituel, tape un bref message et croise le regard de Saga.

— Je lance le processus ?

Elle acquiesce de la tête, et Verner envoie le SMS.

— À partir de maintenant, nous n'avons plus que quelques heures pour te préparer à ce qui t'attend, précise Joona.

— Ne traînons pas alors, réplique-t-elle calmement.

Les hommes sortent rapidement des chemises, ouvrent des ordinateurs et étalent des dossiers. Saga frissonne jusqu'au bout des doigts quand elle comprend à quel point l'opération est déjà avancée.

La table se couvre de grandes cartes des terrains autour de l'hôpital Löwenströmska, de schémas des couloirs souterrains et de plans détaillés du service de psychiatrie médico-légale et de son unité sécurisée.

— Tu seras condamnée par le tribunal de première instance d'Uppsala et transférée à la section pour femmes de la maison d'arrêt de Kronoberg demain matin, explique Verner. Dans la matinée, tu seras conduite à l'hôpital de Karsudden à Katrine-holm. Le trajet est d'environ une heure. À ton arrivée, la décision de l'administration pénitentiaire de te déplacer à Löwenströmska sera déjà sur le bureau du directeur.

— J'ai commencé les ébauches d'un diagnostic que tu devras étudier, dit Nathan Pollock et il fait à Saga un sourire hésitant. Il te faut des antécédents médicaux crédibles, avec pédopsychiatrie et mesures d'urgence, placements, thérapies et différents traite-ments jusqu'à aujourd'hui.

— Je comprends.

— As-tu des allergies ou des maladies que nous devons con-naître ?

— Non.

— Pas de problèmes de foie ou de cœur ?

63

Une neige humide a commencé à tomber, les flocons s'écrasent contre les vitres de l'appartement mis à leur disposition. Une photographie encadrée d'une famille dans une piscine est posée sur la bibliothèque en bois clair. Le nez du père est brûlé par le soleil et les deux enfants brandissent en riant deux gros crocodiles en caoutchouc.

— Il y a urgence, extrême urgence, c'est ça notre point de départ, déclare Nathan Pollock.

— Nous ne savons même pas si Felicia vit encore, ajoute Carlos et il se met à tambouriner sur la table avec son stylo. Mais si elle est en vie, il est fort possible qu'elle ait contracté la légionellose.

— Dans ce cas, nous avons peut-être une semaine devant nous, constate Pollock.

— Dans le pire des cas, elle est totalement livrée à elle-même, dit Joona, sans parvenir à dissimuler le stress dans sa voix.

— Qu'est-ce que tu veux dire ? demande Saga. Elle s'en est sortie pendant plus de dix ans et…

— Oui, l'interrompt Verner, mais on peut très bien imaginer que Mikael ait réussi à s'évader parce que l'acolyte de Jurek est tombé malade ou…

— Il peut être mort ou s'est tout simplement enfui, avance Carlos.

— On n'aura jamais le temps, chuchote Saga.

— Il va bien falloir, pourtant.

— Si Felicia est dans le même état de santé que Mikael, il ne lui reste probablement qu'une semaine à vivre, mais au moins ça nous laisse une petite chance, spécule Pollock. Si elle est abandonnée sans eau, on est impuissants, et elle mourra aujourd'hui ou demain.

— Si elle manque uniquement de nourriture, il nous reste trois, voire quatre semaines, ajoute Verner.

— En fait, on ne sait pratiquement rien, constate Joona. On ignore si le complice est toujours là, comme si rien ne s'était passé, ou s'il a déjà enterré Felicia.

— Il a peut-être l'intention de la maintenir dans la capsule pendant encore vingt ans, s'indigne Carlos d'une voix étranglée.

— La seule chose dont on est sûrs, c'est qu'elle était en vie quand Mikael s'est enfui, poursuit Joona.

— Je n'en peux plus ! s'exclame Carlos en se levant. J'ai envie d'aller me cacher sous une couette et de pleurer quand je pense à…

— Ce n'est vraiment pas le moment, le sermonne Verner.

— J'essaie simplement de dire que…

— Je sais, je suis d'accord avec toi, le coupe Verner en élevant la voix. Mais dans un peu plus d'une heure, l'administration pénitentiaire tiendra une réunion extraordinaire pour prendre la décision formelle de déplacer deux patients vers l'unité sécurisée de Löwenströmska et alors…

— Je ne comprends même pas la mission, glisse Saga.

— Et alors il faudra que ta nouvelle identité soit prête, poursuit Verner en lui tendant la main pour la rassurer. On doit terminer l'historique de ta maladie et l'avis des experts psychiatriques judiciaires, le jugement du tribunal de première instance doit être consigné à la Direction des services judiciaires et le placement temporaire à Karsudden, réglé.

— On ferait mieux de se magner, lance Pollock.

— Mais Saga se pose des questions sur la mission, objecte Joona.

— C'est juste que c'est vachement difficile… je veux dire, de faire ce que vous me dites de faire alors que je ne sais pas ce que vous attendez de moi… concrètement.

Pollock brandit une pochette en plastique devant elle.

— Le premier jour, tu vas placer un petit microphone dans la salle de détente, un capteur et émetteur à fibre optique.

Il lui donne la pochette contenant le mouchard.

— Je dois me l'enfoncer dans les fesses ?

— Non, ils font une fouille au corps garantie complète, répond Verner.

— Tu vas l'avaler puis le régurgiter avant qu'il s'engage dans le duodénum puis l'avaler de nouveau, explique Pollock.

— N'attends jamais plus de quatre heures ! dit Verner.

— Et ça, jusqu'à ce que je réussisse à le placer dans la salle de détente…

— Il y aura une équipe dans un fourgon qui écoutera en permanence et en temps réel, précise Pollock.

— D'accord, j'ai compris cette partie. Mais me faire condamner par le tribunal de première instance, me coller un sacré tas de traitements psychiatriques et ainsi de suite…

— C'est nécessaire pour que…

— Laisse-moi continuer. Je comprends. J'ai le passé approprié, je me retrouve dans la bonne unité et je réussis à placer le mouchard, mais…

Son regard est dur et ses lèvres pâles quand elle les regarde à tour de rôle :

— Mais putain… pourquoi voulez-vous que Jurek Walter me raconte quoi que ce soit ?

64

Nathan s'est levé, Carlos met ses mains devant le visage et Verner tripote son téléphone.

— Je ne vois pas pourquoi Jurek Walter me parlerait, répète Saga.

— Tu as raison, c'est un pari qu'on tente, se justifie Joona.

— Dans ce service, il y a trois chambres sécurisées individuelles et une salle de détente commune avec un tapis de course et un téléviseur derrière une vitre blindée, énumère Verner. Jurek Walter a été seul dans l'unité pendant treize ans et je ne sais pas dans quelle mesure la salle commune a été utilisée.

Nathan Pollock avance le plan de l'unité sécurisée et montre la chambre de Jurek et la salle de détente attenante.

— Si on joue vraiment de malchance, le personnel ne laissera pas les patients se rencontrer. Et nous n'avons aucun moyen d'agir là-dessus, reconnaît Carlos.

— Je vois. Mais mon problème, c'est surtout que je n'ai aucune idée… pas une seule putain d'idée de comment m'y prendre pour approcher ce gars.

— Nous nous sommes dit que tu allais demander à voir un représentant du tribunal administratif et exiger un examen pour une nouvelle évaluation des risques.

— À qui je demande ça ?

— Au chef de service, Roland Brolin, répond Verner et il pose une photographie devant elle.

— Jurek lui-même est soumis à des restrictions, souligne Pollock. Si bien qu'il va soigneusement t'observer et probablement te poser des questions puisque, pour lui, ta présence sera comme une fenêtre sur le monde extérieur.

— Je dois m'attendre à quoi de sa part ? Qu'est-ce qu'il veut au juste ? demande Saga.

— Il veut s'évader, répond Joona froidement.

— S'évader ? répète Carlos, dubitatif, et il tapote une pile de rapports. Il n'a pas fait une seule tentative d'évasion pendant tout le temps où…

— Il n'essaiera que quand il sera sûr de réussir, le coupe Joona.

— Et vous pensez qu'il va me lâcher une info qui pourrait vous amener droit à la capsule ? demande Saga sans parvenir à dissimuler son scepticisme.

— On sait désormais que Jurek a un complice. Ce qui signifie entre autres qu'il est capable de faire confiance à autrui, explique Joona.

— Autrement dit, il n'est pas paranoïde, ajoute Pollock.

— Je me sens soulagée, sourit Saga.

— Aucun de nous n'envisage que Jurek puisse avouer quoi que ce soit sans détour, fait remarquer Joona. Mais si tu arrives à le faire parler, tôt ou tard il lâchera un détail qui nous mettra sur la piste de Felicia.

— Toi, Joona, tu lui as déjà parlé.

— Oui, il m'a adressé la parole parce qu'il espérait que je modifie mon témoignage. Mais jamais il n'a évoqué quoi que ce soit de personnel.

— Alors pourquoi le ferait-il avec moi ?

— Parce que tu es exceptionnelle, répond Joona en la regardant droit dans les yeux.

65

Saga se lève, s'entoure de ses bras et reste complètement immobile, à regarder dehors la neige mêlée de pluie.

— Le plus difficile à ce stade, c'est de motiver ton transfert vers l'unité sécurisée de Löwenströmska, tout en inventant un crime et un diagnostic qui ne nécessitent pas un traitement trop lourd, observe Verner.

— La mission ne pourra qu'échouer s'ils te mettent sous contention ou s'ils te font subir des électrochocs, constate Pollock de façon pragmatique.

— *Shit*, murmure-t-elle, avant de se retourner et de leur faire face de nouveau.

— Jurek Walter est intelligent, précise Joona. Il ne se laisse pas manipuler et ce sera très dangereux de lui mentir.

— On doit créer une identité parfaite, dit Verner.

— J'ai pas mal réfléchi, et je crois que je te verrais bien atteinte d'un trouble de la personnalité schizoïde, sourit Pollock en reluquant Saga, les yeux plissés en deux fentes noires.

— Ça sera suffisant ? demande Carlos.

— Si on ajoute un état psychotique récurrent teinté de violence…

Deux taches rouges apparaissent sur les joues de Saga.

— D'accord.

— Tu te tiens tranquille avec huit milligrammes de Trilafon, trois fois par jour.

— Quels sont les réels dangers de cette mission ? finit par demander Verner, puisque Saga elle-même ne pose pas la question.

— Jurek est très dangereux, l'autre prisonnier qui arrivera juste avant Saga est dangereux lui aussi, et on ne pourra pas intervenir dans le traitement médicamenteux de Saga une fois qu'elle sera sur place, répond Pollock avec honnêteté.

— En somme, ça veut dire qu'on ne peut pas garantir la sécurité de mon agent ?

— Exactement, répond Carlos.

— Tu es consciente de ça, Saga ?

— Oui.

— Seul un tout petit groupe de personnes triées sur le volet aura connaissance de cette mission et nous n'avons aucun droit de regard sur l'unité sécurisée, souligne Pollock. Si, pour une raison ou une autre, on ne t'entend plus dans l'émetteur, on mettra fin à la mission au bout de vingt-sept heures – mais jusque-là, tu devras te débrouiller toute seule.

Joona pose un plan millimétré de l'unité sécurisée devant Saga et montre la salle de détente avec la pointe d'un stylo.

— Comme tu peux le voir, il y a des sas ici… et trois portes automatiques là. Dans une situation d'urgence absolue, tu devras essayer de te barricader là, et peut-être aussi là et là… même si ce sera très difficile. Si tu te trouves à l'extérieur de ce sas, ce sont le poste d'opérateur et la réserve, ici, qui sont les plus adaptés.

— Ce passage, je pourrais le franchir ?

— Oui, mais pas par là.

Il met une croix sur les portes qui sont infranchissables sans une carte magnétique et un code.

— Tu t'enfermes et tu attends les secours…

Carlos commence à farfouiller parmi tous les papiers sur la table :

— Mais si les choses vont de travers dans une phase plus tardive, je voudrais te montrer…

— Attends un peu, l'interrompt Joona. Tu as mémorisé le plan ?

— Oui.

Carlos sort la grande carte du complexe hospitalier et de ses environs.

— Nous allons en premier lieu arriver avec un véhicule de secours ici, sur la route derrière l'hôpital. Il sera garé à côté de la grande cour de promenade. Si tu n'arrives pas à le rejoindre, tu n'auras qu'à continuer dans le bois jusqu'à ce point, ici.

— Très bien.

— Les groupes d'intervention vont probablement entrer par là... et par le souterrain, tout dépend de la nature de l'alerte.

— Tant que tu ne révèles pas la mission, on peut te sortir de là et rétablir la réalité, la rassure Verner. Rien ne se sera passé, on modifiera le fichier de la Direction des services judiciaires, tu n'auras pas été condamnée et tu n'auras jamais été internée nulle part.

Un silence emplit la pièce. D'un coup, c'est comme si le côté totalement invraisemblable de cette mission apparaissait avec une effroyable netteté.

— Combien d'entre vous croient en cette infiltration ? demande Saga à voix basse.

Carlos hésite, opine du bonnet et murmure quelque chose. Joona ne fait que secouer la tête.

— Peut-être, concède Pollock. Mais elle est difficile et dangereuse.

Verner laisse reposer sa grosse main sur l'épaule de Saga pendant un instant.

— Fais de ton mieux, dit-il.

66

Saga s'enferme avec le profil détaillé fourni par Nathan Pollock dans une chambre rose aux murs tapissés de photos de Bella Thorne et de Zendaya. Au bout d'un quart d'heure, elle retourne dans la cuisine. Elle marche lentement et s'arrête au milieu de la pièce. L'ombre de ses longs cils tremble sur ses joues. Les hommes se taisent et regardent la jeune femme menue à la tête rasée.

— Je m'appelle Natalie Andersson, je souffre d'un trouble de la personnalité schizoïde, ça me rend assez introvertie, récite-t-elle en s'asseyant. Mais j'ai aussi des états psychotiques récurrents, teintés d'une grande violence. Voilà pourquoi on me donne du Trilafon. J'en avale huit milligrammes, trois fois par jour. Les comprimés sont petits et blancs… et ils me font tellement mal aux seins que je ne peux pas dormir sur le ventre. Je prends aussi du Cipramil, trente milligrammes… ou du Deroxat, vingt milligrammes.

Tout en parlant, elle a discrètement sorti le microphone miniature qu'elle avait dissimulé derrière la ceinture de son pantalon.

— À une époque, quand je me sentais vraiment mal, on me faisait des injections de Risperdal… et on me donnait du Seresta contre les effets secondaires.

À l'abri des regards, elle ôte la bande de protection de l'autocollant et fixe rapidement le micro-espion sous la table.

— Avant Karsudden et le jugement du tribunal de première instance d'Uppsala, j'étais soignée au centre psychiatrique ouvert de Bålsta d'où je suis sortie pour aller tuer un homme sur le terrain de jeu derrière l'école de Gredelby à Knivsta, puis un autre, dix minutes plus tard, dans l'allée d'accès à sa villa sur Daggvägen.

Le petit microphone se détache et tombe par terre.

— Après avoir été arrêtée, j'ai été conduite aux urgences de psychiatrie de l'hôpital Akademiska, où on m'a injecté vingt milligrammes de Valium et cent milligrammes de Clopixol dans la fesse, j'ai été mise sous contention pendant onze heures et plus tard on m'a fait boire du Distraneurine… C'était glacé… j'ai eu le nez qui coule et un mal de tête infernal.

Nathan Pollock applaudit. Joona se penche et ramasse le mouchard sur le sol.

— La colle a besoin de quatre secondes pour prendre, sourit-il.

Saga saisit le microphone, l'examine et le tourne dans sa main.

— On est d'accord sur cette identité ? demande Verner. Dans sept minutes, je dois t'inscrire au fichier de la Direction des services judiciaires.

— Moi, ça me semble bien, reconnaît Pollock. Ce soir, il faudra que tu aies mémorisé le règlement du centre de Bålsta, tu devras connaître le nom et la physionomie du personnel et des autres patients.

Verner approuve par un hochement de tête et se lève. De sa voix grave, il insiste sur le fait qu'un agent infiltré doit connaître de manière infaillible le moindre détail sur son personnage pour ne pas se faire démasquer.

— Il faut te fondre totalement dans ta nouvelle identité, ne pas avoir à réfléchir pour débiter numéros de téléphone et membres de famille inventés, anniversaires, adresses récente et ancienne, animaux de compagnie éventuels, numéro de sécu, écoles, professeurs, lieux de travail, collègues et leurs habitudes et…

— Je crois qu'on s'égare, l'interrompt Joona.

Verner se tait, la bouche ouverte. Carlos se montre nerveux, il balaie des miettes sur la table avec la main tandis que Nathan Pollock se renverse sur sa chaise et affiche un sourire plein d'espoir.

— Je peux apprendre tout ça, déclare Saga.

Joona hoche calmement la tête et croise son regard. Ses yeux ont pris la teinte sombre du plomb.

— Puisque Samuel Mendel n'est plus de ce monde, dit Joona, je peux vous révéler qu'il possédait des connaissances solides, et remarquables, de l'infiltration de longue durée… ce qu'en anglais on appelle *undercover*.

— Samuel ? demande Carlos, sceptique.

— Je ne peux pas vous raconter le pourquoi du comment, mais il était particulièrement au point.

— Il était du Mossad ?

— Tout ce que je peux vous dire, c'est que… quand il m'a révélé sa méthode, j'ai compris qu'il avait raison, et je me suis toujours souvenu de ses conseils.

— On connaît déjà toutes les méthodes, objecte Verner, stressé.

— Quand on est infiltré, on doit parler le moins possible et utiliser des phrases courtes.

— Pourquoi des phrases courtes ?

— Reste authentique, simplement, poursuit Joona en s'adressant directement à Saga. Ne feins jamais des sentiments, ne fais pas semblant d'être en colère ou joyeuse, sois toujours sincère.

— D'accord, répond Saga toujours dans l'expectative.

— Et le plus important de tout, ajoute Joona. Ne dis rien d'autre que la vérité.

— La vérité, répète Saga.

— On leur fournira tes diagnostics, ne t'inquiète pas pour ça. Mais toi, tu dois affirmer que tu es saine d'esprit.

— Puisque c'est la vérité, chuchote Verner.

— Tu n'es même pas obligée de connaître tes crimes – tu dois affirmer que ce sont de purs mensonges.

— Comme ça je ne mens pas, dit Saga.

— Ça alors ! s'exclame Verner. Ça alors !

Le visage de Saga se réchauffe quand elle comprend où Joona veut en venir. Elle avale lentement sa salive :

— Donc, si Jurek Walter demande où j'habite, je réponds simplement que j'habite Tavastgatan ?

— De cette manière, tu te souviendras de tes réponses, au cas où il te demanderait plusieurs fois la même chose.

— S'il pose des questions sur Stefan, je raconte la vérité ?

— C'est la seule façon pour toi d'être authentique tout en te rappelant ce que tu as dit.

— Et s'il me demande si j'ai un métier, rit-elle. Dois-je dire que je suis inspectrice à la Säpo ?

— Dans un service de psychiatrie médico-légale, je pense que ça fonctionnera, sourit Joona. Mais sinon… s'il te pose une question dont la réponse te démasquerait, tu peux t'abstenir de répondre… puisque c'est une réaction totalement sincère – tu n'as effectivement pas envie de fournir une réponse.

Verner se gratte la tête, un grand sourire aux lèvres. L'ambiance dans la pièce est subitement enjouée.

— Je commence à croire que ça va marcher, dit Pollock à Saga. On va rédiger l'expertise psychiatrique et on va consigner un jugement, mais toi, tu diras simplement les choses comme elles sont.

Saga se lève et son visage affiche un calme absolu.

— Je m'appelle Saga Bauer, je suis saine d'esprit et je suis innocente.

67

Nathan Pollock s'assied à côté de Verner Zandén quand il se connecte à la base de données de la Direction des services judiciaires et tape le code à douze chiffres. Puis ils inscrivent la date de la mise en examen, de la citation à comparaître et du procès. Ils déterminent la qualification pénale, rédigent le rapport de l'expert psychiatrique judiciaire et consignent que le tribunal de première instance d'Uppsala a reconnu l'accusée coupable de deux meurtres particulièrement odieux, avec préméditation.

Pendant ce temps, Carlos inscrit les crimes, le jugement et la sanction pénale de Saga Bauer dans le casier judiciaire du Conseil national de la police.

Verner se connecte au fichier de l'administration de la médecine légale judiciaire, y copie l'expertise du psychiatre judiciaire et enregistre l'examen psychiatrique, puis il sourit dans sa barbe.

— On en est où niveau timing ? demande Saga.

— C'est bon, je crois, répond Verner en regardant sa montre. Dans exactement deux minutes, les cadres de l'administration pénitentiaire s'installeront autour de la table pour une réunion extraordinaire, consulteront le fichier de la Direction des services judiciaires… et décideront de déplacer deux patients vers l'unité sécurisée de psychiatrie médico-légale de Löwenströmska.

— Pourquoi faut-il qu'on soit deux nouveaux patients ? demande Saga.

— Pour que tu sois moins exposée, répond Pollock.

— Jurek Walter se méfiera sans doute si un nouveau patient apparaît après toutes ces années, explique Carlos. Mais s'il arrive d'abord un patient du pavillon fermé de Säter, et un ou deux jours plus tard un autre en provenance de Karsudden, on peut espérer que tu échappes à une analyse approfondie.

— Tu es déplacée parce que tu es dangereuse et portée sur l'évasion, et l'autre patient a lui-même demandé son transfert, précise Pollock.

— On va laisser Saga partir maintenant, décide Verner.

— Demain soir tu dormiras à l'hôpital de Karsudden, dit Pollock.

— Tu dois expliquer à tes proches que tu pars en mission secrète à l'étranger, recommande Verner. Quelqu'un doit s'occuper de tes animaux domestiques, de tes plantes vertes, de tes factures à payer…

— Je gère, le coupe-t-elle.

Joona ramasse la parka qu'elle avait balancée par terre et la lui tient pour qu'elle puisse l'enfiler.

— Tu te souviens des consignes ?

— Parler peu et faire des phrases courtes, être toujours sincère et m'en tenir à la vérité.

— J'en ai une autre. C'est sans doute très variable d'une personne à une autre, mais Samuel disait qu'il faut éviter de parler de ses parents.

Saga hausse les épaules.

— D'accord.

— En réalité, je ne sais pas trop pourquoi il jugeait ce point si important.

— J'ai l'impression qu'il serait sage de suivre les conseils de Samuel, renchérit Verner calmement.

— Oui, sûrement.

Carlos met deux sandwiches dans un sachet qu'il tend à Saga d'un air sérieux.

— Je te rappelle qu'une fois à l'intérieur, tu es une patiente et rien d'autre. Ce qui signifie que tu n'as plus aucune compétence policière.

Saga le regarde fermement :

— Je sais.

— Il est important que tu en sois consciente ici et maintenant pour qu'on puisse te protéger après, souligne Verner.

— Je vais rentrer chez moi me reposer un peu, dit Saga à voix basse avant de se diriger vers le vestibule.

Elle est en train de lacer ses chaussures, assise sur un tabouret, lorsque Joona vient la rejoindre. Il s'accroupit à côté d'elle.

— Il sera bientôt trop tard pour changer d'avis, chuchote-t-il.

Elle soutient son regard en souriant.

— Je tiens à le faire.

— J'en suis convaincu. Ça va bien se passer, à condition que tu n'oublies pas à quel point Jurek est dangereux. Il agit sur les gens, il les transforme, leur arrache l'âme comme…

— Je ne vais pas laisser Jurek entrer dans ma tête, le rassure-t-elle avec aplomb, puis elle se lève et commence à boutonner sa parka.

— Il est comme…

— Je suis une grande fille.

— Je sais.

Joona lui tient la porte et l'accompagne dans la cage d'escalier, hésitant. Elle s'appuie contre le mur.

— Qu'est-ce que tu veux me dire ? demande-t-elle doucement.

Un petit silence s'installe. L'ascenseur est immobilisé sur le palier. Une voiture passe en trombe dans la rue, toutes sirènes hurlantes.

— Jurek va tout faire pour s'évader, dit Joona de sa voix lourde. Tu dois veiller à ce que cela n'arrive pas. Tu es comme une sœur pour moi, Saga, mais sache qu'il vaut mieux que tu meures plutôt que de le laisser s'échapper.

68

Assis à la grande table de réunion, Anders Rönn patiente. Il est déjà dix-sept heures trente. Dans la salle claire et impersonnelle se trouvent les représentants habituels de la direction, des référents du service de psychiatrie générale, le chef de service Roland Brolin et le chef de la sécurité Sven Hoffman.

Le directeur de l'hôpital discute toujours au téléphone, sa secrétaire lui tend un verre de thé glacé.

Dehors, la neige tombe lentement d'un ciel bas.

Les conversations s'arrêtent au moment où le directeur pose le verre vide sur la table, s'essuie la bouche et déclare la réunion ouverte.

— Je me félicite de voir que tout le monde a pu venir. J'ai reçu un appel téléphonique de l'administration pénitentiaire il y a une heure.

Les dernières bribes de bavardage s'éteignent et le silence se fait dans la pièce.

— Ils ont pris la décision de transférer sous peu deux nouveaux patients dans notre service sécurisé. Nous avions la chance jusque-là de n'en avoir qu'un… qui est à la fois âgé et tranquille.

— C'est juste parce qu'il attend, dit Roland Brolin d'un air sérieux.

— Je vous ai convoqués afin d'entendre vos avis sur les conséquences de ces arrivées pour la sécurité et pour les soins généraux qu'on prodigue ici, poursuit le directeur en ignorant le commentaire de Brolin.

— Qui sont ces patients qu'on nous envoie ? demande Anders.

— Tous les deux nécessitent le niveau de sécurité maximal. L'un se trouve dans le pavillon fermé de Säter et l'autre est interné en psychiatrie médico-légale à Karsudden après un...

— Ça ne pourra pas fonctionner, l'interrompt Brolin.

— Notre unité sécurisée est conçue pour trois patients, explique le directeur patiemment. Les temps ont changé, il faut faire des économies, nous ne pouvons pas...

— Oui, mais Jurek est...,

Roland Brolin se tait.

— Qu'est-ce que tu allais dire ?

— On ne peut pas gérer d'autres patients en même temps que lui, c'est impossible.

— Mais nous avons l'obligation légale de les accueillir.

— Trouve une excuse.

Le directeur émet un rire fatigué et secoue la tête.

— Tu l'as toujours considéré comme un monstre, mais il...

— Je n'ai pas peur des monstres, précise Roland Brolin. Mais j'ai le bon sens d'avoir peur de Jurek Walter.

Le directeur regarde le chef de service avec un sourire, puis il chuchote quelque chose à l'oreille de sa secrétaire.

— Je suis arrivé récemment ici, dit Anders. Mais est-ce que Jurek Walter a déjà posé de vrais problèmes ?

— Il a fait disparaître Susanne Hjälm, répond Brolin.

Un ange passe. Un médecin de la psychiatrie générale ôte nerveusement ses lunettes pour les remettre aussitôt.

— On m'a dit qu'elle était en congé... pour un projet de recherche, je crois, dit Anders lentement.

— C'est le terme qu'on utilise.

Anders sent une angoisse sourde monter en lui.

— J'aimerais bien qu'on me dise ce qui est arrivé.

— Susanne a fait sortir clandestinement une lettre de Jurek Walter, mais elle l'a tout de suite regretté, explique Brolin, les paupières baissées. Elle m'a appelé et m'a tout raconté. Elle était complètement, je ne sais pas... elle ne faisait que pleurer en m'assurant qu'elle avait brûlé la lettre. Et je la crois sur parole, parce qu'elle avait peur, elle n'arrêtait pas de répéter qu'elle n'entrerait plus jamais dans la cellule de Jurek.

— Elle a posé un congé sans solde, dit le directeur en far-fouillant un peu parmi ses papiers.

Certains poussent des rires, d'autres ont plutôt l'air mal à l'aise. Sven Hoffman projette sur le panneau blanc un plan de l'unité d'isolement.

— Du point de vue de la sécurité, il n'y a aucun problème pour accueillir d'autres patients, dit-il sur un ton raide. Mais nous maintiendrons une vigilance accrue pendant les premiers jours.

— Jurek Walter n'est pas censé rencontrer d'autres personnes, s'entête Brolin.

— Désormais, il sera obligé de le faire. Vous n'avez qu'à trouver une solution au niveau sécurité, lâche le directeur en les regardant à tour de rôle.

— C'est impossible… et je veux que ça figure dans le compte rendu de cette réunion. Je décline toute responsabilité de l'unité sécurisée, il faudra soit la rattacher à la psychiatrie générale soit en faire un service autonome.

— Tu n'exagères pas un peu, là ?

— Jurek Walter attend exactement cette situation depuis toutes ces années ! s'exclame Brolin, qui s'emporte à en perdre le souffle.

Il se lève et quitte la pièce sans ajouter le moindre mot. Les ombres des flocons de neige tombent lentement sur le mur où est accroché le tableau blanc.

— Je suis certain que je saurai gérer trois patients, quel que soit leur diagnostic, dit Anders lentement en se laissant aller contre le dossier de la chaise.

Les autres le regardent, un peu confondus. Le directeur pose son stylo avec un sourire aimable.

— Je ne comprends même pas où est le problème, poursuit Anders en jetant un regard sur la porte où Roland Brolin a disparu.

— Continuez, dit le directeur.

— Ce n'est qu'une question de posologie.

— On ne peut tout de même pas les endormir, rit Hoffman.

— Bien sûr qu'on le peut, si c'est absolument nécessaire, répond Anders avec un sourire de gamin. Sankt Sigfrids en est un parfait exemple. On était tellement surchargés là-bas qu'il n'y avait tout simplement pas de place pour les incidents.

Il remarque le regard attentif du directeur, lève les sourcils d'un air insouciant, fait un large geste des mains et dit sur un ton badin :

— Un traitement lourd, ce n'est peut-être pas confortable pour le patient, mais si j'avais la responsabilité de l'unité sécurisée, je ne prendrais aucun risque.

69

Vêtue de son pyjama bleu imprimé de bourdons, Agnes est assise par terre. Elle tient à la main une petite brosse à cheveux blanche et elle tâte chaque poil du bout du doigt, l'un après l'autre, comme si elle les comptait. Anders est accroupi devant elle avec la poupée Barbie, il attend.

— Vas-y, brosse les cheveux de la poupée.

Agnes ne le regarde pas, elle continue à toucher chaque poil de la brosse, rangée après rangée, lentement, avec une grande concentration.

Il sait qu'elle ne joue pas avec autant de spontanéité que les enfants en général, mais elle joue à sa manière. Elle a du mal à comprendre ce que les autres voient et pensent. Elle n'a jamais doté ses poupées Barbie d'une personnalité, se contentant de vérifier leur aspect mécanique, pliant les jambes et les bras, leur tournant la tête.

Lors des stages organisés par l'Association de l'autisme et du syndrome d'Asperger, il a cependant appris qu'elle peut être entraînée à jouer si on divise le jeu en séquences.

— Agnes ? Brosse les cheveux de la poupée, répète-t-il.

Elle cesse de tripoter la brosse, la tend vers les cheveux blonds de la poupée et brosse ses cheveux en répétant son mouvement deux fois.

— Elle est jolie comme ça, dit Anders.

Agnes se remet à tripoter la brosse.

— Tu as vu comme la poupée est belle maintenant ?

— Oui, répond-elle sans regarder.

Anders prend une poupée Cindy et il n'a même pas le temps

de parler que Agnes se penche en avant et brosse ses cheveux, un sourire aux lèvres.

Trois heures plus tard, Agnes dort, et Anders s'installe dans le canapé devant la télé pour regarder *Sex and the City*. Petra a une fête entre collègues. Victoria est venue la chercher à dix-sept heures. Elle n'était pas censée rester longtemps, mais il est presque onze heures du soir.

Anders boit une gorgée de thé froid et envoie un SMS à Petra lui annonçant que Agnes a brossé les cheveux de sa poupée.

Il est fatigué, mais il a envie de raconter à Petra qu'on lui a confié la responsabilité de l'unité sécurisée en lui garantissant un poste fixe.

Pendant la pause publicité, Anders va éteindre la lumière dans la chambre exiguë d'Agnes. La veilleuse a la forme d'un lièvre de taille réelle. L'animal diffuse une jolie lumière rose et la douce lueur repose sur les draps du lit et le visage tranquille de sa fille.

Le sol est couvert de briques de Lego, de poupées, de meubles de poupée, d'aliments en plastique, de crayons, de couronnes de princesse et d'une dînette complète.

Anders a du mal à comprendre comment un tel désordre peut se produire.

Il fait très attention à ne pas marcher sur les jouets, les poussant avec le pied devant lui sur le parquet. Il tend la main vers l'interrupteur de la lampe quand il a l'impression de voir un couteau par terre à côté du lit.

La grande maison Barbie lui barre le chemin, mais il voit la lame en acier par la petite porte entrouverte.

Il s'approche et se penche en avant. Son cœur se met à battre plus fort quand il s'aperçoit que le couteau ressemble à celui qu'il avait trouvé dans la cellule d'isolement.

Il ne comprend pas, il a pourtant donné le couteau à Roland Brolin.

Agnes commence à geindre et à murmurer dans son sommeil.

Il se met à quatre pattes sur le parquet, tend la main et l'introduit dans la maison de poupée, puis il ouvre grand la porte du rez-de-chaussée.

Le parquet grince un peu et la respiration d'Agnes se fait saccadée.

Quelque chose scintille dans l'obscurité sous le lit. Ce sont peut-être les yeux brillants du nounours. Difficile à déterminer à travers les petits carreaux de la maison de poupée.

— Aïe, chuchote Agnes dans son sommeil. Aïe, aïe…

Au moment où il atteint le couteau du bout des doigts, il voit des yeux brillants dans un visage ridé sous le lit.

C'est Jurek Walter – qui bouge avec la rapidité de l'éclair, agrippe sa main et tire.

Anders se réveille en sursaut, le bras agité de spasmes, et il comprend qu'il s'est endormi dans le canapé. Il éteint la télé, mais reste assis, le souffle court et le cœur battant à tout rompre.

La lumière des phares d'une voiture éclaire le salon. Un taxi fait demi-tour devant la maison avant de s'éloigner. Puis la porte d'entrée s'ouvre doucement et Petra entre.

Il l'entend aller dans la salle de bains, faire pipi et se démaquiller. Il s'approche lentement, voit la lumière filtrer dans le couloir.

70

Anders se tient dans la pénombre et observe sa femme dans le miroir au-dessus du lavabo. Elle se lave les dents, crache, porte de l'eau à sa bouche dans le creux de sa main et crache de nouveau.

Quand elle le découvre, la peur fige son visage pendant quelques secondes.

— Tu ne dors pas ?

— Je t'attendais, dit Anders d'une voix étrange.

— C'est gentil.

Elle éteint la lumière et Anders la suit dans la chambre. Elle se déshabille, enfile sa chemise de nuit, s'assied au bord du lit et enduit ses mains et ses coudes de crème.

— C'était sympa ?

— Pas mal. Lena a un nouveau boulot.

Anders attrape sa main gauche, la tient fermement par le poignet. Elle croise son regard.

— Tu sais qu'il faut qu'on se lève tôt demain.

— Tu la fermes ! dit-il.

Elle essaie de se dégager, mais il la prend par l'autre main et la force à s'allonger sur le lit.

— Aïe…

— Ferme-la !

Il appuie un genou entre ses cuisses, elle essaie de se dégager, puis se calme et le regarde.

— Je suis sérieuse, là : stop, feu rouge. Il faut que je dorme, dit-elle doucement.

— Je t'ai attendue.

Elle le contemple un instant avant de hocher la tête :

— Ferme la porte à clé.

Il se relève, tend l'oreille vers le couloir, il n'y a aucun bruit. Il ferme la porte et donne un tour de clé. Petra a enlevé sa chemise de nuit, en souriant elle ouvre le tiroir et en sort les cordes souples et le sac en plastique où sont rangés le fouet, la tige de massage et le gros godemiché. Anders la fait tomber sur le lit.

Elle lui demande d'arrêter, mais il lui arrache sa culotte avec une telle violence qu'il laisse des traces rouges sur ses hanches.

— Anders, je…

— Ne me regarde pas !

— Pardon…

Elle n'oppose pas de résistance quand il l'attache serrée, un peu trop serrée. Il est possible que l'ivresse la rende moins sensible que d'habitude. Il passe la corde autour du montant du lit et écarte de force ses cuisses.

— Aïe, gémit-elle.

Il va chercher le bandeau et elle secoue la tête quand il le passe sur ses yeux. Elle essaie de se dégager en tirant sur les cordes, ses gros seins ballottent.

— Tu es si belle, chuchote-t-il.

Il est quatre heures du matin quand ils arrêtent et qu'il la détache. Petra ne dit rien, elle tremble de tout son corps et masse ses poignets endoloris. Ses cheveux sont humides de transpiration et ses joues striées de larmes, le bandeau a glissé autour de son cou. Anders avait enfoncé la petite culotte déchirée dans sa bouche quand elle n'avait plus envie, quand elle n'en pouvait plus.

71

À cinq heures du matin, Saga abandonne toute tentative de dormir. Il reste quatre-vingt-dix minutes avant qu'ils viennent la chercher. Le corps lourd, elle enfile son jogging et quitte l'appartement.

Elle court lentement pour commencer, puis augmente la vitesse en descendant vers Söder Mälarstrand.

Il n'y a pas de circulation si tôt le matin.

Elle court le long des rues silencieuses. La neige qui vient de tomber est tellement légère qu'elle ne la sent pas sous ses pieds.

Aujourd'hui, elle va abandonner sa liberté, mais elle sait qu'elle peut encore changer d'avis.

Le quartier de Södermalm dort encore. Le ciel est noir au-dessus de la lumière des réverbères.

Saga court vite tout en réfléchissant. Finalement elle n'a pas reçu d'identité fictive, elle a été enregistrée sous son propre nom et n'a pas besoin de mémoriser autre chose que son traitement médical. Risperdal intramusculaire, récite-t-elle silencieusement. Seresta pour contrer les effets secondaires, Valium et Distraneurine.

Pollock a expliqué que peu importait le diagnostic qu'on lui avait attribué – quel qu'il soit, tu connais tes médicaments sur le bout des doigts, lui a-t-il dit. Ils sont ta vie ; ce sont eux qui t'aident à survivre.

Un bus vide tourne dans le terminal désert des ferries pour la Finlande.

— Trilafon, huit milligrammes trois fois par jour, chuchote-t-elle pendant qu'elle court. Seropram, trente milligrammes. Deroxat, vingt milligrammes...

Juste avant le Fotografiska museet, Saga change de direction et grimpe l'escalier raide vers Katarinavägen. Elle s'arrête tout en haut, contemple Stockholm à ses pieds et se répète encore une fois les règles de Joona.

Je dois rester à l'écart, parler peu, faire des phrases courtes. Je dois être sincère, ne dire que la vérité.

C'est tout, pense-t-elle en repartant en direction de Hornsgatan.

Sur le dernier kilomètre, elle accélère encore et essaie de piquer un sprint jusqu'à sa porte.

Saga monte l'escalier en courant, enlève ses chaussures sur le tapis de l'entrée et entre tout droit dans la salle de bains prendre une douche.

C'est remarquablement facile de se sécher sans cheveux longs. Il suffit de passer la serviette une fois sur la tête.

Elle enfile les sous-vêtements les plus ordinaires qu'elle possède. Un soutien-gorge de sport blanc et une culotte qu'elle ne porte que quand elle a ses règles. Un jean, un tee-shirt noir et une veste de survêtement délavée.

Ce n'est pas dans sa nature de se sentir inquiète, mais elle ressent soudain un frisson dans le ventre.

Il est presque six heures vingt. Dans onze minutes, ils viendront la chercher. Elle pose sa montre sur la table de chevet à côté du verre d'eau. Là où elle va, le temps n'existe pas.

On l'emmènera d'abord à la maison d'arrêt de Kronoberg, mais elle n'y restera que quelques heures avant d'être prise en charge par le service de transport de l'administration pénitentiaire qui la conduira à l'hôpital de Karsudden. Elle y passera un jour ou deux avant que l'ordonnance de son transfèrement vers l'unité sécurisée de l'hôpital Löwenströmska soit exécutée.

Elle fait lentement le tour de son appartement, éteint des lampes et débranche quelques prises électriques avant d'aller dans l'entrée enfiler sa parka verte.

En réalité, ce n'est pas une mission difficile, répète-t-elle.

Jurek Walter est un homme âgé, probablement abruti par un traitement médical lourd.

Elle sait qu'il s'est rendu coupable de choses épouvantables, mais tout ce qu'elle a à faire, c'est se tenir tranquille, attendre qu'il entre en contact avec elle, qu'il dise quelque chose qui les mettra sur une piste.

Soit ça marche, soit ça ne marche pas.

C'est l'heure maintenant.

Saga éteint la lampe de l'entrée et sort dans la cage d'escalier.

Elle a mis tous les produits frais du réfrigérateur à la poubelle, mais elle n'a demandé à personne de jeter un coup d'œil sur l'appartement, d'arroser les plantes et de ramasser le courrier.

Saga ferme les deux serrures de sa porte et descend les marches. Elle ressent une pointe d'inquiétude en voyant la voiture de l'administration pénitentiaire qui l'attend dans la rue sombre.

Elle ouvre la portière et prend place sur le siège à côté de Nathan Pollock.

— C'est dangereux de prendre des auto-stoppeurs, dit-elle en s'efforçant de sourire.

— Tu as pu dormir un peu ?

— Un peu.

— Je sais que tu sais, lance Pollock en la regardant du coin de l'œil. Mais je vais quand même te le rappeler : n'essaie pas d'obtenir d'informations en le manipulant.

Il enclenche la première et la voiture démarre dans la rue silencieuse.

— C'est presque ça, le plus difficile, réplique Saga. Imagine qu'il ne fait que parler de football, ou qu'il ne parle pas du tout.

— Alors tant pis, on n'y pourra rien.

— Mais Felicia n'a peut-être plus que quelques jours à vivre.

— Ce n'est pas de ton ressort, rétorque Pollock. Cette infiltration est un coup de poker, tout le monde le sait, on est d'accord là-dessus – on ne peut pas spéculer sur le résultat. Ce que tu fais est totalement indépendant de l'enquête préliminaire en cours. Les auditions de Mikael Kohler-Frost continuent et on reprend toutes les anciennes pistes et on…

— Mais personne ne pense… personne ne pense qu'on pourra sauver Felicia si Jurek ne me parle pas.

— Il ne faut pas raisonner comme ça.

— Alors j'arrête, sourit-elle.

— Bien.

Elle se met à tambouriner des pieds puis éternue subitement dans le pli du coude. Ses yeux bleu clair sont toujours vitreux, comme si une partie d'elle avait fait un pas en arrière pour observer la situation de loin.

La voiture passe devant des immeubles faiblement éclairés.

Saga dépose ses clés, son portefeuille et d'autres objets épars dans le sachet spécial pour effets personnels de l'administration pénitentiaire.

Avant d'arriver à la maison d'arrêt de Kronoberg, Pollock lui tend le microphone à fibre optique enfermé dans une gélule de silicone, ainsi qu'une mini-plaquette de beurre.

— L'évacuation de la poche stomacale est retardée par des aliments gras, dit-il. Mais, à mon avis, tu ne devrais pas attendre plus de quatre heures.

Elle ouvre la plaquette de beurre, avale la graisse puis regarde le mouchard dans son enveloppe souple. On dirait un insecte pris dans de l'ambre. Elle s'étire, met la gélule dans sa bouche et avale. Ça lui fait mal à l'œsophage et elle transpire abondamment quand le microphone glisse lentement vers son estomac.

73

Il fait encore nuit noire et toutes les lumières sont allumées dans la section pour femmes de la maison d'arrêt de Kronoberg.

Saga fait deux pas en avant et s'arrête quand on lui dit de s'arrêter. Elle essaie de se fermer au monde, de ne regarder personne.

La chaleur crépite dans les radiateurs.

Nathan Pollock pose le sachet contenant les effets personnels de Saga sur le comptoir et tend son dossier à la préposée. On lui donne un reçu, puis il s'en va.

À partir de maintenant, Saga doit se débrouiller seule, quoi qu'il arrive.

La grille automatique émet un long bourdonnement, puis s'arrête net.

Personne ne la regarde, mais l'atmosphère se fait plus tendue quand les gardiennes comprennent qu'on lui a attribué le niveau de sécurité maximal.

Elle doit être maintenue dans l'isolement le plus strict en attendant son transfert.

Saga se tient immobile, le regard rivé sur le sol synthétique jaune, et ne répond à aucune des questions qu'on lui pose.

On lui fait une palpation avant de la conduire à la salle dédiée aux fouilles corporelles.

Deux femmes solides discutent d'une nouvelle série télé tout en la faisant franchir une porte dépourvue de vitre. La pièce ressemble à un petit cabinet médical, avec une table d'examen étroite recouverte d'un papier rêche et des armoires fermées à clé le long d'un des murs.

— Déshabille-toi complètement, dit l'une d'elles d'une voix neutre tout en enfilant une paire de gants en latex.

Saga obéit et lance ses vêtements en tas par terre. Toute nue, elle reste debout, les bras ballants sous la lumière froide des néons.

La surveillante avec les gants se tait au milieu d'une phrase et fixe son corps blanc. Il est menu comme celui d'une petite fille, mais parfaitement formé et athlétique.

— Bon, allons-y, soupire-t-elle au bout d'un moment.

Doucement, elle commence à examiner la bouche, le nez et les oreilles de Saga en s'aidant d'une lampe de poche. L'autre femme coche chaque étape sur un formulaire, puis lui demande de s'allonger sur la table d'examen.

— Mets-toi sur le côté droit et remonte ton genou gauche aussi haut que possible.

Saga s'exécute sans se presser. Elle a la chair de poule et frissonne de tout son corps quand la femme aux gants de latex se place derrière son dos.

Le papier rugueux qui recouvre la table bruisse contre sa joue quand elle tourne le visage. Elle serre les paupières en apercevant un tube de lubrifiant entre les mains gantées.

— Ça va être un peu froid maintenant.

La surveillante glisse deux doigts profondément dans son vagin. Ça ne fait pas mal, mais c'est très désagréable. Saga essaie de respirer lentement, mais ne parvient pas à réprimer un gémissement quand la femme introduit un doigt dans son anus.

L'examen est bouclé en quelques secondes et la surveillante ôte aussitôt les gants et les jette à la poubelle.

Elle donne à Saga du papier absorbant pour qu'elle s'essuie et lui explique qu'on va lui donner des vêtements.

Vêtue d'une tenue verte informe et de chaussures de sport blanches, elle est conduite dans sa cellule à la section 8:4.

Avant de fermer et de verrouiller la porte, les surveillantes lui demandent gentiment si elle veut un sandwich au fromage et un café.

Saga décline l'offre en secouant la tête.

Une fois seule, elle reste un moment sans bouger dans sa cellule.

Elle ne sait pas trop quelle heure il est, mais avant qu'il soit trop tard, elle ouvre le robinet et remplit d'eau ses mains en coupe, boit et enfonce ensuite trois doigts dans sa gorge. Elle tousse et son estomac se contracte. Après quelques crampes violentes et douloureuses, la petite capsule avec le micro remonte.

Le vomissement forcé fait couler des larmes sur ses joues pendant qu'elle rince la gélule et se lave le visage.

Elle s'allonge sur la couchette et attend, le microphone caché dans sa main.

Tout est silencieux dans le couloir.

Elle reste couchée, immobile, sent l'odeur des toilettes et de l'écoulement d'eau, fixe le plafond et lit les mots et les signatures qui ont été gravés sur les murs au fil des ans.

Les rectangles de lumière projetés par le soleil ont eu le temps de se déplacer vers la gauche et de s'approcher du sol avant qu'elle entende des pas de l'autre côté de la porte. Elle met rapidement la gélule dans sa bouche, l'avale et se lève en même temps que la serrure grince et que la porte s'ouvre.

L'heure est venue de son déplacement à l'hôpital de Karsudden.

Le préposé en uniforme chargé de son transfert signe le registre des sorties, récupère ses effets personnels et les pièces d'accompagnement du convoi. Saga ne bouge pas pendant qu'on lui passe les menottes aux poignets et aux chevilles et que cette mesure est consignée dans les documents de transfert.

74

Le groupe d'enquêteurs mis en place par la police est composé de trente-deux personnes, aussi bien des civils que des agents des sections d'investigation et d'enquête de la Rikskrim et de la Commission des homicides.

Dans une des grandes salles de travail au quatrième étage, les murs sont couverts de cartes où sont indiqués les emplacements des disparitions et des découvertes de corps dans l'affaire Jurek Walter. Des sorties d'imprimante en couleurs de photos des disparus sont reliées à tout un réseau de constellations familiales, de collègues et d'amis.

Les procès-verbaux d'anciens interrogatoires des membres de la famille des victimes retrouvées sont réexaminés et de nouveaux interrogatoires sont menés. On épluche les rapports médico-légaux et criminalistiques et on entend toutes les personnes de l'entourage des victimes, des très proches jusqu'aux connaissances plus périphériques.

Joona Linna et son groupe se tiennent devant la fenêtre, dans la lumière hivernale, et lisent les derniers comptes rendus des entretiens avec Mikael Kohler-Frost. Le découragement les gagne rapidement. Aucun élément dans le récit de Mikael ne permet à l'enquête préliminaire de progresser.

Une fois que les analystes ont éliminé de ses déclarations les expressions manifestes d'angoisse et de désespoir, il ne reste pratiquement rien.

— Rien, murmure Petter Näslund en commençant à ranger les documents.

— Il dit qu'il sent les mouvements de sa sœur, qu'elle le

cherche chaque fois qu'elle se réveille dans le noir, dit Benny, l'air peiné. Il sent son espoir de le retrouver auprès d'elle.

— Je n'y crois pas une seule seconde, déclare Petter.

— On n'a pas d'autre solution que de présumer que Mikael raconte la vérité sous une forme ou une autre, dit Joona.

— Mais ce truc avec le Marchand de sable, rigole Petter. Je veux dire…

— Il en va de même pour le Marchand de sable.

— Il parle d'un personnage de conte pour enfants. Est-ce qu'on doit pour autant interroger tous les vendeurs de baromètres ?

— Il se trouve que j'ai déjà établi une liste des fabricants et des revendeurs, répond Joona avec un sourire.

— Putain, c'est…

— Je suis tout à fait conscient que le vendeur de baromètres se trouve dans le livre d'E. T. A. Hoffmann sur l'Homme au sable. Et je sais que la maman de Mikael racontait des histoires aux enfants qui mettaient en scène le Marchand de sable, mais cela n'empêche pas qu'il y ait un rapport avec la réalité.

— Putain, soyons honnêtes, on n'a rien, *nada*, dit Petter et il balance sur la table le compte rendu d'interrogatoire dont il a fait un rouleau compact.

— Presque rien, le corrige gentiment Joona.

— Mikael était drogué quand il a été enfermé dans la capsule et drogué quand il a été déplacé, soupire Benny en passant la main sur son crâne lisse. On n'a aucun moyen de délimiter une zone. On n'est même pas sûrs que Felicia se trouve en Suède, même si c'est vraisemblable.

Magdalena s'approche du tableau blanc et aligne les quelques données dont ils disposent concernant la capsule : du béton, de l'électricité, de l'eau, des bactéries du genre *legionella*.

Mikael n'a jamais vu le complice et ne l'a jamais entendu parler, il sait seulement que c'est un homme. Rien de plus. Il a certifié que la toux qu'il a entendue venait d'un homme.

Tout autre signalement est lié au Marchand de sable fantasmatique des deux enfants.

Joona quitte la pièce, descend par l'ascenseur, sort de l'hôtel de police et se rend à pied dans le quartier de Birkastan.

L'appartement installé sous les combles au 19, Rörstrands-gatan est le siège d'Athéna Promachos.

Quand la déesse Athéna est représentée en beauté surréelle portant une égide et une lance, elle est Athéna Promachos, déesse de la guerre.

Athéna Promachos est aussi le nom du groupe d'investigation secret formé pour analyser les données que Saga Bauer est censée faire surgir durant son infiltration. Le groupe n'existe dans aucun procès-verbal de délibérations et dans aucune affectation budgétaire, ni à la Rikskrim ni à la Säpo.

Athéna Promachos est constitué de Joona Linna de la Rikskrim, de Nathan Pollock de la Commission des homicides, de Corinne Meilleroux de la Säpo et du technicien Johan Jönsson.

Athéna Promachos dispose de trois autres policiers de la section d'investigation, chargés de gérer l'écoute du microphone à fibre optique depuis un minibus de la régie communale des espaces verts, stationné sur le site hospitalier. Toutes les données seront stockées sur des disques durs, puis cryptées et envoyées à l'ordinateur central d'Athéna Promachos avec un temps de transfert total d'un dixième de seconde.

Anders Rönn vérifie l'heure encore une fois. Le nouveau patient en provenance du pavillon fermé de Säter est en route pour l'unité sécurisée de Löwenströmska. Le service de transport de l'administration pénitentiaire a appelé pour prévenir que l'homme est agité et agressif. Ils lui ont administré dix milligrammes de Valium pendant le trajet et Anders Rönn a préparé une seringue de dix milligrammes supplémentaires. Un aide-soignant d'un certain âge du nom de Leif Rajama jette l'emballage de l'aiguille à la poubelle et se tient prêt, bien campé sur ses jambes écartées.

— Je ne pense pas qu'il en aura besoin, dit Anders sans vraiment parvenir à afficher son sourire insouciant habituel.

— En général, ça dépend de la façon dont se déroule la palpation de sécurité, réplique Leif. J'essaie toujours de me dire que ma mission, c'est d'aider des personnes en souffrance… même si elles n'en ont pas envie.

Le gardien de l'autre côté de la vitre blindée est informé de l'arrivée du convoi. Un bruit sourd et métallique transperce les murs, puis on entend un cri assourdi.

— Ça nous fait deux patients pour l'instant, dit Anders. Je me demande ce que ça va donner avec un troisième.

— Tout se passera bien, sourit Leif.

Anders regarde l'écran qui affiche l'escalier en grand angle. Deux gardes de sécurité tiennent un patient qui n'arrive pas à marcher tout seul, un homme en surcharge pondérale, avec une moustache claire et des lunettes qui ont glissé sur son nez mince. Il a les yeux fermés et les joues inondées de sueur. Ses jambes se dérobent, mais les gardes le soutiennent.

Anders lance un bref regard à Leif. Ils entendent le patient blond tenir des propos confus. À propos d'esclaves morts, et du fait qu'il a pissé dans son froc.

— Je suis dans la pisse jusqu'aux genoux et…

— Tiens-toi tranquille ! lui ordonnent les gardes en le forçant à s'allonger sur le sol.

— Aïe, vous me faites mal, gémit-il.

Le gardien derrière la vitre blindée s'est levé, il prend les documents que lui tend le responsable du convoi.

Étendu par terre, le patient halète, paupières fermées. Anders confirme qu'ils ne vont pas avoir besoin de lui donner davantage de Valium, puis il introduit sa carte à puce dans le lecteur.

76

Jurek Walter marche d'un pas cadencé sur le tapis roulant. Son visage est détourné et les muscles de son dos bougent avec une persévérance rigide.

Anders Rönn et Sven Hoffman, le chef de la sécurité, se tiennent ensemble dans le centre de vidéosurveillance et observent le moniteur qui affiche la salle de détente.

— Tu sais comment déclencher l'alarme et comment l'acquitter, dit Hoffman. Et tu sais qu'un titulaire de carte magnétique doit accompagner les soignants quand ils sont en contact avec les patients.

— Oui, répond Anders avec une pointe d'impatience dans la voix. Et la porte de sécurité qu'on franchit doit être verrouillée avant d'ouvrir la suivante.

Sven Hoffman hoche la tête :

— Les gardes sont là dans les cinq minutes après le déclenchement de l'alarme.

— Il n'y aura pas de déclenchement d'alarme, dit Anders, observant sur le moniteur le nouveau patient qui arrive dans la salle de détente.

L'homme s'assied sur le canapé marron. Il tient une main devant sa bouche comme s'il essayait de se retenir de vomir. Anders pense au dossier manuscrit de Säter qui évoque l'agressivité, les psychoses récurrentes, un trouble de la personnalité narcissique et antisocial.

— Nous ferons notre propre évaluation, décide Anders. Et, au moindre incident, j'augmenterai son traitement.

Le grand écran devant lui, scindé en neuf fenêtres, retransmet les images des neuf caméras du service. Des sas, des portes de sécurité, des couloirs, la salle de détente et les chambres des patients sont filmés. Il n'y a pas assez de personnel pour surveiller l'écran jour et nuit, mais un responsable du poste d'opérateur est présent dans le service à chaque instant.

— Je suppose que vous serez souvent dans votre bureau, mais il vaut mieux que tout le monde connaisse le fonctionnement du système, dit Sven Hoffman avec un geste vers les moniteurs.

— Oui, maintenant qu'on a plus de patients, il faut que chacun y mette du sien.

— Le principe étant que le personnel sache en permanence où se trouvent tous les patients.

Sven clique sur une des fenêtres, l'image apparaît immédiatement en plein écran sur le moniteur voisin et Anders observe soudain l'infirmière psychiatrique nommée My enlever sa doudoune mouillée.

Avec une netteté inattendue, on voit les vestiaires : le banc, les cinq armoires métalliques jaunes, la cabine de douche, la porte des toilettes et le couloir.

Les contours des seins généreux de My se devinent sous son tee-shirt noir portant l'image d'un ange de la mort. Elle a couru pour arriver aux vestiaires, ses joues sont rouges. De la neige fondue scintille dans ses cheveux. Elle prend dans l'armoire sa tenue de travail et la pose sur le banc, puis sort une paire de sandales Birkenstock blanches.

Sven bascule à nouveau sur la salle de détente. Anders se force à détourner le regard au moment où My commence à défaire les boutons de son jean noir.

Il s'assied et feint l'indifférence tandis qu'il demande si les enregistrements sont stockés.

— On n'a pas l'autorisation de le faire, même à titre exceptionnel, sourit Hoffman avec un petit clin d'œil.

— Dommage, répond Anders, laissant courir sa main dans ses cheveux bruns coupés court.

Sven Hoffman passe en revue les caméras affectées aux différentes pièces. En cliquant sur l'écran, Anders découvre les salles, les sas et les couloirs du service filmés en permanence.

— On couvre le moindre cagibi qui…

Ils entendent une porte s'ouvrir et la machine à café ronronner, puis My arrive dans le centre de contrôle.

— Qu'est-ce que vous faites là, serrés comme des sardines ? demande-t-elle, et les fossettes se creusent sur ses joues.

— Sven me montre comment fonctionne le système de sécurité.

— Ah bon ? Vous n'avez pas regardé mon numéro de strip-tease ? plaisante-t-elle avec un soupir de déception.

77

Ils se taisent et regardent en silence le moniteur qui montre la salle de détente. Jurek Walter marche sur le tapis roulant d'un pas régulier et le nouveau patient se laisse lentement glisser dans le canapé jusqu'à se trouver complètement affalé, la nuque appuyée contre le bas du dossier. Sa chemise remonte sur son gros ventre qui remue au rythme de sa respiration. Son visage est en sueur, sa jambe tambourine nerveusement le sol et il parle en s'adressant au plafond.

— Qu'est-ce qu'il fabrique ? demande My aux deux hommes. Il parle sans arrêt, mais pour dire quoi ?

— Aucune idée, murmure Anders.

Le seul bruit qu'on entend dans le centre de vidéosurveillance est le tic-tac d'un chat doré porte-bonheur qui remue la patte.

Mentalement, Anders repasse en revue le dossier transmis par la clinique de Säter. Le nouveau patient s'appelle Bernie Larsson. Vingt et un ans auparavant, il a été condamné à des soins psychiatriques sous contrainte en milieu fermé pour ce qui est décrit comme des viols en série bestiaux.

Il est affaissé dans le canapé et crie quelque chose au plafond. La salive gicle de sa bouche. Il agite les mains de façon agressive, comme s'il donnait des coups, arrache le coussin du canapé et le jette sur le sol.

Jurek Walter n'a rien changé à ses habitudes. Avec de longues enjambées, il marche dix kilomètres sur le tapis roulant, l'arrête, descend et retourne vers sa chambre.

Bernie lui lance quelques mots. Jurek s'arrête à la porte et se retourne.

— Qu'est-ce qu'il se passe, là ? demande Anders, stressé.

Sven saisit vivement la radio, appelle deux collègues puis sort précipitamment. Anders se penche en avant et voit Sven surgir sur l'une des images. Il marche dans le couloir, parle aux autres gardes, s'arrête devant le sas et attend.

Il ne se passe rien.

Jurek se tient sur le seuil de la porte, entre les deux pièces, exactement là où son visage reste dans l'ombre. Il ne bouge pas, mais Anders et My voient tous les deux qu'il parle. Bernie reste tapi dans le canapé, il écoute les yeux fermés. Après un instant, sa lèvre inférieure se met à trembler. Tout l'incident se déroule en un peu plus d'une minute avant que Jurek fasse demi-tour et disparaisse dans sa chambre.

— Allez, ouste, file dans la menuiserie*, marmonne My.

Sur le grand écran, une des fenêtres montre Jurek filmé par une caméra fixée au plafond. Il entre tranquillement, s'assied sur la chaise en plastique et regarde le mur devant lui.

Au bout d'un moment, Bernie Larsson se lève du canapé. Il s'essuie plusieurs fois la bouche avec la main avant de se traîner dans sa chambre.

My fait apparaître l'image de la chambre de Bernie en plein écran sur le second moniteur, et ils voient Bernie s'approcher du lavabo, se pencher et se laver le visage. Il reste immobile, l'eau ruisselant sur ses joues, puis il retourne vers la porte qui donne sur la salle de détente, glisse son pouce sur le bord intérieur du chambranle et claque la porte de toutes ses forces. Elle ricoche aussitôt en position ouverte, et Bernie s'affaisse sur ses genoux dans un hurlement de douleur.

---

* Allusion à *Les Farces d'Emil*, livre pour enfants d'Astrid Lindgren, dans lequel Emil est enfermé dans l'atelier de menuiserie par son père chaque fois qu'il a fait une bêtise.

Il est dix heures du matin et une lumière d'hiver oblique éclaire Magdalena Ronander quand elle revient à la Rikskrim après sa séance de yoga. Petter Näslund se tient devant une carte détaillée du quartier résidentiel où le frère et la sœur Kohler-Frost ont disparu. Le front plissé par la concentration, il épingle des photographies datant de l'instruction de l'époque. Magdalena salue brièvement tout le monde, lance son sac sur une chaise et s'approche du tableau blanc. Elle biffe rapidement les pistes qu'ils ont eu le temps d'examiner la veille. Benny Rubin, Johnny Isaksson et Fredrik Weyler prennent des notes, assis autour de la table de conférence.

— Il faut qu'on revérifie tous ceux qui étaient employés à l'atelier Menge en même temps que Jurek Walter, annonce-t-elle.

— J'ai transcrit les entretiens d'hier avec Rikard von Horn, précise Johnny, un policier blond et mince coiffé façon Rod Stewart dans les années 1980.

— Qui se charge d'appeler Reidar Frost aujourd'hui ? demande Petter en faisant tourner un stylo entre ses doigts.

— Moi, je peux le faire, répond Magdalena calmement.

— Il faudra demander si on continue à chercher John Blund, lance Benny.

— Joona veut qu'on prenne au sérieux tout ce qui est en rapport avec le Marchand de sable, dit Petter.

Benny commence à pianoter sur son portable :

— J'ai trouvé un truc hypermarrant sur YouTube.

— On peut en être dispensés ? demande Magdalena en attrapant un lourd classeur posé sur la table.

— Vous n'avez pas vu ce clown qui se cache pour ces flics crétins ? insiste Benny en reposant son téléphone.

— Non, répond Petter.

— Normal, dans cette pièce, je suis sûrement le seul flic à avoir une chance de l'apercevoir, rigole Benny.

Magdalena ne peut s'empêcher de sourire. Elle ouvre le classeur.

— Qui m'aide pour le cas d'Agneta Magnusson ? Sa mère avait disparu plusieurs années avant elle et son père peu de temps avant qu'on la retrouve en vie dans la forêt de Lill-Jan. Ce sont son frère et son neveu qu'on a retrouvés enterrés dans un bidon pas très loin de là, mais morts, eux. Son mari vit encore, qui vient le voir avec moi ?

— Ils n'avaient pas tous disparu ? demande Fredrik Weyler.

— Pas son mari, dit Magdalena en jetant un coup d'œil dans le classeur.

— C'est tellement glauque, tout ça, chuchote Fredrik.

— Je disais donc, son mari est toujours vivant et…

— Ça rend plus souple, le yoga ? demande Benny, puis il abat bruyamment ses deux paumes sur la table.

— Pourquoi tu fais des trucs comme ça ? soupire Magdalena, qui se pose sincèrement la question.

79

Magdalena Ronander se présente à la femme corpulente qui ouvre la porte. Elle a de fines rides d'expression autour des yeux et le nom Sonja tatoué sur l'épaule.

Toutes les personnes de l'entourage d'Agneta Magnusson avaient été entendues par la police treize ans auparavant. Leurs domiciles avaient été examinés par des techniciens de la police scientifique, de même que leurs maisons de campagne, remises, cabanes de jeu, voitures, caravanes, hangars et bateaux.

— Je vous ai appelés tout à l'heure, dit Magdalena en exhibant sa plaque professionnelle.

— Oui, bonjour, répond Sonja. Bror vous attend dans le salon.

Magdalena la suit dans la petite villa datant des années 1950. Une odeur d'oignon frit et de steak haché s'échappe de la cuisine. Dans un salon aux rideaux sombres, un homme en fauteuil roulant l'attend.

— C'est la police ? demande-t-il d'une voix sèche.

— Oui, c'est la police, répond Magdalena et elle tire le tabouret de piano et s'assied en face de lui.

— Il me semble qu'on a déjà assez parlé, non ?

Cela fait treize ans qu'on a interrogé Bror Engström sur les événements dans la forêt de Lill-Jan, et Magdalena constate qu'il est devenu un vieil homme.

— J'ai besoin d'en savoir davantage, dit-elle doucement.

Bror Engström secoue la tête.

— Il n'y a rien de plus à dire. Tout le monde a disparu, comme ça. En quelques années, ils étaient tous partis. Mon

Agneta… son frère et son neveu… et pour finir Jeremy, mon beau-père… Il n'a plus jamais parlé après leurs disparitions, c'étaient ses enfants, son petit-fils.

— Jeremy Magnusson.

— Je l'aimais beaucoup. Ses enfants lui manquaient terriblement.

— Je comprends, dit Magdalena à voix basse.

Les yeux troubles de Bror Engström se rétrécissent à ce souvenir.

— Un jour, il a disparu, lui aussi. Puis Agneta m'a été rendue. Mais ce n'était plus elle.

— Non, répond Magdalena.

— Non, chuchote-t-il.

Elle sait que Joona a rendu maintes fois visite à Agneta dans le service de soins de longue durée où elle était hospitalisée. Elle est morte quatre ans plus tôt, sans avoir retrouvé la parole. Ses lésions cérébrales étaient trop importantes pour qu'il soit possible de communiquer avec elle.

— Je suppose que je devrais vendre les bois de Jeremy, dit Bror. Mais je n'ose pas. La forêt, c'est ce qui l'aidait à vivre. Il voulait toujours que je l'accompagne à la cabane de chasse, mais ça ne s'est jamais fait… et maintenant il est trop tard.

— Elle se trouve où, cette cabane ? demande Magdalena en sortant son téléphone.

— Au fin fond de la Dalécarlie, derrière le mont Tranuberget. Je crois que j'ai encore les cartes de l'état-major quelque part, si Sonja arrive à les retrouver.

La cabane de chasse ne figure pas sur la liste des endroits que les techniciens ont examinés. Une broutille sans doute, mais Joona a dit qu'ils ne devaient rien laisser dans l'ombre.

Un policier et un technicien de la police scientifique foncent en scooter des neiges sur l'épais manteau blanc entre les troncs sombres des pins. À certains endroits, sur des laies et des chemins forestiers, ils peuvent rouler plus vite encore et avaler des dizaines de kilomètres, un nuage de fumée et de neige dans leur sillage.

La police de Stockholm leur a demandé d'aller inspecter une cabane de chasse de l'autre côté du Tranuberget. Elle appartient à un certain Jeremy Magnusson qui a disparu treize ans auparavant. La Rikskrim veut qu'ils fassent un examen forensique poussé des lieux, avec photographies et captation vidéo. Tout objet suspect devra être recueilli et protégé, les indices et matières biologiques seront relevés et soigneusement conservés.

Les deux hommes sur leur scooter savent que la police de Stockholm espère trouver des éléments qui pourraient expliquer la disparition de Jeremy et de sa famille. Cette fouille aurait dû être faite treize ans plus tôt, mais à l'époque la police ignorait l'existence de la cabane.

Roger Hysén et Gunnar Ehn descendent côte à côte une pente ensoleillée en bordure de forêt, et débouchent sur un marécage inondé de lumière. Tout est d'un blanc vierge et étincelant. Ils poursuivent à fond de train sur la glace, puis tournent au nord et s'enfoncent de nouveau dans l'épaisseur de la forêt.

Les arbres sont si touffus sur le versant sud du Tranuberget qu'ils ratent presque la maisonnette. La cabane basse en bois brut est quasi ensevelie sous la neige. Les congères montent plus haut que les fenêtres et une couche d'un bon mètre pèse sur le toit.

On ne distingue que quelques rangées de rondins assemblés, du bois couché gris argenté.

Ils descendent de leur scooter et commencent à déblayer la neige devant la maison.

Des rideaux décolorés masquent les petites fenêtres.

Le soleil baisse, frôle les cimes des arbres du côté du grand marécage.

Quand la façade est enfin déblayée, ils sont en nage. Gunnar Ehn, technicien de la police scientifique, sent son front le démanger sous le bonnet.

Deux troncs d'arbres produisent un son grinçant et désolé en frottant l'un contre l'autre.

En silence, les deux hommes déroulent du plastique devant la porte, disposent des cartons, alignent des plaques de cheminement et enfilent des gants et des vêtements de protection.

La porte est verrouillée, ils ne trouvent pas de clé accrochée au clou sous la saillie du toit.

— Sa fille a été retrouvée enterrée vivante à Stockholm, dit Roger Hysén avec un bref regard sur son collègue.

— J'en ai entendu parler. Mais j'essaie de ne pas y penser.

Roger glisse un levier dans la fente à côté de la serrure et appuie. Le bois crisse. Il enfonce davantage l'outil et pèse de nouveau dessus. Le chambranle éclate en longues lamelles et Roger tire d'abord doucement sur la porte avant d'y mettre toute sa force. Elle s'ouvre d'un coup puis se referme mollement.

— Merde, chuchote-t-il derrière son masque en la rouvrant.

Le brusque appel d'air a soulevé la poussière accumulée à l'intérieur. Gunnar marmonne que ce n'est pas grave. Il tend le bras dans la pièce sombre et pose deux plaques de cheminement sur le sol.

Roger a déjà sorti la caméra et la lui donne. Gunnar incline la tête pour franchir la porte basse, pénètre dans la cabane et s'arrête sur la première plaque.

Il fait si sombre à l'intérieur que d'abord il ne voit rien. L'air est sec, chargé d'une lourde poussière.

Gunnar allume le caméscope, sans parvenir à faire fonctionner la torche intégrée.

Il essaie de filmer la pièce quand même, mais ne perçoit que des formes obscures.

Toute la cabane ressemble à un aquarium à l'eau trouble.

Une grande ombre étrange se devine au milieu de la pièce, telle une énorme horloge de parquet.

— Qu'est-ce qu'il se passe ? crie Roger dehors.

— Passe-moi l'appareil photo.

Gunnar échange le caméscope contre l'appareil photo. Il regarde dans le viseur, mais tout est noir, et il prend une photo au hasard. Le flash remplit la pièce de sa lumière blanche.

Gunnar pousse un cri en voyant la silhouette grande et mince devant lui. Il recule d'un pas, trébuche, perd l'appareil photo, fait de grands moulinets des bras pour rétablir son équilibre et fauche un cintre au passage.

— Putain, c'était quoi, ce truc ?

Il sort à reculons, se cogne la tête au montant de la porte et s'égratigne sur les échardes pointues du chambranle éclaté.

— Qu'est-ce qu'il se passe ?

— Il y a quelqu'un là-dedans, dit Gunnar avec un petit rire pour masquer sa nervosité.

Roger réussit à allumer la torche du caméscope, incline la nuque et entre lentement. Le plancher craque sous les plaques de cheminement. La lueur du caméscope se faufile à travers la poussière et éclaire les meubles. Une branche frotte contre la vitre. On dirait quelqu'un qui frappe à la fenêtre.

— Putain, lance-t-il, le souffle coupé.

À la lumière blanche de la caméra, il voit un homme pendu à une poutre. Cela fait très longtemps qu'il a mis fin à ses jours. Le corps est mince, la peau sur sa figure, fripée. La bouche, grande ouverte et noire. Deux bottes en cuir sont renversées sur le plancher.

La porte grince un peu quand Gunnar revient dans la maison.

Le soleil descend derrière les cimes des arbres et les fenêtres s'assombrissent. Avec précaution, ils étalent une housse mortuaire sous le corps.

La branche frappe de nouveau le rebord de la fenêtre et crisse sur le carreau.

Roger s'avance pour soutenir le corps pendant que Gunnar coupe la corde, mais à l'instant où il touche le pendu, la tête se détache et le corps s'effondre à leurs pieds. Le crâne heurte le plancher, la poussière s'envole à nouveau et le vieux nœud coulant se balance sans un bruit.

81

Saga est assise, immobile, dans le fourgon, le regard tourné vers la fenêtre. Les chaînes des menottes résonnent au même rythme que les mouvements du véhicule.

Elle ne voulait pas penser à Jurek Walter. Depuis qu'elle a accepté la mission, elle a réussi à chasser de son esprit toute évocation de ses assassinats.

Mais maintenant ce n'est plus possible. Après trois jours de monotonie à l'hôpital de Karsudden, la décision de l'administration pénitentiaire de la transférer est mise à exécution. Elle est en route pour l'unité sécurisée de l'hôpital Löwenströmska.

La rencontre avec Jurek approche.

Elle se remémore la photographie dans le dossier, la première qu'elle a vue : son visage fané, les yeux clairs et brillants.

Jurek travaillait comme mécanicien et menait une vie recluse et solitaire jusqu'à son arrestation. Rien dans son appartement ne pouvait être relié aux crimes, et pourtant il avait été pris en flagrant délit.

En lisant les rapports et en examinant les photos des différents lieux où l'on avait découvert des tombes, Saga avait sué d'angoisse. Un grand cliché en couleurs montrait les plots de signalement numérotés posés par les techniciens dans une clairière où des mottes de terre humide entouraient une tombe et un cercueil ouvert.

Nils "l'Aiguille" Åhlén avait réalisé une soigneuse analyse médico-légale des blessures de la femme restée enterrée vivante pendant deux ans.

Saga sent le mal des transports arriver et regarde la route et les arbres qui défilent. Elle pense à l'état de dénutrition de la femme, aux escarres, aux engelures et aux dents déchaussées. Joona avait témoigné au procès, attestant qu'il avait vu Jurek repousser la femme décharnée et affaiblie dans le cercueil chaque fois qu'elle essayait d'en sortir.

Saga sait qu'elle ferait mieux de ne pas y penser.

Les pétales sombres d'une fleur d'angoisse se déplient lentement dans son ventre.

Elle ne doit pas avoir peur, quoi qu'il arrive. Elle contrôle parfaitement la situation.

Le fourgon freine et les entraves aux poignets cliquettent.

Le bidon en plastique et le cercueil étaient tous les deux pourvus d'un tuyau pour respirer, émergeant hors du sol.

Pourquoi ne les tue-t-il pas tout de suite ?

C'est incompréhensible.

Mentalement, Saga repasse en revue le témoignage de Mikael Kohler-Frost sur sa séquestration dans la capsule. Les battements de son cœur s'accélèrent quand elle pense à Felicia, restée là-bas, toute seule, la petite fille à la tresse emmêlée tenant sa bombe d'équitation.

La neige a cessé de tomber, mais le soleil n'a toujours pas fait son apparition. Le ciel est dense et bas. Le fourgon quitte la route départementale, tourne prudemment à droite et s'engage dans l'enceinte de l'hôpital.

Sous un abribus, une femme d'une quarantaine d'années attend, elle tient deux sacs en plastique à la main et fume avidement une cigarette.

Un service hospitalier fermé peut, après décret du gouvernement, être aménagé en unité sécurisée. Saga sait que, dans la pratique, le texte de loi donne toute liberté aux établissements d'agir comme bon leur semble.

Les lois et les droits habituels n'ont plus cours derrière les portes verrouillées. Il n'y a aucun véritable moyen d'inspection ni de suivi. Les membres du personnel sont les rois de leurs propres Enfers tant qu'aucun patient ne s'évade.

82

Saga a encore les mains et les pieds menottés quand deux gardes armés lui font traverser un couloir vide. Ils marchent vite et la tiennent fermement par les bras.

Trop tard pour changer d'avis maintenant : elle est en route pour sa rencontre avec Jurek Walter.

Le revêtement textile des murs est éraflé et les plinthes abîmées. Sur le sol beige est posé un carton avec des couvre-chaussures usagés. Les portes verrouillées qu'ils dépassent sont toutes pourvues de petites plaques numérotées.

Saga a brusquement mal au ventre et essaie de s'arrêter, mais on la pousse en avant.

— Avance, dit l'un des gardes.

L'unité d'isolement de l'hôpital Löwenströmska est dotée de dispositifs de sécurité renforcés, avec une protection anti-intrusion bien au-dessus du niveau un. Cela signifie qu'en principe il est impossible de s'introduire dans le bâtiment, ou d'en sortir quand on se trouve à l'intérieur. Les chambres ont des portes antifumée en acier, de faux plafonds scellés et des murs renforcés de trente-cinq millimètres de tôle.

Une lourde grille se verrouille bruyamment derrière eux quand ils descendent l'escalier menant au niveau zéro.

Le gardien devant le sas prend le sachet contenant les effets personnels de Saga, examine les documents et entre ses données dans l'ordinateur. À travers les multiples rayures de la vitre blindée, Saga aperçoit un homme plus âgé aux cheveux ondulés. Il porte de grosses lunettes et un bâton attaché à la ceinture.

Elle a tellement mal au ventre qu'il lui faudrait s'allonger. Elle essaie de respirer calmement, mais une douleur fulgurante la plie en deux.

— Reste tranquille, dit le garde sur un ton neutre.

Un homme assez jeune en blouse blanche arrive dans le couloir de l'autre côté du sas. Il passe sa carte magnétique dans le lecteur, pianote un code et les rejoint, accompagné de l'homme au bâton.

— Voilà, je m'appelle Anders Rönn, je suis médecin, je suis chef de service par intérim ici, dit-il sèchement.

L'homme au bâton prend les documents que le gardien lui tend, les feuillette, observe Saga un instant, puis feuillette de nouveau les papiers.

Après avoir subi une palpation superficielle, Saga suit le médecin et l'aide-soignant aux cheveux ondulés dans le sas. En attendant que la deuxième porte s'ouvre, elle sent l'odeur de transpiration que ces hommes dégagent dans l'espace confiné.

Saga reconnaît chaque détail du service depuis les plans qu'elle a mémorisés.

En silence, ils tournent au bout du couloir et arrivent au poste d'opérateur du système de sécurité. Une femme avec des piercings aux joues est assise devant les moniteurs de la vidéo-surveillance. Elle rougit en apercevant Saga, lance un bonjour aimable avant de détourner les yeux et de griffonner quelques notes dans son journal de bord.

— My, retire les menottes de chevilles de la patiente, s'il te plaît, dit le jeune médecin.

La femme acquiesce de la tête, se met à genoux et déverrouille les entraves. Ses cheveux se dressent sous l'effet de l'électricité statique des vêtements de Saga.

Le jeune médecin et l'aide-soignant la font franchir une autre porte de sécurité avant de s'arrêter devant l'une des trois portes du couloir.

— C'est ici, annonce le médecin.

L'aide-soignant sort une clé, ouvre et dit à Saga d'entrer dans la pièce et de se placer sur la croix rouge du sol, dos à la porte. Elle obéit et entend le mécanisme de la serrure quand l'homme tourne à nouveau la clé.

Droit devant elle se trouve une autre porte métallique, elle sait qu'elle est verrouillée et qu'elle mène à la salle de détente.

La pièce est aménagée uniquement selon des critères de sécurité et de fonctionnalité. En tout et pour tout : un lit scellé au sol, une chaise en plastique, une table en plastique, un lavabo et une cuvette de WC sans lunette ni abattant.

— Retourne-toi, mais reste sur la croix.

Elle s'exécute et constate que le vasistas est ouvert.

— Approche-toi lentement et sors les mains.

Saga avance vers la porte, serre ses mains l'une contre l'autre et les glisse dans le trou étroit. On lui ôte les menottes, puis elle s'éloigne à reculons.

Elle s'assied sur le lit tandis que l'aide-soignant l'informe du règlement et des procédures de l'unité. Il termine en précisant :

— Tu pourras regarder la télé et fréquenter les autres patients dans la salle de détente entre quatorze et dix-huit heures.

Il l'observe un moment avant de refermer le vantail et de pousser le verrou.

Saga reste assise. Elle est sur place maintenant, la mission vient de commencer. Le sérieux de l'instant chante dans le creux de son ventre et frétille jusque dans ses bras et ses jambes. Elle sait qu'elle est étroitement surveillée ici. Elle sait aussi que le tueur en série Jurek Walter se trouve tout près.

Elle se blottit sur le côté, puis roule sur le dos et fixe la caméra de vidéosurveillance au plafond, une demi-sphère, noire et luisante comme l'œil d'une vache.

Cela fait longtemps maintenant qu'elle a avalé le microphone et elle craint d'attendre plus longtemps encore. Il ne faut surtout pas qu'il s'en aille dans l'intestin. Elle s'approche du robinet et boit de l'eau, et les fortes douleurs d'estomac reviennent aussitôt.

Saga respire lentement, se met à genoux devant le siphon intégré au sol, dos à la caméra, et enfonce deux doigts dans sa gorge. Elle régurgite l'eau, enfonce plus profondément ses doigts et finit par vomir la petite gélule, qu'elle dissimule très vite dans sa main.

83

Les membres du groupe d'investigation secret Athéna Promachos ont écouté pendant près de deux heures les bruits de l'estomac de Saga Bauer depuis son arrivée à l'hôpital Löwenströmska.

— Si quelqu'un débarquait maintenant, il se croirait dans une sorte de secte néospirituelle, dit Corinne, amusée.

— C'est assez beau, sourit Johan Jönsson.

— Relaxant, renchérit Pollock.

Les yeux mi-clos, les agents écoutent les doux borborygmes et gargouillis.

Subitement, un hurlement retentit, qui fait vibrer les grosses enceintes, lorsque Saga vomit le microphone. Johan Jönsson renverse sa canette de Coca-Cola et Nathan Pollock se met à trembler.

— Ça, en revanche, ça réveille, constate Corinne, et ses bracelets en jade s'entrechoquent joyeusement quand elle passe son index sur un sourcil.

— J'appelle Joona, dit Nathan.

— Bien.

Corinne Meilleroux ouvre son ordinateur et note l'heure dans le journal de bord. Corinne a cinquante-quatre ans, elle est originaire des Antilles françaises. Elle est mince et porte en général un haut en soie sous un tailleur sur mesure. Son visage est sérieux, avec des pommettes marquées et des tempes fines. Ses cheveux noirs striés de blanc sont toujours maintenus en un chignon dans la nuque.

Corinne Meilleroux a travaillé pour Europol pendant vingt ans, et pour les services de la sûreté suédois à Stockholm pendant sept ans.

Joona se tient devant Mikael Kohler-Frost dans sa chambre d'hôpital. Assis à côté du lit, Reidar tient la main de son fils. Tous les trois ont parlé pendant quatre heures pour tenter de découvrir des éléments qui pourraient les aider à définir l'endroit où Mikael était détenu avec sa sœur.

Aucun nouveau détail n'a surgi et Mikael a l'air épuisé.

— Tu as besoin de dormir, dit Joona.

— Non.

— Un petit moment seulement, sourit l'inspecteur et il arrête l'enregistrement.

La respiration de Mikael est déjà lourde et régulière quand Joona va chercher le journal dans la poche de sa veste et le pose devant Reidar. Sur une pleine page du quotidien s'étale le portrait-robot retravaillé de Felicia, telle qu'elle est probablement aujourd'hui.

Une jeune femme qui ressemble à Mikael, aux pommettes hautes et aux yeux sombres. Les cheveux noirs pendent emmêlés autour de son visage pâle et sérieux.

En grosses lettres, on peut lire que Reidar offre une récompense de vingt millions de couronnes* à celui qui peut donner des indications menant à Felicia.

— Je sais que vous m'avez demandé de ne pas le faire, dit Reidar, soutenant fermement le regard de Joona. Mais comment pourrais-je me regarder dans la glace si je ne tentais pas absolument tout ce qui est en mon pouvoir ?

— Je vous comprends, répond Joona. Mais ça peut causer des problèmes et vous devez y être préparé. De notre côté, on reçoit déjà un flot ininterrompu de mails et d'appels téléphoniques. La plupart des gens ont sans doute de bonnes intentions, ils croient vraiment avoir vu quelque chose, mais il y a aussi ceux qui espèrent toucher le pactole, et ils sont nombreux. On essaie de tout vérifier.

Reidar replie lentement le journal, chuchote quelque chose pour lui-même puis lève les yeux.

— Joona, je ferai n'importe quoi, je... Ma fille est séquestrée depuis si longtemps et elle va peut-être mourir sans...

* Environ 2 200 000 euros.

Sa voix se casse, il détourne le visage un instant.

— Vous avez des enfants ? demande-t-il d'une voix atone.

Avant que Joona ait le temps de mentir, le téléphone sonne dans la poche de sa veste. Il s'excuse, s'éloigne pour répondre et entend la douce voix de Pollock lui annoncer qu'Athéna Promachos est connecté.

84

Saga s'allonge sur le lit, dos tourné à la caméra fixée au plafond, et enlève précautionneusement l'enveloppe en silicone du microphone. En bougeant le moins possible, elle le dissimule dans la ceinture de son pantalon.

Soudain, la porte donnant sur la salle de détente émet un bourdonnement électrique, puis un petit clic tinte dans la serrure. C'est ouvert. Saga se redresse, le cœur battant.

Il faut placer le mouchard tout de suite. Ce sera peut-être sa seule occasion, elle ne doit pas la rater. S'ils lui font une palpation, elle sera démasquée.

Elle ne connaît pas la configuration de la salle commune, ne sait pas si les autres patients s'y trouvent, s'il y a des caméras ou des gardiens sur place.

La pièce n'est peut-être qu'un piège où l'attend Jurek Walter.

Non, il ne peut pas être au courant de sa mission.

Saga jette les restes de silicone dans la cuvette des WC et tire la chasse d'eau, puis s'avance jusqu'à la porte, l'ouvre un peu et entend un bruit rythmique, des voix joyeuses sortant d'un téléviseur et un sifflement prolongé.

Elle se rappelle les conseils de Joona et se force à retourner s'asseoir sur le lit.

Ne te montre pas empressée, se dit-elle. Ne fais rien si tu n'as pas une raison concrète de le faire, un vrai but.

Par la porte entrouverte lui parviennent la musique diffusée par la télé, le sifflement du tapis de course et des pas lourds.

Un homme à la voix aiguë et stressée parle par moments, mais personne ne lui répond.

Les deux patients sont là.

Saga doit entrer et placer le microphone.

Elle se lève, s'approche de la porte, reste immobile un moment et essaie de respirer lentement.

Une odeur d'après-rasage lui chatouille le nez.

Elle pose la main sur la poignée, cherche son souffle, ouvre grand la porte, entend plus nettement le bruit sourd des pas et entre dans la salle de détente en gardant la tête baissée. Elle ne sait pas s'ils l'observent, mais au cas où, elle les laisse s'habituer à elle avant de lever les yeux.

Un homme à la main bandée est assis dans le canapé devant la télé, et un autre marche à grandes enjambées sur le tapis roulant. Bien qu'elle ne voie que son dos et sa nuque, elle est certaine que c'est lui, Jurek Walter.

Le rythme régulier de ses pas remplit toute la pièce.

L'homme dans le canapé déglutit et rote coup sur coup, il essuie la sueur de ses joues et bouge fébrilement la jambe. Âgé d'une quarantaine d'années, il est obèse, a des cheveux fins, une moustache blonde et des lunettes.

— Obrahiim, murmure-t-il, les yeux fixés sur la télé.

Sa jambe gigote nerveusement et il pointe soudain l'écran du doigt.

— Il est là, déclare-t-il dans le vide. Il devait devenir mon esclave, mon esclave squelette. Merde, je te jure… Vise-moi ses lèvres… Je devais…

Il s'arrête net quand Saga traverse la pièce pour aller se placer dans un coin d'où elle peut regarder la télé. C'est une rediffusion des championnats d'Europe de patinage artistique de Sheffield. Le son et l'image sont altérés par la vitre blindée. Elle sent que l'homme dans le canapé l'observe, mais elle ne croise pas son regard.

— J'allais le fouetter d'abord, continue-t-il en direction de Saga. Lui faire vraiment peur, comme une pute… Je te jure, merde…

Il tousse, se penche en arrière, ferme les yeux comme s'il attendait qu'une douleur s'estompe, tâte son cou avec la main, puis se calme et reste affalé, respirant avec peine.

Jurek Walter continue à fouler le tapis roulant, à grandes enjambées. Il paraît plus grand et plus fort que ce qu'elle avait imaginé. Un palmier en plastique est placé à côté de l'appareil et les feuilles poussiéreuses tremblent au rythme de la marche.

Du regard, Saga cherche un emplacement pour le mouchard, de préférence loin de la télé pour que l'enregistrement ne soit pas pollué par d'autres sons. Derrière le canapé, ce serait un bon endroit, mais elle a du mal à croire que Jurek passe du temps à regarder la télévision.

L'homme dans le canapé essaie de se lever, l'effort manque de le faire vomir, il plaque la main sur sa bouche et déglutit plusieurs fois avant de regarder l'émission à nouveau.

— Commence par les jambes, dit-il. Tranche tout, épluche la peau, les muscles, les tendons… Tu peux laisser les pieds, comme ça, il pourra marcher sans faire de bruit…

Jurek arrête le tapis de course et quitte la salle sans les avoir gratifiés d'un regard, ni l'un ni l'autre. Le deuxième patient se redresse lentement.

— Le Zyprexa, ça me donne envie de dégueuler… et le Stemetil ne marche pas avec moi, ça me rend tout pourri à l'intérieur…

Saga reste tournée vers la télé, elle voit le patineur prendre de la vitesse, les lames acérées fendre la glace. Elle sait que l'autre patient la dévisage tout en approchant lentement.

— Je m'appelle Bernie Larsson, dit-il d'une voix intime. Ils pensent que je ne peux pas baiser avec tout ce foutu Suprefact dans le sang, mais qu'est-ce qu'ils en savent…

Il enfonce brutalement son index dans la joue de Saga, mais elle ne réagit pas, demeure immobile, le cœur battant.

— Qu'est-ce qu'ils en savent…, répète-t-il. Ces putains de demeurés…

Il se tait, titube sur le côté et lâche des rots bruyants. Saga se dit qu'elle pourrait placer le mouchard dans le faux palmier à côté du tapis roulant.

— Tu t'appelles comment ? chuchote Bernie.

Elle ne répond pas, les yeux toujours baissés, en se disant que le temps file. Bernie passe derrière son dos puis d'un geste vif, lui pince fort un mamelon. Elle repousse violemment sa main et sent la colère monter.

— Petite Blanche-Neige, sourit-il, le visage couvert de sueur. Qu'est-ce que tu as ? Je peux tâter ton crâne ? Il a l'air vachement doux. Comme une chatte rasée…

D'après le peu qu'elle a vu de Jurek Walter, c'est le tapis roulant qui l'intéresse dans la salle de détente. Il a marché dessus pendant une bonne heure avant de retourner tout droit dans sa chambre.

Sans se presser, Saga s'approche du tapis et y monte. Bernie la suit, le visage ruisselant de sueur. Il se mordille un ongle et parvient à en former une pointe acérée.

— Tu te rases la chatte ? C'est obligatoire, tu sais.

Saga lève la tête et l'observe attentivement. Ses paupières sont lourdes, le regard paraît drogué, la moustache blonde dissimule une cicatrice laissée par un bec-de-lièvre.

— Tu ne me touches plus jamais, répond-elle.

— Je peux te tuer, dit-il et il lui érafle le cou avec son ongle coupant.

Une voix résonne immédiatement dans le haut-parleur :

— Bernie Larsson, tu t'éloignes !

Il essaie de la toucher entre les cuisses quand la porte s'ouvre et qu'un gardien brandissant un bâton fait irruption. Bernie s'écarte de Saga et lève les mains en un geste d'abandon.

— Aucun contact physique, dit le gardien sévèrement.

— OK, merde, je le sais.

Bernie tâtonne pour trouver l'accoudoir du canapé, son geste est las, il s'assied lourdement, ferme les yeux et éructe.

Saga descend du tapis roulant et se tourne vers le gardien.

— Je veux rencontrer un conseiller juridique.

— Tu restes où tu es, dit-il en lui jetant un bref regard.

— Est-ce que vous pouvez leur transmettre ça ?

Sans répondre, le gardien se dirige vers le sas qu'on lui ouvre de l'extérieur. C'est comme si elle n'avait rien dit, comme si ses paroles étaient restées suspendues avant de l'atteindre.

Saga se détourne et s'approche lentement du palmier.

Elle s'assied sur le bord du tapis de course tout près du pot, son regard arrêté sur une des feuilles basses. Le dessous n'est pas trop poussiéreux, la surface autocollante du microphone y adhérerait en quatre secondes.

Bernie fixe le plafond, se lèche les lèvres et referme les paupières. Saga ne le quitte pas des yeux. Elle glisse un index derrière la ceinture de son pantalon, atteint le microphone et le cache dans sa main. Elle enlève une chaussure, se penche pour arranger la languette et réussit ainsi à dissimuler ses mains à la caméra. Elle se déplace un peu en avant vers la feuille pour y coller l'appareil miniature quand elle entend le canapé grincer.

— Je te vois, Blanche-Neige, dit Bernie d'une voix fatiguée.

Elle retire calmement sa main, remet son pied dans la chaussure, rattache la bande Velcro et constate que Bernie l'observe attentivement.

86

Saga commence à marcher sur le tapis roulant, se disant qu'elle n'a qu'à attendre que Bernie retourne dans sa chambre pour poser le mouchard. Il se lève, fait quelques pas dans sa direction et prend appui sur le mur.

— Je viens de Säter, chuchote-t-il avec un sourire.

Elle ne le regarde pas, mais se rend compte qu'il s'approche. Les gouttes de sueur de son visage tombent sur le sol.

— Tu étais internée où avant de venir ici ?

Il attend un moment, puis frappe violemment le mur de son poing plusieurs fois avant de la regarder de nouveau.

— À Karsudden, piaille-t-il en réponse à sa propre question. J'étais à Karsudden, mais je suis venue ici parce que je voulais être avec Bernie…

Saga se détourne et elle a le temps de voir une ombre bouger du côté de la troisième porte. Jurek Walter est en train de les écouter.

— Tu as dû rencontrer Jekaterina Stål à Karsudden, dit Bernie en reprenant sa voix normale.

Elle secoue la tête, ne se souvient de personne qui porte ce nom, elle ne sait même pas s'il parle d'une patiente ou d'une aide-soignante.

— Non, répond-elle, en toute sincérité.

— Parce qu'elle était à Sankt Sigfrid, sourit-il et il crache par terre. Qui tu as rencontré alors ?

— Personne.

Il murmure des propos confus au sujet d'esclaves squelettes puis se place devant le tapis roulant et la regarde.

— Je vais te tâter la chatte pour voir si tu mens, dit-il en grattant sa moustache blonde. C'est ça que tu veux ?

Elle arrête le tapis, reste immobile un moment, se répétant qu'elle doit s'en tenir à la vérité : elle a réellement été à Karsudden.

— Et Micke Lund alors ? Tu as dû voir Micke Lund là-bas, dit-il avec un sourire soudain. Un mec grand, un mètre quatre-vingt-dix... une cicatrice sur le front.

Elle hoche la tête, ne sait pas quoi dire, pense qu'elle va laisser tomber, mais répond malgré tout :

— Non.

— Merde, c'est bizarre.

— J'étais dans ma chambre, je regardais la télé.

— Y a pas de télé dans les chambres là-bas – fais chier, tu fais que mentir, t'es une putain de...

— En isolement, on a la télé, l'interrompt-elle.

La respiration de Bernie se fait saccadée tandis qu'il la fixe, un sourire aux lèvres. Elle ignore s'il était au courant, car il se lèche de nouveau les babines et se rapproche.

— Tu es mon esclave, dit-il lentement. Putain... c'est fou... tu es là à mes pieds, à lécher mes orteils...

Saga descend du tapis roulant et retourne dans sa cellule. Elle s'allonge sur le lit et entend Bernie l'appeler un moment devant sa porte avant de retourner s'asseoir dans le canapé.

— Saloperie, chuchote-t-elle.

Demain, elle devra se dépêcher d'aller dans la salle de détente, pour s'asseoir sur le bord du tapis roulant, tripoter ses chaussures et fixer le microphone. Elle marchera à grandes foulées sur le tapis, sans regarder personne, et quand Jurek arrivera, elle descendra et quittera la salle.

Saga pense au canapé et à l'avancée du mur près de la vitre blindée devant la télé. La partie saillante doit gêner la caméra. Il faut qu'elle fasse attention à l'angle mort. C'est là qu'elle se tenait quand Bernie lui a pincé le mamelon. C'est pour ça que le personnel n'a pas réagi.

Elle n'est dans l'unité du Löwenströmska que depuis cinq heures, mais se sent déjà épuisée.

La chambre aux murs de métal lui semble plus exiguë

maintenant. Elle ferme les yeux et pense à la raison de sa présence ici. Derrière ses paupières, elle voit la fille de la photographie. Tout ça, c'est pour elle, pour Felicia.

Sans un bruit, le groupe Athéna écoute l'enregistrement en temps réel de la salle de détente. Le son est mauvais, assourdi et brouillé par un bruit de friction continu.

— Ça va être comme ça tout le temps ? demande Pollock.

— Elle n'a pas encore placé le micro. Il doit être dans sa poche, répond Johan Jönsson.

— Pourvu qu'on ne lui fasse pas de palpation.

Ils se concentrent à nouveau sur l'enregistrement. On perçoit les frottements du pantalon de Saga et sa respiration légère en même temps que les chocs sourds du tapis roulant et le bla-bla diffus de la télévision. Tels des aveugles, les membres du groupe Athéna sont introduits dans le microcosme de l'unité sécurisée uniquement par l'ouïe.

— Obrahiim, profère subitement une voix alanguie.

Tout le groupe est soudain très attentif. Johan Jönsson augmente un peu le volume et ajoute un filtre pour atténuer le souffle.

— Le voilà. Il devait devenir mon esclave, mon esclave squelette.

— J'ai cru que c'était Jurek, sourit Corinne.

— Merde, je te jure…, poursuit la voix. Vise-moi ses lèvres… je devais…

En silence, ils écoutent le flot verbal agressif du deuxième patient et entendent le personnel qui arrive enfin et met un terme à l'incident. Le calme règne un moment avant que le patient se mette à interroger Saga sur Karsudden, en détail, méfiant.

— Elle s'en sort pas mal, dit Pollock entre les dents.

Ils entendent Saga quitter finalement la salle de détente, sans avoir réussi à placer le micro.

Elle jure tout bas.

Un silence absolu règne autour d'elle jusqu'à ce que la serrure électronique de la porte bourdonne.

— En tout cas, la technique semble être au point, constate Pollock.

— Pauvre Saga, chuchote Corinne.

— Elle aurait dû placer le mouchard, marmonne Johan Jönsson.

— Apparemment c'était impossible.

— Mais si elle est démasquée, tout…

— Elle ne sera pas démasquée, l'interrompt Corinne.

Elle sourit et fait un large geste des bras, répandant dans la pièce l'agréable senteur de son parfum.

— Aucun signe de Jurek, pour l'instant, fait remarquer Pollock avec un bref regard sur Joona.

— Pourvu qu'ils ne le gardent pas en isolement total. Parce qu'alors, tout ça serait totalement vain, soupire Jönsson.

Joona ne dit rien, mais il lui semble avoir perçu quelque chose dans l'enregistrement. Pendant quelques minutes, il a cru discerner la présence physique de Jurek. Comme s'il se trouvait dans la salle de détente, mais sans prononcer le moindre mot.

— Fais-moi réécouter ça, dit-il en consultant sa montre.

— Tu es attendu ? demande Corinne en levant ses sourcils noirs et denses.

— J'ai un rencard, répond Joona, lui rendant son sourire.

— Enfin, un peu de romantisme…

Joona pénètre dans une salle blanchie à la chaux, équipée d'un large lavabo adossé au mur. De l'eau s'écoule d'un tuyau orange, directement dans le trou d'évacuation au sol. Le cadavre retrouvé dans la cabane de chasse en Dalécarlie est placé sur une longue table d'autopsie recouverte de plastique. La cage thoracique brune et creuse a été ouverte à la scie et un liquide jaune suinte lentement dans la rigole en acier inox.

— *Tra la la la laa – we'd catch the rainbow*, chantonne l'Aiguille pour lui-même. *Tra la la la laa – to the sun…*

Il attrape une paire de gants en latex et souffle dedans quand il découvre Joona dans la pièce.

— Vous pourriez monter un orchestre à l'Institut, sourit Joona.

— Frippe est un super bassiste, répond le médecin légiste.

La lumière des puissants spots du plafond se reflète dans ses lunettes de protection. Il porte un col roulé blanc sous sa blouse de médecin.

Des pas feutrés s'approchent dans le couloir et Carlos Eliasson entre, des protège-chaussures bleus enfilés sur ses souliers.

— Vous avez réussi à identifier le mort ? demande-t-il.

Il s'arrête net en apercevant le corps.

Les bords surélevés de la table d'autopsie lui confèrent l'aspect d'une paillasse sur laquelle on a posé un bout de viande séchée ou une sorte d'étrange racine noire. Le cadavre est racorni et tordu, et la tête arrachée a été posée dans le prolongement du cou.

— C'est Jeremy Magnusson, aucun doute là-dessus, répond l'Aiguille. Notre odontologue – au fait, il joue de la guitare – a comparé les caractéristiques bucco-dentaires avec des dossiers conservés par le Folktandvården*.

L'Aiguille se penche, prend la tête dans ses mains et ouvre le trou noir et fripé qui constitue la bouche de Jeremy Magnusson.

— Il avait une dent de sagesse incluse et…

— Je t'en prie, le coupe Carlos, le front couvert de sueur. Je suis sûr que le guitariste a raison.

— Le palais a disparu, dit l'Aiguille, et il ouvre davantage les mâchoires du crâne. Mais si on introduit un doigt…

— Passionnant, soupire Carlos en regardant sa montre. Il était pendu là depuis combien d'années ? Tu peux nous donner une estimation ?

— Les températures basses ont probablement participé à retarder le dessèchement. Mais si tu regardes les yeux, là, les conjonctives ont séché rapidement, sauf sous les paupières. La consistance parchemineuse de la peau est identique partout, excepté autour du cou à l'emplacement de la corde.

— Donc, à la louche ? insiste Carlos.

— La modification *post mortem* est en réalité un calendrier, une sorte de vie de la mort, un processus qui a lieu dans le corps après le décès… Et je dirais que Jeremy Magnusson s'est tué il y a…

— Treize ans, un mois et cinq jours, complète Joona.

— C'est une bonne supposition, reconnaît l'Aiguille en hochant la tête.

— Les techniciens viennent de m'envoyer une copie de sa lettre d'adieu, explique Joona en sortant son téléphone.

— Un suicide, donc, parvient à dire Carlos.

— Tout l'indique, même si Jurek Walter a pu être présent sur les lieux à cette époque-là, répond l'Aiguille.

— Jeremy Magnusson figurait sur la liste des victimes les plus probables de Jurek Walter, dit Carlos lentement. Et voilà qu'on se retrouve à classer sa mort comme suicide.

Quelque chose d'insaisissable traverse l'esprit de Joona. Comme si la conversation dissimulait une association d'idées qu'il n'arrive pas à saisir.

* Services de soins dentaires gratuits pour tous jusqu'à l'âge de dix-neuf ans, gérés pas les conseils généraux.

— Qu'est-ce qu'il dit dans sa lettre ? demande Carlos.

— Il s'est pendu trois semaines seulement avant que sa fille Agneta soit retrouvée dans la forêt de Lill-Jan, dit Joona en regardant la photo de la lettre d'adieu datée que les techniciens lui ont transférée.

Je ne sais pas pourquoi j'ai tout perdu, mes enfants, mon petit-fils et ma femme.
Je suis comme Job, mais sans avoir été rétabli dans mes biens.
J'ai attendu, et cette attente doit prendre fin.

Il s'est donné la mort croyant avoir été privé de tous ceux qu'il aimait. S'il avait enduré la solitude un peu plus longtemps, sa fille lui aurait été rendue. Agneta Magnusson avait encore plusieurs années à vivre avant que son cœur ne s'arrête. Elle se trouvait alors dans un service de soins longue durée sous surveillance permanente.

89

Reidar Frost a commandé des plats cuisinés chez Noodle House et les a fait livrer dans le hall d'entrée de l'hôpital Söder. Dumplings fumants à la viande hachée et à la coriandre, rouleaux de printemps fleurant bon le gingembre, nouilles chinoises avec légumes hachés et piment, filet de porc en friture et soupe de poulet.

Comme il ne connaît plus les goûts de son fils, il a acheté tout un assortiment de spécialités.

Il vient de sortir de l'ascenseur et se dirige vers la chambre de Mikael quand son téléphone sonne.

Reidar pose les sacs par terre, voit un numéro inconnu s'afficher sur l'écran et répond rapidement :

— Reidar Frost.

Il n'y a d'abord que du silence au bout du fil, puis un petit crépitement.

— Qui est-ce ?

Quelqu'un gémit au loin.

— Allô ?

Il est sur le point de raccrocher quand il entend un chuchotement :

— Papa ?

— Allô ! répète-t-il. Qui est-ce ?

— Papa, c'est moi, chuchote une petite voix claire et bizarre. C'est Felicia.

Le sol se met à tanguer sous les pieds de Reidar.

— Felicia ?

La voix n'est presque plus audible.

— Papa… j'ai tellement peur, papa…

— Où es-tu ? Je t'en prie, ma petite…

Puis quelqu'un se met à pouffer et Reidar frissonne de tout son corps.

— Mon petit papa, donne-moi vingt millions…

Il est évident que c'est un homme qui contrefait sa voix, cherchant à la rendre plus aiguë.

— Donne-moi vingt millions et je grimperai sur tes genoux et…

— Vous savez quelque chose sur ma fille ? demande Reidar.

— Comme auteur, t'es nul à chier.

— Oui, c'est vrai… mais si vous savez quoi que ce soit…

La communication est coupée et les mains de Reidar tremblent tellement qu'il n'arrive pas à composer le numéro de la police. Il essaie de se maîtriser, se dit qu'il doit signaler l'appel même si cela ne mène nulle part, même s'ils vont lui dire qu'il n'a qu'à s'en prendre à lui-même.

90

Anders Rönn s'attarde à l'hôpital le soir après le travail. Il veut observer de plus près le troisième patient, la jeune femme.

Elle est arrivée directement de l'hôpital de Karsudden et ne montre aucune intention de communiquer avec le personnel. Son traitement est un brin insuffisant, en considération de l'expertise psychiatrique judiciaire.

Leif a fini sa journée, il est rentré chez lui. C'est une femme bien en chair qui travaille ce soir, elle s'appelle Pia Madsen, ne parle pas beaucoup, se contente de lire des polars et de bâiller.

Encore une fois, Anders se surprend le regard braqué sur l'écran et la nouvelle patiente.

Elle est d'une beauté irréelle. Plus tôt dans la journée, il l'a dévisagée sans retenue jusqu'à s'en brûler les yeux.

Elle est considérée comme dangereuse et prédisposée à l'évasion, et les crimes pour lesquels le tribunal de première instance l'a condamnée sont effroyables.

En la regardant, Anders a du mal à y croire, même s'il sait que les dossiers ne mentent pas.

Elle est menue comme une danseuse de ballet et sa tête rasée lui donne une apparence frêle.

C'est peut-être à cause de sa beauté qu'ils ne lui ont donné que du Trilafon et du Valium, à Karsudden.

Depuis la réunion avec la direction de l'hôpital, Anders jouit pratiquement de l'autorité d'un chef de service dans l'unité sécurisée.

Jusqu'à nouvel ordre, c'est lui qui est en charge des patients.

Il s'est concerté avec le docteur Maria Gomez du service 30.

Normalement, on respecte une période d'observation, mais il pourrait dès maintenant entrer dans la chambre de la patiente et lui faire une injection intramusculaire de Haldol. Cette pensée le fait frémir d'excitation, et une lourde et étrange fébrilité se propage dans son corps.

Pia Madsen revient des toilettes. Ses paupières sont mi-closes. Un long bout de papier toilette s'est collé sous sa chaussure et traîne derrière elle. Le visage flasque, elle avance dans le couloir d'un pas nonchalant.

— Je ne suis pas si fatiguée que ça, rit-elle en croisant son regard.

Elle enlève le papier toilette, le jette à la poubelle et s'installe à son poste d'opérateur à côté d'Anders. Elle regarde l'heure.

— Tu veux leur chanter une berceuse ? demande-t-elle avant d'éteindre la lumière des cellules *via* l'ordinateur.

L'image des trois patients s'attarde un moment sur la rétine d'Anders Rönn. Juste avant l'extinction des feux, Jurek était déjà couché, Bernie affalé par terre, serrant sa main bandée contre sa poitrine, et Saga assise sur le bord du lit, l'air aussi cruel que fragile.

— Ils font déjà partie de la famille, dit Pia en bâillant et ouvre son livre.

91

À vingt et une heures, le personnel éteint le plafonnier. Saga est assise sur le bord du lit. Elle a de nouveau glissé le micro-espion dans la ceinture de son pantalon. Il vaut mieux le garder à proximité jusqu'à ce qu'elle ait réussi à le placer. Sans le mouchard, la mission n'a pas de sens. Elle attend et, au bout d'un moment, un carré gris apparaît, flottant dans l'obscurité. C'est l'épaisse vitre de la porte. Un peu plus tard encore, les contours de la chambre sont visibles comme un paysage brumeux. Saga se lève et va dans le coin le plus sombre, s'allonge sur le sol froid et démarre une série de *sit-ups*. Après trois cents relevés de genoux, elle roule sur le ventre, étire en douceur ses abdominaux et commence à faire des pompes.

Soudain, la sensation d'être observée l'envahit. Quelque chose a changé. Elle s'arrête et lève les yeux. La vitre est plus sombre, la lumière cachée. Elle plonge immédiatement les doigts dans la ceinture du pantalon, sort le microphone, mais le fait tomber.

Des pas et des mouvements se font entendre, puis un raclement métallique contre la porte.

Elle balaie le sol avec ses mains, trouve le mouchard et le met dans sa bouche à l'instant où la lumière s'allume.

— Va te placer sur la croix ! lance une voix de femme sévère.

Saga est toujours à quatre pattes, le mouchard dans la bouche. Elle se relève tout en essayant de saliver.

— Accélère un peu !

Elle se déplace lentement vers la croix, regarde le plafond puis de nouveau le sol. Elle s'arrête à l'endroit indiqué, tourne nonchalamment le dos à la porte, lève la tête et avale. Le lent passage du microphone dans sa gorge est très douloureux.

— On s'est vus plus tôt dans la journée, dit un homme d'une voix traînante. Je suis le chef de service ici, c'est moi qui m'occupe de ton traitement.

— Je veux rencontrer un conseiller juridique, réplique Saga.

— Enlève ta chemise et avance lentement jusqu'à la porte, lui ordonne la première voix.

Elle ôte sa chemise, la laisse tomber sur le sol, se retourne et se dirige vers la porte en soutien-gorge délavé.

— Arrête-toi, ouvre grand la bouche, lève les bras et montre tes mains.

Le vantail métallique du vasistas s'ouvre et elle tend la main pour recevoir le petit gobelet avec ses comprimés.

— J'ai modifié ton traitement, annonce le médecin.

En le voyant préparer une seringue contenant une émulsion laiteuse, Saga comprend subitement ce qu'être à la merci de ces gens-là signifie.

— Sors ton bras gauche par l'ouverture, dit la femme.

Elle réalise qu'elle ne peut pas refuser, mais son pouls augmente quand elle obéit. Une main attrape son bras et le médecin tâte son muscle avec le pouce. Une sensation proche de la panique bout en elle, une furieuse envie de se rebeller.

— On t'a donné du Trilafon, à ce que je vois, dit le médecin avec un regard qu'elle n'arrive pas à interpréter. Huit milligrammes, trois fois par jour, mais je voudrais tester…

— Je ne veux pas, dit Saga.

Elle essaie de dégager son bras, mais la gardienne le tient fermement, elle pourrait le lui briser. La femme est forte et plie son bras vers le bas, l'obligeant à se mettre sur la pointe des pieds.

Saga essaie de respirer calmement. Qu'est-ce qu'ils vont lui injecter ? Une goutte trouble pend à la pointe de l'aiguille. Elle tente à nouveau de se libérer. Un doigt caresse la peau mince qui recouvre le muscle. Ça pique et l'aiguille pénètre. Son bras est immobilisé, elle ne peut plus le bouger. Un froid se répand dans son corps. Elle voit les mains du médecin quand il retire l'aiguille et applique une compresse. Ils la relâchent. Elle retire son bras, s'éloigne de la porte à reculons et devine vaguement les deux personnes derrière la vitre.

— Va t'asseoir sur le lit maintenant, dit la gardienne d'une voix dure.

Son bras l'élance comme si l'aiguille l'avait brûlé. Une fatigue subite l'envahit. Elle n'a pas la force de ramasser sa chemise, titube et fait un pas en direction du lit.

— Je t'ai donné du Valium pour te détendre, explique le médecin.

La chambre tangue, Saga cherche un appui, mais sa main ne trouve pas le mur.

— Putain, souffle-t-elle.

L'épuisement l'enveloppe et elle a le temps de penser qu'elle doit absolument s'allonger sur le lit, lorsque ses jambes se dérobent. Elle tombe comme une masse et heurte le sol, le choc passe dans tout son corps, jusqu'à la nuque.

— Je ne vais pas tarder à entrer dans ta chambre, poursuit le médecin. Je me suis dit qu'on allait tester un neuroleptique qui fonctionne très bien en général, du Haldol Decanoas.

— Je ne veux pas, répète-t-elle à voix basse et elle essaie de rouler sur le côté.

Elle ouvre les yeux et lutte pour vaincre le vertige. Elle a mal à la hanche après sa chute. Une vague de frissons monte de ses pieds et l'engourdit de plus en plus. Elle tente de se relever, sans y parvenir. Ses pensées se font plus lentes. Elle réessaie, mais toutes ses forces l'ont abandonnée.

92

Ses paupières sont lourdes, mais elle s'oblige à les ouvrir. La lumière du plafonnier est étrangement brumeuse. La porte en acier s'ouvre et un homme en blouse blanche entre. Le jeune médecin. Il tient quelque chose dans ses mains fines. La porte se referme derrière lui et se verrouille. Saga cligne de ses yeux secs et voit le médecin poser deux ampoules remplies d'un liquide jaune et huileux sur la table. Il défait l'enveloppe plastique d'une seringue. Elle essaie de ramper sous le lit, mais n'est pas assez rapide. Le médecin l'attrape par la cheville et la tire vers lui. Elle tente de s'agripper au lit, mais bascule sur le dos. Son soutien-gorge remonte et dénude ses seins quand il la traîne sur le sol.

— Tu ressembles à une princesse, chuchote-t-il.

— Quoi ?

Elle lève les yeux et croise son regard humide, essaie de cacher ses seins, mais ses mains sont complètement inertes.

Elle ferme les yeux de nouveau, reste immobile et attend.

Tout à coup le médecin la fait rouler sur le ventre. Il baisse son pantalon et sa culotte. Elle s'assoupit, mais une piqûre dans la partie haute de sa fesse droite la tire du sommeil, suivie d'une seconde piqûre plus bas.

Saga se réveille dans l'obscurité sur le sol froid et constate qu'on a tiré la couverture sur elle. Elle a mal à la tête et ne sent presque pas ses mains. Elle s'assied, arrange son soutien-gorge et remet sa chemise, puis se souvient du micro-espion dans son estomac.

Il ne faut pas traîner.

Elle a peut-être dormi plusieurs heures.

Elle rampe jusqu'à la grille d'évacuation d'eau, enfonce deux doigts dans sa gorge et vomit des sucs gastriques acides. Elle avale et essaie encore, l'estomac pris de spasmes, mais rien ne remonte.

— Oh mon Dieu…

Il faut qu'elle ait le mouchard demain pour le placer dans la salle de détente. Il ne doit pas s'engager dans le duodénum. Elle se relève sur des jambes tremblantes et boit de l'eau au robinet, puis se remet à genoux, se penche en avant et enfonce une nouvelle fois l'index et le majeur dans sa gorge. L'eau est régurgitée et le mince contenu de son estomac coule le long de son avant-bras. Elle halète, enfouit davantage les doigts et active les réflexes de vomissement. De la bile emplit sa bouche d'un goût amer. Elle tousse et sent enfin le microphone monter dans sa gorge et arriver sur sa langue. Elle le dissimule dans sa main, bien que la chambre soit plongée dans l'obscurité, puis se relève, lave le mouchard sous l'eau et le cache dans la ceinture de son pantalon. Elle crache de la bile et des glaires, se rince la bouche et le visage, crache encore, boit un peu d'eau et va se coucher dans le lit.

Ses pieds et le bout de ses doigts sont froids et ankylosés. Elle a des fourmis dans les orteils. Quand elle s'allonge et arrange son pantalon, elle se rend compte que sa culotte est à l'envers. Elle ne sait pas si c'est elle qui l'a mal mise ou s'il s'est passé autre chose. Saga se glisse sous la couverture, descend douce-ment une main vers son sexe et le tâte. Il n'est pas douloureux et ne semble pas endommagé, juste bizarrement engourdi.

Mikael Kohler-Frost est assis dans la salle à manger des patients. Sa main serre la tasse de thé brûlant, il parle avec Magdalena Ronander de la Rikskrim. Reidar est trop agité pour venir s'asseoir, mais il reste un moment à la porte à observer son fils avant de descendre dans le hall d'entrée pour retrouver Veronica Klimt.

Magdalena adresse un sourire à Mikael en prenant le volumineux procès-verbal d'interrogatoires sur la table. Il y a quatre dossiers reliés par spirale. Elle feuillette jusqu'à une page marquée et demande s'il est prêt à continuer.

— Je n'ai vu que l'intérieur de la capsule, explique Mikael une fois de plus.

— Est-ce que tu peux décrire la porte encore une fois ? demande-t-elle.

— Elle est en métal et toute lisse… Au début on pouvait enlever de petites écailles de peinture avec les ongles… Il n'y a pas de trou de serrure, pas de poignée.

— Quelle couleur ?

— Grise.

— Il y a aussi une petite ouverture qui…

Elle s'interrompt en voyant qu'il essuie des larmes sur ses joues et détourne son visage.

— Je ne peux pas le dire à papa, dit-il, et sa bouche tremble. Mais si Felicia ne revient pas…

Magdalena se lève et va le prendre dans ses bras, répétant que tout va s'arranger.

— Je sais que je le ferai, chuchote-t-il. Je me suiciderai.

Reidar Frost n'a pratiquement pas quitté l'hôpital Söder depuis le retour de Mikael. Il a loué une chambre dans l'hôpital, au même étage, afin d'être en permanence avec son fils.

Même s'il sait que ce serait totalement inefficace, il doit prendre sur lui pour ne pas se lancer sur-le-champ à la recherche de Felicia. Il a acheté des encarts publicitaires dans tous les grands journaux, sollicitant des informations et promettant des récompenses. Il a engagé une équipe d'investigateurs privés, les meilleurs du pays, mais le manque le déchire, l'empêche de dormir et l'oblige à arpenter les couloirs heure après heure.

La seule chose qui le calme, c'est de voir Mikael se rétablir, récupérer ses forces de jour en jour. L'inspecteur Joona Linna dit que c'est une aide inestimable s'il reste auprès de son fils, s'il le laisse parler à son propre rythme, l'écoutant et notant chaque souvenir, chaque détail.

Quand Reidar arrive dans le hall, Veronica l'attend déjà devant les portes vitrées qui donnent sur le parking enneigé.

— Ce n'est pas un peu trop tôt pour qu'il rentre à la maison ? demande-t-elle en lui donnant des sacs.

— Ils disent que c'est OK, sourit Reidar.

— J'ai acheté un jean et deux pantalons plus souples, des chemises, des tee-shirts, un gros pull et deux, trois autres petits trucs…

— Ça va comment à la maison ?

— Beaucoup de neige, rit Veronica et elle raconte le départ des derniers invités du domaine.

— Mes cavaliers aussi sont partis* ?

— Non, eux, ils sont toujours là, mais… tu verras.

— Je verrai quoi ?

Veronica secoue la tête.

— J'ai dit à Berzelius qu'ils ne devaient pas venir à l'hôpital, mais ils ont très envie de voir Mikael.

— Tu rentres avec nous ? sourit Reidar.

— Une autre fois, répond-elle en le regardant droit dans les yeux.

* Allusion aux "cavaliers" de *La Saga de Gösta Berling* de Selma Lagerlöf, une bande de parasites qui font la fête chez la Commandante au domaine d'Ekeby.

Pendant que Reidar conduit, Mikael passe d'une chaîne de radio à une autre. Il porte ses nouveaux habits.

— Papa, tu ne trouves pas ça exagéré, de vivre dans un manoir ? sourit Mikael.

— Si.

Il a acheté ce manoir plutôt délabré uniquement parce qu'il ne supportait plus les voisins à Tyresö.

Des champs enneigés s'étendent de part et d'autre de la route et quand ils s'engagent dans la longue allée, ils découvrent les bougies d'extérieur que les amis de Reidar ont allumées tout au long de la voie d'accès. Au moment où Reidar se gare dans la cour et avant même qu'ils descendent de la voiture, Wille Strandberg, Berzelius et David Sylwan sortent sur le perron.

Berzelius fait un pas en avant puis semble vaciller un instant, comme s'il hésitait entre prendre le garçon dans ses bras et lui serrer la main. Puis il murmure quelque chose et serre Mikael fort contre lui.

Wille écrase une larme derrière ses lunettes.

— Tu as tellement grandi, Micke, dit-il. Je suis…

— Allons à l'intérieur, dit Reidar pour tirer son fils d'embarras. Il faut qu'on mange un peu.

David rougit et hausse les épaules comme pour s'excuser :

— On a organisé une fête à l'envers.

— C'est quoi, ça ? demande Reidar.

— On commence par le dessert et on termine avec l'entrée, sourit Sylwan, gêné.

Mikael entre le premier par la grande porte. Les larges lames en chêne du parquet de l'entrée fleurent bon le savon noir.

Des ballons sont accrochés au plafond de la salle à manger et sur la table trône un gros gâteau décoré d'un Spiderman en pâte d'amande multicolore.

— T'es grand maintenant, mais tu adorais Spiderman, alors on s'est dit que...

— On n'a pas réfléchi, termine Wille.

— Je veux bien du gâteau, dit Mikael gentiment.

— Ah, là, je te reconnais ! rit David.

— Après, il y a des pizzas... et pour finir de la soupe aux lettres, fait savoir Berzelius.

Ils s'installent autour de l'immense table ovale.

— Je me rappelle la fois où tu devais surveiller un gros gâteau d'anniversaire dans la cuisine jusqu'à l'arrivée des invités, dit Berzelius en coupant une grosse part pour Mikael. Il n'en restait pratiquement rien quand on a voulu allumer les bougies...

Reidar s'excuse, se lève et quitte la table. Il essaie de faire bonne mine devant les convives, mais son cœur gronde d'angoisse. Il voudrait hurler de douleur tellement sa fille lui manque. Voir Mikael assis là devant ce gâteau pour enfants. Comme ressuscité d'entre les morts. Il respire péniblement, va dans l'entrée et pense au jour où il avait enterré les urnes vides de ses enfants à côté des cendres de Roseanna. Après la cérémonie, il était rentré chez lui, avait invité ses amis à faire la fête et depuis, il n'avait jamais réellement dessoûlé.

Il reste seul dans l'entrée et jette un regard dans la salle à manger où Mikael mange du gâteau pendant que les amis de son père essaient d'alimenter la conversation et de le faire rire. Reidar sait très bien qu'il y a recours trop souvent, mais il sort quand même son téléphone et appelle Joona Linna.

— C'est Reidar Frost, dit-il et il ressent une petite pression dans la poitrine.

— J'ai appris que Mikael a quitté l'hôpital.

— Mais Felicia, j'ai besoin de savoir... elle est, elle est tellement...

— Je sais, Reidar, dit Joona doucement.

— Vous faites de votre mieux, chuchote-t-il, puis il sent qu'il vaudrait mieux qu'il s'assoie.

L'inspecteur lui pose une question, mais Reidar coupe tout bonnement la communication au milieu de la phrase.

95

Reidar déglutit coup sur coup, s'appuie contre le mur, sent le papier peint crisser sous sa main et remarque quelques mouches mortes sur le socle de la lampe.

D'après Mikael, Felicia pensait qu'il n'essayerait pas de la retrouver, qu'il se fichait de savoir qu'elle avait disparu.

Il était un père injuste, il le savait, mais c'était malgré lui.

Ce n'est pas qu'il aimait plus un de ses enfants, mais...

La pression dans sa poitrine augmente.

Reidar regarde le couloir où il s'est débarrassé de son manteau avec le petit vaporisateur de trinitrine dans la poche.

Il essaie de respirer calmement, fait quelques pas, s'arrête. Il faudrait qu'il affronte enfin le souvenir et se laisse submerger par la culpabilité.

Felicia venait d'avoir huit ans, en janvier. La neige avait fondu en mars, mais le froid allait revenir.

Mikael était un garçon éveillé et perspicace, son regard pétillait quand il parlait et il comprenait très vite ce qu'on attendait de lui.

Felicia était différente.

À cette époque-là, Reidar était très occupé, il écrivait à longueur de journée, répondait au courrier de ses lecteurs, donnait des interviews, se prêtait à des séances de photos, partait à l'étranger pour la promotion de ses livres. Il n'avait jamais assez de temps, et il détestait qu'on le fasse attendre.

Felicia était toujours en retard.

Le jour où le désastre est arrivé, le jour où les planètes occupaient une position catastrophique dans le Zodiaque, où Dieu a tourné le dos à Reidar, ce jour-là s'est levé comme un matin ordinaire sous un soleil radieux.

Le frère et la sœur commençaient l'école assez tôt tous les deux. Comme Felicia lambinait toujours pour s'habiller, Roseanna lui avait préparé ses vêtements, mais c'était la mission de Reidar de veiller à ce que les enfants soient prêts à temps. Roseanna était déjà partie en voiture pour arriver à Stockholm avant l'heure de pointe.

Mikael avait fini de manger quand Felicia était arrivée pour petit-déjeuner. Reidar lui avait fait griller des tartines, les avait beurrées, il avait sorti des céréales, du chocolat instantané, un verre et du lait. Felicia lisait le dos du paquet de céréales, elle avait pincé un bout de sa tartine qu'elle roulait entre ses doigts pour former une boule pleine de beurre.

— On est un peu pressés, tu sais, lui avait dit Reidar en refrénant son impatience.

Les yeux baissés, elle s'était servi du chocolat en poudre sans approcher le verre du paquet, de sorte que presque tout avait atterri à côté. Elle s'était appuyée sur ses coudes et avait commencé à dessiner avec le doigt dans la poudre étalée. Reidar lui avait dit de nettoyer la table, mais elle n'avait pas répondu, se contentant de sucer son doigt après l'avoir trempé dans le chocolat.

— Tu sais qu'il faut partir à huit heures dix au plus tard pour ne pas arriver en retard ?

— Je sais, tu l'as déjà dit, avait-elle murmuré en se levant.

— Va te laver les dents. Maman t'a sorti des vêtements, ils sont sur ton lit.

Elle était montée dans sa chambre sans avoir rangé son verre ni essuyé la table. Il avait choisi de ne pas la réprimander.

Reidar titube et renverse la lampe à pied qui s'éteint en heurtant le sol. La pression dans sa poitrine se fait de plus en plus intense. La douleur irradie dans son bras et il ne peut presque pas respirer. Mikael et David Sylwan sont subitement là, devant lui. Il voudrait leur dire de le laisser tranquille. Berzelius arrive en courant avec son manteau, ils fouillent dans les poches et trouvent le vaporisateur.

Il pulvérise lui-même le médicament sous sa langue et laisse tomber le flacon quand la pression dans sa poitrine cède. Au loin il les entend demander s'il faut appeler une ambulance. Reidar secoue la tête et sent poindre une migraine due à la nitroglycérine.

— Retournez manger, leur dit-il. Je vais bien, mais je… j'ai besoin de rester seul un instant.

96

Reidar se laisse glisser sur le parquet, s'adosse au mur, s'essuie la bouche d'une main tremblante et se force à affronter pour de bon sa mémoire. Il était huit heures quand il était entré dans la chambre de Felicia. Elle était assise par terre en train de lire. Pas encore coiffée, elle avait du chocolat autour de la bouche et sur la joue. Pour être installée plus confortablement, elle avait roulé la jupe et la chemise fraîchement repassée en un coussin sous ses fesses. Elle avait enfilé une jambe de son collant d'hiver et suçait toujours ses doigts pleins de chocolat.

— Dans neuf minutes, vous prenez vos vélos et vous partez à l'école, dit-il sévèrement. Ton professeur a dit qu'il ne tolérerait plus aucun retard ce semestre.

— Je sais, répondit-elle d'un ton monocorde, sans lâcher le livre du regard.

— Va te laver le visage, tu en as partout.

— Arrête de me crier dessus, murmura-t-elle.

— Je ne crie pas. Je ne veux pas que tu sois en retard. Tu comprends ?

— J'en ai marre, tu me cries tout le temps dessus, dit-elle à l'adresse du livre.

Stressé déjà sans doute par des soucis d'écriture et par les journalistes qui le harcelaient sans cesse, il sortit de ses gonds. Il n'en pouvait plus. Il saisit brutalement sa fille par le bras et la traîna dans la salle de bains, fit couler de l'eau et lui frotta rudement le visage.

— Qu'est-ce que tu as, Felicia ? Pourquoi tu ne peux jamais rien faire comme il faut ! hurla-t-il. Ton frère est prêt, il t'attend, il sera en retard à cause de toi. On dirait que tu le fais exprès, tu es sale comme un peigne, et ici c'est une maison propre…

Elle se mit à pleurer, ce qui acheva d'exaspérer Reidar.

— Qu'est-ce qui ne va pas chez toi ? cria-t-il tout en cherchant une brosse à cheveux. T'es une moins que rien !

— Arrête, pleura-t-elle. Tu es bête, papa !

— Moi, je suis bête ? C'est toi qui te comportes comme une idiote ! Tu es une idiote, c'est ça ?

Il commença à lui démêler les cheveux sans ménagement, sous l'effet de la colère. Elle hurlait et finit par lâcher un gros mot. Il s'arrêta net.

— Qu'est-ce que tu viens de dire ?

— Rien, murmura-t-elle.

— J'ai pourtant entendu quelque chose.

— Tu as peut-être les oreilles détraquées, chuchota-t-elle.

Il la fit sortir de la salle de bains, ouvrit la porte d'entrée et la poussa dehors si brutalement qu'elle tomba sur le dallage.

Mikael l'attendait devant le garage, il avait sorti le vélo de Felicia. Reidar comprit qu'il refusait de partir sans sa sœur.

Assis sur le sol dans le vestibule du manoir, Reidar se cache le visage dans ses mains. Felicia n'était qu'une enfant, elle avait le comportement d'une enfant. La ponctualité et les cheveux emmêlés ne signifiaient absolument rien pour elle.

Il se souvient d'elle se tenant là devant la maison, en sous-vêtements. Son genou droit saignait, ses yeux étaient rouges et débordaient de larmes et elle avait encore un peu de chocolat en poudre sur le cou. Reidar tremblait de rage. Il était entré, avait pris sa chemise, sa jupe et son blouson et avait lancé les habits par terre devant elle.

— Qu'est-ce que j'ai fait ? avait-elle sangloté.

— Tu gâches tout pour toute la famille.

— Mais je…

— Demande pardon maintenant, demande pardon !

— Pardon. Je te demande pardon.

Les larmes coulaient jusque sur son menton.

— À condition que tu changes de comportement.

Il l'avait regardée s'habiller, les épaules secouées de sanglots, s'essuyer les larmes et enfourcher son vélo, la chemise à moitié glissée dans la jupe et le blouson ouvert. Il était resté planté là pendant que sa colère se dissipait et qu'il entendait sa fille partir en pleurs sur son vélo.

Il avait consacré toute la journée à son écriture et s'était senti très satisfait. Il ne s'était pas habillé, avait travaillé à l'ordinateur en peignoir, sans se laver les dents ni se raser. Il n'avait pas fait le lit ou rangé la cuisine après le petit-déjeuner. Il avait pensé le dire à Felicia, reconnaître qu'il était exactement comme elle, mais n'en avait jamais eu l'occasion.

Le soir, il était invité à dîner par son éditeur allemand et à son retour, les enfants étaient déjà couchés. Ce n'est qu'au matin que Roseanna et lui avaient découvert leurs lits vides.

Il n'y a rien dans sa vie qu'il regrette autant que le traitement injuste qu'il a infligé à sa fille.

Il lui est insupportable de l'imaginer enfermée toute seule dans un endroit sordide, croyant qu'il ne tient pas à elle, que ses recherches ne concerneraient que Mikael.

97

Au matin, Saga Bauer est réveillée par le plafonnier qui s'allume. Sa tête est très lourde, elle a du mal à focaliser son regard. Elle reste allongée sous la couverture et tâte du bout des doigts la ceinture de son pantalon pour s'assurer que le micro est toujours là.

La femme avec des piercings aux joues se tient devant la porte et lui dit que c'est l'heure du petit-déjeuner.

Saga se lève, attrape l'étroit plateau qu'on lui tend par le vasistas, puis s'assied sur le lit. Lentement, elle se force à manger les tartines de pain complet, tout en pensant que la situation est en train de devenir insoutenable.

Elle ne tiendra pas beaucoup plus longtemps.

Avec précaution, elle touche le mouchard. Elle pourrait demander d'interrompre la mission.

Elle se lève sur des jambes raides et va au lavabo se laver les dents et se rincer le visage à l'eau glacée.

Non, se dit-elle, je ne peux pas abandonner Felicia.

Après le repas du midi, Saga reste assise sur le lit à fixer la porte donnant sur la salle de détente jusqu'à ce que la serrure commence à bourdonner. Elle entend un petit clic et la porte est déverrouillée. Elle compte jusqu'à cinq, se lève, va boire de l'eau directement au robinet pour ne pas paraître trop pressée. D'un geste las, elle s'essuie la bouche avec le dos de la main, puis entre dans la salle de détente.

Elle est la première arrivée, mais la télé derrière la plaque de verre trempé est allumée comme si elle n'avait jamais été éteinte. Des hurlements de colère jaillissent de la chambre de Bernie

Larsson. On dirait qu'il essaie de casser la table. Le plateau-repas vole. Il crie et frappe le mur avec la chaise en plastique.

Saga monte sur le tapis de course, fait quelque pas, arrête l'appareil, s'assied sur le bord près du palmier, enlève une chaussure et fait semblant d'avoir un problème avec la semelle intérieure. Elle doit se dépêcher, sans faire de mouvements trop rapide.

— Sales putes, hurle Bernie.

Faisant écran à la caméra avec son corps, elle retire le mouchard de sa ceinture de ses mains tremblantes. Le petit objet glisse entre ses doigts raides. Elle le rattrape contre sa cuisse et le tourne dans le bon sens au creux de sa main. Bernie est en route. Ses pas lourds font trembler le sol. Elle se penche et colle le mouchard sous la feuille qu'elle avait repérée. Elle le tient fixement un petit instant, attend quelques secondes supplémentaires puis le relâche.

Bernie ouvre la porte à la volée et pénètre dans la salle de détente. La feuille de palmier bouge encore après son contact, mais le microphone est enfin en place.

— Obrahiim, chuchote-t-il, puis il s'arrête net en l'apercevant.

Saga reste assise, tire sur sa chaussette, lisse quelques faux plis et remet sa chaussure. Elle se relève, rallume le tapis roulant et commence à marcher.

— Font chier, dit-il en toussant.

Elle évite soigneusement de regarder le palmier. Ses jambes tremblent et son cœur bat beaucoup plus fort que d'habitude.

— Ils m'ont piqué mes images, râle Bernie et il se laisse tomber dans le canapé, le souffle court. Je les hais, ces salauds de…

Saga sent son corps étrangement fatigué, la sueur inonde son dos et le sang bat dans ses tempes. Ça doit être les effets secondaires des médicaments. Elle réduit la vitesse du tapis, mais a quand même du mal à suivre la cadence.

Bernie est assis dans le canapé, ses yeux sont fermés et sa jambe trépide en un tic nerveux.

— Putain de merde ! s'écrie-t-il soudain.

Il se lève, titube, s'approche du tapis de course et s'arrête droit devant Saga.

— J'étais le meilleur de ma classe, crache-t-il, et sa salive éclabousse le visage de Saga. Mon institutrice me faisait manger du raisin sec à la récré.

— Bernie Larsson, garde tes distances, fait une voix dans le haut-parleur.

Il chancelle et s'appuie contre le mur, tousse et fait un pas en arrière, droit dans le palmier, où le micro-espion est suspendu à l'une des feuilles basses.

98

Bernie manque de tomber, il donne un coup de pied dans le palmier, contourne le tapis de course et s'approche à nouveau de Saga.

— Ces connards ont tellement peur de moi qu'ils me bourrent de Suprefact… parce que je suis une machine à baiser, un putain de gode géant…

Saga jette un regard au plafond et comprend qu'elle avait raison. La caméra est cachée par l'avancée du verre blindé devant la télé. Juste une mince bande aveugle que l'objectif ne peut pas capter, d'un mètre de largeur maximum.

Bernie frôle le palmier, le renverse presque, contourne de nouveau le tapis roulant et se place derrière Saga. Elle ne lui prête aucune attention, continue simplement de marcher, avec la respiration de l'homme près d'elle.

— Blanche-Neige, tu transpires entre les fesses, dit-il. Ta chatte doit être trempée de sueur. Je peux aller chercher des mouchoirs en papier…

Sur l'écran télé, un homme en tenue de cuisinier bredouille son texte pendant qu'il pose de petits crabes sur un barbecue de jardin.

La porte du fond s'ouvre et Jurek fait son entrée. Saga aperçoit son visage raviné et arrête immédiatement le tapis roulant. L'effort lui a coupé le souffle, et elle se dirige vers le canapé. Jurek ne semble pas remarquer sa présence, ni celle de Bernie. Il monte seulement sur le tapis et attaque avec de grandes enjambées.

Ses pas sourds et pesants résonnent de nouveau dans la salle.

Saga regarde le cuisinier faire revenir des anneaux d'oignons rouges dans une sauteuse. Bernie s'approche, un sourire aux lèvres, il essuie la sueur de son cou et tourne autour d'elle.

— Tu pourras garder ta chatte quand tu deviendras mon esclave squelette, dit Bernie en se plaçant juste derrière elle. Je couperai tout le reste de ta chair et…

— Tais-toi, l'interrompt Jurek.

Bernie s'arrête net et regarde Saga, forme le mot "pute" avec la bouche, se lèche les doigts et empoigne ses seins. Réaction immédiate : elle agrippe sa main, fait un pas en arrière et l'entraîne dans la zone aveugle de la caméra. Elle lui assène un coup violent sur le nez. Le cartilage cède, l'os nasal se brise. Elle pivote, puise de la force dans la rotation et atteint Bernie sur l'oreille par un crochet du droit foudroyant. Il tombe presque dans le champ de la caméra, mais elle le retient de la main gauche. Il la fixe à travers ses lunettes de guingois. Le sang coule à flots sur sa moustache et dans sa bouche.

Pleine de rage, Saga le maintient dans l'ombre de la caméra et frappe un autre crochet du droit. Le coup est puissant. Sa tête part sur le côté, ses joues gondolent et ses lunettes volent sur la gauche.

Bernie tombe à genoux, sa tête oscille, le sang coule abondamment sur le sol devant lui.

Saga tourne le visage de Bernie vers elle, voit qu'il est sur le point de perdre connaissance et le frappe sur le nez encore une fois.

— Je t'avais prévenu, chuchote-t-elle, puis elle le lâche.

Il tombe en avant, s'appuie sur les bras et reste ainsi à tanguer tandis que le sang inonde son visage et ruisselle entre ses mains sur le sol.

Saga se retire rapidement, la respiration haletante. Jurek Walter est descendu du tapis roulant, il l'observe de ses yeux clairs. Son visage est immobile et son corps remarquablement détendu.

En passant devant Jurek pour regagner sa chambre, Saga a le temps de se dire qu'elle a tout gâché.

99

Le système de ventilation de l'ordinateur ronronne quand Anders ouvre une session. Sur l'horloge exhibant le visage fatigué de Bart Simpson en arrière-fond, l'aiguille des secondes avance par à-coups. Anders se rappelle qu'aujourd'hui il a son cours sur la méthode socratique au Centre de ressource pour l'autisme et qu'il doit partir un peu plus tôt.

Sur un post-it à côté du clavier, il est noté qu'on est en semaine spéciale tri sélectif. Il ignore totalement de quoi il s'agit.

Quand l'application qui gère les dossiers du service sécurisé s'ouvre, il tape son identifiant et son mot de passe.

Il consulte les documents, puis entre le numéro de sécurité sociale de Saga Bauer pour valider son traitement.

Vingt-cinq milligrammes de Haldol Decanoas, note-t-il. Deux injections intramusculaires dans le quadrant supéro-externe du grand fessier.

J'ai pris la bonne décision, pense-t-il et il la revoit se retourner lentement par terre, les seins dénudés.

Les mamelons clairs étaient dressés, un rictus apeuré déformait sa bouche.

Si ça ne suffit pas, il pourra tenter du Clopixol, bien que les effets secondaires soient parfois sévères : symptômes extrapyramidaux, associés aux troubles de la vision, de l'équilibre et de la libido.

Anders ferme les yeux et se revoit baisser la culotte de la patiente dans sa chambre.

Plusieurs fois, elle avait dit : "Je ne veux pas."

Mais rien ne l'obligeait à l'écouter. Il avait fait ce qu'il avait à faire. Pia Madsen avait surveillé la mesure coercitive.

Il lui avait fait deux injections dans la fesse tout en fixant son entrejambe, les poils pubiens blonds et la fente rose et fermée.

Anders se dirige vers le centre de vidéosurveillance. My est déjà installée au poste d'opérateur. Ses yeux amicaux se tournent vers lui quand il entre.

— Ils sont dans la salle de détente, dit-elle.

Anders se penche et observe l'écran. Jurek Walter marche sur le tapis roulant d'un pas régulier et monotone. Saga est debout, elle regarde la télé. Elle ne paraît pas spécialement affectée par le nouveau traitement. Bernie s'approche, lui dit quelque chose et se place derrière elle.

— Qu'est-ce qu'il fait, Bernie ? demande Anders sur un ton léger.

— Il me paraît agité, répond My en plissant le front.

— J'avais l'intention d'augmenter sa dose hier, j'aurais peut-être dû…

— Il semble complètement obsédé par la nouvelle patiente, il n'arrête pas de lui parler.

— Merde alors, dit Anders, stressé.

— Leffe et moi, on est prêts à intervenir, précise My pour le rassurer.

— Mais vous ne devriez pas avoir à le faire. Ça voudrait dire que le traitement n'est pas adapté. Je vais augmenter sa dose bimensuelle ce soir, passer de deux cents à quatre cents milligrammes.

Anders se tait et regarde Bernie Larsson tourner autour de Saga Bauer devant la télé.

Les huit autres fenêtres du grand écran affichent des pièces diverses, des portes de sécurité, les couloirs et les chambres de patients où rien ne bouge. Sur une des fenêtres, on voit Sven Hoffman devant le sas de la salle de détente, un gobelet de café à la main. Les jambes écartées, il discute avec deux des gardes.

— Putain ! s'écrie subitement My et elle déclenche l'alarme anti-agression.

100

Le hurlement strident d'une sirène retentit. Anders fixe l'écran de la salle de détente. Le plafonnier se reflète dans le verre poussiéreux. Il se penche. Tout d'abord, il ne voit que deux patients : Jurek qui se tient immobile à côté de la télé et Saga qui retourne dans sa chambre.

— Qu'est-ce qu'il se passe ? demande-t-il.

My s'est levée, elle hurle quelque chose dans le radiotéléphone du réseau TETRA. Elle renverse la lampe de bureau et envoie valdinguer le fauteuil dans l'armoire d'archivage derrière elle. Elle réclame une équipe d'intervention d'urgence, en signalant que Bernie Larsson est blessé.

C'est à cet instant seulement qu'Anders comprend que Bernie est caché par la saillie du mur.

Tout ce qu'on voit, c'est une main ensanglantée au sol.

Bernie doit se trouver juste devant Jurek Walter.

— Il faut y aller, répète My plusieurs fois dans l'unité radio et elle part en courant.

Anders reste assis et voit Jurek se pencher et tirer Bernie par les cheveux vers le milieu de la pièce où il le laisse tomber.

Une traînée de sang scintille sur le PVC du sol.

Sur l'écran, il voit Leif instruire deux gardiens devant la porte du sas, puis My qui arrive.

La sirène continue de hurler.

Le visage de Bernie est maculé de sang. Il cligne spasmodiquement des yeux. Ses bras tâtonnent l'air à l'aveugle.

Anders verrouille la porte de la chambre d'isolement numéro

trois et parle brièvement avec Sven *via* la radio. Le service 30 leur envoie une équipe de sécurité.

Quelqu'un éteint la sonnerie de l'alarme.

L'unité radio d'Anders crépite, puis il entend une respiration saccadée.

— J'ouvre la porte maintenant, j'ouvre maintenant ! crie My.

Sur l'écran montrant la salle de détente, on voit le visage inexpressif de Jurek. Debout, immobile, il observe les mouvements corporels d'un Bernie choqué, ses quintes de toux et le sang qui se répand sur le sol.

Aides-soignants et gardiens munis de bâtons entrent dans le sas. Leurs visages sont tendus.

La porte extérieure se verrouille et un signal bourdonnant retentit.

Jurek dit quelque chose à Bernie, met un genou à terre et le frappe brutalement sur la bouche.

— Mon Dieu, souffle Anders.

L'équipe d'intervention pénètre dans la salle de détente et se disperse. Jurek redresse le dos, secoue sa main ensanglantée, fait un pas en arrière et attend.

— Donne-lui quarante milligrammes de Valium, dit Anders à My.

— Quatre ampoules de Valium, répète My dans la radio.

Trois gardes arrivent de trois directions différentes, le bâton levé. Ils hurlent à Jurek de se pousser et de s'allonger par terre.

Jurek les regarde, se met lentement à genoux et ferme les yeux. Leif le rejoint d'un pas rapide et le frappe sur la nuque avec son bâton. Le coup est violent. La tête part en avant et le corps suit. Jurek tombe à terre.

Le deuxième garde appuie un genou sur son dos, remonte ses bras et les bloque en arrière. My sort une seringue de son emballage. Ses mains tremblent.

Jurek est couché sur le ventre. Deux gardiens le maintiennent, le menottent et baissent son pantalon pour que My puisse administrer l'injection intramusculaire.

Anders croise les yeux bruns de l'urgentiste et la remercie d'une voix basse. Sa blouse blanche est tachée du sang de Bernie.

— L'os nasal est remis en place, dit-elle. J'ai recousu l'arcade sourcilière, mais un Stéri-Strip aurait peut-être suffi… Il a probablement une commotion cérébrale, vous feriez mieux de le surveiller pendant quelque temps.

— On le fait toujours, répond Anders avec un coup d'œil sur le moniteur.

Bernie est couché dans son lit, le visage couvert de bandages. Sa bouche est à moitié ouverte et son gros ventre bouge au rythme de sa respiration.

— Il tient des propos assez orduriers, dit le médecin avant de partir.

Leif Rajama lui ouvre les portes de sécurité. Un écran montre le signe de la main qu'il lui adresse et un autre capte sa blouse blanche quand elle remonte l'escalier.

Leif revient au centre de vidéosurveillance, passe la main dans ses cheveux ondulés et dit qu'il ne s'attendait vraiment pas à un truc pareil.

— J'ai lu son dossier, dit Anders. C'est la première fois en treize ans que Jurek Walter se montre violent.

— Peut-être qu'il n'aime pas avoir de la compagnie, suggère Leif.

— C'est un homme âgé, il a ses petites habitudes, mais il faut qu'il comprenne que désormais ça se passera autrement.

— Comment pourrait-il comprendre ça ? sourit Leif.

Anders introduit sa carte magnétique dans le lecteur et fait passer Leif en premier. Ils délaissent les chambres trois et deux et s'arrêtent devant la dernière, celle de Jurek Walter.

Anders regarde l'intérieur de la cellule. Jurek est allongé sous contention sur le lit. Le sang de son nez a coagulé et ses narines ont un étrange aspect noir.

Leif sort des boules Quies de sa poche et les tend à Anders, mais celui-ci secoue la tête.

— Verrouille la porte quand je serai à l'intérieur et tiens-toi prêt avec l'alarme anti-agression.

— Entre simplement et fais ce que tu dois faire, ne lui parle pas, ne l'écoute pas, lui conseille Leif avant d'ouvrir la porte.

Anders pénètre dans la cellule et Leif referme rapidement derrière lui. Les poignets et les chevilles de Jurek sont attachés aux bords du lit. Des sangles solides bloquent ses cuisses, ses hanches et son torse. Ses yeux semblent encore fatigués après l'injection forcée et du sang a coulé d'une de ses oreilles.

— Nous avons pris la décision de modifier votre traitement après ce qui s'est passé dans la salle de détente, dit Anders sèchement.

— Oui… je m'attendais à une punition, répond Jurek Walter d'une voix rauque.

— Je suis désolé si vous le voyez comme ça, mais en tant que médecin-chef par intérim, il m'incombe d'empêcher les actes de violence dans le service.

102

Anders aligne sur la table des ampoules contenant un liquide jaune injectable. Jurek, retenu par les sangles, l'observe d'un regard las.

— Je n'ai plus de sensation dans les doigts, dit-il en essayant de dégager sa main droite.

— Vous savez qu'on est parfois obligés d'avoir recours à des moyens coercitifs, répond Anders.

— La dernière fois qu'on s'est rencontrés, vous aviez l'air d'avoir peur – aujourd'hui c'est vous qui cherchez la peur dans mes yeux.

— Qu'est-ce qui vous fait croire ça ?

Jurek respire un instant, puis il s'humecte les lèvres et plante son regard dans celui d'Anders.

— Je vois que vous avez préparé trois cents milligrammes de Clopixol bien que vous sachiez que c'est trop… et que l'association avec mes médicaments habituels est risquée.

— Ce n'est pas mon sentiment, dit Anders, tandis que le rouge gagne son visage.

— Pourtant vous allez noter dans mon dossier que vous ne m'avez administré que cinquante milligrammes.

Anders ne répond pas, prépare la seringue et vérifie que l'aiguille est complètement sèche.

— Vous savez que l'intoxication peut être mortelle, poursuit Jurek. Mais je suis fort, et je vais probablement m'en tirer. Je vais crier, avoir des convulsions cloniques terribles et perdre connaissance.

— Il y a toujours un risque d'effets secondaires, répond Anders d'un ton sec.

— Pour moi, la douleur n'a aucune importance.

Anders sent son visage chauffer quand il pousse le piston et fait apparaître quelques gouttes au bout de l'aiguille. L'odeur qui s'en dégage rappelle l'huile de sésame.

— Nous avons remarqué que les autres patients vous rendent inquiet, dit Anders sans regarder Jurek.

— Vous n'êtes pas obligé de vous justifier devant moi.

Anders plante l'aiguille dans la cuisse de Jurek, et injecte trois cents milligrammes de Clopixol, puis il attend.

Jurek suffoque, ses lèvres tremblent et ses pupilles se contractent en une tête d'épingle. La salive coule de sa bouche, sur sa joue et le long de son cou.

Son corps tressaille, puis se raidit complètement, sa tête est rejetée en arrière, son dos se courbe comme s'il essayait de faire le pont, les sangles qui le maintiennent se tendent.

Il reste bloqué dans cette position, sans respirer.

Le cadre du lit craque.

Anders le contemple, la bouche ouverte. C'est un état de crampe stationnaire insupportable.

Tout à coup la contraction cesse et le corps est secoué de violents spasmes. Jurek sursaute de façon incontrôlée, se mord la langue et les lèvres, et la douleur le fait pousser des hurlements gutturaux.

Anders essaie de serrer davantage les sangles qui immobilisent le corps de Jurek. Les bras sont tellement agités que ses poignets saignent.

Il s'affaisse, gémit et halète, puis son visage devient tout blanc.

Anders s'écarte du lit et ne peut retenir un sourire en voyant les larmes couler sur les joues de Jurek.

— Ça ira mieux bientôt, ment-il pour le calmer.

— Pas pour vous, souffle Jurek.

— Qu'est-ce que vous dites ?

— Vous aurez seulement l'air surpris quand je vous couperai la tête et que je la jetterai dans…

Une autre série de crampes l'interrompt, il hurle et sa tête se tourne de côté, accentuant un éventail de tendons le long du cou et faisant craquer les vertèbres cervicales. Puis son corps tressaille de nouveau au point de secouer le lit tout entier.

Saga laisse couler de l'eau glacée sur ses mains. Les jointures sont gonflées et douloureuses et elle a trois petites plaies.

Ça a complètement dérapé.

Elle a perdu le contrôle, tabassé Bernie et c'est Jurek qui en a été tenu pour responsable.

Par la porte, elle a entendu les gardiens réclamer quatre ampoules de Valium avant de le traîner dans sa cellule.

Ils ont cru que c'était lui qui avait frappé Bernie.

Saga ferme le robinet, laisse ses mains s'égoutter sur le sol et va s'asseoir sur le lit.

Après la poussée d'adrénaline, elle est prise d'une étrange somnolence et ses muscles sont lourds.

Une urgentiste s'est occupée de Bernie. Saga l'a entendu soliloquer de façon monomaniaque jusqu'à ce que la porte soit refermée.

Au bord des larmes, elle sent l'angoisse l'étreindre. Elle a tout gâché à cause de sa foutue colère. Ce putain de manque de contrôle de ses impulsions. Pourquoi ne s'est-elle pas contentée de rester à l'écart ? Comment a-t-elle pu se laisser provoquer au point d'en venir aux mains ?

Elle frissonne et serre les mâchoires. Jurek voudra sûrement se venger d'avoir été accusé à tort.

Les portes de sécurité bourdonnent et elle entend des pas rapides dans le couloir, mais personne ne vient devant sa porte.

Tout est silencieux.

Assise sur son lit, Saga ferme les yeux quand les grondements montent à travers la cloison. Son cœur bat plus fort. Soudain,

Jurek Walter pousse un rugissement guttural et hurle de douleur. Les murs résonnent comme si quelqu'un donnait des coups sur le blindage avec ses talons nus. Comme des séries de coups de poing sur un sac de frappe.

Saga fixe la porte et l'idée d'électrochocs et de lobotomie surgit dans son esprit.

Jurek crie d'une voix cassée, on entend quelques chocs sourds.

Puis le silence revient.

Le seul bruit qui persiste est le petit crépitement dans les canalisations d'eau intégrées au mur. Saga se redresse et observe l'épaisse vitre de la porte. Elle voit le jeune médecin passer dans le couloir. Il fait une halte et la regarde d'un air inexpressif.

Elle se rassoit sur le lit sans rien faire jusqu'à ce que le plafonnier s'éteigne.

La vie dans le service sécurisé est bien plus insoutenable qu'elle ne l'aurait imaginé. Au lieu de pleurer, elle passe mentalement en revue sa mission, les règles d'une infiltration de longue durée et le but de toute l'opération.

Felicia Kohler-Frost est séquestrée toute seule quelque part. Elle meurt peut-être de faim, atteinte de légionellose.

Le temps presse.

Saga sait que Joona cherche activement la fille, mais sans les informations qu'elle pourrait soutirer à Jurek Walter, les chances de faire une percée sont minimes.

Elle doit rester ici, tenter de supporter l'insupportable encore un peu.

Saga s'allonge sur le lit et, en fermant les yeux, elle sent une chaleur sous ses paupières.

La vie qu'elle a abandonnée l'avait en réalité déjà laissée en plan. Stefan n'est plus là. Elle n'a pas de famille.

104

Joona Linna se trouve avec une partie du groupe d'investigation dans une des grandes salles de travail à la Rikskrim. Les murs sont couverts de cartes, de photographies et de sorties imprimante des informations fournies par la population auxquelles on accorde une priorité. Sur une carte détaillée de la forêt de Lill-Jan, les lieux où l'on a découvert des corps sont soigneusement marqués.

Avec un surligneur jaune, Joona suit le tracé du chemin de fer à travers le bois depuis le port, puis il se tourne vers le groupe.

— Par son boulot, Jurek Walter a travaillé sur des aiguillages ferroviaires, soulève-t-il. Il se peut que les victimes aient été enterrées dans la forêt de Lill-Jan parce que la voie ferrée passe ici.

— Comme Angel Ramirez aux États-Unis, dit Benny Rubin avec un sourire inutile.

— Mais bordel, pourquoi est-ce qu'on n'entre pas tout simplement interroger Jurek Walter dans sa cellule ? demande Petter Näslund d'une voix beaucoup trop forte.

— Ça ne fonctionnera pas, répond Joona patiemment.

— Petter, je suppose que tu as lu le rapport d'expertise psychiatrique, dit Magdalena Ronander. Est-ce pertinent d'interroger un homme schizophrène et psychotique qui…

— T'as raison, il n'y a que dix-huit mille kilomètres de voie ferrée en Suède, l'interrompt-il. Il suffit de creuser.

— *Sit on my facebook*, murmure Benny.

Joona sait que Petter Näslund a raison. Jurek Walter est le seul qui pourra les mener jusqu'à Felicia avant qu'il soit trop tard. Ils remontent la moindre piste de l'ancienne enquête préliminaire, ils examinent soigneusement les informations qui affluent, et pourtant ils n'avancent pas d'un pouce. Saga Bauer est leur seul véritable espoir. Hier, elle a violemment attaqué un autre patient, et c'est Jurek Walter qui en a été jugé responsable. Ce n'est pas forcément une mauvaise nouvelle. Ça incitera peut-être Jurek à l'approcher.

La nuit tombe et d'épars flocons de neige gelés cinglent le visage de Joona quand il sort de sa voiture et court vers l'entrée de l'hôpital Söder. À l'accueil, il apprend qu'Irma Goodwin travaille aux urgences ce soir. Il l'aperçoit tout de suite par la porte entrouverte d'une salle d'examen. Une femme qui a une plaie ouverte au menton et la lèvre fendue reste sagement assise pendant qu'Irma lui parle.

Dans la salle d'attente, ça sent la laine mouillée et le sol est souillé de neige fondue. Un ouvrier patiente sur un des sièges, le pied entouré d'un sac en plastique embué.

Joona attend qu'Irma Goodwin sorte, puis il l'accompagne dans le couloir.

— C'est la troisième fois en trois de mois que cette femme vient, soupire Irma.

— Il faut la mettre en contact avec la Roks*, dit Joona d'un air sérieux.

— Déjà fait. Ça ne sert à rien.

— Ça sert toujours, insiste Joona.

— Qu'est-ce que je peux faire pour vous ? demande-t-elle en s'arrêtant devant une autre pièce de soins.

— J'ai besoin de connaître l'évolution de la légionellose pour…

— Il va se rétablir, l'interrompt-elle en ouvrant la porte.

— Oui, mais s'il n'avait pas reçu de traitement ?

— Où voulez-vous en venir ? demande-t-elle en croisant son regard gris.

* Roks, acronyme pour *Riksorganisationen för kvinnojourer och tjejjourer i Sverige*, "Fédération nationale des centres d'accueil pour femmes en détresse en Suède".

— On cherche la sœur de Mikael. Il est assez vraisemblable qu'elle ait été contaminée en même temps que lui.

— Alors c'est grave.

— Grave comment ?

— Sans traitement... ça dépend évidemment de son état général, mais il est probable qu'elle a déjà une forte fièvre à l'heure qu'il est.

— Et demain ?

— Elle va tousser et elle aura du mal à respirer. C'est difficile d'évaluer exactement, mais je dirais que vers la fin de la semaine, elle risque des lésions cérébrales et... Vous le savez, la légionellose est une maladie mortelle.

105

L'angoisse engendrée par l'incident dans la salle de détente est encore pire le lendemain matin. Saga n'a pas d'appétit, elle reste assise sur le lit jusqu'à l'heure du déjeuner.

Son cerveau ressasse l'échec.

Au lieu de créer une atmosphère de confiance, elle a déclenché un conflit. Elle a blessé un autre patient et Jurek Walter a été désigné coupable.

Il doit la maudire et il va sûrement essayer de se venger de ce qu'elle lui a fait subir.

Elle n'a pas spécialement peur, vu le niveau élevé de sécurité dans cette unité.

Mais elle doit rester très vigilante.

Sur ses gardes, sans montrer sa crainte.

Quand la serrure bourdonne, elle se lève et va rapidement dans la salle de détente sans permettre aux pensées d'envahir son esprit. La télé est déjà allumée et montre un studio confortablement aménagé où trois personnes sont en train de parler de jardins d'hiver.

Elle est la première arrivée. Elle monte directement sur le tapis de course.

Ses doigts lui paraissent engourdis, ses jambes sont lourdes. Les feuilles du faux palmier tremblent sous ses pas.

Bernie crie dans sa chambre, mais se tait assez vite.

On a nettoyé le sang sur le sol.

Subitement, la porte de Jurek s'ouvre. Une ombre annonce son entrée. Saga se force à ne pas le regarder. En traînant les pieds, il traverse la pièce jusqu'au tapis roulant.

Saga arrête l'appareil, descend et fait un pas de côté pour lui laisser la place. Elle a le temps de voir qu'il a des plaies noires sur les lèvres et que son visage est gris cendre. Il monte lourdement sur le tapis, mais ne fait aucun geste pour le mettre en marche.

— On te l'a mis sur le dos alors que c'était moi, la coupable, dit-elle.

— Tu crois ? réplique-t-il sans la regarder.

Quand il démarre l'appareil, elle voit que ses mains tremblent. Le chuintement reprend. L'appareil vibre à chacun de ses pas. Saga sent les secousses dans le sol. Le palmier qui dissimule le mouchard oscille et se déplace imperceptiblement vers le tapis roulant chaque fois que Jurek pose le pied.

— Pourquoi tu ne l'as pas tué ? demande-t-il en lui lançant un regard en coin.

— Parce que je n'en avais pas envie, répond-elle honnêtement.

Elle regarde droit dans ses yeux clairs et son sang se met à circuler plus vite quand elle comprend qu'elle est enfin entrée en contact direct avec Jurek Walter.

— Ça aurait été intéressant à voir, dit-il calmement.

Il l'observe avec une sincère curiosité. Peut-être ferait-elle mieux d'aller s'asseoir dans le canapé, mais elle décide de rester encore un instant.

— Si tu es ici, c'est que tu as probablement déjà tué, ajoute-t-il.

— Oui, j'ai déjà tué, répond-elle après un moment.

— Fatalement, remarque-t-il en hochant la tête.

— Je ne veux pas en parler, murmure Saga.

— Tuer, ce n'est ni bien ni mal, poursuit Jurek tranquillement. Mais c'est une sensation étrange les premières fois... Comme de manger quelque chose qu'on ne croyait pas comestible.

Saga se souvient subitement de la première fois où elle a tué quelqu'un. Le sang de l'homme avait giclé en rapides saccades sur le tronc d'un bouleau. Bien que ce ne fût pas nécessaire, elle avait tiré une deuxième fois et avait vu dans le viseur la balle se loger seulement quelques centimètres au-dessus de la première.

— J'ai seulement fait ce que j'avais à faire, chuchote-t-elle.

— Exactement comme hier.

— Oui, mais je ne voulais pas que la faute retombe sur toi.

Jurek arrête le tapis de course et reste immobile à la regarder.

— J'ai attendu ceci… pendant assez longtemps, dois-je dire. Empêcher la porte de se refermer encore une fois était un véritable plaisir.

— J'ai entendu tes cris à travers les murs, dit Saga à mi-voix.

— Oui, les cris, répond-il sur un ton morne. Les cris, c'est parce que notre nouveau médecin a surdosé le Clopixol… C'est la réaction du corps face à la douleur. Ça fait mal et le corps crie, bien que ce soit inutile. Un simple petit caprice de ma part. Je savais qu'autrement la porte se serait refermée.

— De quelle porte tu parles ?

— Je doute fort qu'ils me laissent un jour rencontrer un avocat, si bien que cette porte-là est fermée. Mais il en existe peut-être d'autres.

Il la fixe du regard. Ses yeux étrangement clairs lui rappellent du métal.

— Tu penses que je peux t'aider, chuchote-t-elle. C'est pour ça que tu as endossé la responsabilité de ce que j'ai fait.

— Je ne peux pas laisser le médecin avoir peur de toi, explique-t-il.

— Pourquoi ?

— Tous ceux qui se retrouvent ici sont violents. Le personnel soignant sait que tu es dangereuse, c'est écrit dans ton dossier et dans le rapport de l'expertise psychiatrique judiciaire. Mais ce n'est pas ce qu'on voit quand on te regarde.

— Je ne suis pas spécialement dangereuse.

Bien qu'elle n'ait rien dit qu'elle regrette – elle s'est contentée de la vérité, n'a rien révélé –, elle se sent bizarrement mise à nu devant lui.

— Pourquoi es-tu ici ? Qu'est-ce que tu as fait ?

— Rien, répond-elle laconiquement.

— Ils ont dit que tu avais fait quoi… au tribunal ?

— Rien.

L'éclat d'un sourire scintille dans les yeux de Jurek.

— Toi, tu es une véritable Sirène…

Les membres d'Athéna Promachos, le groupe secret installé dans l'appartement sous les combles, écoutent en temps réel les conversations dans la salle de détente.

Joona, debout à côté de la grosse enceinte, entend encore une fois Jurek Walter parler, sa respiration, son vocabulaire, ses intonations et les nuances de sa voix.

Corinne Meilleroux est assise à la table de travail et transcrit la conversation sur son ordinateur pour que tout le monde puisse la lire sur le grand écran. Le cliquetis régulier de ses ongles longs sur le clavier est agréable à l'oreille.

La queue-de-cheval gris argenté de Nathan Pollock pend dans son dos. Il prend des notes dans son calepin tandis que Johan Jönsson surveille la qualité sonore sur son moniteur.

Le groupe observe un silence absolu durant toute la conversation. À l'extérieur, les rayons du soleil font étinceler les toits enneigés avant de se déverser dans la pièce à travers les baies vitrées du balcon.

Ils entendent Jurek dire à Saga qu'elle est une véritable Sirène, puis quitter la pièce.

Après quelques secondes de silence, Nathan se renverse sur sa chaise et se met à applaudir. Corinne se contente de hocher la tête, très impressionnée.

— Saga est vraiment formidable, murmure Pollock.

— Même si on n'a rien appris qui pourrait nous mener à Felicia, ajoute Joona en se tournant lentement vers le groupe. Mais le contact est établi, c'est déjà un grand pas… et je crois qu'elle a réussi à éveiller la curiosité de Jurek.

— Je dois reconnaître que je me suis inquiétée quand elle s'est laissé provoquer par l'autre patient, avoue Corinne en pressant quelques gouttes de citron vert dans un gobelet d'eau qu'elle tend à Pollock.

— Mais Jurek a sciemment endossé la culpabilité des coups et des blessures, dit Joona lentement.

— C'est vrai, pourquoi a-t-il fait ça ? Il a dû l'entendre avant-hier, quand elle a dit au gardien qu'elle voulait rencontrer un conseiller juridique, fait remarquer Pollock. C'est pour ça qu'il ne peut pas laisser le médecin avoir peur d'elle, sinon elle n'aura pas le droit de recevoir la visite d'un…

— Il est nouveau, le coupe Joona. Jurek dit que le médecin est nouveau.

— Et alors ? demande Johan Jönsson, la bouche ouverte.

— Quand j'ai parlé lundi avec Brolin, le médecin chef, il a dit qu'il n'y avait pas eu de changement dans l'unité sécurisée.

— Exact, confirme Pollock.

— Ce n'est peut-être rien, dit Joona. Mais pourquoi Brolin a-t-il prétendu que le personnel était inchangé ?

Joona Linna roule sur la route européenne 4 en direction du nord. La radio diffuse un paisible concerto pour violon de Max Bruch. Les ombres et les flocons de neige devant les voitures se confondent avec la musique. Il reçoit l'appel de Corinne Meilleroux au moment de passer l'agglomération de Norrviken.

Elle lui fait rapidement savoir que parmi les nouveaux médecins figurant sur la liste des employés de l'hôpital Löwenströmska de ces deux dernières années, un seul a travaillé dans un service de psychiatrie auparavant.

— Il s'appelle Anders Rönn, son diplôme de médecine est assez récent, mais il a fait un remplacement dans un établissement de psychiatrie médico-légale à Växsjö.

— Anders Rönn, répète Joona.

— Marié à Petra Rönn qui occupe un emploi à mi-temps à la Commission des sports et loisirs. Ils ont une petite fille atteinte d'une forme légère d'autisme. J'ignore l'utilité de ce détail, je te le donne quoi qu'il en soit, rit-elle.

— Merci Corinne.

Quittant l'autoroute à Upplands Väsby, Joona passe devant le bistrot Solhagen où son père venait souvent déjeuner quand il était encore en vie.

L'ancienne route d'Uppsala longe une allée étroite de chênes noirs. Les champs enneigés derrière les arbres descendent en pente douce vers le lac.

Joona se gare devant l'entrée principale et entre dans l'hôpital, tourne à gauche, passe rapidement devant l'accueil qui est vide et se dirige vers le service de psychiatrie.

Il ignore la secrétaire, poursuit droit sur la porte fermée du médecin chef de service, l'ouvre et entre. Roland Brolin lève les yeux de son ordinateur et ôte ses lunettes aux verres progressifs. Joona baisse un peu la tête, mais frôle quand même la lampe qui pend du plafond. Sans se presser, il sort sa carte de policier, l'exhibe longuement à Brolin et commence à poser les mêmes questions que la dernière fois.

— Comment se porte le patient ?

— Je suis malheureusement occupé juste là, mais…

— Est-ce que Jurek Walter s'est comporté de façon inhabituelle ces derniers temps ? l'interrompt Joona d'une voix rude.

— J'ai déjà répondu à cette question, dit Brolin et il se concentre de nouveau sur son ordinateur.

— Est-ce que les mesures de sécurité sont toujours les mêmes ?

L'homme massif soupire par le nez et lance un regard fatigué à Joona.

— C'est quoi, ce petit jeu ?

— Est-ce qu'il reçoit toujours du Risperdal intramusculaire ?

— Oui, soupire Brolin.

— Est-ce que le personnel de l'unité sécurisée est inchangé ?

— Oui, mais je l'ai déjà…

— Est-ce que le personnel de l'unité sécurisée est inchangé ? répète Joona.

— Oui, répond Brolin avec un sourire peu rassuré.

— N'y a-t-il pas un nouveau médecin du nom d'Anders Rönn, demande Joona, la voix rendue rauque par l'obstination.

— Si…

— Dans ce cas, pourquoi dites-vous que le personnel est inchangé ?

Une petite rougeur se devine sous les yeux fatigués du médecin.

— Il fait seulement un remplacement, explique Brolin lentement. Vous pouvez certainement comprendre que de temps en temps nous sommes obligés d'avoir recours à des remplaçants.

— Il remplace qui ?

— Susanne Hjälm, elle est en congé.

— Depuis combien de temps ?

Brolin répond dans un soupir :

— Trois mois.

— Pour quel motif ?

— Je n'en sais rien, on n'est pas obligé de donner un motif pour prendre un congé.

— Anders Rönn, il est en service en ce moment ?

Brolin consulte sa montre pendant une seconde avant de constater assez froidement :

— Désolé, il a fini sa journée.

Joona sort son téléphone et quitte la pièce tout en composant le numéro d'Anja Larsson. Elle répond quand il repasse devant la secrétaire.

— J'ai besoin de l'adresse et du numéro de téléphone d'Anders Rönn et de Susanne Hjälm, lui dit-il seulement.

108

Joona a quitté le complexe hospitalier et roule à toute allure sur l'ancienne route départementale quand son téléphone sonne.

— 3, Baldersvägen à Upplands Väsby, annonce Anja. C'est l'adresse de ton Anders Rönn.

— Je sais où c'est, répond-il en accélérant en direction du sud.

— Tu serais prêt à te convertir pour moi ?

— À quoi tu penses ?

— Quand on se mariera… je me dis, si par hasard j'étais catholique ou musulmane ou…

— Mais ce n'est pas le cas.

— Non, tu as raison… Il n'y a donc aucun obstacle qui nous sépare, on pourrait faire un beau mariage d'été.

— Je pense que je ne suis pas encore mûr pour franchir le pas, sourit Joona.

— Moi non plus, mais je sens que ça vient, chuchote Anja au téléphone.

Puis elle se racle la gorge, change de ton et déclare avec raideur qu'elle va chercher l'adresse de Susanne Hjälm.

Joona reprend l'échangeur Glädjen pour rejoindre la rue où habite Anders Rönn au moment où Anja le rappelle.

— C'est un peu bizarre, dit-elle, et sa voix est grave. L'abonnement téléphonique de Susanne Hjälm a été suspendu. Celui de son mari aussi. Il n'est pas allé travailler depuis trois mois et leurs deux filles ne sont pas allées à l'école. Elles sont signalées malades, il y a eu un certificat médical, mais l'école a quand même contacté les services sociaux.

— Ils habitent où ?

— Au 23, Biskop Nils väg, à Stäket.

Joona se range au bord de la route et laisse passer un camion. La neige vole du haut de son chargement.

— Envoie tout de suite une patrouille chez eux, dit-il en effectuant un brusque demi-tour.

La roue droite mange le trottoir, la suspension de la voiture proteste et le clapet de la boîte à gants s'ouvre sous l'effet de la secousse.

S'efforçant de ne pas trop anticiper, il accélère malgré tout. Il ignore les feux rouges, traverse tout droit le carrefour et s'engage dans le rond-point. Dès la bretelle d'accès à l'autoroute, il roule à cent soixante kilomètres à l'heure.

La neige recouvre la départementale 267 et un nuage blanc se soulève derrière la voiture. Joona double une vieille Volvo, les roues passent en douceur sur le remblai entre les deux voies. Il allume les phares et les faisceaux lumineux créent l'illusion d'un tunnel à la voûte noire surplombant le sol blanc. Il passe d'abord devant une étendue de champs qui a pris une teinte bleuâtre dans le déclin du jour, puis la route file à travers une épaisse forêt avant que les lumières de l'agglomération de Stäket scintillent devant lui et que le paysage s'ouvre sur le lac Mälaren.

Qu'est-il arrivé à la famille de la psychiatre ?

Joona ralentit, tourne à droite, s'engage dans un petit lotissement aux jardins ensevelis sous un manteau blanc.

Le temps s'est dégradé et des bourrasques obliques chargées de flocons soufflent du lac.

Le numéro 23 du Biskop Nils väg correspond à l'une des dernières maisons du lotissement, avant que la forêt et les communaux prennent le dessus.

Le domicile de Susanne Hjälm est une grande villa claire aux volets bleu ciel.

Toutes les fenêtres sont éteintes et la neige accumulée sur l'allée d'accès est immaculée.

Joona se gare à quelques mètres de la maison. Il vient juste de serrer le frein à main lorsque la voiture de la police de proximité d'Upplands-Bro arrive.

Il descend, prend son pardessus et son foulard sur le siège arrière et va rejoindre ses collègues en uniforme.

— Joona Linna, Rikskrim, dit-il en tendant sa main.

— Eliot Sörenstam.

Eliot a le crâne rasé, un mince trait de barbe sur le menton et des yeux mélancoliques.

Le deuxième agent de police lui serre fermement la main. C'est une femme qui se présente comme Marie Franzén. Son visage est joyeux et parsemé de taches de rousseur, elle a des sourcils blonds et une queue-de-cheval.

— Je suis contente de te rencontrer en chair et en os, sourit-elle.

— Merci d'être venue aussi rapidement, réplique Joona.

— C'est seulement parce que je suis pressée de rentrer à la maison, je dois faire des tresses à Elsa, dit Marie cordialement. Elle veut absolument avoir les cheveux bouclés pour la maternelle demain.

— Alors faisons vite, répond Joona en se dirigeant vers le jardin sombre.

— Je rigole, il n'y a pas le feu. J'ai aussi un fer à friser en dernier recours.

— Marie élève sa fille toute seule depuis cinq ans, explique Eliot, et elle n'a jamais pris un seul jour de congé maladie. Elle fait scrupuleusement toutes ses heures.

— C'est gentil de dire ça… surtout venant d'un Capricorne, ajoute-t-elle avec de la tendresse dans la voix.

Le bois derrière la maison atténue la force du vent, et la neige qui arrive du lac semble glisser sur les cimes des arbres avant de descendre tout doucement sur le petit lotissement. Alors que la plupart des maisons le long de la rue sont éclairées, le numéro 23 est plongé dans une obscurité funeste.

— Il y a sûrement une explication, dit Joona aux deux policiers. Mais aucun des parents ne s'est présenté à son travail ces derniers mois et les enfants sont portés malades à l'école.

La boîte aux lettres verte à côté de l'armoire électrique déborde de courrier et de prospectus.

— Est-ce que les services sociaux ont été alertés ? demande Marie.

— Ils sont venus, ils disent que la famille est en voyage, répond Joona. On va sonner, mais on sera probablement obligés d'aller frapper chez les voisins pour se renseigner.

— Il y a des raisons de soupçonner un crime ?

Joona ne peut s'empêcher de penser à Samuel Mendel. Toute sa famille disparue, sa femme, ses enfants. Le Marchand de sable les a pris, comme Jurek l'avait prédit. Et en même temps, ça ne colle pas. Susanne Hjälm a fait savoir à l'école que ses enfants étaient malades, elle a personnellement signé leur certificat de maladie.

Les deux collègues suivent calmement Joona jusqu'à la maison. La neige crisse sous leurs grosses chaussures montantes.

Cela fait des semaines que personne n'a marché ici.

Une boucle d'un tuyau d'arrosage émerge d'une congère à côté du bac à sable.

Ils montent sur le perron et sonnent à la porte, attendent un instant puis sonnent une deuxième fois.

Ils tendent l'oreille vers l'intérieur. La plate-forme sous leurs pieds grince. Leur haleine se transforme en fumée en s'échappant de leur bouche.

Joona sonne une troisième fois.

Il n'arrive pas à se défaire d'un mauvais pressentiment, mais il ne dit rien. Il n'y a aucune raison de stresser ses collègues.

— Qu'est-ce qu'on fait maintenant ? demande Eliot à mi-voix.

Joona pose un genou sur le petit banc installé sur le perron, se penche sur le côté et regarde par l'étroite fenêtre du vestibule. Il distingue le carrelage brun et le papier peint à rayures. Les prismes en verre dépoli des appliques pendent, immobiles. Il déplace son regard sur le sol. Les moutons de poussières le long du mur ne bougent pas. Il se dit qu'il n'y a apparemment aucun mouvement dans la maison lorsqu'il voit l'une des touffes glisser sous la commode. Joona se penche plus près de la vitre, fait écran à la lumière derrière lui avec ses deux mains et aperçoit une silhouette sombre dans le vestibule.

Une personne avec les mains levées.

Il ne faut qu'une seconde à Joona pour comprendre que c'est

sa propre silhouette derrière la fenêtre qu'il voit dans le miroir du vestibule, mais la montée d'adrénaline a quand même eu le temps de traverser son corps.

Dans la glace, il distingue aussi un porte-parapluies rempli, l'intérieur de la porte, la chaîne de sécurité et le tapis rouge au sol.

Aucune trace de chaussures ou de vêtements d'extérieur.

Joona frappe sur le carreau, mais il ne se passe rien, tout est calme à l'intérieur.

— OK, on va aller voir les voisins les plus proches, décide-t-il.

Mais au lieu de retourner dans la rue, il se dirige vers l'arrière de la villa. Ses collègues restent à l'attendre dans l'allée, légèrement perplexes.

Joona passe devant un trampoline, puis s'arrête. Un chevreuil a laissé ses empreintes à travers plusieurs terrains. Les fenêtres du voisin immédiat sont éclairées et la lumière inonde le tapis blanc en une caresse dorée.

Tout est absolument silencieux.

À la limite du jardin, la forêt domine. Des aiguilles et des pommes de pin sont tombées dans la neige moins profonde sous les arbres.

— On ne va pas voir les voisins ? demande Eliot.

— J'arrive, répond Joona à voix basse.

— Quoi ?

— Qu'est-ce qu'il a dit ?

— Attendez un peu...

Joona s'avance péniblement encore un peu, il a froid aux pieds et aux chevilles. Un distributeur de graines pour les oiseaux balance en grinçant devant une fenêtre sombre qui doit être celle de la cuisine.

Il atteint l'arrière de la maison en se disant que quelque chose cloche.

Le vent a entassé une congère contre le mur.

Des stalactites de glace étincelantes pendent du rebord de la dernière fenêtre.

Pourquoi seulement là ?

Il s'approche et voit l'éclairage extérieur de la maison voisine se refléter dans le carreau.

Il y a quatre glaçons très longs et plusieurs rangées de glaçons courts.

Un petit creux s'est formé dans l'amas de neige devant une grille de ventilation au ras du sol. De l'air chaud s'échappe manifestement par la grille, d'où la formation de glace.

Joona se penche en avant et écoute. Il n'entend que le lent bruissement de la forêt quand le vent passe dans les branches.

Le silence est rompu par des voix dans la maison voisine. Deux enfants se traitent de tous les noms. Une porte claque et les voix sont aussitôt assourdies.

Un faible raclement arrive aux oreilles de Joona et il se penche vers la grille de nouveau. Il retient son souffle et devine un chuchotement rapide dans la ventilation, comme un ordre donné.

Instinctivement, il recule, doutant de ses impressions. Il regarde autour de lui. Ses collègues attendent toujours dans l'allée d'accès, les arbres sont sombres, les étoiles de neige scintillent dans l'air et soudain, il réalise ce qu'il a vu tout à l'heure.

Quand il a regardé par la fenêtre du vestibule, son propre reflet l'a tellement surpris qu'il a loupé l'élément crucial.

La chaîne de sécurité était mise, ce qui n'est possible que si quelqu'un se trouve à l'intérieur de la maison.

Joona court vers l'entrée de la villa. Il cherche ses crochets de serrurier dans la poche intérieure de son manteau et remonte le perron.

— Il y a quelqu'un là-dedans, annonce-t-il à mi-voix.

Stupéfaits, ses collègues le regardent crocheter la serrure et entrouvrir la porte. Il la referme un peu puis donne un coup brusque qui fait sauter la chaîne de sécurité.

Joona leur fait signe de rester derrière lui.

— C'est la police ! On entre !

Les trois policiers pénètrent dans le vestibule et sont immédiatement pris à la gorge par la forte puanteur de vieilles poubelles. Tout est silencieux dans la maison et il fait aussi froid qu'à l'extérieur.

— Il y a quelqu'un ?

Les seuls bruits qu'ils perçoivent sont ceux de leurs propres mouvements. La lumière des maisons voisines n'arrive pas jusque-là. Joona avance la main vers l'interrupteur pour allumer le plafonnier, mais il ne fonctionne pas.

Derrière lui, Marie sort sa lampe torche. Le cône de lumière erre nerveusement dans différentes directions. Ils s'engagent plus en avant et Joona voit son ombre se dresser et glisser sur les stores baissés.

— C'est la police, crie-t-il de nouveau. On veut seulement vous parler.

Ils arrivent dans la cuisine et voient une multitude de paquets vides de céréales, de macaronis, de farine et de sucre sous la table.

— Qu'est-ce que c'est que ce bordel ? chuchote Eliot.

Le réfrigérateur et le congélateur sont vides et éteints, toutes les chaises de la cuisine ont disparu et des plantes vertes fanées décorent les rebords des fenêtres devant les rideaux fermés.

Il n'y a que de l'extérieur qu'on pourrait croire que la famille est partie en voyage.

Ils entrent dans un salon télé doté d'un canapé d'angle. Joona enjambe les coussins qui traînent par terre.

Marie chuchote quelque chose qu'il ne saisit pas.

Les épais rideaux qui recouvrent les fenêtres pendent jusqu'au sol.

Par la porte donnant sur le couloir, ils aperçoivent un escalier qui mène au sous-sol.

Ils s'arrêtent net. Un chien mort est étendu par terre devant le meuble télé, un sac en plastique scotché autour de la tête.

Tous sens en éveil, Joona poursuit vers le couloir et l'escalier. Il entend les mouvements prudents de ses collègues derrière lui.

La respiration de Marie s'est faite plus rapide.

La lueur de la lampe de poche tremble.

Joona se déplace sur le côté de façon à pouvoir fouiller du regard le couloir plongé dans l'obscurité. Plus loin, une porte est entrouverte, sans doute celle de la salle de bains.

Il fait signe aux autres de s'arrêter, mais Marie est déjà à côté de lui et dirige la lumière vers l'escalier. Elle fait un pas en avant pour mieux voir le couloir.

— C'est quoi, ça ? chuchote-t-elle sans parvenir à maîtriser la nervosité de sa voix.

Quelque chose traîne devant la salle de bains. Marie éclaire l'objet et ils découvrent une poupée aux longs cheveux blonds.

La lumière vibre sur le visage lisse en plastique.

Tout à coup, la poupée est tirée derrière la porte.

Marie sourit et fait un grand pas en avant à l'instant même où une détonation retentit, si puissante qu'elle résonne dans le creux du ventre de Joona.

La lueur de la décharge illumine le couloir comme un éclair.

On dirait que quelqu'un pousse violemment Marie dans le dos au moment où une partie de la gerbe de plombs traverse son cou.

Sa tête se renverse en arrière et le sang gicle du trou dans sa gorge.

La torche électrique heurte le sol.

Marie est déjà morte quand elle fait un dernier pas, la tête ballante. Elle s'effondre au sol, une jambe pliée sous son bassin qui forme un angle anormal.

Joona a dégainé son pistolet, enlevé le cran de sûreté et s'est retourné. Le couloir vers l'escalier est vide. Le tireur a forcément disparu dans la cave.

Le sang jaillit en bouillonnant du cou de Marie, il fume dans l'air frais.

La lampe de poche roule lentement sur le sol.

— Oh mon Dieu, mon Dieu, chuchote Eliot.

La détonation a fait siffler leurs oreilles.

Une enfant arrive en courant, la poupée dans ses bras, elle dérape dans la flaque de sang, tombe sur le dos et glisse dans l'obscurité. Ses pieds rebondissent bruyamment sur les marches quand elle disparaît en bas de l'escalier.

Joona tombe à genoux et examine brièvement Marie. Il n'y a rien à faire, la volée de plombs a traversé le cœur et les poumons, et a sectionné la carotide.

La voix prise de sanglots, Eliot Sörenstam crie dans sa radio qu'il faut faire venir une ambulance et des renforts.

— Police, lance Joona. Posez votre arme et…

Une nouvelle décharge arrive de la cave, elle passe à travers les barreaux de la rampe, arrachant une grêle d'éclats de bois.

Joona perçoit le bruit métallique d'un fusil qu'on casse. Il se précipite, atteint l'escalier et entend le petit soupir quand la cartouche vide est retirée du fusil.

À grandes enjambées, le pistolet levé, il descend les marches plongées dans la pénombre.

Eliot Sörenstam a ramassé la lampe de poche et lui éclaire le chemin. Sa lumière atteint le sous-sol juste à temps pour empêcher Joona de s'embrocher.

Au pied de l'escalier, on a dressé une barricade en empilant les chaises de la cuisine. Les pieds tournés vers le haut ont été taillés en pointes, et on y a fixé des couteaux de cuisine avec du scotch armé argenté.

Joona braque son lourd Colt Combat au-dessus de la barricade, droit dans une pièce où trône une table de billard.

Il n'y a personne en vue, tout est redevenu calme.

La montée d'adrénaline le rend étrangement apaisé, comme s'il se trouvait dans une nouvelle version plus nette de la réalité.

Il déplace doucement son doigt de la détente et défait la corde attachée à la rampe d'escalier afin de pouvoir contourner les chaises.

— Merde, qu'est-ce qu'on fout maintenant ? chuchote Eliot d'une voix paniquée en arrivant aux côtés de Joona.

— Tu as ton gilet pare-balles ?

— Oui.

— Essaie d'éclairer plus loin.

Deux cartouches vides traînent sur le sol parmi des éclats de verre et de vieilles boîtes de conserve. Eliot respire beaucoup trop vite quand il explore les recoins, tenant la lampe de poche tout près de son pistolet. Il fait plus chaud ici et une odeur âcre de transpiration et d'urine les prend à la gorge.

Des fils de fer sont tendus en travers du passage à hauteur de cou et ils doivent se baisser. Les câbles tintent en se touchant.

Ils entendent alors des chuchotements et Joona s'arrête et fait un signe à Eliot. Un petit crépitement, suivi d'un bruit de pas.

— Courez, courez, chuchote quelqu'un.

De l'air froid s'engouffre et Joona continue d'avancer tandis que la lumière nerveuse de la torche d'Eliot Sörenstam balaie la cave. Sur la gauche, ils devinent une chaufferie, et de l'autre côté, un escalier en béton monte vers une porte ouverte sur l'extérieur.

La neige s'engouffre et recouvre les marches.

Joona a déjà repéré la personne dissimulée au moment où la lueur de la lampe de poche fait scintiller la lame du couteau.

Il fait un pas en arrière, perçoit la respiration rapide qui précède un subit gémissement.

Une grande femme au visage sale se rue sur lui, un couteau à la main, et Joona lève machinalement le pistolet vers son torse.

— Attention, crie Eliot.

Ce n'est l'affaire que d'une seconde, mais qui suffit à Joona pour s'abstenir de tirer. Instinctivement, il va à la rencontre du mouvement de la femme et fait un pas oblique en avant quand elle frappe. Il saisit son bras et le bloque, puis pivote en laissant ses épaules suivre la rotation du corps et frappe le côté gauche du cou de la femme avec son avant-bras droit. Le coup violent la prend par surprise, la propulsant en arrière.

Joona maintient la prise autour du bras qui tient le couteau. Un craquement se fait entendre quand le coude casse, comme des cailloux qui s'entrechoquent au fond de l'eau. La femme heurte le sol et hurle de douleur.

Le couteau tombe sur le carrelage. Joona l'éloigne d'un coup de pied et pointe le pistolet sur la chaufferie.

Un homme d'une cinquantaine d'années est à moitié allongé devant la pompe à chaleur géothermique. Il est ligoté avec des cordes et du scotch armé et il a un chiffon enfoncé dans sa bouche.

Eliot Sörenstam menotte la femme à une conduite d'eau tandis que Joona s'approche précautionneusement de l'homme. Il explique qu'il est policier et retire le chiffon de sa bouche.

— Les enfants, souffle l'homme. Elles sont sorties, il ne faut pas faire de mal à nos enfants, elles sont…

— Est-ce qu'il y a d'autres personnes ici ?

Eliot a déjà grimpé l'escalier en béton.

— Seulement les enfants.

— Ils sont combien ?

— Deux filles… Susanne leur a donné le fusil, elles ont peur, elles n'ont jamais utilisé un fusil avant, ne leur faites pas de mal, supplie l'homme au désespoir. Elles ont peur, c'est tout…

Joona monte l'escalier quatre à quatre et gagne l'arrière de la maison, tandis que l'homme crie encore plusieurs fois qu'il ne faut pas faire de mal aux filles.

Les empreintes de pas traversent le jardin et partent droit dans la forêt. Une lumière danse au loin entre les arbres.

— Eliot ! appelle Joona. Ce ne sont que des enfants !

Il suit les traces en courant, pénètre dans le bois et sent la sueur sur son visage se refroidir.

— Elles sont armées ! crie Joona.

Il court en direction de la lueur entre les troncs. De petites branches mortes dissimulées sous la neige se brisent sous son poids. Au loin, il voit Eliot patauger, sa lampe de poche dans une main, son pistolet dans l'autre.

— Arrête-toi, crie Joona, mais Eliot ne semble pas l'entendre.

Dans la faible luminosité, il devine les empreintes des enfants zigzaguant sur le sol, et celles d'Eliot en ligne droite derrière.

— Ce ne sont que des enfants, crie Joona de nouveau et il essaie de gagner du temps en se laissant glisser en bas d'une pente raide.

Il dérape sur la hanche, entraîne des cailloux et des pommes de pin, se racle le dos, puis parvient à se remettre debout.

À travers les épais branchages, il distingue la lumière exploratrice de la torche électrique et un peu plus loin, adossée à un arbre, une fille mince tenant le fusil des deux mains.

Joona passe tout droit à travers le fourré de branches sèches. Il tente de se protéger le visage, mais s'égratigne quand même les joues. Il voit la silhouette d'Eliot bouger entre les troncs, il voit la petite fille s'éloigner de l'arbre et tirer en direction du policier.

La gerbe de plombs disparaît dans la neige quelques mètres devant la bouche du fusil. Le canon remonte, le corps fluet de la fillette frémit par l'effet de recul et elle tombe. Eliot pivote et braque son pistolet sur elle.

— Attends, crie Joona et il essaie de contourner un sapin touffu qui lui barre le passage.

La neige lui tombe sur la figure et s'infiltre sous son manteau avant que les branches latérales cèdent. Il surgit de l'autre côté et s'arrête net.

Eliot Sörenstam est assis par terre, la fille en larmes dans ses bras. À quelques pas de là, sa petite sœur les contemple.

114

Susanne Hjälm a les bras menottés dans le dos. Son coude fracturé a un aspect bizarre. Elle crie de façon hystérique et oppose une résistance farouche aux deux policiers qui la traînent en haut de l'escalier de la cave. La lumière bleue des différents véhicules d'intervention transforme le paysage enneigé en un lac agité par des vagues. Restant à une certaine distance, des voisins observent la scène comme des zombies muets.

Susanne cesse de crier quand elle voit Joona et Eliot émerger de la forêt. Joona porte la petite fille dans ses bras et Eliot tient l'autre par la main.

Les yeux écarquillés, Susanne halète dans la nuit d'hiver glacée. Joona dépose la fille pour qu'elle puisse aller rejoindre Susanne avec sa sœur. Toutes les deux serrent leur maman pendant un long moment, et elle essaie de les calmer.

— Tout va s'arranger maintenant, dit-elle d'une voix cassée. Tout va s'arranger.

Une femme d'un certain âge en uniforme s'adresse aux enfants et tente de leur expliquer que leur maman doit venir avec la police.

Le père a été sorti de la cave par les ambulanciers, mais il est tellement affaibli qu'on doit l'allonger sur un brancard.

Joona suit ses collègues quand ils emmènent Susanne jusqu'à une des voitures de police garée sur l'allée d'accès. On l'installe sur le siège arrière, pendant qu'un policier parle au téléphone avec un procureur.

— Il faut la conduire à l'hôpital, dit Joona et il tape des

pieds par terre pour débarrasser ses chaussures et ses vêtements de la neige.

Il s'approche de Susanne Hjälm. Elle est assise dans la voiture, la tête tournée vers la maison pour essayer d'apercevoir ses enfants.

— Pourquoi avez-vous fait ça ? demande Joona.

— Vous ne pourrez jamais comprendre, murmure-t-elle. Personne ne peut comprendre.

— Détrompez-vous. C'est moi qui ai arrêté Jurek Walter il y a treize ans…

— Vous auriez dû le tuer, l'interrompt-elle, le regardant dans les yeux pour la première fois.

— Que s'est-il passé ? Après toutes ces années comme psychiatre à Löwenströmska, vous…

— Je n'aurais pas dû lui parler, dit-elle entre les dents. On n'est pas censés le faire, mais je ne pensais pas que…

Elle se tait et se tourne de nouveau vers la maison.

— Qu'a-t-il dit ?

— Il… voulait que je poste une lettre pour lui, chuchote-t-elle.

— Une lettre ?

— Il est soumis à des restrictions, et je ne pouvais pas… mais je, je…

— Vous ne pouviez pas la poster ? Où se trouve-t-elle alors ?

— Je devrais peut-être parler à un avocat.

— Est-ce que vous l'avez conservée ?

— Je l'ai brûlée.

Elle baisse les yeux et des larmes coulent sur son visage sale et fatigué.

— Que disait cette lettre ?

— Je veux m'entretenir avec un avocat avant de répondre à d'autres questions, dit-elle d'une voix sourde.

— C'est important, Susanne, s'entête Joona. Vous allez être soignée par un médecin et vous allez rencontrer un conseiller juridique, mais d'abord je dois savoir à qui cette lettre était adressée. Donnez-moi un nom, une adresse.

— Je ne m'en souviens pas… C'était une boîte postale.

— Où ?

— Je ne sais pas. Il y avait un nom, dit-elle en secouant la tête.

Du côté de la maison, on fait monter la fille aînée dans une ambulance, allongée sur un brancard. Elle a l'air effrayé et essaie de défaire les sangles qui la maintiennent.

— Vous vous en souvenez ?

— Il n'était pas russe, chuchote Susanne. Il était…

Soudain la fille est prise de panique dans l'ambulance et se met à hurler.

— Ellen, crie Susanne. Je suis là, je suis là !

Elle essaie de sortir de la voiture, mais Joona l'en empêche.

— Ne me touchez pas !

Elle essaie de nouveau de se dégager pour sortir. Quelqu'un ferme les portières de l'ambulance et le silence revient.

— Ellen, crie Susanne.

L'ambulance part et Susanne reste là, le visage tourné, les yeux fermés.

115

Quand Anders Rönn rentre du groupe parental de l'Association de l'autisme et du syndrome d'Asperger, Petra est occupée à régler des factures sur l'ordinateur. Il s'approche et l'embrasse dans la nuque, mais elle le repousse en secouant la tête. Il tente un sourire et essaie de lui caresser la joue.

— Arrête, dit-elle seulement.

— On fait la paix ?

— Tu es allé beaucoup trop loin, dit-elle d'une voix lasse.

— Je sais, pardonne-moi, je croyais que tu voulais…

— Arrête de croire ce genre de choses !

Anders la regarde dans les yeux, hoche la tête et entre dans la chambre d'Agnes. Sa fille est assise devant la maison de poupée, lui tournant le dos. Elle tient la brosse à cheveux à la main, elle a brossé la chevelure de toutes les poupées puis les a empilées dans un des lits.

— Tu les as bien rangées, dis donc, dit Anders.

Agnes se retourne, montre la brosse et croise son regard pendant une seconde ou deux.

Il s'assied à côté d'elle et pose son bras autour de sa petite épaule. Elle se tortille lentement pour se libérer.

— Comme ça, elles dorment toutes ensemble maintenant, dit Anders joyeusement.

— Non, réplique-t-elle de sa voix monocorde.

— Qu'est-ce qu'elles font alors ?

— Elles regardent.

Agnes montre les yeux peints grands ouverts des poupées.

— Tu veux dire qu'elles ne peuvent pas dormir si elles ont les yeux ouverts, mais on peut faire semblant qu'elles...

— Elles regardent, tranche-t-elle et elle commence à remuer la tête en suivant un schéma plein d'angoisse.

— Je vois bien, dit-il pour la calmer. Mais elles sont couchées dans le lit, c'est super bien et...

— Aïe aïe aïe...

Agnes secoue sa tête par petites saccades et frappe rapidement trois fois dans ses mains. Anders la tient dans ses bras, l'embrasse sur la tête et chuchote qu'elle les a vraiment bien brossées, les poupées. Son corps finit par se détendre. Elle se met à aligner des Lego sur le sol.

La sonnette de la porte d'entrée retentit et, après un dernier regard sur Agnes, Anders quitte la chambre pour aller ouvrir.

À la lumière de l'éclairage extérieur, il voit un homme de grande taille vêtu d'un costume dont les jambes de pantalon sont mouillées et la veste déchirée au niveau de la poche. Ses cheveux sont bouclés et emmêlés, il a des fossettes aux joues et un regard sérieux.

— Anders Rönn ? demande-t-il avec un accent finnois chantant.

— Je peux vous aider ? dit Anders d'un ton neutre.

— Je suis de la Police criminelle nationale, répond-il en exhibant sa carte professionnelle. Est-ce que je peux entrer ?

Anders dévisage l'homme de haute taille devant sa porte. Instantanément, une peur glacée l'étreint. Il l'invite à entrer et lui demande s'il veut boire un café. Mille pensées fusent dans son cerveau brûlant.

Petra a appelé SOS Femmes battues et a tout dit.

Brolin a fabriqué une accusation contre lui.

On a découvert qu'il n'a pas suffisamment de compétences pour travailler dans le service fermé.

Le grand inspecteur précise qu'il s'appelle Joona Linna, décline poliment l'offre d'un café puis va s'asseoir dans le fauteuil du salon. Il jette un regard aimable à Anders, un regard qui le sonde et lui donne l'impression d'être un invité dans sa propre maison.

— Vous remplacez Susanne Hjälm à l'unité sécurisée, dit l'inspecteur.

— Oui, répond Anders et il essaie de deviner où l'homme veut en venir.

— Quelle est votre opinion sur Jurek Walter ?

Jurek Walter. Il s'agirait donc seulement de Jurek Walter ? Anders se détend et parvient à mettre une pointe de sécheresse dans sa voix :

— Je ne suis pas autorisé à discuter de mes patients.

— Vous lui parlez ? demande Joona Linna et ses yeux gris se font vigilants.

— Nous ne pratiquons pas de thérapie par la parole à l'unité sécurisée, dit Anders et il passe la main dans ses cheveux courts. Mais, bien sûr, les patients parlent…

Joona Linna se penche en avant :

— Vous savez que la cour d'appel a imposé des restrictions à Jurek Walter parce qu'il est considéré comme extrêmement dangereux ?

— Oui. Mais, au bout du compte, les textes offrent toujours une marge d'interprétation, et en tant que médecin responsable, je dois soupeser chaque jour les restrictions et les besoins du traitement.

L'inspecteur criminel hoche plusieurs fois la tête puis demande :

— Il vous a demandé de poster une lettre, n'est-ce pas ?

Pendant une seconde, Anders perd contenance, puis il se remémore que c'est lui, le responsable des internés, et que c'est lui qui prend les décisions les concernant.

— Oui, j'ai envoyé une lettre. J'ai jugé cela important pour établir une relation de confiance.

— Avez-vous lu la lettre avant de l'envoyer ?

— Oui, bien sûr. Il savait que je le ferais. Elle ne contenait rien d'extraordinaire, d'ailleurs.

Les yeux gris du policier s'assombrissent, ses pupilles se dilatent.

— Que disait-elle ?

Anders ne sait pas si Petra les a rejoints dans le salon, mais il a l'impression qu'elle se tient derrière lui et les observe.

— Je ne m'en souviens pas en détail, dit-il et à son grand dépit il se sent rougir. Mais il s'agissait d'une lettre formelle adressée à un cabinet d'avocats… et je considère ça comme un droit fondamental.

— Oui, répond l'inspecteur criminel sans le lâcher du regard.

— Jurek Walter demandait la visite personnelle d'un avocat à l'unité sécurisée pour vérifier ses possibilités d'obtenir une SUP* à la cour d'appel. Ce sont à peu près les termes de sa demande. Et que, dans ce cas, si la mesure lui était accordée, il voulait un avocat de son choix pour le représenter.

* *Särskild Utskrivnings Prövning* : mesure judiciaire concernant des détenus condamnés aux soins psychiatriques fermés, signifiant que les médecins des établissements psychiatriques n'ont plus l'autorité de libérer le malade. Le ministère public doit être saisi et c'est le tribunal administratif qui décide d'une éventuelle permission ou libération.

Le silence plane sur le salon.

— Quelle était l'adresse ? demande l'inspecteur calmement.

— Le cabinet d'avocats Rosenhane... une boîte postale à Tensta.

— Est-ce que vous sauriez reconstituer la formulation exacte de la lettre ?

— Je ne l'ai lue qu'une fois et elle était, comme je l'ai dit, très polie et formelle. Même s'il y avait certaines fautes d'orthographe.

— Des fautes d'orthographe ?

— Des fautes qui relèvent de la dyslexie, plutôt, précise Anders.

— Vous avez discuté de cette lettre avec Roland Brolin ?

— Non. Pourquoi l'aurais-je fait ?

Joona retourne à la voiture et se met en route pour Stockholm. Il appelle Anja et lui demande de faire une recherche sur le cabinet d'avocats Rosenhane.

— Tu sais quelle heure il est ?

— L'heure, répète-t-il et il pense à Marie Franzén tuée seulement quelques heures auparavant. Je… je suis désolé, on s'en occupera demain.

Il réalise qu'elle a déjà raccroché. Au bout de deux minutes, elle le rappelle.

— Il n'existe pas de Rosenhane. Il n'y a aucun cabinet d'avocats, aucun avocat qui porte ce nom.

— C'est une boîte postale, insiste Joona.

— Oui, à Tensta, je l'ai trouvée, répond-elle avec douceur. Mais elle est résiliée et l'avocat qui la louait n'existe pas.

— Je vois…

— Rosenhane est le nom d'une lignée d'aristocrates éteinte, dit-elle.

— Pardon d'avoir appelé si tard.

— Je plaisantais, tu peux m'appeler quand tu veux. On va se marier, tu te rappelles ?

Cette adresse est une piste qui ne mène nulle part, se désole Joona. Pas de boîte postale, pas de cabinet d'avocats, pas de nom.

Il commence à réfléchir à ce qu'a dit Anders Rönn. Il qualifiait Jurek Walter de dyslexique, ce qui est plutôt étrange.

Je l'ai vu écrire, pense Joona.

Ce que Anders Rönn a perçu comme de la dyslexie est sans doute le résultat d'une prise de médicaments prolongée.

Il pense à nouveau à Marie Franzén que Susanne Hjälm vient de tuer. Une petite fille est en train d'attendre sa mère qui ne rentrera pas.

Marie n'aurait pas dû se précipiter ainsi, mais il sait qu'il aurait pu commettre la même erreur si son entraînement en techniques d'intervention n'avait pas été si profondément ancré en lui – et il aurait été tué exactement comme son propre père.

Elsa, la fille de Marie Franzén, est sans doute au courant pour sa mère maintenant. Son monde ne sera plus jamais pareil. Quand Joona avait onze ans, un fusil de chasse avait tué son père, policier lui aussi. Il devait simplement intervenir dans un appartement où une dispute familiale avait été signalée. Joona se souvient très bien de la journée où le principal était entré dans la salle de classe et lui avait demandé de le suivre. Son monde à lui n'avait plus jamais été pareil.

118

Saga entend la respiration lourde et sombre de Jurek qui marche sur le tapis roulant. À la télé, on explique comment fabriquer ses propres balles rebondissantes. Des sphères de toutes les couleurs flottent dans des verres d'eau.

Saga est en proie à des sentiments contradictoires. Son instinct de survie lui dit qu'elle devrait éviter tout contact avec Jurek, mais chaque conversation qu'elle a avec lui augmente les chances de ses collègues de retrouver Felicia.

Le présentateur de l'émission met en garde les téléspectateurs : utiliser trop de papier d'aluminium réduit la capacité des balles à rebondir.

Lentement, Saga s'approche de Jurek. Il descend du tapis de course et signale d'un geste de la main qu'il le lui laisse.

Elle le remercie, monte et commence à marcher. Ses jambes sont encore fatiguées et ses articulations douloureuses. Elle essaie d'augmenter la cadence, mais le souffle lui manque. Jurek reste là, à l'observer.

— On t'a fait ton injection d'Haldol ? demande-t-il.

— Dès le premier jour.

— C'est le médecin qui te l'a faite ?

— Oui.

— Il est entré dans ta cellule et a baissé ton pantalon ?

— J'ai d'abord eu du Valium, répond-elle à voix basse.

— Il a eu des gestes déplacés ?

Elle hausse les épaules.

— Il est entré plus d'une fois ?

Bernie arrive et se dirige droit vers le tapis roulant. Son nez cassé est protégé par un pansement adhésif blanc. Un hématome gris sombre ferme un de ses yeux. Il s'arrête devant Saga, la regarde en toussotant.

— Je suis ton esclave maintenant… Merde, je te jure. Je suis là et je te suivrai éternellement, comme le valet de chambre du pape… jusqu'à ce que la mort nous sépare.

Il essuie la sueur de sa lèvre supérieure et chancelle.

— J'obéirai à la moindre…

— Va t'asseoir dans le canapé, l'interrompt Saga sans le regarder.

Il rote et déglutit plusieurs fois.

— Je me roulerai par terre pour chauffer tes pieds… Je suis ton chien, dit-il et en soupirant il se met à genoux. Dis-moi. Qu'est-ce que tu aimerais que je fasse ?

— Va t'asseoir dans le canapé, répète Saga.

Elle marche d'un pas lourd sur le tapis de course. Les feuilles du palmier oscillent. Bernie se met à ramper, il incline la tête et lève les yeux vers elle.

— Quoi que tu demandes, j'obéirai. Si tu transpires entre les seins, je peux essuyer…

— Va t'asseoir dans le canapé, dit Jurek sur un ton neutre.

Bernie s'éloigne immédiatement à quatre pattes et se couche par terre devant le canapé. Saga est obligée de ralentir un peu la vitesse du tapis. Elle s'empêche de regarder la feuille de palmier qui balance et de penser au micro-espion et son émetteur.

Jurek la scrute, s'essuie la bouche et passe la main dans ses cheveux courts gris métallique.

— On peut quitter l'hôpital ensemble, propose-t-il calmement.

— Je ne sais pas si j'en ai vraiment envie.

— Pourquoi ?

— Il ne me reste pas grand-chose à l'extérieur.

— Il ne te reste pas grand-chose ? répète-t-il à voix basse. De toute façon, il n'y a rien qui nous attend… rien vers quoi revenir, mais il existe de meilleurs endroits que celui-ci.

— Ou bien pires.

Il semble sincèrement surpris, mais se contente de détourner la tête avec une sorte de soupir.

— Qu'est-ce que tu as dit ?

— J'ai simplement soupiré, parce que je me suis rappelé qu'il existe effectivement un endroit qui est pire, dit-il en lui jetant un regard songeur. Les lignes à haute tension vibraient dans l'air… les routes étaient défoncées par d'énormes chargeuses sur pneus… et leurs sillons se remplissaient d'une eau boueuse rouge, elle m'arrivait jusqu'à la taille… mais je pouvais encore ouvrir la bouche et respirer.

— Qu'est-ce que tu essaies de dire ?

— Que parfois les endroits pires sont à préférer aux endroits meilleurs…

— Tu penses à ton enfance ?

— Je suppose que oui, chuchote-t-il.

Saga arrête le tapis roulant, se penche en prenant appui sur les poignées de l'appareil. Ses joues chauffent comme si elle avait couru dix kilomètres. Elle sait qu'elle doit poursuivre la conversation et le faire parler davantage, mais sans se montrer trop empressée.

— Mais aujourd'hui… Tu as déjà une cachette ou tu penses pouvoir en trouver une ? demande-t-elle sans le regarder.

La question était beaucoup trop directe, elle le sent et se force à lever le visage, force son regard à croiser le sien.

— Je pourrais t'offrir une ville entière si tu voulais, dit-il d'un air sérieux.

— Où ça ?

— À toi de choisir.

Saga secoue la tête en souriant, mais se souvient alors d'un endroit auquel elle s'interdit de penser depuis de nombreuses années.

— Moi, quand je pense à ailleurs, il n'y a que la maison de mon grand-père qui me vient à l'esprit. J'avais une balançoire accrochée à un arbre, une sorte de chaise volante… Je ne sais pas, j'aime toujours me balancer.

— Tu ne peux pas y aller ?

— Impossible, répond-elle et elle descend de l'appareil.

119

Dans l'appartement sous les combles au 19, Rörstrandsgatan, le groupe secret Athéna Promachos écoute la conversation engagée entre Jurek Walter et Saga Bauer.

Johan Jönsson est installé devant l'ordinateur, il porte un jogging gris. Corinne, assise à la table de travail, est en train de transcrire la conversation sur son ordinateur. Nathan Pollock a dessiné dix fleurs dans la marge de son calepin et noté "lignes à haute tension, chargeuses sur pneus et boue rouge".

Joona se tient devant une des enceintes, les yeux fermés, il sent un frisson glacé grimper dans son dos quand Saga évoque son grand-père. Elle ne doit en aucun cas laisser Jurek entrer dans sa tête. Le visage de Susanne Hjälm passe sur des ailes de papillon dans sa mémoire. Ses joues sales et son regard terrorisé dans la cave.

— Pourquoi c'est impossible d'y aller ? entend-il Jurek demander.

— C'est la maison de mon père maintenant, répond Saga.

— Et ça fait longtemps que tu ne l'as pas vu ?

— Je n'ai pas voulu le voir.

— S'il est en vie, il attend que tu lui donnes une nouvelle chance.

— Non.

— Évidemment, ça dépend de ce qui s'est passé, mais…

— J'étais petite et je ne m'en souviens pas trop, explique-t-elle. Je sais que je l'appelais tout le temps au téléphone et je promettais de ne plus jamais faire de caprices s'il rentrait… je dormirais dans mon lit et me tiendrais bien à table et… Je ne veux pas en parler.

— Je comprends, dit Jurek, mais ses paroles sont pratiquement noyées dans un bruit métallique.

Un léger chuintement se produit, puis le vacarme rythmique de pas lourds sur le tapis de course reprend.

120

Jurek marche sur le tapis roulant. Il a l'air d'avoir récupéré. Ses foulées sont grandes et puissantes, tandis que son visage pâle est calme.

— Tu es déçue parce que ton père n'est pas rentré, dit-il.

— Je me souviens de toutes les fois où je l'appelais. Tu comprends, j'avais besoin de lui.

— Mais ta mère… elle était où ?

Saga se retient. Elle est en train d'en dire trop, mais d'un autre côté, il faut bien qu'elle lui rende ses confidences. C'est un troc, sinon la conversation redeviendra superficielle. Le moment est venu pour elle de raconter quelque chose de personnel, et tant qu'elle s'en tient à la vérité, elle ne craint rien.

— Maman était malade quand j'étais petite. Je me souviens seulement des dernières semaines, répond Saga.

— Elle est morte ?

— Un cancer… elle avait une tumeur au cerveau.

— Je suis désolé.

Saga se souvient des larmes qui coulaient dans sa bouche, de l'odeur du téléphone, elle se souvient de son oreille chaude, de la lumière qui entrait par la fenêtre poussiéreuse de la cuisine.

Est-ce que ce sont les médicaments, ses nerfs ou bien seulement le regard implacable de Jurek qui la poussent à parler ? Elle n'a pas évoqué cette période depuis des années. Elle ne sait même pas pourquoi elle le fait maintenant.

— En fait, papa… il ne supportait pas sa maladie, chuchote-t-elle. Il n'avait pas le courage de rester à la maison.

— Il y a de quoi lui en vouloir.

— J'étais beaucoup trop petite pour m'occuper de maman. J'essayais de l'aider à prendre ses médicaments, j'essayais de la consoler. Elle avait mal à la tête le soir, elle restait dans sa chambre sans allumer, pleurait sans cesse.

Bernie arrive en rampant et essaie de renifler l'entrejambe de Saga. Elle l'envoie valdinguer et il va heurter le pot du faux palmier.

— Moi aussi je veux m'évader, dit-il. Je viens avec vous, je peux mordre…

— Ta gueule, l'interrompt-elle.

Jurek se retourne et regarde Bernie en train de reluquer Saga et de ricaner.

— Ne m'oblige pas à t'exécuter, lui dit Jurek.

— Pardon, pardon, chuchote Bernie et il se relève.

Jurek continue sa séance de marche sur le tapis. Bernie va s'asseoir sur le canapé et regarde la télé.

— Je vais avoir besoin de ton aide, dit Jurek.

Saga ne répond pas, mais se dit qu'elle mentirait si elle prétendait vouloir s'évader. Elle veut rester ici jusqu'à ce qu'on ait retrouvé Felicia.

— Je pense que l'homme est plus attaché à sa famille qu'aucun autre animal, poursuit Jurek. Nous faisons tout pour retarder la séparation.

— C'est possible.

— Tu n'étais qu'une enfant, mais tu t'es occupée de ta maman.

— Oui.

— Est-ce qu'elle était en état de manger toute seule ?

— La plupart du temps… mais vers la fin elle n'avait aucun appétit, dit Saga, conformément à la vérité.

— On l'a opérée ?

— Je crois qu'elle a juste eu une chimiothérapie.

— Sous forme de comprimés ?

— Oui, je l'aidais, tous les jours…

Assis dans le canapé, Bernie ne cesse de les lorgner. De temps en temps il tripote doucement le large bandage sur son nez.

— Ils étaient comment, ses comprimés ? demande Jurek en augmentant légèrement la vitesse.

— Comme des comprimés ordinaires, répond-elle rapidement.

Elle se sent mal à l'aise. Pourquoi pose-t-il des questions sur les médicaments ? Ce n'est pas logique. Il est peut-être en train de la tester ? Son pouls s'accélère tandis qu'elle se répète qu'elle ne craint rien puisqu'elle se contente de dire la vérité.

— Tu peux les décrire ? poursuit-il tranquillement.

Saga ouvre la bouche pour dire que c'est trop lointain, quand elle se souvient brusquement des comprimés blancs tombés entre les longs poils du tapis. Elle avait renversé le flacon et s'était mise à quatre pattes pour ramasser les pilules.

Le souvenir est parfaitement net.

Elle déposait les comprimés dans sa main courbée et soufflait dessus pour enlever les fibres du tapis. Au creux de sa paume, il y avait peut-être dix comprimés ronds. Un côté était estampillé de deux lettres dans un carré.

— Blancs, ronds, dit-elle. Avec des lettres sur une face… KO… C'est incroyable que je m'en souvienne.

121

Jurek arrête le tapis roulant et reprend son souffle en souriant pour lui-même pendant un long moment.

— Tu dis que tu donnais des cytostatiques à ta mère, des anticancéreux… Mais ce n'est pas ça que tu faisais.

— Si, sourit-elle.

— Le médicament que tu décris s'appelle *Kodein Recip*.

— Un antalgique ?

— Oui, mais on ne donne pas de codéine aux cancéreux, on leur donne des opioïdes actifs, comme la morphine ou le ketogan.

— Pourtant je me souviens très bien des comprimés, il y avait une barre de cassure sur une face.

— Oui, dit-il seulement.

— Maman disait que…

Elle se tait et son cœur bat tellement fort qu'elle a peur que ça se voie sur son visage. Joona m'a avertie, pense-t-elle. Il m'a dit de ne pas parler de mes parents.

Elle déglutit et regarde le revêtement usé du sol.

Tout va bien, se dit-elle avant de se diriger vers sa chambre.

Ça s'est fait tout seul, elle a parlé un peu trop, mais n'a dit que la vérité.

Elle n'a pas eu le choix. Ne pas répondre à ses questions aurait donné l'impression qu'elle se dérobait. C'était un échange nécessaire, désormais elle ne dira plus rien.

— Attends, dit Jurek tout doucement.

Elle s'arrête, sans se retourner cependant.

— Durant toutes ces années, je n'ai pas eu la moindre possibilité de m'évader, poursuit-il. J'ai compris que mon jugement ne sera jamais révisé, j'ai compris qu'on ne m'accordera jamais de permissions… Mais maintenant que tu es là, je vais enfin pouvoir m'en aller.

Saga pivote et regarde bien en face ce visage maigre et ces yeux clairs.

— À quoi je pourrais te servir, moi ?

— Il va falloir quelques jours pour tout préparer, répond-il. Mais si tu arrives à te procurer des somnifères… J'ai besoin de cinq comprimés de Valium.

— Comment veux-tu que j'obtienne ça ?

— Tu restes éveillée, tu soutiens que tu n'arrives pas à dormir, tu demandes dix milligrammes de Valium, tu dissimules le comprimé et retournes te coucher.

— Pourquoi tu ne le fais pas toi-même ?

Jurek sourit de ses lèvres blessées :

— Ils ne me donneront jamais quoi que ce soit, ils ont peur de moi. Mais toi, tu es une Sirène. Tout le monde voit la beauté, personne ne voit la dangerosité.

C'est peut-être ça, le petit quelque chose qu'il faut pour s'approcher davantage de Jurek. Elle va faire ce qu'il demande, elle va s'associer à son projet tant qu'il ne la met pas en danger.

— Tu as accepté d'être puni pour ce que j'ai fait, alors je vais essayer de t'aider, répond-elle à voix basse.

— Mais tu ne veux pas venir avec moi ?

— Je n'ai nulle part où aller.

— Tu auras un endroit.

— Raconte, sourit-elle.

— La salle de détente ferme maintenant, dit-il.

Et il s'en va.

Elle ressent un étrange vertige, comme s'il savait déjà tout d'elle, avant même qu'elle ait révélé quoi que ce soit.

Évidemment que ce n'étaient pas des cytostatiques. Elle l'a cru, bêtement, sans réfléchir. Une chimiothérapie ne se pratique pas de cette manière-là. C'est un traitement administré à intervalles stricts. Le cancer était probablement beaucoup trop avancé. La seule chose qu'on pouvait encore faire, c'était soulager la douleur.

Quand elle arrive dans sa cellule, elle a l'impression d'avoir retenu son souffle pendant toute sa discussion avec Jurek Walter.

Elle s'allonge sur le lit, totalement exténuée.

Saga décide de rester passive désormais et de laisser Jurek révéler son plan à la police.

122

Il n'est que huit heures moins cinq quand tous les membres du groupe Athéna se retrouvent dans l'appartement sous les combles. Nathan Pollock a lavé les tasses à café et les a posées à l'envers sur un torchon à carreaux bleu et blanc.

Après la fermeture des portes de la salle de détente la veille, ils sont restés trois heures à analyser les données. Ils ont réécouté la conversation entre Jurek Walter et Saga Bauer, ils ont structuré et hiérarchisé les informations.

— Je m'inquiète pour Saga, elle dit des choses beaucoup trop personnelles, dit Corinne tout en acceptant avec un sourire la tasse de café que Nathan lui tend. Bien sûr, c'est une question d'équilibre, si elle ne donne pas un peu d'elle-même, elle ne peut pas créer un climat de confiance.

— Elle contrôle la situation, affirme Pollock en ouvrant son calepin noir.

— Espérons-le, dit Joona.

— Elle est incroyable, s'enthousiasme Johan Jönsson. Elle arrive déjà à le faire parler.

— Mais on ne sait toujours rien sur Jurek Walter, déplore Pollock en tapotant la table avec son stylo. À part que ce n'est probablement pas son véritable nom.

— Et qu'il veut s'évader, ajoute Corinne.

— Oui.

— Mais qu'est-ce qu'il peut bien avoir en tête ? À quoi ils vont lui servir, ces cinq somnifères ? Qui va-t-il droguer ? demande Corinne, et un pli se creuse sur son front.

— Il peut difficilement droguer le personnel. Personne n'a le droit d'accepter quoi que ce soit de lui, précise Pollock.

— On va laisser Saga continuer comme elle le fait, tranche Corinne au bout d'un moment.

— Je n'aime pas ça, lâche Joona.

Il se lève, se rapproche de la fenêtre et voit qu'il tombe à nouveau de la neige.

— Le petit-déjeuner est le repas le plus important de la journée, déclare Johan Jönsson en sortant une barre de Daim.

— Avant de poursuivre, dit Joona en se retournant vers la pièce, j'aimerais écouter l'enregistrement encore une fois. Au moment où Saga explique qu'elle n'a peut-être pas envie de quitter l'hôpital.

— Ça fait juste trente-cinq fois qu'on l'écoute, soupire Corinne.

— Je sais, mais j'ai la sensation qu'on loupe quelque chose, explique-t-il d'une voix que son entêtement rend bourrue. On ne l'a pas évoqué, mais qu'est-ce qu'il se passe, à cet instant ? Dans un premier temps, Jurek est fidèle à lui-même lorsqu'il affirme qu'il existe de meilleurs endroits dans le monde que l'unité sécurisée. Mais quand Saga répond qu'il y en a de pires aussi, elle réussit à le déstabiliser.

— Peut-être, reconnaît Corinne en détournant les yeux.

— Pas peut-être, insiste Joona. J'ai de nombreuses heures de conversation avec Jurek au compteur et je perçois clairement un changement dans sa voix, comme s'il s'adresse à lui-même, un petit instant seulement, juste au moment où il décrit l'endroit où il y a de l'eau rouge boueuse.

— Et des lignes à haute tension et des chargeuses sur pneus, ajoute Pollock.

— Je suis sûr qu'on tient quelque chose, là. Et pas seulement le fait que Jurek se surprend lui-même quand il se met à raconter le fragment d'un souvenir…

— Ça ne mènera nulle part, l'interrompt Corinne.

— Je veux réécouter l'enregistrement, s'obstine Joona en se tournant vers Johan Jönsson.

123

Penché sur l'écran qui affiche les ondes sonores, Johan Jöns-son déplace le curseur sur la piste. Ça crépite, ça chuinte dans les grosses enceintes, puis on entend le vacarme rythmé des pas sur le tapis roulant.

— On peut quitter l'hôpital ensemble, dit Jurek.

Un craquement puis un froissement qui s'amplifie.

— Je ne sais pas si j'en ai vraiment envie, répond Saga.

— Pourquoi ?

— Il ne me reste pas grand-chose à l'extérieur.

On distingue des rires en toile de fond, provenant de la télé.

— Il ne te reste pas grand-chose ? De toute façon, il n'y a rien qui nous attend… rien vers quoi revenir, mais il existe de meilleurs endroits que celui-ci.

— Ou bien pires, dit Saga.

Ça craque de nouveau, puis on entend une sorte de soupir.

— Qu'est-ce que tu as dit ? demande Saga.

— J'ai simplement soupiré, parce que je me suis rappelé qu'il existe effectivement un endroit qui est pire…

Sa voix est remarquablement douce et hésitante quand il continue :

— Les lignes à haute tension vibraient dans l'air… les routes étaient défoncées par d'énormes chargeuses sur pneus… et leurs sillons se remplissaient d'une eau boueuse rouge, elle m'arrivait jusqu'à la taille… mais je pouvais encore ouvrir la bouche et respirer.

— Qu'est-ce que tu essaies de dire ? demande Saga.

De nouveau, applaudissements et rires provenant de la télé.

— Que parfois les endroits pires sont à préférer aux endroits meilleurs, répond Jurek d'une voix à peine audible.

Une respiration et les pas sur le tapis en même temps qu'un sifflement chuintant.

— Tu penses à ton enfance ? dit Saga.

— Je suppose que oui, chuchote Jurek.

Le silence est total autour de la table quand Johan Jönsson arrête l'enregistrement et regarde Joona, le front plissé.

— Ça ne nous fait pas avancer, cette histoire, dit Pollock.

— Peut-être que Jurek dit quelque chose qu'on n'arrive pas à distinguer, insiste Joona en montrant l'écran de l'ordinateur. Il y a un vide ici, n'est-ce pas ? Quand Saga dit qu'il y a aussi des endroits pires à l'extérieur de l'hôpital.

— Il pousse un soupir, répond Pollock.

— Jurek dit qu'il soupire, mais est-on sûrs qu'il s'agisse réellement d'un soupir ? s'entête Joona.

Johan Jönsson se gratte le ventre, déplace le curseur, augmente le son et repasse l'extrait.

— Je sens qu'il me faut une cigarette, dit Corinne et elle attrape son sac à main posé par terre.

Les enceintes émettent un chuintement, puis on entend un fort craquement suivi d'un soupir exhalé.

— Qu'est-ce que je disais ? sourit Pollock chaleureusement.

— Essaie plus lentement, s'acharne Joona.

Pollock se met à tambouriner sur la table d'un air stressé. Johan ralentit la vitesse de lecture de la séquence et le soupir ressemble maintenant à une tempête qui s'abat sur la côte.

— Il soupire, confirme Corinne.

— Oui, mais il y a un détail dans le silence et dans le ton de sa voix juste après.

— Explique-moi ce que je dois chercher, demande Johan Jönsson, frustré.

— Je ne sais pas… Je veux que tu imagines qu'il dit réellement quelque chose… même si c'est inaudible, répond Joona et il sourit de sa propre réponse.

— Je peux essayer, pas de problème.

— Est-ce qu'il serait possible d'augmenter le volume petit à petit pour voir si, oui ou non, il y a un mot dans ce silence ?

— Si on augmente trop le volume, les pas sur le tapis roulant vont nous faire éclater les tympans.

— Alors il faut supprimer les pas.

Johan Jönsson hausse les épaules, boucle la séquence, réduit la vitesse, puis divise la séquence en une trentaine de segments répartis entre fréquences et décibels. En gonflant ses joues, il en sélectionne ensuite certains qu'il efface.

Les segments éliminés apparaissent sur un autre écran plus petit.

Corinne et Pollock se lèvent. Ils vont sur le balcon où ils passent un moment à se geler et à regarder le toit et l'église Filadelfia, propriété des pentecôtistes.

Joona reste à observer le lent processus.

Après trente-cinq minutes, Johan Jönsson se penche en arrière et écoute à différentes vitesses la boucle nettoyée, efface encore trois segments puis réécoute le résultat final.

Ce qui reste du son ressemble à une lourde pierre qu'on traîne sur un carrelage.

— Jurek Walter soupire, constate Johan Jönsson et il coupe le son.

— Ces pics-là, ils ne devraient pas se trouver ensemble ? demande Joona et il montre trois des segments déplacés sur le petit moniteur.

— Non, c'est seulement un écho que j'ai éliminé, explique Johan, puis il semble cogiter. Mais je pourrais effectivement essayer de tout effacer sauf l'écho.

— Il est peut-être tourné vers le mur, dit Joona rapidement.

Johan Jönsson replace les segments d'écho, en efface d'autres, augmente encore le volume et relance la boucle. Avec une vitesse de lecture juste en dessous de la vitesse réelle, le même son traînant ressemble maintenant à une expiration vibrante.

— Il n'y a pas quelque chose, là ? demande Joona et il redouble de concentration.

— Ce n'est pas totalement impossible, chuchote Johan Jönsson.

— Moi, je n'entends rien, déclare Corinne.

— C'est vrai qu'on dirait moins un soupir, reconnaît Johan. Mais je ne peux rien faire de plus, parce qu'à ce niveau, les ondes se mélangent… et comme elles n'ont pas toutes la même vitesse, elles vont s'annuler les unes les autres.

— Essaie quand même, dit Joona, impatient.

124

En contemplant les quinze segments différents, qui forment une sorte de partition, Johan Jönsson serre les lèvres en une mimique qui lui donne un air d'August Strindberg.

— Normalement, ce que je fais est impossible, murmure-t-il.

Avec une extrême délicatesse, il réorganise les segments et étire certains pics.

Il rejoue la boucle et la pièce se remplit d'un étrange son aquatique. Corinne a mis la main devant sa bouche. Jönsson arrête tout, modifie encore un peu les réglages, décompose certaines parties et rejoue de nouveau la séquence.

Le front de Nathan Pollock est couvert de transpiration.

Ça gronde au plus profond des enceintes, puis on entend une expiration découpée en faibles syllabes.

— Écoutez, dit Joona.

Ce qu'on entend est un lent soupir, façonné par l'inconscient. Sans utiliser ses cordes vocales, Jurek Walter bouge les lèvres et la langue quand il expire.

Johan Jönsson déplace imperceptiblement l'une des courbes et se redresse avec un sourire d'excitation quand le chuchotement se répète à l'infini.

— Qu'est-ce qu'il dit ? demande Pollock d'une voix tendue. Ça ressemble presque à Lénine ?

— Leninsk, dit Corinne en ouvrant grand les yeux.

— C'est quoi ? s'écrie presque Pollock.

— Il existe bien une ville qui s'appelle Leninsk-Kouznetski. Cela dit, comme il vient de parler de la boue rouge, je crois qu'il fait plutôt allusion à la ville secrète.

— Une ville secrète ? murmure Pollock.

— Le cosmodrome de Baïkonour est célèbre. Mais il y a cinquante ans, la ville s'appelait Leninsk et était classée secret d'État.

— Leninsk au Kazakhstan, dit Joona tout doucement. Jurek a un souvenir d'enfance de Leninsk…

Corinne s'assied, le dos droit, elle ramène une mèche de cheveux derrière l'oreille et explique :

— Le Kazakhstan faisait partie de l'Union soviétique à cette époque-là… et était suffisamment isolé pour qu'on puisse bâtir une ville entière sans que le reste du monde s'en aperçoive. La course aux armements battait son plein et on avait besoin de bases de lancement et d'unités de recherche.

— En tout cas, le Kazakhstan est membre d'Interpol, précise Pollock.

— S'ils nous fournissent le véritable nom de Jurek Walter, on pourra commencer à le pister, dit Joona. La traque sera lancée.

— Ça doit pouvoir se faire, confirme Corinne. Je veux dire, on a une localisation maintenant et une date approximative de sa naissance. On sait qu'il est arrivé en Suède en 1994. On a des photos de lui, les cicatrices sur son corps sont décrites et…

— On a même son groupe sanguin et son ADN, sourit Pollock.

— Donc, la famille de Jurek était peut-être issue de la population kazakhe de la région, ou alors c'étaient des chercheurs, des ingénieurs ou des militaires qu'on envoyait de Russie.

— Je monte un dossier, déclare Pollock rapidement.

— Et moi, j'essaie de joindre le NSC* du Kazakhstan, dit Corinne. Joona ? Tu veux que je…

Elle se tait et lui lance un regard interrogateur. Joona se lève lentement, hoche la tête, il prend son manteau sur le dossier d'une chaise et se dirige vers le vestibule.

— Tu vas où ? demande Pollock.

— Il faut que je parle à Susanne Hjälm, murmure-t-il avant de quitter l'appartement.

---

* *National Security Commitee of the Republic of Kazkhstan*, Services de renseignement du Kazakhstan.

125

En entendant Corinne parler des scientifiques envoyés à la base du Kazakhstan, Joona s'est rappelé sa conversation avec Susanne Hjälm dans la voiture de police. Juste avant que sa fille commence à crier dans l'ambulance, il avait demandé à Susanne si elle se souvenait de l'adresse sur la lettre de Jurek.

Elle avait dit que c'était une boîte postale, avait essayé de retrouver le nom, puis avait murmuré pour elle-même qu'il ne s'agissait pas d'un nom russe.

Pourquoi avait-elle précisé que le nom n'était pas russe ?

Arrivé à la maison d'arrêt de Kronoberg, Joona montre sa carte de police à la gardienne et déclare qu'il vient voir Susanne Hjälm. La surveillante massive le conduit à la section pour femmes et s'arrête devant une épaisse porte métallique. Joona regarde par la vitre. Susanne Hjälm est assise, immobile, les yeux fermés. Elle remue les lèvres comme si elle récitait une prière.

Quand la porte s'ouvre, elle sursaute et ouvre les yeux. Puis, en voyant entrer Joona, elle commence à balancer son torse d'avant en arrière. La fracture de son bras a été réduite et elle tient l'autre bras autour de sa taille comme si elle cherchait à s'étreindre elle-même.

— J'ai besoin de vous parler de…

— Qui va protéger mes filles ? demande-t-elle en haletant.

— Elles sont avec leur père en ce moment, explique Joona en plongeant dans ses yeux angoissés.

— Non, non… Il ne comprend rien, il ne sait pas… Personne ne sait. Vous devez faire quelque chose, vous ne pouvez pas les abandonner.

— Vous avez lu la lettre que Jurek vous a donnée ? demande Joona.

— Oui, chuchote-t-elle. Je l'ai lue.

— Était-elle adressée à un avocat ?

Elle le regarde et respire un peu plus calmement.

— Oui.

Joona s'assied à côté d'elle sur la couchette.

— Pourquoi ne l'avez-vous pas postée ? demande-t-il à voix basse.

— Parce que je ne voulais pas qu'il sorte, dit-elle, au désespoir. Je ne voulais pas lui donner la moindre chance. Vous ne pourrez jamais comprendre, personne ne peut comprendre…

— C'est moi qui l'ai arrêté, mais…

— Tout le monde me déteste, poursuit-elle sans l'écouter. Je me déteste moi-même, je n'ai rien vu, je ne voulais pas faire de mal à la policière, mais vous n'auriez pas dû venir, vous n'auriez pas dû me poursuivre, vous auriez dû…

— Est-ce que vous vous souvenez de l'adresse sur l'enveloppe ? l'interrompt Joona.

— Je l'ai brûlée, je me suis dit qu'en la brûlant, ça cesserait, je ne sais pas ce que je me suis dit.

— La lettre était donc adressée à un cabinet d'avocats ?

Susanne Hjälm tremble violemment de tout son corps et ses cheveux humides de transpiration balaient son front et ses joues.

— Quand est-ce que je pourrai voir mes filles ? se lamente-t-elle. Je dois leur dire que j'ai fait tout ça pour elles, même si elles ne le comprendront jamais, même si elles vont me haïr…

— Le cabinet d'avocats Rosenhane ?

Elle semble complètement hors d'elle, regarde Joona comme si elle découvrait sa présence dans sa cellule.

— Oui, c'est ça, bredouille-t-elle.

— Quand je vous l'ai demandé l'autre jour, vous avez dit que le nom n'était pas russe. Pourquoi aurait-il pu être russe ?

— Parce que Jurek m'a parlé en russe une fois.

— Qu'est-ce qu'il vous a dit ?

— Je n'en peux plus, je n'en peux plus…

— Vous êtes sûre qu'il parlait russe ?

— Il disait des choses tellement atroces…

Susanne se met debout sur la couchette, complètement affolée, se tourne vers le mur et pleure pendant qu'elle essaie de cacher son visage avec sa main valide.

— Asseyez-vous, je vous en prie, dit Joona calmement.

— Il ne faut pas qu'il…

— Vous avez enfermé votre famille dans la cave parce que vous aviez peur de Jurek.

Elle le regarde et se met à piétiner sur le lit.

— Personne ne m'a écoutée, mais je sais parfaitement qu'il dit la vérité. J'ai senti son feu sur mon visage…

— J'aurais fait exactement la même chose que vous, dit Joona avec gravité. Si j'avais cru que je pouvais protéger ma famille contre Jurek de cette manière-là, j'aurais fait pareil.

Elle s'arrête, une interrogation dans le regard, et s'essuie la bouche.

— Je devais faire une injection de Zyprexa à Jurek. Il avait reçu des calmants, il était allongé sur le lit, il ne pouvait plus bouger. Sven Hoffman a ouvert la porte, je suis entrée et je lui ai fait l'injection dans la fesse. En collant le sparadrap, je lui ai seulement fait savoir que j'en avais assez de ses lettres, que je n'avais pas l'intention d'envoyer celle-là, je ne lui ai pas dit que je l'avais déjà brûlée, j'ai seulement…

Elle se tait et essaie de se maîtriser, tient la main devant sa bouche un instant, puis l'enlève :

— Jurek a ouvert les yeux et m'a regardée droit en face et il a parlé russe… Je ne sais pas comment il a su que je pouvais le comprendre, je ne lui avais jamais dit que j'ai vécu à Saint-Pétersbourg.

Elle se tait de nouveau et secoue la tête.

— Qu'est-ce qu'il vous a dit ?

— Il promettait d'éventrer Ellen et ma petite Anna... et de me laisser choisir laquelle des deux mourrait d'hémorragie, dit-elle et elle affiche un grand sourire pour ne pas s'effondrer. Il arrive que des patients profèrent des horreurs, on doit être capable d'encaisser pas mal de menaces, mais avec Jurek, ce n'est pas pareil.

— Vous êtes sûre que c'était du russe, et pas du kazakh ?

— Le kazakh est proche du russe, c'est vrai... mais Jurek Walter parlait un russe particulièrement soigné, comme un professeur à la Lomonossov.

— Vous lui avez dit que vous en aviez assez de ses lettres, dit Joona. Il y en avait eu d'autres ?

— Seulement celle à laquelle il répondait.

— Il en avait donc d'abord reçu une ?

— Elle m'était adressée... de la part d'un avocat qui... lui proposait d'examiner ses droits et les recours possibles.

— Et vous l'avez donnée à Jurek ?

— Je ne sais pas pourquoi, je pensais que c'était un droit fondamental, mais il n'est pas...

Elle pleure et fait quelques pas en arrière sur le lit mou.

— Essayez de vous rappeler ce que...

— Je veux mes enfants, je n'en peux plus, gémit-elle en piétinant de nouveau le lit. Il va leur faire du mal.

— Vous savez que Jurek est enfermé dans l'unit...

— Seulement quand il le veut, l'interrompt-elle en manquant de tomber. Il trompe tout le monde, il sait entrer et sortir...

— Ce n'est pas vrai, Susanne, la rassure Joona. Jurek Walter n'a pas quitté l'unité sécurisée une seule fois en treize ans.

Elle le fixe et murmure entre ses lèvres blanches et fissurées :

— Vous ne savez rien.

Elle semble sur le point d'éclater de rire.

— N'est-ce pas ? répète-t-elle. Vous ne savez réellement rien.

Ses yeux asséchés clignent et sa main est agitée d'un tremblement nerveux quand elle la lève pour écarter les cheveux de son visage.

— Je l'ai vu sur le parking devant l'hôpital, dit-elle à voix basse. Il était là, il me regardait.

Le lit craque sous ses pieds et elle prend appui avec la main contre le mur. Joona essaie de la calmer :

— Je comprends que ses menaces étaient…

— Mais vous êtes complètement débile ! crie-t-elle. J'ai vu votre nom sur la vitre…

Elle fait un pas en avant, vacille et tombe, se heurte violemment la nuque contre le bord du lit et s'effondre sur le sol.

Corinne Meilleroux pose son téléphone sur la table et secoue la tête, libérant ainsi une fragrance exquise qui se faufile jusqu'à Pollock.

Il a attendu qu'elle termine sa conversation, dans l'idée de lui demander si elle veut dîner avec lui un de ces soirs.

— Je n'obtiens que dalle, dit-elle.

— Que dalle, répète-t-il avec un sourire oblique.

— On ne peut pas dire ça ?

— Ça ne se dit plus trop, mais…

— J'ai parlé avec un certain Anton Takirov des services de renseignement du Kazakhstan. Ça a pris une seconde. En moins de temps qu'il me faut pour ouvrir mon ordinateur, il a répondu que Jurek Walter n'est pas un citoyen kazakh. Je me suis montrée super sympa et lui ai demandé de faire une nouvelle recherche, mais ce type a pris la mouche et m'a balancé qu'ils disposaient aussi d'ordinateurs au Kazakhstan.

— Il a peut-être du mal à communiquer avec les femmes.

— Quand j'ai tenté de lui expliquer qu'une comparaison d'ADN peut être assez longue, il m'a interrompue en aboyant qu'ils possèdent le système le plus performant du monde.

— Autrement dit, ils n'ont pas envie de nous aider.

— Contrairement au FSB*. Notre collaboration avec eux fonctionne très bien désormais. Dimitri Urgov vient de me rappeler. Ils n'ont rien qui correspond avec le matériel que je

---

* Service fédéral de sécurité de la Fédération de Russie, principal successeur du KGB soviétique.

leur ai envoyé, mais il va personnellement demander à la police nationale d'examiner les photos et de faire une recherche dans leur base de données ADN…

Corinne ferme les yeux et se masse la nuque. Pollock la regarde, fait de son mieux pour repousser l'envie de lui proposer son aide. Il voudrait se placer derrière elle et lentement assouplir les muscles de son dos.

— Mes mains sont toutes chaudes, dit-il juste au moment où Joona Linna entre dans la pièce.

— Je peux les toucher ? demande celui-ci avec son accent finnois chantant.

— Le Kazakhstan ne nous facilite pas les choses, fait savoir Corinne. Mais je…

— Jurek Walter est d'origine russe, la coupe Joona et il prend une poignée de bonbons acidulés dans un bol.

— D'origine russe, répète-t-elle d'une voix creuse.

— Il parle un russe parfait.

— Dimitri Urgov m'aurait donc menti… Excuse-moi, mais je le connais et je ne pense vraiment pas que…

— Il ne sait probablement rien, dit Joona, glissant ensuite les bonbons dans sa poche. Jurek Walter est vieux maintenant, tout ça doit dater de l'époque du KGB.

128

Pollock, Joona et Corinne se penchent ensemble au-dessus de la table et font un résumé de la situation. Quelques heures plus tôt, ils n'avaient toujours aucune piste à explorer. Mais grâce à l'infiltration de Saga, ils disposent désormais d'un lieu. La langue de Jurek Walter a fourché lorsqu'il a chuchoté "Leninsk". Il a grandi au Kazakhstan, mais comme Susanne Hjälm l'a entendu parler un russe soigné, sa famille est très vraisemblablement originaire de Russie.

— Leurs services de renseignement n'étaient vraiment au courant de rien, répète Corinne.

Joona prend son téléphone et cherche un contact qu'il n'a pas appelé depuis de nombreuses années. Une douce chaleur se répand dans tout son corps quand il se rend compte qu'il est peut-être sur la bonne piste pour percer l'énigme Jurek Walter.

— Qu'est-ce que tu vas faire ? demande Corinne.

— Parler avec une vieille connaissance.

— Tu appelles Nikita Karpin ! s'exclame Pollock. C'est ça, hein ?!

Joona s'éloigne, le téléphone collé à l'oreille. Les sonneries retentissent mêlées à des échos confus, et au bout d'un long moment, un crépitement éclate.

— Je crois t'avoir déjà remercié de ton aide pour Pitchouchkine, non ? demande Karpin en allant droit au but.

— Oui, tu m'as envoyé quelques petites savonnettes que…

— Et ça ne te suffit pas ? Tu es le garçon le plus obstiné que j'aie jamais rencontré, j'aurais dû me douter que tu reviendrais me déranger un jour ou l'autre.

— On a un cas compliqué ici qui…

— Je ne discute jamais au téléphone, l'interrompt Nikita.

— Si j'installe une ligne cryptée ?

— Nous la craquerons en vingt secondes, rit le Russe. Mais ça n'a rien à voir. Je me suis retiré des affaires et je ne peux pas t'aider.

— Mais tu dois avoir des contacts, tente Joona.

— Il ne reste plus personne. Ils ne sont au courant de rien pour Leninsk, et même s'ils l'étaient, ils ne diraient rien.

— Tu savais déjà ce que j'allais te demander, soupire Joona.

— Évidemment, c'est un petit pays…

— À qui devrais-je m'adresser pour obtenir une réponse ?

— Essaie le petit FSB dans un mois… Désolé, bâille Karpin, mais il faut que j'aille promener Zean, on a l'habitude de suivre la Kliazma gelée jusqu'aux pontons de baignade, et après on revient.

— Je vois, dit Joona.

Il raccroche et sourit de la prudence exagérée du vieux bonhomme. L'ancien agent du KGB ne semble pas avoir confiance en la nouvelle Russie. Il a sans doute raison. L'idée que le pays a pris la bonne direction n'est peut-être qu'un leurre lancé au reste du monde.

Il ne s'agit pas d'une invitation officielle mais, venant de Nikita Karpin, elle est plutôt chaleureuse.

Zean, le vieux chien samoyède de Nikita, est mort huit ans plus tôt pendant une visite de Joona à son maître. Le policier suédois avait été invité pour animer trois conférences sur le travail ayant mené à l'arrestation de Jurek Walter. À cette époque, la police de Moscou était en pleine traque du tueur en série Alexandre Pitchouchkine.

Nikita Karpin sait que Joona sait que le chien est mort. Et il sait que Joona connaît sa destination quand il va marcher sur la glace de la rivière Kliazma.

Il est dix-neuf heures cinquante et Joona Linna se trouve à bord du dernier avion pour Moscou. Quand il atterrit, minuit a sonné en Russie. Un froid mordant règne sur l'intérieur du pays et la température glaciale durcit la neige.

Joona traverse en taxi d'immenses banlieues monotones. Il a l'impression de tourner en boucle dans des complexes immobiliers maussades qui ont coûté des millions, lorsque la ville change enfin. Il a juste le temps d'apercevoir l'une des sept sœurs de Moscou – les magnifiques gratte-ciel staliniens – quand le taxi s'engage dans une ruelle et s'arrête devant son hôtel.

Sa chambre est sombre et très modeste. De hauts plafonds, des murs jaunis par la fumée de tabac. Sur un bureau trône un samovar électrique en plastique marron. Un plan d'évacuation est placardé sur l'intérieur de la porte, l'issue de secours a disparu sous une brûlure de cigarette.

L'unique fenêtre donne sur une ruelle et Joona peut sentir le froid hivernal à travers la vitre. Il s'allonge sur le couvre-lit brun et rêche, fixe le plafond et entend des voix assourdies parler et rire dans la chambre voisine. Il est trop tard pour appeler Disa et lui souhaiter bonne nuit.

Les images qui tourbillonnent dans sa tête l'accompagnent dans le sommeil. Une petite fille attend que sa mère vienne lui tresser les cheveux, Saga Bauer le regarde, le crâne lacéré, et Disa est allongée dans la baignoire chez lui, elle fredonne, les paupières mi-closes.

À cinq heures et demie, le téléphone de Joona se met à vibrer sur la table de chevet. Il a dormi tout habillé, emmitouflé dans les couvertures et le couvre-lit. Il a le bout du nez glacé et doit souffler sur ses doigts gelés avant d'appuyer sur le téléphone pour arrêter la sonnerie.

Le ciel est toujours sombre.

Il descend dans le hall et demande à la jeune femme derrière le comptoir de lui trouver une voiture de location. Il s'assied à l'une des tables élégamment dressées pour le petit-déjeuner, boit du thé et mange des pains chauds avec du beurre fondu et d'épaisses tranches de fromage.

Une heure plus tard, Joona sort de Moscou au volant d'une BMW X3 flambant neuve. Le goudron noir et brillant passe en trombe sous la voiture, la circulation est dense dans la ville de Vidnoïe, et sa montre affiche déjà huit heures quand il quitte l'autoroute et s'aventure sur des routes secondaires blanches et sinueuses.

Dans les forêts de bouleaux, les arbres se dressent tels de jeunes anges élancés dans le paysage enneigé. La beauté de la Russie est presque effrayante.

Le temps est froid et limpide et le domaine de Lioubimovka baigné par un soleil hivernal quand Joona s'arrête dans la cour déblayée, devant la villa blanche. Il a entendu dire qu'autrefois ce lieu servait de résidence d'été à Stanislavski, la légende du théâtre russe.

Nikita Karpin sort sur la véranda.

— Tu t'es souvenu de mon toutou crotté, sourit-il et il serre la main de Joona.

C'est un homme petit et trapu au beau visage vieilli, regard dur comme de la pierre et une coupe militaire. Pendant son service d'agent secret, il inspirait crainte et respect.

Karpin ne fait plus formellement partie du renseignement, mais il est encore soumis au ministère de la Justice. Joona sait que si quelqu'un peut trouver des connexions éventuelles entre Jurek Walter et la Russie, c'est bien Karpin.

— On a un intérêt commun pour les tueurs en série, dit Nikita en faisant entrer Joona dans la maison. Dans mon pays, on les considère parfois comme des puits où l'on peut noyer tous les crimes non résolus… Ce qui est assez pratique. D'un autre côté, on est bien obligés de les arrêter pour ne pas paraître totalement incompétents, et ça complique un peu les choses.

Joona suit Karpin dans une vaste et belle pièce dont le décor semble inchangé depuis la fin du XIXᵉ siècle.

Le vieux papier peint à médaillons brille comme de la crème fraîche bien grasse. Sur le mur au-dessus d'un piano à queue noir est accroché un portrait encadré de Stanislavski.

L'agent secret leur sert une boisson dans une grande carafe embuée. Un gros carton gris est placé en évidence sur la table.

— Du sirop de fleurs de sureau, dit-il et il se tapote l'emplacement du foie.

Dès l'instant où Joona est servi et qu'ils sont assis face à face, le visage de Nikita se transforme. Le sourire avenant disparaît, comme s'il n'avait jamais existé.

— La dernière fois qu'on s'est rencontrés… presque tout était secret à cette époque-là, mais je dirigeais encore un groupe d'élite connu sous le nom du Coup de l'étrier, dit Nikita à voix basse. Le petit bâton, en traduction littérale. On savait se montrer assez persuasifs… mes hommes et moi…

Le bois de la chaise proteste lorsqu'il s'appuie contre le dossier. Ses mains ridées sont posées sur la table entre le carton gris et la carafe de sirop.

— Je vais peut-être brûler aux enfers à cause de ça, qui sait ? dit-il d'une voix sérieuse. À moins qu'il n'existe un ange qui protège ceux qui défendent leur patrie.

Il saisit le verre et boit une gorgée de sirop.

— Je voulais qu'on soit beaucoup plus sévères avec les terroristes en Tchétchénie. Je suis fier de notre intervention à Beslan et, en ce qui me concerne, Anna Politkovskaïa était une traîtresse.

Il pose son verre et respire profondément.

— J'ai regardé le matériel que la Säpo a envoyé au FSB. Ce n'est pas grand-chose, ce que vous avez réussi à rassembler, Joona Linna.

— Non, répond Joona avec flegme.

— On avait donné un nom aux jeunes ingénieurs et constructeurs qui étaient envoyés au cosmodrome de Leninsk. On les appelait les carburants à fusée.

— Carburants à fusée ?

— Tout ce qui touchait au programme spatial devait rester secret d'État. Tous les rapports devaient être soigneusement codés. Les ingénieurs étaient censés ne jamais en revenir. C'étaient les scientifiques les plus diplômés de leur époque, mais on les traitait comme du bétail.

L'agent du KGB se tait. Joona se ressert et vide son verre.

— C'est ma grand-mère paternelle qui m'a appris à faire du sirop avec les fleurs du sureau.

— C'est bon.

— Tu as bien fait de venir me voir, Joona Linna, dit Nikita Karpin et il s'essuie la bouche d'un revers de main. J'ai emprunté un dossier aux archives spéciales du Coup de l'étrier.

130

Le vieil homme sort un classeur aussi gris que le carton, l'ouvre et pose une photographie devant Joona. C'est une photo de groupe, vingt-deux hommes devant un escalier en pierre crépi.

— Cette photo a été prise à Leninsk en 1955, dit Karpin, et sa voix a changé de ton.

Le légendaire Sergueï Korolev, un sourire paisible aux lèvres, est assis au milieu du premier rang sur un banc public qu'on a traîné là pour la photo. Korolev, l'ingénieur fondateur du programme spatial soviétique, l'homme à l'origine du premier satellite au monde et du premier vol d'un homme dans l'espace.

— Regarde ceux du fond.

Jonna se penche sur la photographie et examine les visages du dernier rang les uns après les autres. À moitié caché par une chevelure ébouriffée, il remarque un homme au visage maigre et aux yeux clairs.

La tête de Joona part en arrière comme s'il avait aspiré une bouffée d'ammoniac.

Il a trouvé le père de Jurek Walter.

— Je vois, chuchote-t-il.

— L'administration de Staline sélectionnait les ingénieurs les plus jeunes et les plus talentueux, raconte Nikita calmement et il balance un vieux passeport soviétique sous les yeux de Joona. Et Vadim Levanov était sans aucun doute l'un des meilleurs.

Joona ouvre le passeport et sent les battements de son cœur s'accélérer.

La photographie en noir et blanc montre un homme qui ressemble à Jurek Walter, mais avec des yeux plus chaleureux et un visage dépourvu de rides. Vadim Levanov est donc le nom du père de Jurek.

Le déplacement de Joona en Russie a porté ses fruits. Ils vont enfin pouvoir dresser le véritable portrait de Jurek Walter.

Nikita pose sur la table une fiche comportant dix empreintes digitales, de petites photographies d'ordre privé du baptême du père et de ses années d'étudiant. Des cahiers de l'école primaire et un dessin d'enfant représentant une voiture avec une cheminée sur le toit.

— Que veux-tu savoir sur lui ? sourit Karpin. Je pense qu'on a pratiquement tout. L'adresse de ses domiciles successifs, ses petites amies avant son mariage avec Elena Mishaylova, les lettres à ses parents à Novossibirsk, la période où il était un militant actif du parti…

— Son fils, chuchote Joona.

— Sa femme aussi était une ingénieure sélectionnée, mais elle est morte en couche après seulement deux ans de mariage.

— Le fils, répète Joona.

Karpin se lève, ouvre une armoire en bois, en sort une volumineuse boîte de rangement qu'il pose sur la table. Il en retire le couvercle, et dévoile un projecteur de film seize millimètres.

Il demande à Joona de fermer les rideaux, puis il sort une bobine de son carton gris.

— C'est un film amateur de l'époque, à Leninsk, que j'aimerais te montrer.

Le projecteur émet un petit crépitement régulier, l'image est projetée directement sur le papier peint clair orné de médaillons. Karpin règle la netteté, puis se rassoit.

La luminosité varie un peu, mais l'image est stable. La caméra est manifestement installée sur un pied.

Joona réalise qu'il regarde un film que le père de Jurek Walter a tourné durant son séjour à Leninsk.

Ce qu'il voit projeté sur le mur est l'arrière d'une maison au jardin luxuriant. Les rayons du soleil percent à travers le feuillage des arbres et dans le fond, au-dessus de la végétation, s'élève un pylône de lignes à haute tension.

L'image tremble légèrement, puis le père de Jurek apparaît. Il dépose une sorte de valise plate et rigide dans les hautes herbes, l'ouvre et en sort quatre chaises de camping. Sur la gauche, un garçon bien coiffé entre dans le champ. Il a peut-être sept ans, ses traits sont fins et il a de grands yeux clairs.

C'est Jurek, pas de doute, pense Joona et il ose à peine respirer.

Le garçon parle, mais on n'entend que le petit bruit sec et régulier émis par le projecteur.

Le père et le garçon déplient ensemble des pieds en métal fixés à l'intérieur de la valise et la retournent, la transformant ainsi en table de pique-nique.

Le garçon disparaît, pour réapparaître aussitôt de l'autre côté de l'image, portant une carafe d'eau. L'enchaînement est tellement rapide que ça doit être truqué.

Jurek se mord les lèvres et ses mains sont fermement serrées quand le père lui parle.

Il disparaît de nouveau de l'image et le père le suit à grandes enjambées.

L'eau dans la carafe scintille.

Après un petit moment, Jurek revient avec un sac en papier blanc dans les mains, puis le père arrive aussi, portant un autre enfant sur ses épaules.

Le papa secoue la tête et galope comme un cheval.

Joona n'arrive pas à voir le visage du deuxième enfant.

Sa tête se trouve hors du cadre supérieur, mais Jurek agite la main dans sa direction.

Les pieds chaussés de petits souliers donnent des coups dans la poitrine du père.

Jurek crie quelque chose.

Le père dépose le deuxième enfant dans l'herbe devant la table, et Joona réalise que c'est Jurek, lui aussi.

Les deux garçons identiques fixent la caméra, le visage sérieux. L'ombre d'un nuage passe sur le jardin. Le père prend le sac en papier et disparaît du cadre.

— Des jumeaux monozygotes, sourit l'agent secret, et il arrête le projecteur.

— Des jumeaux, répète Joona.

— Igor et Roman. C'est pour ça que la mère est morte.

Les yeux fixés droit devant lui sur le papier peint à médaillons, Joona se répète silencieusement que le Marchand de sable est le frère jumeau de Jurek Walter.

C'est lui qui retient Felicia en captivité.

C'est lui que Lumi a aperçu dans le jardin quand elle voulait dire bonne nuit au chat.

Et c'est pour ça que Susanne Hjälm pouvait voir Jurek Walter dans l'obscurité du parking devant l'hôpital.

Le projecteur brûlant émet toujours ses petits crépitements.

Joona prend son verre de sirop, se lève, ouvre les rideaux et se place devant la fenêtre. Il observe en contrebas l'eau gelée de la Kliazma.

— Comment as-tu trouvé tout ce matériel ? finit-il par demander quand il est sûr de pouvoir faire confiance à sa voix. Combien de classeurs as-tu été obligé de compulser, combien de films as-tu visionné ? J'imagine que vous possédez des informations de ce genre sur des millions d'individus.

— Oui, mais un seul d'entre eux a déserté Leninsk pour la Suède, répond Karpin calmement.

— Le père s'est enfui en Suède ?

— Août 1957 a été un mois dramatique sur le cosmodrome, répond Nikita de façon énigmatique.

Puis il allume une cigarette.

— Que s'est-il passé ?

— Ils ont fait deux essais de lancement avec la fusée Semiorka. La première fois, un des accélérateurs a pris feu et le missile s'est écrasé au bout de quatre cents kilomètres. La deuxième fois – même fiasco. J'ai dû m'y rendre pour faire disparaître les responsables. Pour leur donner un petit coup d'étrier. N'oublie pas que cinq pour cent de tout le PNB de l'Union soviétique étaient engloutis par le complexe de Leninsk. Le troisième essai de lancement s'est bien passé et les ingénieurs ont pu respirer jusqu'à la catastrophe de Nedelin trois ans plus tard.

— J'ai lu des articles là-dessus.

— Mitrofan Nedelin a conçu à la hâte un missile intercontinental, poursuit Nikita et il observe le bout incandescent de sa cigarette. Le missile a explosé sur l'aire de lancement et plus de cent personnes ont été tuées dans l'accident. Vadim Levanov et les jumeaux ont disparu. Pendant quelques mois, on a réellement cru qu'ils avaient péri avec tous les autres.

— Et ce n'était pas le cas.

— Non. Levanov s'est enfui par peur des représailles. Il aurait sans aucun doute fini au Goulag, probablement au camp de travail Siblag, mais au lieu de cela, il a refait surface en Suède.

Il se tait et éteint lentement sa cigarette dans une petite assiette en porcelaine.

— Nous avons surveillé Vadim Levanov et les jumeaux vingt-quatre heures sur vingt-quatre et nous étions bien sûr prêts à le liquider. Mais cela n'a pas été nécessaire, car la Suède l'a traité comme un malpropre, elle a organisé un Goulag national à sa façon… Il n'a pas pu trouver de meilleur boulot qu'ouvrier non qualifié dans une carrière.

Une lueur de méchanceté traverse son regard et il rit.

— Si vous vous étiez intéressés à ses compétences, la Suède aurait pu être le premier pays dans l'espace.

— Peut-être bien, répond Joona calmement.

— Crois-moi.

— Jurek et son frère avaient donc une dizaine d'années quand ils sont arrivés en Suède ?

— Mais ils ne sont restés que deux ans, sourit Nikita.

— Comment ça se fait ?

— On ne devient pas tueur en série pour rien.

— Tu sais ce qui s'est passé ? demande Joona.

— Oui.

Nikita Karpin regarde par la fenêtre et passe sa langue sur ses lèvres. La lumière d'hiver oblique entre par les vitres en verre soufflé.

132

Aujourd'hui, Saga arrive la première dans la salle de détente et monte immédiatement sur le tapis roulant. Elle a assez de force pour courir quatre minutes d'affilée et vient juste de réduire la vitesse pour passer à la marche lorsque Bernie sort de sa chambre.

— Je vais conduire un taxi quand je serai libre… Je te jure, comme un putain de Fittipaldi… Et tu ne paieras rien et j'aurai le droit de te toucher entre…

— Ferme ta gueule, l'interrompt-elle.

Il hoche la tête, vexé, puis va tout droit vers le palmier, retourne une feuille et lui montre le mouchard avec un rictus en coin.

— C'est toi qui es mon esclave, rit-il.

Saga le repousse immédiatement, il titube en arrière et tombe sur ses fesses.

— Moi aussi je veux m'évader, siffle-t-il. Je veux conduire un taxi et…

— Ta gueule, répète Saga et elle jette un rapide coup d'œil au sas pour voir si les gardiens sont en route.

Apparemment, personne au centre de surveillance ne les a observés.

— Tu vas m'emmener quand vous vous évaderez, tu m'entends…

— Silence, ordonne Jurek derrière eux.

— Pardon, chuchote Bernie tout bas, comme s'il s'adressait au sol.

Saga n'a pas entendu Jurek arriver. Un frisson lui traverse le dos quand elle réalise qu'il a très bien pu voir le micro sous la feuille.

Peut-être est-elle déjà percée à jour ?

Ça peut arriver à tout moment. La situation de crise qu'elle a redoutée peut parfaitement se produire maintenant. Elle sent la montée d'adrénaline et essaie de visualiser le plan de l'unité sécurisée, passant mentalement en revue les portes, les différentes zones et les endroits où se mettre temporairement à l'abri.

Si Bernie la démasque, elle doit d'abord se barricader dans sa chambre. Et de préférence emporter le mouchard avec elle et crier qu'elle a besoin d'être secourue immédiatement, qu'il faut venir la sauver.

Jurek s'arrête devant Bernie couché par terre qui balbutie ses excuses tout bas.

— Tu vas arracher le fil électrique du tapis de course et tu vas retourner dans ta chambre te pendre à la porte, lui dit-il.

Bernie lève les yeux, le regard terrorisé.

— Quoi ? Putain, non...

— Va attacher le fil à la poignée côté salle de détente, lance-le par-dessus la porte et avance la chaise en plastique, lui ordonne Jurek sèchement.

— Je ne veux pas, je ne veux pas, chuchote Bernie, les lèvres tremblantes.

— On ne peut plus te garder en vie, dit Jurek calmement.

— Mais... putain, je blaguais, je comprends bien que je ne peux pas venir... Je sais que c'est votre truc à vous... rien qu'à vous...

Nathan Pollock et Corinne Meilleroux se lèvent de concert quand la tension dans la salle de détente grimpe d'un cran.

Ils comprennent que Jurek a décidé d'exécuter Bernie, et ils espèrent que Saga n'oublie pas qu'elle n'a plus de compétences ou d'accréditations policières.

— On ne peut rien faire, chuchote Corinne.

De lents mugissements étourdissants se déversent des grosses enceintes. Johan Jönsson ajuste le niveau sonore et se gratte nerveusement le cuir chevelu.

— Donne-moi plutôt une punition, gémit Bernie. Je mérite une punition…

— Je peux lui casser les deux jambes, dit Saga.

Corinne s'entoure de ses bras et essaie de respirer calmement.

— Ne fais rien, murmure Pollock en direction des baffles. Fais confiance aux gardes, tu n'es qu'une patiente.

— Pourquoi personne ne déboule ? dit Johan Jönsson. Ces putains de gardiens, ils devraient quand même voir ce qui est en train de se passer ?

— Si elle intervient, Jurek la tuera immédiatement, chuchote Corinne, et le stress réveille son accent français.

— Ne fais rien, supplie Pollock. Surtout, ne fais rien.

134

Le cœur de Saga cogne dans sa poitrine. Elle ne parvient pas à rassembler ses idées quand elle descend du tapis roulant. Ce n'est pas à elle de protéger les patients. Elle ne doit surtout pas sortir de son rôle de patiente schizoïde.

— Je lui brise les jambes au niveau des genoux, tente-t-elle. Je lui casse les bras et les doigts et...

— Il vaut mieux qu'il meure, c'est tout, tranche Jurek.

— Viens par là, ordonne-t-elle rapidement à Bernie. On est à l'abri de la caméra ici.

— Blanche-Neige, putain, sanglote Bernie en se relevant, puis il s'approche d'elle.

Elle attrape son poignet, le tire plus près d'elle et lui casse le petit doigt. Il hurle et tombe à genoux, tenant la main serrée contre son ventre.

— Le suivant, dit-elle.

— Vous êtes cinglés, pleure Bernie. Je vais appeler à l'aide... mes esclaves squelettes vont arriver...

— Tais-toi, dit Jurek.

Il s'approche du tapis roulant, débranche la prise de l'appareil, arrache le fil électrique de la plinthe d'un coup si brusque que des fragments de béton du mur s'éparpillent au sol.

— Le doigt suivant, essaie Saga.

— Tiens-toi à l'écart maintenant, lui dit Jurek et son regard la cloue sur place.

Elle reste immobile, une main sur le mur, quand Bernie suit Jurek.

Elle voit Jurek attacher le fil à la poignée côté salle de détente, puis le lancer par-dessus la porte.

Elle voudrait hurler devant l'absurdité de la situation.

Bernie lui jette un regard suppliant avant de monter sur la chaise en plastique et de passer la tête dans le nœud coulant.

Il essaie de parler à Jurek, sourit et répète quelque chose.

Saga est comme pétrifiée, mais se dit que le personnel ne va pas tarder à arriver. Pourtant, aucun surveillant n'intervient. Jurek a passé tant d'années dans le service qu'il connaît leurs habitudes par cœur. Il sait probablement que c'est pile le moment de leur pause-café, ou bien de la relève.

Elle se déplace lentement en direction de sa chambre. Elle ne sait pas quoi faire, ne comprend pas pourquoi personne ne vient.

Jurek dit quelque chose à Bernie, attend un instant, répète ses paroles, mais Bernie secoue la tête et les larmes lui montent aux yeux.

Saga continue de reculer, le cœur cognant contre sa poitrine. Une sensation d'irréalité se répand dans tout son corps.

Jurek donne un coup de pied dans la chaise, puis retourne dans la salle de détente et file dans sa chambre.

Bernie agite les jambes à seulement trente centimètres du sol, il essaie de s'agripper au fil électrique, mais n'en a pas la force.

Saga entre dans sa chambre, avance vers la porte donnant sur le couloir et y donne un coup de pied de toutes ses forces. Un bruit assourdi se répand dans le métal. Elle recule et donne un nouveau coup de pied, recule et recommence, sans s'arrêter. La robuste porte vibre légèrement, les lourds chocs répétés se propagent dans les murs de béton. Elle continue inlassablement à donner des coups de pied, encore et encore, et finit par entendre des voix alarmées dans le couloir, des pas rapides et le bruissement des serrures électriques.

Le plafonnier s'éteint. Saga est couchée sur le côté dans son lit, les yeux ouverts. Une angoisse brûlante la tenaille.

Seigneur Dieu, que pouvais-je faire ?

Ses pieds, ses chevilles et ses genoux sont encore endoloris après tous les coups de pied qu'elle a donnés.

Elle ne sait pas si elle aurait pu sauver Bernie en intervenant, peut-être que oui, peut-être que Jurek n'aurait pas été en mesure de l'en empêcher.

Mais elle aurait sans aucun doute mis sa propre vie en danger et gâché leurs chances hypothétiques de sauver Felicia.

Si bien qu'elle était entrée dans sa chambre et s'était mise à taper sur la porte avec ses pieds. Une réaction désespérée et pathétique.

De toutes ses forces, elle s'était attaquée à la porte, en espérant que les gardes se demanderaient d'où venait ce bruit et qu'ils regarderaient enfin leurs moniteurs.

Mais rien ne s'était produit. Ils ne l'avaient pas entendue. Elle aurait dû taper plus fort.

Ça lui avait paru une éternité avant que les voix et les pas n'approchent.

Depuis, elle grelotte sur son lit. La fille aux piercings lui a apporté son dîner, mais elle n'a mangé que les petits pois et deux bouchées de la purée mousseline qui accompagnait le gratin de poisson.

Elle est couchée et tente de se persuader que les gardiens sont arrivés à temps, que Bernie se trouve en soins intensifs et que son état est stable.

L'issue dépend du nœud coulant, s'il a serré les artères carotides internes très fort ou juste un peu.

Jurek a peut-être fait un nœud médiocre…

En réalité, elle est convaincue du contraire.

Allongée dans le noir, Saga pense au visage de Bernie quand il a secoué la tête, avec dans les yeux un désespoir absolu. Jurek bougeait telle une ombre. Il a procédé à l'exécution sans la moindre passion, sans un geste superflu : il a renversé la chaise d'un coup de pied puis est retourné dans sa chambre sans se presser.

Saga allume la lampe près du lit et s'assied, les pieds par terre. Elle regarde la caméra de surveillance au plafond, fixe la lentille ronde, puis attend.

Comme d'habitude, Joona avait raison. Il pensait qu'il existait une infime possibilité que Jurek s'approche d'elle.

Le fait est qu'il a commencé à lui parler sur un plan tellement personnel que Joona lui-même doit en être surpris.

Elle a enfreint la règle de ne pas évoquer ses parents ou sa famille. Elle espère seulement que ses collègues qui écoutent ne s'imaginent pas qu'elle a perdu le contrôle de la situation. C'était une tentative d'approfondir la conversation. Elle était parfaitement consciente de ce qu'elle faisait quand elle a raconté au tueur en série Jurek Walter une des périodes les plus difficiles de sa vie.

Pas une seule fois elle n'a oublié ce dont il a été capable auparavant, mais elle ne s'est pas sentie menacée par lui. Cela a probablement profité à l'infiltration. Elle avait plus peur de Bernie. Jusqu'à ce que Jurek le pende à l'aide du fil électrique.

Saga se masse la nuque et continue de fixer l'œil noir de la caméra. Ça doit faire plus d'une heure qu'elle est dans cette position.

136

Assis devant son ordinateur, Anders Rönn essaie de résumer les événements dans le journal de bord du service.

Pourquoi faut-il que tout arrive précisément maintenant ?

À la même date chaque mois, le personnel fait l'inventaire du stock de produits pharmaceutiques et autres consommables. Cela ne prend pas plus de quarante minutes.

My, Leif et lui-même se trouvaient devant les réfrigérateurs des médicaments quand ils avaient soudain entendu du bruit.

De sourds grondements qui résonnaient au fond des murs. My avait lâché la liste d'inventaire et s'était précipitée au centre de vidéosurveillance. Anders l'avait suivie. Arrivée devant le grand moniteur, elle avait poussé un cri en voyant l'image de la chambre 2. Bernie pendait inanimé contre la porte entrouverte de la salle de détente. De l'urine dégouttait de ses orteils et formait une flaque sous son corps.

Depuis la brève entrevue qu'il a eue avec les dirigeants de l'hôpital, Anders ressent un malaise continu. Suite à ce suicide dans son service, on l'avait convoqué à une réunion de crise. Le directeur était arrivé directement d'un goûter d'anniversaire, énervé d'avoir été interrompu en pleine pêche aux canards. Fixant Anders, il avait déclaré que laisser un médecin inexpérimenté endosser la responsabilité de chef de service était sans doute une erreur. Son visage rond avec l'entaille profonde au menton tremblait.

Anders en rougit encore lorsqu'il se revoit se lever et présenter ses excuses. Il avait bégayé et tenté d'expliquer que, d'après son dossier, Bernie Larsson était terriblement déprimé, que le changement de lieu avait été compliqué pour lui.

— Tu es toujours là ?

Il sursaute et aperçoit My à la porte qui lui adresse un sourire fatigué.

— Le directeur veut le rapport sur son bureau demain matin, du coup je pense que tu vas devoir me supporter encore quelques heures.

— T'assures grave, dit-elle avec un bâillement.

— Si tu veux, tu peux aller t'allonger un moment dans la salle de repos, dit-il.

— Ça va, je tiens le coup.

— Il n'y a pas de problème, de toute façon je suis obligé de rester.

— Sérieux ? C'est vraiment sympa !

Il lui sourit.

— Va dormir quelques heures. Je te réveillerai avant de partir.

Anders entend ses pas dans le couloir, elle passe devant les vestiaires et entre dans la salle de repos.

La lueur de l'écran d'ordinateur éclaire le petit bureau d'Anders. D'un clic, il ouvre l'agenda et inscrit quelques rendez-vous qui viennent d'être pris, avec la famille de Bernie et des agents administratifs.

Ses doigts s'arrêtent sur le clavier quand il repense à la nouvelle patiente. Il est obnubilé par les quelques secondes où il était entré dans sa cellule, l'instant où il avait baissé son pantalon et sa culotte et avait vu sa peau blanche rougir légèrement après les piqûres. Il l'avait touchée comme un médecin, mais en fouillant du regard son entrecuisse, son sexe, les poils blonds et la fente fermée.

Anders fait une note à propos d'une réunion reportée, clique plusieurs fois pour consulter d'anciennes évaluations, mais est incapable de se concentrer.

Il relit son rapport destiné à la direction nationale de la Santé et des Affaires sociales, se lève et retourne au centre de vidéosurveillance.

En s'installant devant le grand écran aux neuf fenêtres, il voit immédiatement que Saga Bauer est réveillée. La lampe encastrée au-dessus du lit est allumée. Elle est assise, parfaitement immobile, et le fixe à travers la caméra.

Sentant un poids étrange peser sur lui, Anders regarde les autres fenêtres. Les chambres 1 et 2 sont plongées dans l'obscurité. Rien ne bouge dans le sas et dans la salle de détente. La caméra devant la pièce où My se repose montre une porte fermée. Le personnel de la société de surveillance se trouve à l'extérieur de la première porte de sécurité.

Anders sélectionne la chambre 3 et l'image remplit immédiatement le deuxième écran. Le plafonnier du centre de vidéosurveillance se reflète dans l'écran poussiéreux. Il tire la chaise plus près. Saga est toujours assise, le regard vissé sur lui.

Il se demande ce qu'elle veut.

Son visage clair brille et elle tend le cou.

Elle se masse la nuque avec la main droite, se lève et fait quelques pas en avant, sans lâcher la caméra des yeux.

Anders bascule l'image sur l'écran principal et jette un coup d'œil sur les gardes et sur la porte fermée de la salle de repos, puis il sort du bureau.

Devant la porte de sécurité, il introduit sa carte dans le lecteur et pénètre dans le couloir. L'éclairage nocturne est triste et gris. Les trois portes des patients brillent faiblement comme du plomb. Il s'arrête devant celle de Saga et regarde par la vitre blindée. Saga est toujours plantée au milieu de la pièce, mais elle tourne les yeux vers le vasistas quand il l'ouvre.

La lumière de la lampe de chevet derrière elle rayonne entre ses jambes.

— Je n'arrive pas à dormir, dit-elle.

Ses yeux sont grands et son regard sombre.

— Tu as peur du noir ?

— J'ai besoin de dix milligrammes de Valium, c'est ce qu'on me donnait à Karsudden.

Elle est encore plus belle et menue en chair et en os. Elle bouge avec une étrange détermination, une assurance dans le corps, comme une gymnaste de haut niveau ou une danseuse étoile. Anders voit le coton fin de son débardeur moulant assombri par la sueur. L'arrondi de ses épaules parfaites, les mamelons sous le tissu.

Il cherche dans sa mémoire s'il a lu quelque chose à propos de problèmes de sommeil dans les notes de Karsudden. Puis il se rappelle que cela n'a en réalité aucune importance. C'est lui qui décide des médicaments à lui donner.

— Attends un instant, dit-il, et il va chercher un comprimé.

Quand il revient, la sueur lui coule entre les omoplates. Il lui montre le gobelet en plastique, elle tend la main par l'ouverture pour le prendre, mais il ne peut s'empêcher de la taquiner un peu :

— Tu me fais un sourire ?

— Donnez-moi le comprimé, dit-elle seulement et elle maintient son bras tendu.

Il tient le gobelet en l'air, hors d'atteinte de la main de Saga.

— Un petit sourire, dit-il en lui chatouillant la paume.

137

Saga adresse un sourire au médecin sans le lâcher du regard jusqu'à ce qu'il lui donne le comprimé. Il referme et verrouille la petite trappe, mais s'attarde quand même devant la porte. Elle avance dans la chambre, fait semblant de mettre la pilule dans sa bouche, prend de l'eau dans sa main et avale en inclinant la tête en arrière. Elle ne regarde pas dans la direction du médecin, ne sait pas s'il est toujours là, mais s'assied un moment sur le lit avant d'éteindre. À l'abri de l'obscurité, elle cache rapidement le comprimé sous la semelle intérieure d'une de ses chaussures, puis se remet au lit.

Avant de s'endormir, elle revoit la tête de Bernie, se souvient des larmes dans ses yeux quand il avait passé sa tête dans le nœud coulant.

Ses mouvements de lutte silencieux, les petits battements de ses talons contre la porte l'accompagnent pendant qu'elle s'endort.

Elle sombre aussitôt dans un sommeil profond, une chute réparatrice.

Mais à un moment donné, le sablier se retourne.

Comme un vent chaud qui s'élève dans les airs, elle remonte vers l'état d'éveil et ouvre les yeux dans le noir. Elle ne sait pas ce qui l'a réveillé. Dans son rêve, il y avait les pieds de Bernie et leur martèlement désespéré.

Peut-être un tintement au loin.

Tout ce qu'elle entend, c'est le battement de son propre pouls dans les conduits auditifs.

Elle cligne des yeux et tend l'oreille.

Le verre blindé de la porte apparaît lentement comme un carré d'eau de mer gelée.

Elle ferme les paupières, essaie de se rendormir. Ses yeux brûlent de fatigue, mais elle ne parvient pas à se détendre. Quelque chose met ses sens en alerte.

Le métal qui recouvre les murs crépite. Elle rouvre les yeux et fixe la porte.

Soudain une ombre noire se dessine derrière la vitre.

Elle est tout de suite complètement éveillée et sur ses gardes.

Un homme la regarde à travers la vitre blindée. Le jeune médecin. Est-il resté là tout ce temps ?

Il ne peut rien voir dans l'obscurité.

Pourtant il se tient là au milieu de la nuit.

Sa tête oscille légèrement.

Un petit sifflement s'élève.

Elle se rend compte maintenant que le bruit métallique qui l'a réveillée venait d'une clé qu'on glisse dans la serrure.

De l'air s'engouffre dans la chambre, le sifflement enfle, puis baisse pour finalement s'éteindre.

La lourde porte s'ouvre et elle comprend qu'elle doit rester complètement immobile. Elle devrait être profondément endormie après avoir pris le calmant. L'éclairage nocturne du couloir se déverse en une poudre scintillante autour de la tête et des épaules du jeune médecin.

Il a peut-être vu qu'elle a juste fait semblant d'avaler le comprimé. Il entre dans sa cellule pour le récupérer dans sa chaussure. Mais les membres du personnel n'ont pas le droit d'être seuls quand ils pénètrent dans les chambres des patients.

Puis elle réalise que le médecin vient la voir précisément parce qu'il la croit profondément endormie après ce fameux calmant.

138

C'est de la folie, pense Anders en refermant la porte derrière lui. Au milieu de la nuit, il est entré dans la chambre d'une patiente et il se tient là, dans l'obscurité. Son cœur cogne tellement fort dans sa poitrine que c'en est douloureux.

Il la devine dans le lit.

Elle sera plongée dans un sommeil profond pendant plusieurs heures, presque comme si elle avait perdu connaissance.

My dort, il a vu sur l'écran que la porte de la salle de repos était fermée. Deux gardes sont postés devant la porte de sécurité extérieure. Ce sont les seules personnes éveillées.

Il ne sait pas lui-même ce qu'il fait dans la chambre de Saga, il n'arrive pas à anticiper ses pensées, il a seulement éprouvé un besoin impératif d'y entrer et de la voir à nouveau, d'inventer un prétexte pour toucher encore une fois sa peau chaude.

Il voudrait s'interdire de penser à ses seins en sueur et à son regard abandonné quand elle essayait de se libérer et que ses vêtements avaient glissé, dénudant sa poitrine. En vain.

Il se répète qu'il ne fait que contrôler que tout va bien avec la patiente à qui il a administré un calmant.

S'il se fait surprendre ici, il pourra dire qu'il a remarqué une apnée respiratoire et décidé d'entrer puisqu'elle est soumise à un traitement très lourd.

On dira qu'il a fait preuve d'un manque de discernement en omettant de réveiller My, mais la visite en elle-même sera considérée comme motivée.

Il veut seulement s'assurer qu'elle va bien.

Anders fait quelques pas dans la pièce et pense soudain à des filets de pêche, à des nasses et des verveux à ailes dont les anneaux se font de plus en plus petits, jusqu'à ce qu'il n'y ait plus de retour possible pour les poissons.

Il déglutit et se dit qu'il ne fait rien de mal. Au contraire, il se soucie particulièrement du bien-être de ses patients.

Il n'arrive pas à chasser de ses pensées l'instant où il lui a fait l'injection. Le souvenir de son dos et de ses fesses pèse sur lui comme une masse sombre.

Avançant avec précaution dans la chambre, il cherche Saga du regard dans l'obscurité. Il devine qu'elle dort sur le côté.

Il s'assied doucement sur le bord du lit et retire la couverture de ses fesses et de ses jambes. Il cherche à percevoir la respiration de la jeune femme, mais les battements de son propre pouls résonnent trop fort dans ses oreilles.

Une douce tiédeur émane du corps de Saga.

Avec bienveillance, il lui caresse la cuisse, un geste que n'importe quel médecin pourrait faire. Ses doigts atteignent la culotte en coton.

Il a les mains froides, elles tremblent, et sa nervosité inhibe son excitation sexuelle.

La pièce est trop sombre pour que la caméra puisse enregistrer ce qu'il fait.

Peu à peu, il laisse ses doigts glisser sur la culotte jusqu'à l'entrejambe et il sent la chaleur de son sexe.

Il appuie légèrement un doigt sur le tissu et le laisse délicatement glisser sur la vulve.

Il voudrait la caresser jusqu'à ce que son corps entier implore d'être pris, jusqu'à ce qu'elle ait un orgasme dans son sommeil.

Ses yeux se sont habitués à l'obscurité, il distingue maintenant les cuisses minces de Saga et la ligne parfaite de ses hanches.

Elle dort profondément, il le sait. Il baisse sa culotte, sans ménagement. Elle pousse un gros soupir dans son sommeil, mais ne bouge pas.

Son corps scintille dans le noir.

Les poils pubiens blonds, la délicatesse de l'entrecuisse, le ventre plat.

Elle dormira, quoi qu'il fasse.

Cela n'a aucune importance pour elle.

Elle ne va pas dire non, ses yeux ne vont pas le supplier d'arrêter.

L'excitation le submerge d'un coup, le remplit tout entier, lui coupe le souffle. Il sent son sexe se raidir et se dresser dans son slip, il sent la pulsation du sang. Il est obligé de lui faire de la place et le décale avec la main.

Il entend sa propre respiration – le vacarme de son cœur. Il faut qu'il entre en elle. Ses mains tâtonnent les genoux de Saga, tentent d'écarter ses jambes.

Elle se retourne, donne de petits coups de pied dans son sommeil.

Il atténue ses gestes, se penche sur elle, glisse les mains entre ses cuisses et tente de nouveau de les écarter.

C'est impossible – on dirait qu'elle oppose une résistance.

Il la roule sur le ventre, mais elle glisse par terre, s'assied et le fixe, les yeux grands ouverts.

Anders quitte rapidement la chambre, en se persuadant qu'elle n'était pas vraiment réveillée, qu'elle ne se souviendra de rien, comme si c'était un rêve.

Des rideaux de neige balaient l'autoroute. Les véhicules qui circulent font vibrer les fenêtres du restaurant. Le café dans la tasse de Joona tremble.

Il observe les deux hommes qui l'accompagnent. Leurs visages sont calmes et fatigués. Après lui avoir pris son téléphone, son passeport et son portefeuille, ils semblent maintenant attendre une quelconque directive. Une odeur de sarrasin et de lard frit flotte dans la salle.

Joona consulte sa montre et constate que son avion quitte Moscou dans neuf minutes.

La vie de Felicia s'éloigne avec les secondes qui s'égrènent.

L'un des hommes essaie de résoudre un sudoku et l'autre lit les pages hippiques d'un quotidien de grand format.

Joona tourne ses yeux vers la femme derrière le comptoir et pense à sa conversation avec Nikita Karpin.

Avant que leur entretien soit interrompu, le vieil homme s'était comporté comme s'ils disposaient de tout leur temps. Il avait souri calmement pour lui-même, avait essuyé avec le pouce la buée sur la carafe et dit que Jurek et son frère jumeau n'étaient restés en Suède que deux ans.

— Comment ça se fait ? avait demandé Joona.

— On ne devient pas tueur en série pour rien.

— Tu sais ce qui s'est passé ?

— Oui.

Le vieil homme avait laissé son doigt glisser sur le classeur gris et s'était remis à parler de l'ingénieur aux compétences pointues, qui avait probablement envisagé de monnayer ses connaissances en Suède.

— Mais la Commission suédoise pour les étrangers ne s'est intéressée qu'aux bras de Vadim Levanov. Ils n'ont rien compris. Ils ont envoyé un ingénieur en aérospatiale de renommée mondiale travailler dans une carrière.

— Il savait peut-être que vous le surveilliez et gardait prudemment le silence sur ses compétences, avait objecté Joona.

— Le bon sens aurait été de ne pas quitter Leninsk. Il aurait peut-être écopé de dix ans de travaux forcés, mais…

— Il pensait forcément à ses enfants.

— Raison de plus pour rester, avait rétorqué Nikita en croisant le regard de Joona. Les garçons ont finalement été expulsés de Suède et Vadim Levanov ne les a jamais revus. Il a contacté toutes ses relations, sans succès. Il n'y avait pas grand-chose à faire. Il savait évidemment qu'il serait arrêté s'il revenait en Russie et qu'il ne retrouverait jamais ses fils. Alors il les a attendus. C'est tout ce qui lui restait à faire. Il imaginait sans doute que si les garçons essayaient de le retrouver, ils reviendraient au dernier endroit où ils avaient vécu ensemble.

— Et quel était ce dernier endroit ? avait demandé Joona.

Au même instant il avait vu une grosse berline s'approcher du domaine.

— Les logements des travailleurs immigrés, appartement numéro quatre. C'est également là qu'il a mis fin à ses jours trente ans plus tard.

Joona n'avait pas eu le temps de demander le nom de la carrière, car Nikita Karpin recevait de la visite. Une Chrysler noire étincelante s'était immobilisée dans la cour. La conversation était définitivement close. Sans montrer le moindre empressement, le vieil homme avait remplacé tous les documents sur la table relatifs au père de Jurek par des documents concernant Alexandre Pitchouchkine, alias le Tueur à l'échiquier – un tueur en série que Joona avait contribué à coincer.

Quatre hommes avaient pénétré dans la maison, s'étaient calmement avancés jusqu'à Joona et Nikita, leur avaient serré la main, polis, puis avaient parlé en russe un moment. Ensuite, deux des hommes avaient emmené Joona dans la voiture noire tandis que les autres restaient avec Nikita.

Ils l'avaient fait monter à l'arrière. Un homme à la nuque de taureau et aux petits yeux noirs avait aimablement demandé à voir son passeport, puis avait également réclamé son téléphone portable. Ils avaient fouillé son portefeuille, appelé son hôtel et l'agence de location automobile. Ils l'avaient assuré qu'il serait ramené à l'aéroport, mais pas tout de suite.

Ils attendent à présent, installés à une table de la taverne.

Joona boit une demi-gorgée de son café froid.

Si seulement il avait son téléphone, il pourrait appeler Anja et lui demander de faire une recherche sur le père de Jurek Walter. Il y a forcément des informations quelque part concernant les enfants ou l'endroit où ils habitaient. Il réprime une forte envie de renverser la table, de se précipiter dans la voiture et de partir à l'aéroport. Ils détiennent son passeport. Son portefeuille et son téléphone portable.

L'homme à la nuque de taureau tambourine légèrement des doigts sur la table tout en fredonnant tout bas. L'autre, cheveux en brosse couleur gris fer, a cessé de lire, il envoie désormais des SMS.

Dans la cuisine, on entend des bruits de vaisselle.

Enfin, un téléphone sonne. L'homme aux cheveux gris se lève et s'éloigne de quelques pas avant de répondre.

Un instant plus tard, il raccroche et annonce qu'il est l'heure de partir.

140

Mikael regarde la télé dans sa chambre en compagnie de Berzelius. Reidar descend l'escalier et voit à travers l'alignement de fenêtres la neige posée telle une lueur grise sur les champs. Aujourd'hui, le soleil ne s'est pas levé, il fait sombre depuis le matin.

Les bûches de bouleau brûlent dans la cheminée et le courrier est posé sur la table de la bibliothèque. Les enceintes diffusent les dernières sonates pour piano de Beethoven.

Reidar s'assied et parcourt rapidement le tas de lettres. Son traducteur japonais a besoin de connaître le métier et l'âge exacts des différents personnages de ses livres pour l'adaptation cinématographique en manga et un producteur d'une chaîne de télévision américaine voudrait discuter d'un nouveau projet. Au fond de la pile, une enveloppe ordinaire, sans indication d'expéditeur. On dirait que c'est un enfant qui a écrit l'adresse de Reidar.

Il ne sait pas pourquoi son cœur se met à battre plus fort avant même de la décacheter et de lire le mot qu'elle contient :

Felicia dort en ce moment. Je suis arrivée ici au 1B, Kvastmakarbacken il y a un an. Felicia est là depuis bien plus longtemps. J'en ai assez de la nourrir et de lui donner à boire. Tu peux la reprendre si tu veux.

Reidar se lève et appelle Joona, mais tombe directement sur la messagerie. Il se dirige vers le vestibule, prend les clés de la voiture dans le vide-poche sur la table, s'assure que le vaporisateur de trinitrine est bien dans sa poche, puis se précipite dehors. Il a conscience qu'il peut encore une fois s'agir d'un manipulateur, mais il doit y aller, tout de suite

Pendant qu'il roule en direction de Stockholm, il tente de nouveau d'appeler Joona, en vain, puis réussit à joindre sa collègue, Magdalena Ronander.

— Je sais où se trouve Felicia ! hurle-t-il. Elle est à Södermalm, dans un appartement à Kvastmakarbacken.

— Reidar, c'est vous ?

— Pourquoi c'est toujours la croix et la bannière pour joindre quelqu'un, merde à la fin ?! rugit-il.

— Vous savez où se trouve Felicia ?

— À Kvastmakarbacken, au numéro 1B, dit-il dans une tentative de paraître précis et maître de lui. J'ai reçu une lettre ce matin.

— On aimerait bien y jeter un œil et…

— Il faut que je parle à Joona, l'interrompt Reidar.

Le téléphone lui échappe des mains, dégringole à côté du siège. Il pousse un juron et frappe le volant d'un geste d'impatience tout en doublant un poids lourd gris. Le pare-brise se couvre de neige sale et l'appel d'air fait tanguer la voiture.

Reidar monte sur le trottoir et abandonne la voiture, portière ouverte, devant la clôture peinte en rouge qui entoure le vieux quartier pittoresque de Kvastmakarbacken. Sous le siège, son téléphone sonne, mais il l'ignore. Il saute la clôture sur des jambes flageolantes, court dans la neige profonde jusqu'à l'allée d'accès déblayée.

Le numéro 1B est une vieille bâtisse en pierre, isolée, sur une petite colline boisée. Au-delà, il n'y a que des routes et des zones industrielles. Reidar glisse sur les marches raides de l'escalier extérieur, se cogne le genou et pousse un cri de douleur.

Il essaie de respirer calmement tout en gémissant tout bas.

Appuyé contre le garde-fou en fer forgé, il secoue la poignée de la porte d'entrée. Fermée à clé. Il se rend compte que le sang coule de son genou sous le pantalon.

Une lampe portant l'inscription 1B jette sa lueur jaune et terne sur le perron.

Reidar frappe à la porte de toutes ses forces et une fenêtre du rez-de-chaussée finit par s'ouvrir avec un bruit sec.

— Qu'est-ce que vous foutez ? demande un vieil homme chauve par l'interstice.

— Ouvrez la porte, dit Reidar en soufflant comme un bœuf. Ma fille est ici et…

— Ah bon, marmonne le vieillard, et il referme la fenêtre.

Reidar toque de nouveau puis il entend une clé qu'on tourne dans la serrure. Il pousse la porte d'un geste brusque, se précipite dans la cage d'escalier en criant :

— Felicia ! Felicia !

Le vieil homme a l'air effrayé et recule de quelques pas. Reidar le suit.

— C'est vous ? C'est vous qui avez écrit la lettre ?

— Je ne suis qu'un…

Reidar le bouscule et entre dans son appartement. À gauche, se trouve une cuisine exiguë avec une table et une chaise. L'homme reste près de la porte quand Reidar pénètre dans l'autre pièce. Un petit poste de télévision sur pied est posé devant un canapé rouge recouvert de quelques plaids. Les chaussures de Reidar laissent des traces mouillées sur le lino. Il ouvre sans ménagement la penderie et farfouille parmi les vêtements suspendus sur les cintres.

— Felicia ! crie-t-il en inspectant la salle de bains.

Le vieil homme se sauve dans la cage d'escalier quand Reidar fonce droit sur lui.

— Ouvrez la cave !

— Non, je…

Reidar le suit. Son regard erre sur les murs, les portes et l'escalier délabré en pierre qui mène au sous-sol.

— Ouvrez ! crie Reidar en attrapant l'homme par son tricot de laine.

— Je vous en prie, supplie l'homme et il sort des clés de sa poche de pantalon.

Reidar s'en empare et dévale l'escalier, il pleure quand il ouvre la porte en acier et se rue parmi les boxes.

— Felicia ! hurle-t-il.

Il suit les cloisons à claire-voie, crie le nom de sa fille, mais ne trouvant personne ici, il remonte. Il commence à avoir mal à la poitrine, mais grimpe quand même au premier étage. Il donne des coups de pied dans une des portes, appelle Felicia par la fente à courrier, monte encore un étage, appuie sur la sonnette de l'appartement suivant. Une odeur d'humidité et de bois pourri le prend à la gorge.

La sueur coule dans son dos, il a du mal à respirer.

Une jeune femme aux cheveux teints en rouge ouvre, Reidar la repousse et entre chez elle sans un mot.

— Putain, qu'est-ce que tu fous ! crie-t-elle.

— Felicia !

Un homme en gilet de cuir aux longs cheveux noirs l'arrête et le bouscule. Reidar fait un large geste du bras, arrachant un calendrier affiché au mur. Il essaie de dépasser l'homme, mais prend un coup en pleine poitrine qui l'envoie buter sur des chaussures et des prospectus. Il tombe en arrière et sa nuque va heurter le chambranle, l'étourdissant quelques secondes. Puis il roule sur le côté et entend la femme crier qu'il faut appeler la police.

Reidar se relève, manque de tomber à nouveau et s'agrippe à un manteau qui glisse de son cintre. Il marmonne un "pardon" et se tourne de nouveau vers l'appartement.

— Laissez-moi entrer, dit-il en essuyant le sang de sa bouche.

L'homme aux longs cheveux noirs serre une crosse de bandy des deux mains et lui lance un regard féroce.

— Felicia, chuchote Reidar et il sent les larmes lui monter aux yeux.

— Je l'ai, mais elle est un peu malade, dit une femme derrière son dos.

En se retournant, Reidar aperçoit une vieille femme affublée d'une perruque blonde. Ses lèvres sont rouge écarlate. Elle se tient dans la cage d'escalier sombre quelques marches plus bas, un chat tigré dans les bras.

— Qu'avez-vous dit ?

— Felicia, tu viens de l'appeler, sourit-elle.

— C'est ma fille…

— Elle m'a volé de la nourriture.

Il s'approche de la femme. Une ride de colère s'est formée sur son front et elle brandit le chat tigré devant elle. Reidar s'aperçoit alors que le chat a la nuque brisée.

— Felicia, dit la femme. Elle était là, dans l'appartement, quand j'ai emménagé et je me suis occupée d'elle et…

— Un chat… ?

— C'est écrit Felicia sur son collier…

142

Le malaise que lui a laissé la visite nocturne du médecin ruisselle comme la pluie sur une vitre – une sensation qui ne l'atteint pas directement, mais la maintient dans une sorte d'enfermement.

Les médicaments coupent Saga de la réalité, mais elle a pleinement conscience qu'elle ne tardera pas à être percée à jour.

Le médecin m'aurait violée si j'avais dormi pour de vrai, pense-t-elle. Je ne peux plus le laisser me toucher.

Il lui faut juste un peu de temps pour mener à bien l'infiltration. Elle est si près du but. Jurek parle d'évasion avec elle. Si elle n'est pas démasquée, il lui donnera un lieu, une piste, un élément qui les mènera à Felicia.

Il a failli le faire hier. Il le fera peut-être aujourd'hui.

Pourvu que le microphone fonctionne.

Saga pense sans cesse à Felicia, c'est ce qui l'aide à tenir.

Elle doit se concentrer sur ce qu'elle est venue faire ici. Sans se plaindre de son sort.

Elle va sauver la fille séquestrée.

Les règles sont simples. En aucun cas, elle ne doit aider Jurek à s'enfuir. Mais elle a le droit de planifier l'évasion avec lui, elle peut s'y intéresser, poser des questions.

Le problème majeur lors d'une évasion, c'est de n'avoir nulle part où aller une fois dehors. Jurek ne commet pas cette erreur. Il sait où se cacher.

La serrure de la porte qui donne sur la salle de détente bourdonne. Saga se lève et roule ses épaules comme avant un match, puis elle y va.

Jurek l'attend près du mur en face. Elle n'arrive pas à comprendre comment il a pu arriver là si vite.

Ils n'ont plus aucune raison de rester près du tapis roulant maintenant que le fil électrique a été arraché. Il n'y a plus qu'à espérer que la portée du microphone sera suffisante.

La télé n'est pas branchée, mais elle va s'asseoir sur le canapé. Jurek se tient devant elle.

Elle a l'impression de ne plus avoir de peau, c'est comme s'il avait le don étrange de voir sa chair mise à nu.

Il prend place à côté d'elle et elle lui passe discrètement le comprimé.

— Il nous en faut quatre de plus, après c'est bon, dit-il, et ses yeux clairs croisent les siens.

— Oui, mais je…

— Après, on pourra quitter cet endroit.

— Je n'en ai peut-être pas envie.

Quand Jurek tend la main et lui serre le bras, elle sursaute presque. Il se rend compte qu'elle a peur et pose sur elle un regard inexpressif.

— Je connais un lieu que tu devrais adorer, dit-il. Ce n'est pas très loin d'ici. Une vieille maison derrière une usine de chaux et mortier désaffectée. Rien d'extraordinaire, mais la nuit tu pourras sortir faire de la balançoire.

— Ah oui, il y a une chaise volante ? demande-t-elle en essayant de sourire.

Elle doit continuer à lui parler. Ses mots sont de petites pièces qui vont former le dessin du puzzle que Joona est en train de reconstituer.

— Juste une balançoire ordinaire. Mais tu pourras te balancer au-dessus de l'eau.

— C'est un lac ou…

— Tu verras, c'est joli.

— J'aime aussi les pommiers, dit-elle à mi-voix.

143

Le cœur de Saga bat la chamade, ça tient du miracle que Jurek ne s'en rende pas compte. Si le mouchard fonctionne correctement, ses collègues ont déjà encerclé sur la carte toutes les usines de mortier désaffectées. Peut-être s'y rendent-ils déjà.

— C'est un bon endroit où se cacher jusqu'à ce que la police arrête les recherches, poursuit-il en la regardant. Et tu pourras y rester si la maison te plaît.

— Mais toi, tu t'en vas ailleurs.

— Je suis obligé.

— Et je ne peux pas venir avec toi ?

— C'est ce que tu veux ?

— Ça dépend de l'endroit où tu vas.

Saga est consciente d'insister un peu trop, mais à cet instant, il semble vraiment tenir à ce qu'elle l'accompagne dans son évasion.

— Tu dois me faire confiance, dit-il sèchement.

— On dirait que tu as juste l'intention de m'abandonner dans la première maison.

— Non.

— Mais on dirait, dit-elle sur un ton blessé. Je crois que je vais rester ici jusqu'à ce qu'on me laisse sortir.

— Et ce sera quand ?

— Je ne sais pas.

— Tu es sûre qu'ils vont te laisser sortir ?

— Oui, répond-elle sincèrement.

— Parce que tu es une gentille petite fille et que tu as aidé ta maman malade quand elle…

— Je n'étais pas gentille, l'interrompt Saga et elle retire son bras. Tu crois que ça me faisait plaisir d'être là ? Je n'étais qu'une enfant, je faisais ce que j'étais obligée de faire.

Il se renverse dans le canapé et hoche la tête.

— C'est intéressant, les contraintes.

— On ne me forçait pas, proteste-t-elle.

— C'est pourtant ce que tu viens de dire.

— Pas exactement… Je veux dire, je me débrouillais. Elle n'avait mal que le soir, et la nuit.

Saga se tait en pensant à un matin précis après un soir vraiment difficile. Sa mère lui avait préparé le petit-déjeuner. Elle avait fait des œufs sur le plat, tartiné des tranches de pain et versé du lait dans un verre. Ensuite elles étaient sorties pieds nus dans le jardin. L'herbe était mouillée de rosée et elles avaient emporté les coussins de la balancelle pour s'asseoir par terre.

— Tu lui donnais de la codéine, dit Jurek d'une drôle de voix.

— Ça l'aidait.

— Mais ce n'est pas un médicament très puissant – combien en a-t-elle pris le dernier soir ?

— Beaucoup… elle souffrait terriblement…

Saga passe la main sur son front et, à sa grande surprise, il est couvert de sueur. Elle n'a pas envie de parler de cet épisode de sa vie, elle n'y a pas pensé depuis de nombreuses années.

— Plus que dix, j'imagine ? demande Jurek sur un ton léger.

— En général, elle n'en prenait que deux, mais ce soir-là, il lui en fallait davantage. Je les ai renversés sur le tapis, mais… je ne sais pas, j'ai dû lui en donner douze, peut-être treize.

Saga sent les muscles de son visage tressaillir. Craignant de se mettre à pleurer, elle se lève vivement pour retourner dans sa chambre.

— Ce n'est pas un cancer qui a tué ta mère, dit Jurek.

Elle s'arrête, se tourne vers lui.

— Ça suffit maintenant, dit-elle, la mine grave.

— Elle n'avait pas de tumeur au cerveau, poursuit-il à voix basse.

— Tu… J'étais avec maman quand elle est morte, tu ne sais rien d'elle, tu ne peux pas…

— Son mal de tête, la coupe Jurek. Le mal de tête ne s'arrête pas le matin quand on a une tumeur.

— En tout cas, pour elle, c'était comme ça.

— Ce qui cause la douleur, c'est la pression sur les méninges et les vaisseaux sanguins quand la tumeur grossit. Ça ne passe jamais, ça ne fait qu'empirer.

Elle regarde droit dans les yeux de Jurek et sent un frisson lui parcourir le dos.

— Je...

Sa voix n'est qu'un chuchotement. Elle voudrait frapper et hurler, mais toutes ses forces l'ont abandonnée.

En réalité, elle a toujours su que quelque chose clochait avec ses souvenirs. Elle se rappelle qu'adolescente elle s'était emportée contre son père, lui avait crié qu'il mentait sur toute la ligne, qu'il était l'homme le plus hypocrite qu'elle ait jamais rencontré.

Il lui avait dit que sa mère n'avait pas eu de cancer.

Elle avait toujours pensé qu'il lui mentait pour rendre sa trahison envers sa femme moins impardonnable.

Ici et maintenant, elle ne sait plus d'où lui est venue l'idée d'une tumeur au cerveau. Elle ne se rappelle pas que sa mère l'ait prétendu ni qu'elle ait jamais été hospitalisée.

Mais pourquoi est-ce que maman pleurait tous les soirs si elle n'était pas malade ? Ça ne colle pas. Pourquoi est-ce qu'elle me forçait à appeler papa tout le temps pour lui dire qu'il devait rentrer ? Pourquoi est-ce que maman prenait de la codéine si elle n'avait pas mal ? Pourquoi est-ce qu'elle laissait sa propre fille lui donner tous ces comprimés ?

Le visage de Jurek forme un masque sombre et rigide. Saga se détourne et se dirige vers sa chambre. Elle n'a qu'une envie, partir en courant, ne pas entendre ce qu'il s'apprête à lui annoncer.

— Tu as tué ta propre mère, dit-il calmement.

144

Saga se fige. Sa respiration se fait courte, mais elle se force à ne pas montrer ce qu'elle ressent. Elle doit se persuader elle-même qu'elle maîtrise la situation. Il croit qu'il l'a piégée, alors qu'en réalité c'est lui qui se fait piéger.

Visage impassible, elle se retourne lentement vers lui.

— La *Kodein Recip* n'est commercialisée qu'en comprimés de vingt-cinq milligrammes, dit lentement Jurek en affichant un sourire sans joie. Je sais exactement combien il en faut pour tuer quelqu'un.

— Maman me disait de lui donner les comprimés, se justi-fie-t-elle d'une voix creuse.

— Mais je crois que tu savais qu'elle allait en mourir. Je suis sûr que ta maman pensait que tu le savais. Elle pensait que tu voulais qu'elle meure.

— Va te faire foutre, chuchote-t-elle.

— Tu mérites peut-être de rester enfermée ici jusqu'à la fin de tes jours.

— Non.

Il la fixe d'un regard accablant, saturé d'un éclat métal-lique.

— Si tu peux te procurer un somnifère de plus, ça suffira peut-être. Il se trouve qu'hier, Bernie m'a confié qu'il gardait des Valium dans un bout de papier glissé dans une fente sous le lavabo. Il voulait peut-être s'acheter du temps.

Le cœur de Saga s'accélère. Bernie aurait dissimulé des somnifères dans sa chambre ? Que faire ? Elle doit désamor-cer tout ça. Elle ne peut pas laisser Jurek mettre la main sur les comprimés. Il peut y en avoir suffisamment pour lui permettre de réussir son évasion.

— Tu vas entrer dans sa chambre ? demande-t-elle.

— La porte est ouverte.

— C'est mieux si c'est moi qui le fais, dit-elle rapidement.

— Pourquoi ?

Jurek la regarde d'un air presque amusé tandis qu'elle cherche désespérément une réponse plausible.

— S'ils me prennent sur le fait, alors… alors ils se diront que je suis dépendante et…

— Et alors il n'y aura pas d'autres comprimés, objecte-t-il.

— Je pense que je peux convaincre le médecin de m'en donner d'autres, dit-elle.

Jurek semble satisfait de sa réponse. Il hoche la tête.

— Il te regarde comme si c'était lui, le captif.

Elle ouvre la porte de la chambre de Bernie et pénètre dans la pièce.

La lumière de la salle de détente éclaire la chambre, elle a le temps de voir que c'est la copie conforme de la sienne. Puis la porte se referme et c'est l'obscurité totale. Elle s'avance en tâtonnant le long du mur, sent l'odeur de vieille urine de la cuvette des WC, atteint le lavabo dont le bord est mouillé comme s'il venait d'être lavé.

Les portes seront verrouillées dans quelques minutes.

Elle ne doit pas penser à sa mère, juste se concentrer sur sa mission. Son menton se met à trembler, mais elle réussit à se maîtriser et à refouler les larmes qui menacent d'envahir ses yeux. Elle se met à genoux, explore le dessous du lavabo. Ses doigts se promènent sur le mur, glissent sur le joint en silicone, mais elle ne trouve rien. Une goutte d'eau tombe sur sa nuque. Elle tâte le mur plus bas, jusqu'au sol. Une nouvelle goutte tombe entre ses omoplates. Elle comprend subitement que le lavabo doit être légèrement penché vers l'avant.

Elle le pousse vers le haut d'un coup d'épaule et passe sa main sur la partie fixée au mur. Ses doigts repèrent une fente. C'est là. Un petit paquet glissé dans un trou. La transpiration coule sous ses aisselles. Elle relève davantage le lavabo avec l'épaule, faisant grincer la fixation. Elle saisit le paquet du bout des doigts et finit par l'extirper. Jurek avait raison. Ce sont des comprimés. Serrés dans du papier toilette. Elle respire fort, recule, glisse le paquet dans sa poche et se relève.

Pendant qu'elle essaie de se repérer dans le noir, elle envisage de dire à Jurek qu'elle n'a rien trouvé, que Bernie a dû mentir au sujet des comprimés. Elle longe le mur jusqu'à la porte, puis quitte rapidement la pièce.

Saga cligne les yeux dans la lumière vive. Jurek n'est plus là, il a dû retourner dans sa chambre. L'horloge derrière la vitre blindée indique que les portes seront verrouillées dans quelques secondes.

145

Anders Rönn toque à la porte du centre de vidéosurveillance. Devant le grand écran, My est en train de lire le magazine *Expo*.

— Tu viens m'envoyer en salle de repos ? demande-t-elle.

Anders lui rend son sourire, s'installe à côté d'elle et voit Saga quitter la salle de détente et retourner dans sa chambre. Jurek est déjà couché et la chambre de Bernie est évidemment plongée dans l'obscurité. My bâille sans gêne et se renverse dans le fauteuil pivotant.

Leif marque une halte à la porte et boit les dernières gouttes d'une canette de Coca-Cola.

— Les préliminaires de l'homme, ça ressemble à quoi ? lance-t-il.

— Ça existe ? demande My.

— Une heure de prière, de supplication et de persuasion.

Anders sourit et My rit tant qu'on voit scintiller le bijou planté dans sa langue.

— Ils manquent de personnel de nuit dans le service 30, signale Anders.

— C'est bizarre ça : on manque de personnel et en même temps, le taux de chômage est super élevé, soupire Leif.

— En tout cas, j'ai dit qu'ils pouvaient t'emprunter, dit Anders.

— On est censés être au moins deux ici, objecte Leif.

— Oui, mais je vais rester bosser jusqu'à une heure du matin, quoi qu'il en soit.

— Bon, alors je redescends à une heure.

— Parfait, lui répond Anders.

Leif balance la canette à la poubelle et s'en va.

Anders reste assis en silence à côté de My pendant un petit moment. Il n'arrive pas à détacher ses yeux de Saga. Elle arpente sa cellule d'un pas inquiet, ses bras minces serrés autour du corps.

L'image est tellement nette qu'il peut voir la transpiration dans le dos de son tee-shirt.

Il sent un fourmillement de désir parcourir son corps. Il n'arrive à penser qu'à ça, qu'il va retourner dans sa cellule. Cette fois, il lui donnera non pas dix, mais vingt milligrammes de Valium.

C'est lui qui décide, il est le médecin responsable, il peut la mettre sous contention, l'allonger sur le lit, bras et jambes écartés, il peut faire ce qu'il veut. Elle est psychotique, paranoïde, elle n'a personne à qui parler.

My bâille encore sans retenue, s'étire et dit quelque chose que Anders n'entend pas.

Il regarde sa montre. Il reste moins de trois heures avant l'extinction des feux et alors il laissera My aller se reposer de nouveau.

146

Saga entre dans sa cellule et sent dans sa poche le petit paquet récupéré dans la chambre de Bernie. Derrière son dos, elle entend la serrure électrique se fermer. Elle voudrait se laver le visage, mais y renonce. Elle est trop fatiguée. Elle avance jusqu'à la porte donnant sur le couloir, essaie de regarder par la vitre blindée, appuie son front contre la fraîcheur du verre et ferme les yeux.

Si Felicia se trouve dans la maison derrière l'usine de mortier, j'aurai retrouvé ma liberté demain, pense-t-elle, sinon j'ai encore quelques jours devant moi, avant que la situation devienne intenable, avant que je sois obligée d'interrompre les projets d'évasion.

Les muscles de son visage sont douloureux à force de les contracter pour ne pas craquer.

Elle n'a pas laissé la douleur morale prendre le dessus, elle a uniquement pensé à accomplir sa mission.

Sa respiration se fait plus rapide à nouveau et elle frappe doucement le front contre la vitre froide.

C'est moi qui maîtrise la situation, pense-t-elle. Jurek croit qu'il me contrôle, mais j'ai réussi à le faire parler. Il a besoin des somnifères pour s'évader, mais c'est moi qui suis entrée dans la cellule de Bernie. J'ai trouvé le paquet et je vais le lui dissimuler, dire qu'il n'y avait rien sous le lavabo.

Elle sourit nerveusement pour elle-même. Ses paumes sont trempées de sueur.

Tant que Jurek croit qu'il me manipule, il se dévoile petit à petit.

Elle est certaine qu'il va lui parler de ses projets d'évasion demain.

J'ai seulement besoin d'un ou deux jours de plus. Je dois conserver mon calme, ne plus lui permettre de s'introduire dans mon esprit.

Elle n'arrive pas à comprendre comment cela a pu arriver.

C'est d'une cruauté inouïe de la part de Jurek de prétendre qu'elle aurait tué sa mère sciemment, qu'elle aurait voulu sa mort.

Elle sent un flot de larmes jaillir. Sa gorge brûle et elle déglutit plusieurs fois.

Saga frappe la porte avec ses mains.

Sa mère aurait cru que...

Elle se retourne, attrape la chaise en plastique par le dossier et la cogne contre le lavabo, la chaise lui échappe des mains et tombe, elle la reprend, la frappe contre le mur puis contre le lavabo encore.

Hors d'haleine, elle s'assied sur le lit.

— Je gère, chuchote-t-elle tout bas.

Mais elle est en train de perdre le contrôle de la situation, n'est plus capable de discipliner ses pensées. De sa mémoire remonte sans cesse l'image des longs poils du tapis shaggy, les petites pilules, les yeux humides de sa mère, les larmes sur ses joues et les dents contre le bord du verre d'eau quand elle avale les comprimés.

Sa mère l'avait grondée quand elle lui avait annoncé que son père ne pouvait pas venir, Saga se rappelle qu'elle l'avait obligée à le rappeler alors qu'elle n'en avait pas envie.

J'étais peut-être en colère contre maman, pense-t-elle. J'en avais peut-être marre d'elle.

Elle se relève, essaie de se calmer, se répète qu'elle s'est simplement fait avoir.

Elle se penche sur le lavabo, se lave le visage et tamponne doucement ses yeux brûlants.

Il faut qu'elle retrouve son équilibre, il faut qu'elle réintègre son vrai moi. C'est comme si elle grimpait à l'extérieur de son corps, comme s'il n'y avait plus de place pour elle là-dedans.

C'est peut-être l'injection de neuroleptiques qui l'empêche de pleurer toutes les larmes de son corps.

Saga s'allonge sur le lit. Elle va cacher le paquet de Bernie, dire à Jurek qu'elle n'a rien trouvé. Comme ça, elle n'aura plus à demander de somnifères au médecin. Il lui suffira de donner à Jurek ceux de Bernie.

Un à la fois, un par nuit.

Elle roule sur le côté, tournant le dos à la caméra de surveillance au plafond. À l'abri de son propre corps, elle sort le petit paquet. Avec précaution, elle déroule la bande de papier toilette et découvre qu'il ne contient que trois dragées de chewing-gum.

Du chewing-gum.

Elle s'oblige à respirer calmement, laisse son regard glisser sur les stries de saleté du mur et pense avec une lucidité étrange et vaine qu'elle a fait exactement ce contre quoi Joona l'avait mise en garde.

J'ai laissé Jurek entrer dans ma tête, et maintenant tout a changé.

Comment vais-je pouvoir me supporter désormais ?

Je ne devrais pas raisonner ainsi, je sais que je me suis fait avoir. Et pourtant, c'est ce que je ressens.

L'angoisse lui serre le ventre quand elle pense au corps froid de sa mère au matin. Un visage triste et immobile avec une mousse bizarre aux coins de la bouche.

Elle a l'impression d'être en chute libre.

Je ne dois pas perdre le contrôle, il faut que je trouve un second souffle, que je structure ma pensée en un schéma fonctionnel.

Je ne suis pas malade. Je suis ici pour une seule raison, c'est tout ce que je dois garder en tête. Ma mission est de retrouver Felicia. Ce n'est pas moi qui suis en cause, je ne me soucie pas de moi. Je mène à bien l'infiltration, je suis le plan, j'obtiens les somnifères, je fais semblant de vouloir m'évader avec lui et je parle de moyens de fuite et de cachettes le plus longtemps possible. Je poursuis cette mission jusqu'à la dernière minute. Même si je dois en mourir, pense-t-elle avec un soulagement soudain.

147

Cela fait maintenant près de vingt-quatre heures que Joona Linna a été embarqué chez Nikita Karpin par les hommes du FSB, le nouveau service de renseignement russe. Ils n'ont répondu à aucune de ses questions et ne lui ont pas expliqué pourquoi ils lui ont confisqué son passeport, son portefeuille et son téléphone portable.

Après avoir passé des heures dans une taverne, ils l'ont conduit dans un immeuble de béton brut, lui ont fait longer la galerie extérieure jusqu'à un petit appartement de deux pièces.

Il a été enfermé dans la pièce du fond, meublée d'une table, de deux chaises et d'un fauteuil défraîchi et pourvue de toilettes dans un petit réduit. La porte en acier a été verrouillée derrière lui et il ne s'est plus rien passé pendant des heures, jusqu'à ce qu'on lui apporte un sac en papier chaud contenant un repas spongieux de chez McDonald's.

Joona a un besoin urgent d'entrer en contact avec ses collègues, de demander à Anja de faire des recherches sur Vadim Levanov, et sur Igor et Roman, ses fils jumeaux. Ces nouveaux noms sont susceptibles de mener à de nouvelles adresses, peut-être sera-t-il possible de retrouver la carrière où le père a travaillé.

Mais la porte en acier est restée fermée, les heures se sont écoulées. Il a entendu les hommes parler au téléphone à plusieurs reprises, puis le silence est retombé.

Joona s'efforce tant bien que mal de dormir dans le fauteuil, mais au petit matin, des pas et des voix dans la pièce voisine le tirent de son sommeil agité.

Il allume la lampe et attend qu'ils entrent.

Quelqu'un tousse et parle d'une voix irritée. Soudain la porte s'ouvre et les deux hommes de la veille réapparaissent dans la pièce. Tous deux portent un pistolet dans un étui d'épaule et échangent de vifs propos en russe.

L'homme aux cheveux blanc argenté avance une des chaises au milieu de la pièce.

— Assieds-toi là, dit-il dans un anglais correct.

Joona se lève du fauteuil, note que l'homme s'écarte de son chemin lorsque, sans se presser, il va s'asseoir sur la chaise.

— Tu n'es pas venu ici en mission officielle, dit l'homme à la nuque de taureau et aux yeux noirs. Tu vas nous dire quel était le but de ta visite à Nikita Karpin.

— Nous avons parlé du tueur en série Alexandre Pitchouchkine, répond Joona d'une voix atone.

— Et quelles ont été vos conclusions ?

— Sa première victime était le garçon destiné à devenir son complice. C'est de lui que nous avons parlé… Mikhaïl Odiytchouk.

L'homme aux cheveux argentés incline la tête sur le côté, opine deux, trois fois, puis dit d'une voix aimable :

— Tu mens, bien entendu.

L'homme à la nuque de taureau s'est détourné pour dégainer son pistolet. Il le dissimule avec son corps pendant qu'il engage une cartouche dans la chambre. Joona n'arrive pas à en distinguer la marque, peut-être un Glock de gros calibre.

— Que t'a dit Nikita Karpin ? poursuit l'homme aux cheveux argentés.

— Il pense que le rôle du complice était…

— Ne mens pas ! rugit l'autre et il se redresse tout en dissimulant le pistolet dans son dos.

— Nikita Karpin n'a plus aucune fonction, il ne fait plus partie des services secrets.

— Tu le savais – n'est-ce pas ? demande l'homme aux yeux noirs.

Joona serait peut-être capable de maîtriser les deux hommes, mais sans passeport et sans argent il ne pourra pas quitter le pays.

Les agents échangent quelques mots en russe.

L'homme aux cheveux blancs en brosse respire profondément avant de dire en appuyant sur les mots :

— Vous avez parlé de sujets classés secret d'État et avant de pouvoir te ramener à l'aéroport, nous avons besoin de savoir exactement quelles informations il t'a fournies.

Ils restent debout dans la pièce un long moment, sans bouger. L'homme aux cheveux blancs regarde son téléphone, s'adresse à l'autre en russe et obtient en réponse un mouvement négatif de la tête.

— Maintenant tu nous racontes, dit-il en glissant le téléphone dans sa poche.

— Je vais te tirer une balle dans chaque genou, dit l'autre.

— Tu te rends donc à Lioubimovka, tu rencontres Nikita Karpin et…

L'homme aux cheveux blanc s'interrompt quand le téléphone bourdonne dans sa poche. Il répond, l'air anxieux, échange quelques mots avec son interlocuteur, puis parle à son collègue. Leur discussion se fait rapidement de plus en plus animée.

148

L'homme aux yeux noirs est tendu, il s'écarte un peu et pointe son arme sur Joona. Le lino craque sous ses pieds. Il sort de l'ombre et la lueur de la lampe à pied tombe sur sa main. Joona peut voir maintenant que le pistolet noir est un Strij.

Son acolyte passe la main sur sa tête, donne un ordre avec impatience, observe Joona quelques secondes, puis quitte la pièce en fermant la porte à clé derrière lui.

L'autre se déplace derrière Joona. Sa respiration est lourde, il tient difficilement en place.

— Le chef est en route, dit-il à mi-voix.

Des cris agacés leur parviennent à travers la porte d'acier. L'odeur de transpiration et de graisse pour l'entretien des armes est subitement flagrante dans la petite pièce.

— Il faut que je sache – tu comprends ?

— Nous avons parlé du tueur en sé…

— Tu mens ! crie l'homme. Il faut que je sache ce que Karpin a dit !

Joona l'entend bouger derrière son dos, il le sent approcher et voit les mouvements rapides d'une faible ombre sur le sol.

— Je dois rentrer chez moi maintenant, dit Joona.

Les gestes de l'homme aux yeux noirs sont vifs, il appuie de biais le pistolet contre la nuque de Joona, du côté droit.

Sa respiration rapide est nettement perceptible.

D'un seul mouvement, Joona décale sa tête, pivote, lève le bras droit en arrière, frappe la main qui tient l'arme et se relève. Il fait perdre l'équilibre à l'homme et saisit le canon du pistolet, le tourne vers le sol puis le remonte d'un coup sec qui brise les doigts de son adversaire.

Il termine sa violente offensive en enfonçant son genou dans les reins et les côtes de l'homme qui hurle. Sous la puissance du coup, un de ses pieds décolle du sol, il part en demi-volte arrière et brise la chaise.

Joona s'est éloigné, il a déjà le pistolet braqué sur l'homme quand celui-ci roule sur le côté, tousse et écarquille les yeux. Il essaie de se relever, mais un nouvel accès de toux le cloue au sol. Il reste à terre et examine ses doigts blessés, la joue appuyée contre le lino.

Joona sort le chargeur et le pose sur la table, ôte la cartouche de la chambre, puis démonte l'arme entière.

— Assieds-toi, dit-il.

L'homme aux yeux noirs gémit de douleur en se relevant. La sueur brille sur son front quand il s'assied et considère les différentes pièces du pistolet alignées sur la table.

Joona glisse la main dans sa poche et en sort un bonbon acidulé.

— *Ota poika karamelli, niin helpottaa*, dit-il.

D'un air ahuri, l'homme observe Joona ôter le papier cellophane jaune et lui fourrer le bonbon dans la bouche.

La porte s'ouvre et deux hommes font irruption, celui aux cheveux blanc argenté et un autre, plus âgé, portant une barbe et un costume gris.

— Nous nous excusons pour la méprise, dit l'homme âgé.

— Je suis pressé de rentrer chez moi, réplique Joona.

— Bien entendu.

Ils quittent l'appartement et l'homme à la barbe accompagne Joona dans l'ascenseur. Ils s'engouffrent dans la voiture stationnée devant l'immeuble, puis partent en direction de l'aéroport.

Le chauffeur porte le sac de Joona et l'homme à la barbe l'escorte pendant tout le trajet par le check-in, le contrôle de sécurité, la porte d'embarquement, jusque dans l'avion. Quand l'embarquement est fini, seulement, il rend à Joona son téléphone portable, son passeport et son portefeuille.

Avant de quitter l'avion, l'homme tend à Joona un sac en

papier contenant sept savonnettes et un magnet pour réfrigérateur à l'effigie de Vladimir Poutine.

Joona a juste le temps d'envoyer un message à Anja avant qu'on lui demande d'éteindre son téléphone. Il ferme les yeux, pense aux savonnettes et se demande si tout l'interrogatoire n'a pas été orchestré par Nikita Karpin lui-même pour tester sa capacité à protéger sa source.

149

Lorsque le vol de Joona atterrit enfin à Arlanda, à une quarantaine de kilomètres au nord de Stockholm, après une escale à Copenhague, la nuit est déjà tombée. Il allume son portable et lit le message de Carlos l'informant d'une vaste intervention policière.

Peut-être ont-ils déjà retrouvé Felicia ?

Joona presse le pas devant les boutiques hors taxe tout en essayant de joindre Carlos, il traverse la zone de retrait des bagages, pénètre dans le hall d'arrivée et traverse la passerelle d'accès au parking. Le compartiment de sa voiture réservé à la roue de secours abrite aussi son Colt Combat Target.45 ACP noir et son étui d'épaule.

Il prend vers le sud en direction de Stockholm et essaie maintenant de parler à Nathan Pollock au téléphone.

D'après Nikita Karpin, Vadim Levanov pensait que les garçons chercheraient à retourner au dernier endroit où ils avaient vécu ensemble.

— Et quel était cet endroit ? avait demandé Joona.

— Les logements des travailleurs immigrés, appartement numéro quatre, avait répondu Nikita Karpin. C'est également là qu'il a mis fin à ses jours vingt ans plus tard.

Joona file à cent quarante kilomètres à l'heure sur l'autoroute. Les morceaux de puzzle ont surgi en peu de temps et il sent qu'il sera bientôt en mesure de reconstituer l'image complète.

Les frères jumeaux sont expulsés de force et le père se donne la mort.

Le père était un ingénieur spécialisé, mais il travaillait comme manœuvre dans une des nombreuses carrières de granulats suédoises.

Joona accélère tout en essayant à nouveau de joindre Carlos, puis Corinne, puis Magdalena Ronander.

Avant d'avoir eu le temps de rappeler encore une fois Nathan Pollock, son téléphone sonne. Il décroche aussitôt.

— Estime-toi heureux que j'existe, dit Anja. Tous les policiers de Stockholm sont actuellement à Norra Djurgården...

— Ils ont trouvé Felicia ?

— Ils ratissent le bois derrière la zone industrielle d'Albano, ils ont des unités cynophiles et ils...

— Est-ce que tu as eu mon SMS ? l'interrompt Joona, les mâchoires raidies par le stress.

— Oui, et j'ai essayé de comprendre ce qui s'était passé. Ça n'a pas été une mince affaire, mais je crois avoir trouvé Vadim Levanov, même si l'orthographe de son nom a été modifiée. Si c'est bien lui, il est arrivé en Suède en 1960 sans passeport, en provenance de Finlande.

— Et les enfants ?

— Je crains que les registres ne mentionnent pas d'enfants.

— Il les a peut-être fait entrer clandestinement ?

— Dans les années 1950 et 1960, la Suède a accueilli énormément de travailleurs immigrés, il fallait étendre le concept de l'État providence, mais nos régularisations étaient encore complètement archaïques. On considérait que les travailleurs immigrés étaient incapables de s'occuper de leurs propres enfants et les différents services sociaux les plaçaient en général dans des familles d'accueil ou dans des orphelinats.

— Mais ces garçons ont été expulsés, dit Joona.

— Ça n'avait rien d'exceptionnel, surtout si on croyait qu'ils étaient tsiganes... Je vais voir avec les Archives nationales demain. Il n'y avait pas de Direction générale de l'immigration à cette époque, c'était la police, les différentes Commissions pour la protection de l'enfance et la Commission pour les étrangers qui prenaient des décisions plus ou moins arbitraires.

Il sort de l'autoroute à Häggvik pour faire le plein d'essence.

Anja respire lourdement dans le téléphone. Il ne faut pas que toutes ces données s'évaporent au soleil, se dit Joona. Elles contiennent forcément un détail qui les mettra sur la bonne piste.

— Tu as trouvé où le père travaillait ?

— J'ai commencé à vérifier toutes les carrières de granulats de Suède, mais les archives sont anciennes et ça prend un certain temps, dit-elle d'une voix lasse.

Joona la remercie plusieurs fois, raccroche, s'arrête à un feu rouge et regarde un jeune homme qui longe la voie piétonne avec une poussette.

La neige vole le long de la chaussée, virevolte et vient frapper le visage de l'homme qui plisse les yeux. Il est obligé de tourner la poussette pour la tirer par-dessus un amas de neige.

Joona pense subitement aux déclarations de Mikael à propos du Marchand de sable. Il a dit qu'il pouvait marcher au plafond et un tas d'autres affirmations confuses. Mais il a déclaré trois fois qu'il dégageait une odeur de sable. Il a peut-être emprunté ce détail aux contes de son enfance, mais ça peut aussi avoir un lien avec une carrière de granulats.

Une voiture klaxonne derrière Joona et il repart, mais se range presque aussitôt sur le bas-côté et appelle Reidar Frost.

— Que se passe-t-il ? demande Reidar.

— J'aimerais parler à Mikael. Comment va-t-il d'ailleurs ?

— Il souffre d'avoir si peu de souvenirs. Des agents de police sont venus l'interroger plusieurs heures tous les jours.

— Chaque petit détail peut se révéler capital.

— Je ne me plains pas, précise Reidar vivement. Nous ferions n'importe quoi, vous le savez, je le dis tout le temps, nous sommes à votre disposition vingt-quatre heures sur vingt-quatre.

— Il est encore debout ?

— Je vais le réveiller. Vous voulez lui demander quoi ?

— Il a dit que le Marchand de sable avait une odeur de sable… Est-ce qu'il serait possible que la capsule se trouve près d'une carrière ? Dans certaines, on concasse et on broie les pierres, dans d'autres…

— J'ai grandi près d'une carrière, sur la crête de Stockholms-åsen…

— Où ça ?

— À Rotebro, répond Reidar un peu perplexe. C'est une très grande carrière de sable et de gravier au nord de la route d'Antuna, elle s'étend au-delà de Smedby.

Joona démarre et fait demi-tour, récupère rapidement l'autoroute et repart vers le nord. Il se trouve assez près de Rotebro, la carrière ne peut pas être très loin.

Joona écoute la voix éraillée et fatiguée de Reidar, et les étranges fragments de souvenir de Mikael s'y superposent : *Le Marchand de sable sent le sable... Il a le bout des doigts en porcelaine et quand il prend le sable dans le sac, ses doigts s'entrechoquent... et la seconde d'après, on dort...*

Plus il s'éloigne de Stockholm, moins il y a de circulation et Joona conduit vite tout en réfléchissant. Après toutes ces années, soudain, trois pièces du puzzle s'emboîtent.

Le père de Jurek Walter a travaillé dans une carrière de sable et a mis fin à ses jours dans son logement au même endroit.

Mikael dit que le Marchand de sable sentait le sable.

Et Reidar Frost a grandi près d'une ancienne carrière de sable à Rotebro.

Il est fort possible qu'il s'agisse de la même carrière. Ça ne peut pas être un hasard, les morceaux vont forcément ensemble. Et ce serait donc là que Felicia se trouve, et pas du tout à l'endroit où ses collègues la cherchent.

La voiture patine dans la neige fondue entre les deux voies. De l'eau sale vient éclabousser le pare-brise.

Joona se rabat devant une navette pour Arlanda, continue sur la bretelle de sortie et longe un grand parking. Il klaxonne furieusement et un homme se jette à l'abri, laissant échapper deux sacs de provisions.

Deux voitures sont arrêtées au feu rouge, mais Joona se déporte sur la voie d'en face, puis tourne brutalement à gauche. Les pneus glissent sur la chaussée mouillée. Il mord sur la pelouse et fonce tout droit à travers un talus de neige bien tassée. Il accélère encore quand il dépasse le centre-ville de Rotebro et remonte l'étroite rocade qui longe la crête.

Les lampes de l'éclairage public oscillent au vent et jettent leur halo sur les flocons de neige qui tombent.

Il découvre l'entrée de la carrière un peu trop tard, braque brutalement et freine devant deux solides barrières métalliques. Les roues chassent sur la neige. Joona tourne le volant, la voiture fait une embardée et le pare-chocs arrière vient emboutir une des barrières.

Le verre rouge des feux de stop vole en éclats et s'éparpille sur la neige.

Joona ouvre la portière, sort de la voiture et passe en courant devant un module bleu qui semble abriter des bureaux.

La respiration oppressée, il dévale la pente raide de l'énorme cratère qui s'est ouvert au fil des ans. Des projecteurs fixés sur de hauts poteaux éclairent cet étrange paysage lunaire, avec ses bulldozers immobilisés et ses gigantesques tas de sable tamisé.

Aucun corps ne peut être enterré ici, il serait impossible de cacher des cadavres dans ce sol excavé en permanence. Une carrière de granulats est un trou qui devient plus grand et plus profond de jour en jour.

La neige descend en flocons rapides à travers la lumière artificielle.

Il court le long d'énormes concasseurs pourvus de tapis roulant surélevés.

Pour l'instant, il se déplace dans les parties récentes de la carrière. Les tas de sable sont vierges de neige, il est évident que ce lieu abrite une intense activité journalière.

Au-delà des machines se trouvent des bungalows de chantier bleus et trois caravanes.

L'ombre de Joona se projette sur le sol devant lui quand il dépasse un tas de sable éclairé par un autre projecteur.

Cinq cents mètres plus loin, il voit des zones enneigées devant des précipices escarpés, probablement des parties anciennes de la carrière.

Il gravit une pente raide où l'on a jeté des objets hors d'usage, de vieux réfrigérateurs, des meubles cassés et des ordures. Il glisse dans la neige, mais continue son ascension, des cailloux roulent sous ses pieds, il écarte un vélo rouillé de son chemin et arrive en trébuchant en haut du raidillon.

Il se trouve maintenant au niveau d'origine de la crête, plus de quarante mètres au-dessus du cratère qui s'est formé sur le site d'extraction, d'où il a une vue d'ensemble du paysage ruiné. L'air froid lui griffe les poumons quand il observe la carrière éclairée, ses machines, ses routes éphémères et ses tas de gravier et de sable.

Il commence à courir sur la bande étroite d'herbes recouvertes de neige entre l'à-pic et la route d'Älvsunda.

Une épave de voiture cabossée gît au bord de la route devant des palissades de chantier placardées de panneaux d'avertissement et du logo d'une société de gardiennage. Joona s'arrête et plisse les yeux pour mieux voir. Au fond, dans la plus ancienne partie du site, il aperçoit une surface goudronnée avec un chapelet de maisons de plain-pied, petites et rectilignes, comme des baraquements militaires.

151

Joona enjambe quelques rangées de barbelés rouillés et poursuit en direction des vieux taudis aux vitres cassées et aux façades de brique recouvertes de tags.

Les projecteurs n'atteignent pas cette zone abandonnée et Joona sort sa lampe de poche. Il dirige le cône de lumière vers le sol, continue d'avancer et éclaire les espaces entre les bâtiments trapus.

La première maison n'a plus de porte. Le vent a amoncelé un bon mètre de neige sur le plancher noirci. La lumière de la torche passe rapidement sur des canettes de bière vides, des couvertures sales, des préservatifs et des gants en latex.

Pataugeant dans la neige profonde, il va de seuil en seuil et regarde à l'intérieur des maisons à travers des vitres fêlées ou manquantes. Les anciens logements des travailleurs immigrés sont abandonnés depuis de nombreuses années. Tout est vide et sale. À certains endroits, le toit s'est effondré et il manque des pans de mur entiers.

Il ralentit en s'apercevant que les carreaux de l'avant-dernière maison sont intacts. Un vieux chariot de supermarché est renversé contre la façade.

D'un côté de la maison, le sol descend en pente très abrupte vers le fond de la gravière.

Joona éteint la torche, avance prudemment jusqu'à la façade, s'arrête et écoute un instant avant de rallumer sa lampe de poche.

Il n'entend que le sifflement du vent au-dessus des toits.

Plus loin dans l'obscurité, il devine la toute dernière maison de la rangée. Elle semble n'être qu'une ruine recouverte de neige.

Il s'approche de la fenêtre et éclaire la pièce à travers les carreaux sales. La lueur danse lentement sur une plaque électrique encrassée branchée sur une batterie de voiture, un lit étroit avec quelques couvertures grossières, un poste de radio et son antenne brillante, des bidons d'eau et une dizaine de boîtes de conserve.

Dans le coin supérieur gauche de la porte, il distingue un quatre presque effacé.

Il peut bel et bien se trouver devant le logement numéro quatre dont parlait Nikita Karpin.

Joona appuie doucement sur la poignée, entre et referme la porte derrière lui. Ça sent le vieux tissu humide. Une bible est posée sur une étagère en mauvais état. Le logement ne comporte qu'une seule pièce, avec une fenêtre et une porte.

Joona réalise qu'il est parfaitement visible de l'extérieur.

Le plancher grince sous son poids.

Il éclaire les murs devant lesquels sont empilés des livres endommagés par l'humidité. Dans un coin, la lumière de la lampe torche lui renvoie un reflet.

Il s'approche et voit des centaines de petits flacons alignés au sol.

Des flacons en verre sombre fermés par une membrane en caoutchouc.

Du Sévoflurane, un puissant anesthésique.

Joona sort son téléphone portable, compose le numéro d'appel d'urgence et demande une intervention policière et une ambulance.

Le silence revient, il n'entend plus que sa propre respiration et le plancher qui grince.

Tout à coup, il perçoit du coin de l'œil un mouvement devant la fenêtre et, en un éclair, il dégaine son Colt Combat et enlève le cran de sûreté.

Il n'y a personne à l'extérieur, seulement de la neige éparse que le vent balaie des toits.

Il baisse son arme.

Sur le mur près du lit est affichée une coupure de journal jaunie qui présente le premier homme dans l'espace, *Rymdryssen* comme l'appellent les fabricants de titres du quotidien *Expressen*.

C'est ici que le père s'est donné la mort.

Joona envisage d'aller explorer les autres maisons quand ses yeux repèrent la trappe dans le plancher. Ses contours sont parfaitement visibles sous une lirette sale.

Avec précaution, il s'allonge et y colle son oreille, mais ne perçoit aucun bruit venant du sous-sol.

Après un rapide coup d'œil vers la fenêtre, il retire le tapis et ouvre le lourd abattant en bois.

Une odeur poussiéreuse de sable monte de l'obscurité.

Il se penche, éclaire l'ouverture avec sa torche et découvre un escalier raide en béton.

Le sable qui recouvre les marches crisse sous les chaussures de Joona quand il descend dans le noir. Après dix-neuf marches, il accède à une pièce relativement spacieuse. Le faisceau de la lampe de poche volette sur les murs en béton. Un tabouret est posé pratiquement au milieu de la pièce et sur un des murs est accroché un panneau d'Isorel garni de quelques punaises et d'une pochette en plastique vide.

Il doit se trouver dans l'un des nombreux abris antiatomiques qui furent construits en Suède pendant la guerre froide.

Un étrange silence plane dans l'air.

La pièce forme un petit angle. Au fond, sous l'escalier, Joona remarque une porte solide.

C'est ici, forcément.

Il remet le cran de sûreté et glisse le pistolet dans son holster pour se libérer une main. La porte d'acier est munie de tiges transversales qui se ferment quand on actionne une roue au milieu du vantail.

Il tourne la roue en sens inverse des aiguilles d'une montre et un grondement s'échappe du métal quand les grosses tiges se retirent de leurs cylindres.

La porte est lourde à ouvrir, le métal fait au moins quinze centimètres d'épaisseur.

Il éclaire l'intérieur de l'abri avec sa lampe et voit un matelas sale par terre, un canapé et une arrivée d'eau sur le mur.

Il n'y a personne.

Une puanteur d'urine flotte dans l'air.

Il éclaire de nouveau le canapé, s'en approche tout doucement. Il écoute, avance encore un peu.

Elle se cache peut-être.

Il a subitement la sensation d'être suivi. Il pourrait très bien se retrouver emprisonné dans la même pièce que Felicia. Il se retourne et voit la lourde porte se fermer. Les charnières puissantes grincent. Il réagit immédiatement, se jette en avant et parvient à glisser la lampe de poche dans l'entrebâillement. La porte la comprime dans un crissement prolongé et le verre éclate.

Joona ramasse la lampe torche, pousse la porte avec l'épaule, dégaine de nouveau son arme et revient dans la première pièce.

Elle est vide.

Le Marchand de sable s'est déplacé avec un remarquable silence.

D'étranges phénomènes optiques scintillent devant ses yeux qui s'efforcent de distinguer des contours dans l'obscurité.

L'ampoule de la torche électrique ne diffuse plus qu'un mince filament lumineux, un éclat ténu.

Les seuls bruits sont ceux de ses propres pas et de sa propre respiration.

Il tourne son visage vers l'escalier de béton qui monte au rez-de-chaussée. L'abattant est toujours ouvert.

Il secoue la lampe de poche, mais la lumière faiblit encore davantage.

Joona perçoit soudain un cliquetis diffus, il pense au bout des doigts en porcelaine et retient machinalement sa respiration. Au même instant, un chiffon froid est plaqué sur sa bouche et son nez.

Il pivote et frappe fort, mais dans le vide, et il manque de tomber.

Il balaie la pièce avec son pistolet, le canon frotte contre le béton.

Le souffle court, il s'adosse au mur et brandit la lampe de poche dans le noir.

Le cliquetis provenait sans doute des petits flacons d'anesthésiant quand le Marchand de sable a versé la substance volatile sur le chiffon.

Joona a le vertige, il déglutit plusieurs fois et se retient de vider le chargeur de son pistolet dans le noir.

Il lui faudrait ressortir à l'air libre, mais il se force à rester là où il est.

Tout est silencieux, il n'y a personne.

Joona attend quelques secondes avant de retourner dans la capsule. Ses mouvements lui paraissent bizarrement décalés, son regard dévie involontairement sur le côté. Avant d'entrer, il tourne le volant de la porte dans l'autre sens, bloquant les tiges en position fermée pour empêcher la porte de claquer derrière lui.

La faible lueur de la lampe de poche tressaute sur les murs gris. Il atteint le canapé, l'écarte précautionneusement du mur et découvre une femme maigre allongée sur le sol.

— Felicia ? Je suis policier, chuchote-t-il. Je vais t'aider à sortir de là.

Il la touche, sa peau est brûlante. Elle a une très forte fièvre et a perdu connaissance. À l'instant où il la soulève du sol, elle est secouée par des spasmes violents.

Joona grimpe l'escalier en la portant dans ses bras. La lampe torche lui échappe des mains, il l'entend dégringoler les marches. Il comprend que Felicia peut mourir à tout moment s'il n'arrive pas à faire baisser la fièvre. Son corps s'est relâché. Il ne sait pas si elle respire encore quand il sort par la trappe.

Il traverse à toutes jambes la petite pièce, ouvre la porte d'un coup de pied, dépose Felicia dans la neige et réalise avec un immense soulagement qu'elle respire encore.

— Felicia, tu as énormément de fièvre… pauvre petite…

Il la recouvre de neige, lui parle d'une voix réconfortante pour la calmer, tout en gardant le pistolet dirigé sur la porte de la maison.

— L'ambulance est en route, dit-il. Tout va s'arranger, je te le promets, Felicia. Ton frère et ton père vont être fous de joie, tu leur as tellement manqué, tu m'entends ?

153

L'ambulance arrive et la lumière bleue du gyrophare clignote sur la neige. Les ambulanciers poussent le brancard devant les vieilles maisons et Joona se relève. Il leur explique la situation, tout en gardant son pistolet braqué sur la porte du logement numéro quatre.

— Dépêchez-vous, s'écrie-t-il. Elle a énormément de fièvre, il faut la faire baisser… Je pense qu'elle a perdu connaissance.

Les deux ambulanciers soulèvent Felicia de la neige. Ses cheveux sont plaqués en mèches noires et humides sur son front qui est d'une blancheur irréelle.

— Elle est atteinte de légionellose, dit-il avant de se diriger vers la porte ouverte, son arme levée.

Il est sur le point d'entrer à nouveau dans la bicoque quand il voit la lueur du gyrophare danser sur ce qui reste du dernier bâtiment de la rangée : des empreintes fraîches dans la neige partent de la ruine et disparaissent dans le noir. Joona s'y précipite. Il doit y avoir une autre sortie, les deux maisons partageaient probablement le même abri.

Suivant les empreintes dans le taillis et les hautes herbes, il contourne une vieille cuve à fuel et aperçoit finalement une mince silhouette qui avance au bord de l'à-pic.

Joona se déplace en silence.

L'homme s'appuie sur une béquille, il boite, comprend qu'il est poursuivi et essaie de hâter le pas le long de l'escarpement.

Des sirènes hurlent au loin.

Joona patauge de son mieux dans la neige profonde, le pistolet à la main.

421

Je vais l'avoir, pense-t-il. Je vais l'attraper.

Ils s'approchent d'une partie éclairée de la carrière, où se trouve une fabrique de ciment. La lumière d'un projecteur solitaire en haut d'un mât se déverse sur le fond du cratère encaissé.

L'individu s'arrête, se retourne et regarde Joona. Il se tient tout près du bord, appuyé sur une béquille, et respire la bouche ouverte.

Joona avance lentement vers lui, le pistolet dirigé vers le sol.

Le visage du Marchand de sable est identique à celui de Jurek, mais beaucoup plus émacié.

À distance, il entend les voitures de police arriver aux anciens logements des travailleurs immigrés. Seuls de petits éclats de lumière bleue parviennent jusqu'aux deux hommes.

— Ça n'a pas fonctionné avec toi, Joona, dit le Marchand de sable. Mon frère a eu le temps de me dire de prendre Summa et Lumi, mais elles sont mortes avant que j'aie pu le faire. Parfois le destin choisit son propre chemin…

Les faisceaux lumineux des puissantes torches des policiers balaient les anciens logements.

— J'ai parlé de toi dans une lettre à mon frère, mais je n'ai jamais su s'il voulait que je t'enlève quelqu'un d'autre.

Joona s'arrête et sent tout le poids de l'arme dans son bras fatigué, il fixe les yeux clairs du Marchand de sable qui secoue lentement la tête.

— J'étais certain que tu allais te pendre après l'accident de voiture, mais tu vis. J'ai patienté, mais tu as continué à vivre…

Il se tait, sourit subitement, lève les yeux et dit :

— Tu vis parce que ta famille n'est pas morte pour de vrai.

Joona se contente de lever le pistolet, il vise le cœur de l'homme et tire trois fois. Les balles transpercent le corps fluet et du sang noir gicle d'entre les omoplates.

L'écho des trois détonations résonne dans la carrière.

Le frère jumeau de Jurek Walter tombe à la renverse.

La béquille reste plantée dans la neige.

Le Marchand de sable est mort avant même de toucher le sol. Le corps décharné roule en bas de la pente abrupte et s'arrête devant un vieux fourneau. De petits flocons de neige descendent doucement du ciel sombre.

154

Joona est assis, les yeux fermés, sur le siège arrière de sa propre voiture pendant que son chef, Carlos Eliasson, le conduit à Stockholm et lui parle comme le ferait un gentil papa.

— Elle va s'en sortir. J'ai parlé avec un médecin de l'hôpital. L'état de Felicia est grave, mais pas critique. Ils ne promettent rien, ils ne le font jamais, mais c'est quand même fantastique… Je suis sûr qu'elle va s'en sortir, je…

— Tu as informé Reidar ? demande Joona sans ouvrir les yeux.

— L'hôpital s'en charge. Toi, tu vas simplement rentrer chez toi, prendre du repos et…

— J'ai essayé de te joindre.

— Oui, je sais, j'ai vu que j'avais un tas d'appels en absence. Tu as peut-être entendu que Jurek a mentionné une vieille fabrique de mortier à Saga. Il n'y en a jamais eu beaucoup en Suède, mais autrefois il y en avait une à Albano. On a sillonné la forêt qui l'entoure, et les chiens ont marqué l'arrêt devant des tombes un peu partout. On est en train de fouiller toute la putain de zone.

— Vous n'avez pas trouvé de vivants ?

— Pas encore, mais on va chercher toute la nuit.

— À mon avis vous ne trouverez que des tombes.

Carlos conduit avec une prudence exemplaire. Il fait tellement chaud dans l'habitacle de la voiture que Joona est obligé de déboutonner sa veste.

— Le cauchemar est fini, Joona. Demain, l'administration pénitentiaire va prendre la décision de déplacer Saga encore une fois et on pourra aller la chercher et effacer toutes les traces des registres.

Ils pénètrent dans Stockholm et le halo autour des lampadaires forme comme une brume de neige. Un bus attend à côté d'eux que le feu passe au vert. Des hommes et des femmes fatigués regardent par les vitres embuées.

— J'ai parlé avec Anja, dit Carlos. Elle n'a pas pu attendre demain… Elle a déjà mis la main sur les dossiers de la Commission pour la protection de l'enfance concernant Jurek et son frère dans les archives de la ville et elle a déterré les décisions de la Commission pour les étrangers aux Archives nationales de Marieberg.

— Elle est douée, Anja, constate Joona pour lui-même.

— Le père de Jurek a été autorisé à rester dans le pays en tant que travailleur immigré, raconte Carlos. Mais ses fils n'avaient pas de permis de séjour et quand ils ont été découverts, la Commission pour la protection de l'enfance a été alertée et les enfants ont été recueillis par les autorités. On a sûrement cru agir dans leur intérêt. Les procédures ont même été accélérées et comme un des garçons était malade, ils se sont occupés de l'autre en premier.

— Ils ont atterri à des endroits différents…

— La Commission pour les étrangers a envoyé le garçon en bonne santé au Kazakhstan et quand d'autres fonctionnaires ont décidé du sort de son frère, ils l'ont envoyé dans un orphelinat en Russie, l'Internat 67.

— Je vois, chuchote Joona.

— Jurek Walter a repassé la frontière de la Suède en janvier 1994. Son frère se trouvait peut-être déjà dans la carrière, ou peut-être pas. En tout cas, leur père était déjà mort à cette date.

Carlos se gare en douceur sur un emplacement libre non loin de l'appartement de Joona. Tous deux descendent de la voiture, longent le trottoir recouvert de neige et s'arrêtent devant la porte de l'immeuble.

— J'ai connu Roseanna Kohler, tu le sais, dit Carlos avec un soupir. Et quand leurs enfants ont disparu, j'ai fait ce que j'ai pu, mais ça n'a pas suffi.

— Non.

— Je lui ai parlé de Jurek. Elle voulait tout savoir, voir des photos de lui et…

— Mais Reidar n'a jamais rien su ?

— Non, elle disait que c'était mieux ainsi. Je ne sais pas… Roseanna est partie à Paris, elle m'appelait sans arrêt, buvait beaucoup trop. Ce n'est pas que je m'inquiétais pour ma situation, mais je trouvais ça gênant, pour elle et pour moi aussi…

Carlos se tait et se passe la main sur sa nuque.

— Quoi ? dit Joona.

— Une nuit Roseanna m'a appelé de Paris, elle hurlait qu'elle venait de voir Jurek Walter devant son hôtel, mais je n'ai pas écouté… Plus tard, cette nuit-là, elle a mis fin à ses jours…

Carlos donne les clés de la voiture à Joona.

— Essaie de dormir. Je vais me trouver un taxi à Norra Bantorget.

155

Anders pense à My, elle avait l'air un peu perplexe quand il lui a dit qu'elle pouvait aller dormir dans la salle de repos.

— Je trouve simplement qu'il n'y a aucune raison de rester éveillés tous les deux, avait-il précisé sur un ton pincé. Moi, je n'ai pas le choix, je dois travailler encore quelques heures pour finir un truc en cours. Après, toi et Leif, vous ferez comme vous voulez pour vous répartir le temps.

Il est seul maintenant. Il passe dans le couloir, s'arrête devant la porte de la salle de repos et tend l'oreille.

Tout est calme.

Il continue jusqu'au centre de vidéosurveillance et s'installe au poste d'opérateur. C'est enfin l'heure de l'extinction des feux. Le grand écran affiche les neuf fenêtres. Jurek Walter s'est couché tôt. Anders devine son profil maigre dans le lit. Il occupe une position immobile inquiétante. On dirait qu'il ne respire plus. Saga est assise sur son lit, les pieds par terre. Sa chaise est renversée devant elle.

Anders se penche vers l'écran et l'observe. Son regard suit l'arrondi de sa tête rasée, la nuque fine, les épaules et les muscles de ses bras minces.

Il n'y a aucun obstacle à ses desseins.

Il n'arrive pas à comprendre pourquoi il a été pris d'une telle panique la nuit dernière quand il était entré dans sa cellule. Personne ne regardait les moniteurs et même si tel avait été le cas, il faisait trop sombre dans la chambre pour voir quoi que ce soit.

Il aurait pu coucher avec elle dix fois s'il avait voulu, il aurait pu faire n'importe quoi.

Anders inspire profondément, tape son identifiant et son mot de passe et ouvre le programme d'administration de son service, sélectionne la zone des patients et clique sur l'éclairage nocturne.

Les trois chambres sont plongées dans le noir.

Il ne faut que quelques secondes à Saga pour allumer la lampe de chevet et tourner les yeux vers la caméra.

On dirait qu'elle le regarde parce qu'elle sait qu'il la regarde.

Anders observe les deux gardiens qui discutent devant l'entrée. L'homme dit quelque chose qui fait rire la femme de grande taille – en souriant, il fait semblant de jouer du violon.

Anders se lève et regarde Saga encore une fois.

Il va chercher un comprimé dans l'armoire pharmaceutique, le dépose dans un gobelet en plastique, s'approche de la porte de sécurité et introduit sa carte dans le lecteur.

Quand il se trouve devant la chambre de Saga, les battements de son cœur s'accélèrent. À travers la vitre épaisse, il la voit assise sur le lit, le regard dirigé vers la caméra, telle une petite sirène fragile.

Anders ouvre le volet du vasistas et la voit tourner les yeux dans sa direction. Elle se lève et s'avance d'un pas hésitant.

— Tu as bien dormi la nuit dernière ? demande-t-il gentiment.

Quand elle tend la main par l'ouverture, il saisit ses doigts et les tient un long moment avant de lui donner le gobelet.

Il referme le volet et la voit repartir dans la pièce. Elle met le comprimé dans sa bouche, remplit le gobelet d'eau, avale, éteint la lampe de chevet et s'allonge.

Anders va chercher les sangles qui s'adaptent au lit, retire le mince plastique de protection, puis se poste devant la vitre blindée et observe la silhouette de Saga.

156

À l'abri de l'obscurité, Saga dissimule le comprimé dans sa chaussure avant de s'allonger sur le lit. Elle ne sait pas si le jeune médecin est toujours devant la porte, mais elle est certaine qu'il a l'intention d'entrer dans sa cellule dès qu'il la croira endormie. Elle a lu dans ses yeux, sans le moindre doute possible, qu'il n'en avait pas fini avec elle.

La nuit dernière elle a été tellement prise au dépourvu par son abus de pouvoir qu'elle a laissé les choses aller beaucoup trop loin. Aujourd'hui elle a l'impression que, quoi qu'il se passe, elle s'en fiche.

Elle est ici pour sauver Felicia et il lui faudra peut-être supporter l'endroit encore quelques jours.

Demain ou après-demain, Jurek va tout lui révéler, et alors ce calvaire sera terminé, elle pourra rentrer chez elle, oublier cette épreuve.

Saga roule sur l'autre côté, jette un coup d'œil vers la porte et aperçoit immédiatement la silhouette derrière le verre. Son cœur bat plus fort dans sa poitrine. Le jeune médecin est là, à guetter, attendant que le somnifère fasse son effet et qu'elle s'endorme.

Est-elle prête à le laisser la violer pour ne pas gâcher l'infiltration ? Peu importe. Ses pensées sont bien trop chaotiques pour qu'elle puisse se préparer à ce qui ne tardera pas à arriver.

Que la mission s'achève, c'est tout ce qu'elle souhaite.

Elle entend un tintement métallique quand il introduit la clé dans la serrure.

Elle ne se donne pas encore la peine de feindre d'être endormie, et regarde le médecin verrouiller la porte derrière lui et avancer jusqu'au lit.

Puis elle ferme les yeux et tend l'oreille.

Rien ne se produit.

Peut-être qu'il veut juste la regarder.

Elle essaie d'expirer tout l'air de ses poumons sans faire de bruit et d'attendre dix secondes avant d'inspirer, en suivant mentalement l'image d'un carré où chaque côté signifie une étape.

Le médecin pose sa main sur le ventre de Saga, accompagne un instant les mouvements de sa respiration. Puis la fait glisser vers la hanche jusqu'à sa culotte qu'il baisse et lui retire. Saga se contente de rester totalement immobile et de se laisser faire.

Elle discerne à présent très nettement la chaleur qui émane de son corps.

Il caresse tout doucement sa main droite et la soulève au-dessus de sa tête. D'abord elle pense qu'il va prendre son pouls, puis elle constate qu'il est en train de l'attacher. Quand elle essaie de se dégager, il passe une large sangle par-dessus ses cuisses et la tend à l'extrême avant qu'elle ait le temps de s'extraire du lit.

— Putain, mais qu'est-ce que tu fous ?

Elle ne peut pas donner de coup de pied, et elle se rend compte qu'il observe ses chevilles pendant qu'elle tente de détacher sa main droite avec la gauche. Il allume la lampe de chevet et la regarde, les yeux écarquillés. Les doigts de Saga tremblent, ils glissent sur la courroie solide autour de son poignet et elle est obligée de recommencer.

Le médecin écarte vivement sa main libre.

Elle tire sur sa main droite pour la dégager, essaie de se retourner, mais en vain.

Quand elle se laisse retomber sur le lit, il tend une autre courroie par-dessus ses épaules. L'angle d'attaque est quasi impossible, mais au moment où il se penche en avant, elle le frappe sur la bouche avec son poing gauche fermé. Il trébuche en arrière et un de ses genoux fléchit. En tremblant, elle se met à défaire la boucle qui emprisonne son poignet droit.

Il est de retour devant le lit et repousse encore une fois sa main.

Le sang coule sur son menton quand il lui hurle de rester tranquille. Il fixe de nouveau la sangle autour de sa main droite, puis se place derrière sa tête.

— Je vais te tuer, hurle-t-elle et elle essaie de le suivre du regard.

Il est rapide et maintient son bras gauche des deux mains, mais elle parvient à se dégager, attrape ses cheveux et amène sa tête vers elle. De toutes ses forces, elle tape son front contre le montant du lit. Elle le tire vers l'avant de nouveau et essaie de le mordre au visage, mais il la frappe sur le cou et sur un sein, des coups puissants qui lui font lâcher ses cheveux.

Hors d'haleine, elle essaie de l'empoigner à nouveau, mais sa main tâte dans le vide derrière elle. En mobilisant toutes ses forces, elle tente de se vriller sur le côté, sans y parvenir. Son corps est bloqué.

Le médecin attrape sa main gauche et la plie brutalement sur le côté, manquant de lui déboîter l'épaule. Le cartilage autour de l'articulation craque et elle pousse des hurlements de douleur. Elle lutte pour libérer un pied, mais les lanières lui cisaillent la peau, et elle entend des crépitements dans la cheville. Il force sa main en arrière, passe la sangle autour du poignet et serre.

Le jeune médecin essuie le sang sur sa bouche avec le dos de la main, fait quelques pas en arrière et l'observe le souffle court.

157

Lentement, le médecin revient près d'elle, ajuste la dernière sangle par-dessus sa cage thoracique et l'attache. Il reste un moment à la scruter, puis va se placer au pied du lit. Du sang coule de son nez sur ses lèvres. Elle l'entend respirer fort, de brefs halètements d'excitation. Sans se presser, il tend les lanières autour de ses chevilles de sorte que ses cuisses s'écartent davantage. Elle plante ses yeux dans les siens en se disant qu'il ne faut pas le laisser arriver à ses fins.

Il caresse ses mollets avec des mains tremblantes, tout en fixant son entrejambe.

— Ne fais pas ça, essaie-t-elle de dire d'une voix maîtrisée.

— Toi, tu vas juste la fermer, lance-t-il et il enlève sa blouse blanche sans la lâcher du regard.

Saga tourne son visage sur le côté, elle ne veut pas le voir, ne peut pas croire qu'une telle chose soit en train d'arriver.

Elle ferme les yeux et cherche désespérément une issue.

Soudain elle entend un raclement bizarre sous le lit. En ouvrant les yeux, elle aperçoit le reflet d'un mouvement dans l'inox du lavabo.

— Tu ferais mieux de sortir d'ici, dit-elle, la respiration coupée.

Le médecin attrape sa culotte sur le lit et la lui enfonce brutalement dans la bouche. Elle voudrait hurler quand elle comprend à quoi correspond le reflet sur le métal lisse du lavabo.

Jurek Walter.

Il s'est caché dans sa chambre pendant qu'elle fouillait celle de Bernie à la recherche des somnifères.

Saisie de panique, elle lutte pour se libérer.

Elle entend les boutons de la chemise de Jurek frotter contre le sommier lorsqu'il se déplace latéralement.

Un bouton saute et roule par terre. Stupéfait, le médecin le regarde décrire un large cercle sur le sol avant de s'arrêter en tournoyant sur lui-même.

— Jurek, murmure-t-il à la seconde même où une main agrippe sa jambe et le renverse.

Anders Rönn tombe comme une masse, sa nuque heurte le sol et il a le souffle coupé, mais il parvient à se tourner sur le ventre. Il agite les jambes et s'éloigne à quatre pattes.

Fuis, pense Saga. Verrouille la porte, appelle la police.

Jurek s'extirpe de sous le lit, puis se met debout en même temps que le médecin réussit à se relever. Il essaie d'atteindre la porte, mais Jurek le devance.

Saga lutte pour expulser la culotte de sa bouche, elle tousse, prend une grande respiration et sent la nausée l'envahir.

Anders Rönn s'écarte, se cogne à la table en plastique, recule et fixe le patient âgé.

— Ne me faites pas de mal, supplie-t-il.

— Non ?

— Je vous en prie, je ferai tout ce que vous voulez.

Jurek s'approche. Son visage ridé est totalement inexpressif.

— Je vais te tuer, mon garçon. Mais avant, tu vas beaucoup souffrir.

Saga crie, des hurlements assourdis par la culotte dans sa bouche, et elle tire sur les courroies. Sa main gauche lui brûle terriblement après les coups désespérés qu'elle a donnés.

Elle ne comprend pas ce qui s'est passé, pourquoi Jurek s'est caché dans sa chambre, pourquoi il a modifié leur plan.

Le médecin secoue la tête, recule encore et essaie de contrer Jurek avec la main.

Ses yeux sont immenses, écarquillés par la peur.

La sueur coule le long de ses joues.

Jurek le suit lentement, attrape sa main d'un geste rapide et le jette à terre. Il lui brise l'épaule d'un puissant coup de pied. On entend les os craquer et Anders Rönn hurle. Avec une précision militaire, Jurek vrille le bras dans la direction opposée, achevant de le déboîter. Le bras pend désormais, retenu uniquement par les muscles et la peau.

Jurek remet le médecin sur pied, le maintient debout contre le mur et lui flanque quelques gifles pour l'empêcher de perdre connaissance.

L'épanchement de sang assombrit rapidement la peau du bras disloqué.

Saga tousse, elle suffoque.

Anders Rönn pleure comme un enfant épuisé.

Saga parvient à changer légèrement l'angle de son corps, elle tire sur son bras gauche, tellement fort que sa vue se brouille, puis d'un coup sa main est dégagée.

Elle sort la culotte de sa bouche, respire péniblement et tousse encore.

— On ne peut pas encore s'évader ! Il n'y avait pas de somnifères dans la chambre de Bernie, dit Saga très vite à Jurek.

Elle ressent une douleur épouvantable dans la main qu'elle vient de libérer. Elle n'arrive pas à évaluer l'étendue de ses blessures. Ses doigts brûlent comme du feu.

Jurek fouille les vêtements du médecin, trouve la clé de la porte et la glisse dans sa poche.

— Tu veux voir quand je lui coupe la tête ? demande-t-il avec un bref regard à Saga.

— Ne fais pas ça, je t'en prie… Ce n'est pas nécessaire, hein ?

— Rien n'est nécessaire, dit Jurek et il saisit le médecin à la gorge.

— Attends.

— Très bien, je vais attendre… deux minutes, pour toi, petite fliquette.

— Qu'est-ce que tu racontes ?

— La seule erreur que tu as commise, c'est quand tu n'as cassé qu'un petit doigt à Bernie, dit Jurek pendant qu'il s'empare de la carte d'accès d'Anders Rönn.

— Je voulais le tuer lentement, tente-t-elle, tout en sachant que c'est inutile.

Jurek gifle le médecin encore une fois.

— Il me faut les deux codes, dit-il.

— Les codes, murmure le médecin. Je ne m'en souviens pas, je…

Saga essaie de détacher les autres sangles, mais les doigts de sa main gauche sont tellement endommagés qu'elle en est incapable.

— Comment tu as su ? demande Saga.

— J'ai réussi à faire sortir une lettre.

— Non, gémit le médecin.

— Si Mikael Kohler-Frost s'évadait et était retrouvé vivant… je me doutais que la police enverrait quelqu'un ici.

Jurek trouve le téléphone du médecin, le jette par terre et le brise sous son talon.

— Mais pourquoi…

— Je n'ai pas le temps, l'interrompt-il. Il faut que j'aille détruire Joona Linna.

Jurek Walter sort de la chambre en traînant le médecin avec lui. Saga entend leurs pas dans le couloir. Elle entend le passage de la carte dans le lecteur, le pianotage du code et le bourdonnement de la serrure.

158

Joona sonne chez lui et sourit tout seul en entendant des pas dans l'appartement. Disa vient lui ouvrir la porte. Il pénètre dans le vestibule plongé dans la pénombre et ôte ses chaussures.

— Tu as l'air totalement épuisé, dit-elle.

— Ça ira.

— Tu veux manger ? Il en reste… je peux réchauffer…

Joona secoue la tête et la serre dans ses bras. Il est trop fatigué pour parler à cet instant, mais tout à l'heure il lui demandera d'annuler le voyage au Brésil. Elle n'est plus obligée de partir.

Du sable s'échappe de sa veste et forme un petit cône par terre quand Disa l'aide à se débarrasser de ses vêtements.

— Tu es allé jouer au bac à sable ? rit-elle.

— Rien qu'un petit moment.

Il gagne la salle de bains et se glisse sous la douche. L'eau brûlante qui l'inonde apaise son corps meurtri. Il s'appuie contre le carrelage et sent petit à petit ses muscles se détendre.

Ça brûle dans la main qui tenait le pistolet quand il pressait la détente et tirait sur un homme qui n'était pas armé.

Si je m'habitue à la pensée de ce dont je me suis rendu coupable, je pourrai redevenir heureux, pense-t-il.

Même si Joona savait très bien que le Marchand de sable était mort, qu'il avait vu les balles lui traverser le corps, qu'il l'avait vu rouler en bas de la pente comme un cadavre dans une fosse commune, il l'avait suivi. Il s'était laissé glisser dans l'escarpement en freinant comme il pouvait, s'était arrêté devant le corps, avait pointé l'arme sur la nuque de l'homme et tâté son cou avec l'autre main. Le Marchand de sable était bel et bien mort. Ses yeux ne l'avaient pas trahi. Les trois balles avaient traversé son cœur.

Il pousse un soupir de bien-être à l'idée réconfortante de ne plus avoir à craindre le complice de Jurek.

Joona s'essuie et se lave les dents, puis s'interrompt et tend l'oreille. Apparemment, Disa parle au téléphone.

En arrivant dans la chambre, il constate qu'elle est en train de s'habiller.

— Qu'est-ce que tu fais ? demande-t-il en s'allongeant entre les draps propres.

— Mon patron vient d'appeler, dit-elle avec un sourire fatigué. Ils sont en train de combler un trou sur la pointe de Loudden. Toute la zone suit un programme d'assainissement, mais là, ils pensent être tombés sur un plateau de jeu ancien… Il faut que j'aille tout de suite arrêter les dégâts, parce que s'il s'avère…

— Ne pars pas, la coupe Joona et il sent la fatigue lui brûler les yeux.

Disa fredonne pour elle-même quand elle sort un pull soigneusement plié du tiroir supérieur de la commode.

— Tu as commencé à remplir mes tiroirs ? murmure-t-il, et il ferme les yeux.

Disa va et vient dans la chambre. Il l'entend se brosser les cheveux, prendre une veste sur un cintre.

Il se tourne sur le côté et a juste le temps de réaliser que les souvenirs et les rêves commencent à s'emboîter les uns dans les autres.

Le corps du Marchand de sable roule sur la pente escarpée et s'arrête devant un vieux fourneau.

Samuel Mendel se gratte le front et dit : Absolument rien n'indique que Jurek Walter ait un complice. Mais toi, comme toujours, tu ne peux pas t'empêcher de lever un doigt en l'air et de dire אכפיא†אמלידו.

159

Saga fait une nouvelle tentative pour dénouer la lanière qui enserre son poignet droit, sans y parvenir, et elle retombe sur le dos, hors d'haleine.

Jurek Walter s'évade, pense-t-elle.

La panique bouillonne dans sa poitrine.

Il faut qu'elle prévienne Joona.

Saga tourne son corps vers la droite, mais elle est obligée d'abandonner.

Au loin, elle perçoit des bruits.

Elle retient sa respiration et écoute.

Des grincements, plusieurs chocs sourds, puis le silence à nouveau.

Saga comprend que Jurek n'a jamais eu besoin des comprimés. Tout ce qui l'intéressait, c'était qu'elle réussisse à faire entrer le médecin dans sa chambre. Il avait deviné les intentions d'Anders Rönn, il avait compris qu'il ne résisterait pas à la tentation de s'introduire dans sa cellule si elle demandait des somnifères.

C'était ça, le plan.

C'est pour ça qu'il avait endossé la responsabilité de ce qu'elle avait fait à Bernie, pour ça que sa dangerosité ne devait pas être dévoilée.

Elle était une Sirène, comme il l'avait dit le premier jour.

Il était primordial pour Jurek que le médecin entre dans sa chambre sans gardien ni infirmier pour surveiller le déroulement de la visite.

Les doigts de Saga sont tellement mutilés qu'elle geint de

douleur quand elle s'étire latéralement et ouvre la boucle de la lanière sur ses épaules.

À présent, elle peut bouger les épaules, lever la tête.

Tout le monde est tombé dans son piège, pense-t-elle. On a cru qu'on pouvait le tromper, mais il avait déjà passé sa commande, il savait que quelqu'un allait venir et aujourd'hui, une seule chose est sûre, c'est que j'ai été son cheval de Troie.

Elle reste immobile quelques secondes et respire, sent la sécrétion d'endorphines dans son corps, rassemble ses forces et se penche sur le côté, atteint sa main droite avec la bouche et essaie d'attraper la fermeture avec les dents.

Elle retombe en arrière, hors d'haleine. Il faut à tout prix qu'elle trouve un membre du personnel pour lui dire d'alerter la police.

Saga respire profondément et fait une nouvelle tentative. Elle lutte pour se redresser, se maintient en équilibre, happe la large lanière avec ses dents, la desserre et arrive à la faire glisser de quelques centimètres dans la boucle. Elle est prise de violentes nausées, fait tourner sa main dans tous les sens et finit par la dégager.

Il ne lui faut que quelques secondes pour retirer les autres courroies. Elle rapproche ses jambes écartées et se laisse glisser au sol. Elle a mal à l'aine et aux muscles des cuisses quand elle enfile son pantalon.

Une des chaussures du médecin est coincée dans la porte de sécurité, l'empêchant de se refermer. Saga tend l'oreille. Il règne un silence spectral dans l'unité sécurisée qu'on dirait complètement abandonnée.

Elle se précipite dans le couloir et entend le bruit collant de ses pieds nus sur le sol quand elle se faufile dans la pièce à droite et s'approche du poste d'opérateur. Les écrans sont noirs et les diodes luminescentes de l'unité d'alarme éteintes. Le courant électrique de tout le système a été coupé.

Mais il y a forcément un téléphone ou une alarme qui fonctionnent quelque part. Saga passe devant des portes fermées et débouche sur la kitchenette. Les tiroirs à couverts sont ouverts et une chaise a été renversée.

Dans l'évier, elle aperçoit quelques pelures de pommes brunies et un couteau à éplucher. Elle s'en empare vivement, vérifie si la lame est bien aiguisée et poursuit son exploration.

Un bruit étrange, sorte de ronflement sifflant, arrive à ses oreilles.

Elle s'arrête, écoute, se remet en marche.

Sa main droite serre beaucoup trop fort le couteau.

Il devrait y avoir du personnel de surveillance ici, et des infirmiers, mais elle n'ose pas appeler. Elle a peur que Jurek ne l'entende.

Le bruit provient du couloir. On dirait une mouche engluée sur un bout de scotch. Elle passe devant la salle des fouilles, tenaillée par une angoisse croissante.

Elle cligne des yeux dans la pénombre, s'arrête à nouveau.

Le sifflement paraît plus proche maintenant.

Avec prudence, elle fait quelques pas en avant. La porte de la salle du personnel est entrouverte, elle la pousse. Une lampe est allumée.

Tout est silencieux, puis le ronflement reprend.

Elle tend le cou et voit le pied du lit. Une personne y est allongée, elle remue les orteils. Deux pieds recouverts de chaussettes blanches.

— Ohé ? dit Saga d'une voix assourdie.

Avant de faire un pas dans la pièce, elle a le temps d'imaginer que l'aide-soignant est peut-être en train d'écouter de la musique, et qu'il a raté tout ce qui vient de se passer.

Mais le lit est inondé de sang.

La fille avec les piercings aux joues est allongée sur le dos, tremblant de tout son corps, elle fixe le plafond, mais elle a peut-être perdu connaissance.

De petits frémissements parcourent son visage, du sang et de l'air s'échappent de ses lèvres serrées.

— Oh mon Dieu…

Elle a pris une dizaine de coups de couteau dans la poitrine, des plaies profondes qui traversent les poumons et le cœur. Saga ne peut rien pour elle, il faut prévenir les secours au plus vite.

Le sang s'égoutte sur le sol à côté du portable brisé de la fille.

— Je vais chercher de l'aide, dit Saga.

L'air siffle entre les lèvres de la jeune infirmière et une bulle de sang se forme.

Saga sort de la pièce avec une sensation de vide absolu.

— Dieu tout-puissant, Dieu du ciel…

Comme distanciée par le choc, elle court dans le couloir en direction de la sortie. Le garde est assis de l'autre côté de la porte extérieure du sas. Le verre blindé le rend flou et gris.

Saga dissimule le petit couteau à éplucher dans sa main pour ne pas l'effrayer, ralentit, essaie de respirer calmement et se met à marcher. Elle frappe sur la vitre.

— On a besoin d'aide ici !

Elle frappe plus fort, mais il ne réagit pas, elle fait un pas de côté et s'aperçoit que la porte est ouverte.

Toutes les portes sont ouvertes, pense-t-elle en passant dans le sas.

Elle est sur le point de s'adresser au garde quand elle comprend qu'il est mort. Sa gorge est tranchée jusqu'aux cervicales. On dirait que sa tête pend sur un manche à balai. Le sang a inondé son corps et forme une flaque autour de la chaise.

D'accord, se dit-elle, puis elle passe par-dessus la mare de sang, le couteau à la main, monte l'escalier et franchit la grille ouverte.

Elle essaie d'ouvrir la porte du service 30, celui de la psychiatrie médico-légale fermée, mais elle est verrouillée, ce qui est normal en pleine nuit. Elle frappe quelques coups avant de continuer sur sa lancée.

— Ohé, appelle-t-elle. Il y a quelqu'un ?

L'autre chaussure du médecin gît au milieu du couloir, éclairée par la lumière crue des néons au plafond.

Saga court et aperçoit un mouvement au loin, à travers les murs vitrés de plusieurs pièces en enfilade. C'est un homme en train de fumer. Il donne une pichenette à la cigarette avant de disparaître sur la gauche. Saga court aussi vite qu'elle peut en direction de la sortie et du passage vers le bâtiment principal de l'hôpital. Au bout du couloir, au moment de tourner, elle sent le sol devenir tout mouillé sous ses pieds.

La lumière l'éblouit et elle a d'abord l'impression que le sol est noir, mais l'odeur de sang est tellement flagrante qu'elle est prise de nausées.

La flaque est énorme, quelqu'un a marché dedans, étalant le sang en direction du hall d'entrée.

Saga continue sa progression comme dans un cauchemar et voit la tête du jeune médecin. Elle est jetée sur le sol à côté de la poubelle fixée sur le mur à droite.

Jurek a mal visé, il a raté le panier, pense-t-elle et le rythme de sa respiration se fait beaucoup trop rapide.

Elle s'éloigne de la zone ensanglantée et foule à nouveau un sol sec, tandis que ses pensées errent confusément sans parvenir à créer une suite logique.

Ce qui est en train de se produire est totalement inconcevable.

Pourquoi s'est-il donné le temps de faire ça ?

Parce qu'il ne voulait pas seulement s'évader, répond-elle à sa propre question. Il voulait se venger.

Soudain de lourds pas parviennent du passage qui mène au bâtiment principal. Deux vigiles vêtus de noir arrivent en courant, équipés d'armes et de gilets pare-balles.

— Il nous faut un médecin pour le service sécurisé ! s'écrie Saga.

— Allonge-toi par terre ! ordonne le plus jeune en s'approchant lentement d'elle.

— C'est juste une petite meuf, dit l'autre.

— Je suis agent de police ! hurle-t-elle et elle jette au loin le couteau à éplucher.

Il rebondit sur le sol et s'arrête juste devant eux. Ils y jettent un regard, ouvrent leur holster et dégainent leur arme.

— À terre !

— Je m'allonge. Mais vous devez alerter…

— Putain merde, crie le jeune garde qui vient de découvrir la tête. Merde, merde, merde…

— Je tire, dit l'autre d'une voix tremblante.

Saga s'accroupit lentement sur un genou et le vigile se précipite sur elle tout en détachant les menottes de sa ceinture. L'autre garde s'écarte. Saga tend les mains devant elle et se lève.

— Pas un putain de mouvement, lui recommande-t-il, affolé.

Elle ferme les yeux, se concentre sur le bruit de ses bottes contre le sol, sent ses mouvements et fait un petit pas en arrière. Il se penche pour la menotter et Saga ouvre les yeux à l'instant où elle lui envoie un crochet du droit. Le coup violent l'atteint sur l'oreille avec un claquement sec. Elle pivote et accueille l'inflexion de la tête du garde avec son coude.

On n'entend qu'un bref petit choc.

La salive gicle de la bouche ouverte de l'homme.

Les deux coups sont tellement puissants qu'en un dixième de seconde, le champ de vision du garde se réduit à un infime petit point de lumière.

Ses jambes se dérobent sous lui, et il n'a pas le temps de se rendre compte que Saga s'empare de son pistolet. Avant qu'il n'atteigne le sol, elle a enlevé le cran de sûreté et eu le temps de tirer deux coups droit dans le gilet pare-balles du deuxième homme.

Les détonations résonnent dans le passage étroit et il titube en arrière. Saga se rue sur lui et frappe sa main avec la crosse du pistolet. Son arme dégringole au sol et glisse en direction des traces de sang.

D'un coup de pied dans les jambes, Saga le fait tomber sur le dos, et il pousse un gémissement. L'autre vigile roule sur le côté et tâte son visage avec la main. Saga s'empare d'une unité radio et fait quelques pas de côté.

161

La sonnerie du téléphone arrache Joona d'un sommeil profond. Il n'a même pas compris qu'il s'endormait, il a sombré directement tandis que Disa enfilait sa tenue de travail. La chambre est plongée dans l'obscurité, mais la lueur du téléphone éclaire le mur d'une ellipse pâle.

— Joona Linna, répond-il dans un soupir.

— Jurek s'est évadé, il a réussi à sortir de…

— Saga ? dit Joona en s'extirpant du lit.

— Il a tué un tas de gens, s'écrie-t-elle, virant à l'hystérie.

— Tu es blessée ?

Joona traverse l'appartement et l'adrénaline afflue dans son corps à mesure qu'il comprend ce que Saga lui annonce.

— Je ne sais pas où il est, il a dit qu'il allait te faire du mal, il a dit…

— Disa ! hurle Joona.

Il voit que ses bottes ne sont plus là, il ouvre la porte d'entrée et crie son nom dans la cage d'escalier. L'écho de sa voix rebondit contre les murs. Il essaie de se rappeler ce qu'elle a dit juste avant qu'il s'endorme.

— Disa est partie à Loudden, dit-il.

— Pardon d'avoir…

Joona raccroche, s'habille en vitesse, enfile l'étui d'épaule garni de son pistolet et quitte l'appartement sans même se donner la peine de fermer à clé.

Il dévale l'escalier, et part en direction de Dalagatan où Carlos a garé sa voiture. Pendant qu'il court, il appelle Disa au téléphone. Elle ne répond pas. La neige tombe abondamment et il fulmine en voyant les hauts remblais formés par les chasse-neige contre les trottoirs. Il sera peut-être obligé de dégager sa voiture à la pelle.

Il est ralenti par un bus qui passe si près de lui qu'il sent le sol trembler. L'appel d'air fait virevolter de la neige poudreuse d'un mur large et bas.

Arrivé à la voiture, il s'y engouffre et démarre. Il passe droit par-dessus le remblai, racle l'aile d'une voiture stationnée le long du trottoir et met les gaz.

Joona comprend d'un coup que cette nuit, tout ce qu'il a toujours redouté va s'embraser, comme une tempête de feu.

Cela peut se produire d'une minute à l'autre.

Disa est seule dans sa voiture en route pour le port franc sur Loudden.

Le cœur de Joona tambourine contre le holster. La neige abondante frappe le pare-brise.

Il conduit à toute allure et repense à ce qui s'est passé. Le chef de Disa a appelé et lui a demandé d'aller examiner une découverte archéologique. Rebecka, la femme de Samuel, avait reçu un coup de fil du menuisier lui demandant de venir à la maison de campagne plus tôt que convenu.

Le Marchand de sable a dû parler de Disa dans la lettre que Susanne Hjälm a donnée à Jurek. Les mains de Joona tremblent quand il l'appelle de nouveau. Les sonneries retentissent et la sueur coule dans son dos.

Elle ne répond toujours pas. Joona tourne dans Karlavägen en un virage serré, puis fonce à tombeau ouvert.

Ce n'est probablement rien, tente-t-il de se rassurer. Il faut simplement qu'il réussisse à joindre Disa, qu'il puisse lui dire de faire demi-tour et de rentrer à la maison. Il la mettra à l'abri quelque part jusqu'à ce que Jurek soit capturé.

La voiture dérape sur la neige boueuse de la chaussée et un camion l'évite de justesse. Il téléphone de nouveau, toujours pas de réponse.

Il longe le parc de Humlegården à une vitesse effarante. La route est bordée de remblais de neige sale et l'éclairage public fait scintiller le bitume mouillé.

Il l'appelle encore une fois.

Le feu tricolore est passé au rouge, mais Joona tourne quand même à droite. Une bétonnière fait une embardée pour s'écarter de son chemin et une voiture rouge freine dans un crissement de pneus. Les sonneries retentissent dans le téléphone. Puis soudain, Disa répond.

Disa passe prudemment sur les rails rouillés et engage la voiture dans l'énorme enceinte du port franc dédié au trafic de ferries et au fret maritime. Le ciel sombre est bas et chargé de neige virevoltante.

La lueur jaune d'un réverbère suspendu danse sur la façade d'une sorte de hangar.

Les passants ont le regard rivé au sol pour ne pas recevoir la neige dans les yeux et pour se protéger du froid. Tout au fond, elle distingue le grand ferry en provenance de Tallinn, comme dans un rêve flou et scintillant.

Disa tourne à droite, s'éloigne de la lumière devant l'imposante bâtisse de la société *Banan-Kompaniet*, longe des bâtiments industriels peu élevés et plisse les yeux pour mieux saisir les contours dans le noir.

Des poids lourds commencent à embarquer sur le ferry pour Saint-Pétersbourg.

Quelques dockers grillent une cigarette sur un parking vide. L'obscurité et la neige feutrent et isolent le petit groupe du monde environnant.

Disa roule le long du dépôt cinq et franchit les grilles du terminal à conteneurs. Chaque conteneur est gros comme une maisonnette et doit peser plus de trente tonnes. Ils sont empilés les uns sur les autres, des piles hautes de près de quinze mètres.

Un sac en plastique vole, baladé par le vent. La glace qui recouvre les flaques d'eau crépite sous les pneus de la voiture.

L'empilement de conteneurs forme un réseau d'allées pour les énormes chariots élévateurs et les tracteurs du terminal. Disa s'engage dans un couloir qui paraît bizarrement étroit à cause de la hauteur des parois qui le bordent. Les traces dans la neige lui indiquent qu'une autre voiture a roulé ici récemment. Peut-être cinquante mètres plus loin, l'allée s'ouvre sur les quais. Les gigantesques réservoirs de pétrole de Loudden se dessinent vaguement dans les bourrasques de neige derrière les grues qui sont en train de charger un navire.

L'homme qui veut lui montrer le plateau de jeu ancien l'attend vraisemblablement là-bas.

Le vent rabat la neige sur le pare-brise, elle ralentit, les essuie-glaces ont du mal à éliminer les flocons.

Plus loin, une grosse machine ressemblant à un scorpion est immobilisée dans une allée latérale : elle maintient un conteneur de couleur rouge suspendu au-dessus du sol.

La cabine du conducteur est vide et les pneus de l'engin se recouvrent rapidement de neige.

La sonnerie du téléphone la fait sursauter et elle sourit joyeusement en répondant :

— Tu es censé dormir.

— Dis-moi où tu te trouves maintenant, dit Joona d'une voix intense.

— Dans la voiture, je vais à...

— Je veux que tu laisses tomber le rendez-vous et que tu reviennes tout de suite.

— Qu'est-ce qu'il s'est passé ?

— Jurek Walter s'est évadé de l'unité sécurisée.

— Qu'est-ce que tu dis ?

— Je veux que tu rentres immédiatement.

La lumière des phares forme un aquarium rempli de neige tourbillonnante devant la voiture. Elle ralentit encore, regarde le conteneur rouge que la machine tient suspendu dans sa griffe et lit machinalement :

— Hamburg Süd...

— Il faut que tu m'écoutes, dit Joona. Fais demi-tour et rentre à la maison.

— D'accord, je vais rentrer.

Il patiente en silence.

— Ça y est, tu as fait demi-tour ?

— C'est impossible, là… Il faut que je trouve un endroit plus large, dit-elle à voix basse lorsqu'elle aperçoit un objet insolite.

— Disa, je comprends que je dois paraître un peu…

— Attends, l'interrompt-elle.

— Qu'est-ce que tu fais ?

Elle roule au pas et s'approche lentement d'un gros paquet posé au milieu de l'allée. Ça ressemble à une couverture grise entourée de ruban adhésif argenté, que la neige recouvre peu à peu.

— Qu'est-ce qu'il se passe, Disa ? demande Joona d'une voix stressée. Tu as réussi à faire demi-tour ?

— Il y a quelque chose sur la chaussée, dit-elle et elle arrête la voiture. Je ne peux pas le contourner…

— Fais marche arrière !

— Donne-moi une seconde, dit-elle et elle pose le téléphone sur le siège.

— Disa ! hurle-t-il. Tu ne dois pas sortir de la voiture ! Pars, va-t'en ! Disa !

Elle ne l'entend pas, elle vient de descendre de la voiture et s'approche du ballot posé par terre. Les flocons de neige légers voltigent dans l'air. Le silence est presque total et la lumière projetée par les hautes grues n'atteint pas la rigole profonde entre les conteneurs empilés.

D'étonnantes notes de musique sonnent haut au-dessus de sa tête quand le vent s'engouffre entre les conteneurs.

Beaucoup plus loin, les warnings d'un énorme chariot à fourches s'allument. Les clignotements jaunes sont captés par la neige qui tombe.

Dans le silence ambiant, Disa se sent emplie d'une solennité cruciale et fatidique. Elle a juste l'intention de tirer le paquet sur le côté pour pouvoir passer avec la voiture, mais elle s'arrête quand même et essaie d'aiguiser son regard.

Le chariot élévateur disparaît dans une allée latérale au loin et il ne reste plus que la lumière glacée des phares et la chute incessante de la neige.

Elle a l'impression de voir quelque chose bouger sous la couverture grise.

Elle cille des yeux, hésite.

En cet instant, tout est merveilleusement silencieux et paisible.

Disa reste immobile et sent les battements frénétiques de son cœur avant de faire les derniers pas jusqu'au paquet.

163

Joona tourne à gauche au rond-point, beaucoup trop vite, le pare-chocs avant bute contre la neige tassée, les pneus dérapent dangereusement sur la surface glacée. Il braque le volant, glisse un peu sur le côté, accélère à nouveau, les roues descendent du trottoir et il continue sans avoir perdu trop de vitesse.

Les énormes espaces verts de Gärdet sont entièrement recouverts de neige et s'étirent tel un océan blanc vers le quartier de Norra Djurgården.

Joona double un bus dans la ligne droite, atteint les cent soixante kilomètres à l'heure, passe devant des immeubles en brique jaune. La voiture chasse dans les sillons profonds creusés par des roues quand il ralentit pour tourner à gauche en direction du port. La neige gelée frappe le pare-brise. Il voit à travers le haut grillage un navire longiligne sur lequel on charge des conteneurs à la lumière nébuleuse d'une grue.

Un train de marchandises couleur rouille entre dans le port franc.

À travers les tourbillons de neige et l'obscurité brumeuse, Joona balaie du regard les hangars déserts. Il entre dans la zone portuaire en un virage serré, les roues mangent le bord du refuge central, la boue de neige vole autour de la voiture, les pneus patinent.

Les barrières du passage à niveau s'abaissent à cet instant, mais il passe en chicane et les barrières viennent heurter le toit de la voiture.

Il s'enfonce dans l'enceinte du port franc en roulant comme un fou. Il voit des gens s'éloigner de la gare maritime de Tallinn, une file clairsemée de silhouettes noires qui disparaissent dans l'obscurité.

Elle ne peut pas être loin. Elle avait arrêté sa voiture et était descendue. Quelqu'un avait déplacé son rendez-vous. L'avait attirée ici. L'avait fait sortir de la voiture.

Il actionne le klaxon, les piétons s'écartent de la chaussée, une femme laisse échapper son cabas à roulettes et Joona l'écrase. Ça crépite sous la voiture quand les roues passent dessus.

Un poids lourd s'engage bruyamment sur la rampe Ro-Ro et monte à bord du ferry à destination de Saint-Pétersbourg. De grosses galettes marron de neige compressée jonchent le sol sur son passage.

Joona longe un parking vide entre les dépôts cinq et six et franchit les grilles du terminal à conteneurs.

La zone ressemble à une ville avec des rues étroites et des immeubles sans fenêtres. Il aperçoit quelque chose du coin de l'œil, pile et recule en faisant hurler les pneus.

La voiture de Disa est là, devant lui. Une fine couche de neige s'y est posée. La portière avant est ouverte. Joona s'arrête et s'y précipite. Le moteur est encore chaud. Il regarde à l'intérieur, ne voit aucune trace de violence ou de lutte.

Il inspire l'air glacé dans ses poumons.

Disa est sortie de la voiture et s'est dirigée droit devant elle. La neige remplit et adoucit les empreintes de ses pas.

— Non, chuchote-t-il.

Dix mètres devant sa voiture, une aire a été piétinée, puis une traînée part latéralement sur un mètre entre les hauts conteneurs avant de s'interrompre.

Un ruban de gouttes de sang se devine sous la neige fraîche poudreuse.

Au-delà, la couverture neigeuse est lisse et vierge.

Joona se retient de crier le nom de Disa.

Il fait quelques pas en arrière et voit cinq conteneurs de normes ISO se balancer à vingt mètres du sol. Sur celui de dessous, les lettres blanches se détachent sur le flanc rouge : Hamburg Süd.

Il a entendu Disa prononcer ces mots juste avant d'interrompre leur conversation.

Il se met à courir dans l'allée en direction de la grue. La neige est profonde, il marche sur un bout de métal, se cogne l'épaule contre un conteneur jaune, mais poursuit sans s'arrêter.

Il atteint le quai numéro cinq et parcourt l'endroit des yeux. Son cœur bat à tout rompre. Un docker casqué parle dans un talkie-walkie. Les projecteurs éclairent la neige qui tombe et qui tourbillonne par-dessus l'eau noire du port.

Une énorme grue sur rails est en train de charger un porte-conteneurs à destination de Rotterdam.

Joona aperçoit le conteneur de couleur rouge portant les lettres Hamburg Süd et se met à courir.

Une centaine de grosses caisses de couleurs variées portant des noms de société divers sont déjà embarquées.

Deux dockers en vêtement de travail et gilet orange longent le bord du quai d'un pas rapide. L'un d'eux pointe le doigt en direction de la haute passerelle de navigation du navire.

164

La neige tombe abondamment et Joona plisse les yeux pour mieux voir. Il saute par-dessus un plot en béton et se retrouve au bord du quai. De la glace boueuse flotte dans l'eau noire, roule contre la coque du navire dans un grondement incessant. L'odeur de la mer fusionne avec celle émise par quatre moteurs diesel.

Joona monte à bord, avance le long du bastingage, repousse sans ménagement une caisse de manilles et découvre une pelle.

— Hé, vous là, lance un homme derrière lui.

Joona marche sur un carton mouillé, son pied passe à travers, il court le long de la rambarde, voit une masse de forgeron posée devant le bastingage parmi des clés anglaises, des crochets de levage et une chaîne rouillée. Il se débarrasse de la pelle, emporte le gros marteau et se précipite vers le conteneur rouge. Il est assez grand pour abriter quatre voitures. Il tape dessus du plat de la main et entend un écho assourdi rebondir sur le métal.

— Disa ! crie-t-il en le contournant.

Une solide serrure de sécurité ferme la double porte. Il balance la lourde masse d'avant en arrière au-dessus du sol, lui fait décrire une large courbe et l'abat avec une force inouïe. La serrure et le plombage éclatent en mille morceaux dans un grand fracas. Il lâche la masse et ouvre les portes.

Disa n'est pas là.

Dans la pénombre, il ne voit que deux voitures de sport BMW.

Joona ne sait pas quoi faire. Son regard balaie le quai, jusqu'à la gigantesque aire de stockage de conteneurs.

Un tracteur aux feux clignotants déplace de petites marchandises.

Au loin, les réservoirs de pétrole de Loudden se devinent à travers l'épaisse neige.

Joona s'essuie la bouche et retourne sur le quai.

Un chariot déplace des conteneurs de couleur grise vers un train de marchandises, et à l'angle du quai, à plus de trois cents mètres de distance, un poids lourd avec une bâche très sale embarque sur le roulier à destination de Saint-Pétersbourg.

Suivant le poids lourd de près, un camion chargé d'un conteneur ISO rouge monte sur la rampe.

Sur son flanc, on peut lire Hamburg Süd.

Joona essaie de déterminer quel est le chemin le plus court pour l'atteindre.

— Tu peux pas rester là ! lance un homme derrière lui.

Joona se retourne. Un docker de grande taille, portant casque, gilet orange et gants épais, s'approche de lui.

— Police criminelle, dit Joona vivement. Je cherche un…

— Ferme-la. Je m'en fous, de qui tu es, tu peux pas monter à bord comme ça…

— Appelez votre chef et dites-lui que…

— Tu vas attendre ici et expliquer tout ça aux vigiles qui vont pas tarder…

— Je n'ai pas le temps pour ça, dit Joona en lui tournant le dos.

Le docker pose une main ferme sur son épaule. Par réflexe, Joona pivote, envoie son bras autour de celui de l'homme et lui tord le coude vers le haut.

Ça va extrêmement vite.

Le docker est obligé de se pencher en arrière pour atténuer la douleur dans l'épaule et au même moment, Joona lui fait un croche-pied. Comme il ne tient pas à lui casser le bras, il le lâche et laisse l'homme s'effondrer au sol.

Le grand portique gronde et il y a subitement moins de lumière lorsque le projecteur est caché par la cargaison qui pend dans ses griffes juste au-dessus de lui.

Joona ramasse le marteau et part d'un pas rapide, mais un docker assez jeune en vêtements fluorescents bien visibles se met sur son chemin, une grosse clé anglaise à la main.

— Faites attention à vous, dit Joona d'une voix pesante.

— Tu vas attendre les agents de surveillance ici, dit le docker, et on peut lire la peur dans son regard.

Joona l'écarte du plat de la main pour pouvoir passer. Le docker fait un pas en arrière, puis l'attaque avec la clé anglaise. Joona pare le coup avec son bras, mais il est quand même touché à l'épaule et laisse tomber la masse. Poussant un grognement de douleur, il agrippe le bord arrière du casque du docker, tire vers le bas et donne un coup violent sur l'oreille de l'homme qui tombe à genoux et se met à hurler.

165

Joona court dans la neige le long du quai, la masse pendouillant au bout de son bras. Il entend des cris derrière lui. De grosses plaques de glace se retournent dans l'eau boueuse. La coque du navire comprime l'eau contre le quai, le niveau monte et un geyser jaillit.

Joona s'élance sur la rampe Ro-Ro et monte à bord du ferry de Saint-Pétersbourg. Il longe les enfilades de voitures de tourisme, de semi-remorques et de poids lourds encore chauds et fumants. La lumière provient de lampes hublots sur les murs. Derrière un conteneur gris, il en aperçoit une de couleur rouge.

Un homme essaie de sortir de sa voiture, mais Joona referme sa portière pour passer. Le gros marteau va heurter un boulon sur la paroi en acier du navire. Il sent la vibration dans son bras et son épaule.

Le sol est mouillé de neige fondue sous les voitures. Joona écarte d'un coup de pied quelques cônes de signalisation et poursuit sa progression.

Il arrive au conteneur rouge, cogne sur la porte et appelle Disa. La serrure est située haut. Pour l'atteindre, il est obligé de grimper sur le capot de la voiture qui se trouve derrière, une Mercedes noire. La tôle fléchit sous ses pieds, la peinture noire se fendille. Il fait voler la masse et brise la serrure du premier coup. Le vacarme métallique résonne entre les murs et le plafond du navire. Joona laisse l'outil sur le capot. Il ouvre le conteneur. L'un des vantaux va érafler le pare-chocs de la Mercedes.

— Disa ! hurle-t-il.

L'espace est rempli de cartons blancs portant l'inscription Evonik sur le côté. Des cartons empilés serrés sur des palettes et cerclés avec des feuillards.

Joona reprend la masse sur le capot et continue en direction de la poupe du bateau, en longeant les voitures et les camions. Il sent que son corps fatigue. L'effort fait trembler ses bras. Le transbordement du roulier est terminé et le casque de l'étrave mobile se baisse. Les machines tonnent et le caillebotis d'acier du sol vibre quand le ferry appareille. De gros morceaux de glace explosent contre la coque. Joona est presque arrivé à la poupe quand il voit un autre conteneur rouge portant l'inscription Hamburg Süd.

— Disa !

Il contourne le camion, s'arrête, observe la serrure bleue du conteneur. Son visage est mouillé, il s'essuie et saisit la masse à deux mains. Il ne remarque pas la personne qui s'est approchée de lui par-derrière.

Il lève l'outil et s'apprête à l'abattre quand un coup puissant l'atteint dans le dos. Ça fait mal, ses poumons protestent et sa vue se brouille. La masse s'échappe de ses mains, il tombe en avant, heurte le front contre le conteneur et s'effondre sur le pont. Il roule sur le côté et se relève, du sang coule dans son œil, il trébuche et s'appuie contre une voiture.

Devant lui se tient une femme assez grande, une batte de base-ball sur l'épaule. Sa respiration est rapide et sa doudoune sans manches lui comprime la poitrine. Elle s'éloigne un peu, souffle pour écarter une mèche de son visage et se prépare à frapper de nouveau.

— Qu'est-ce que tu fous avec mon conteneur ?! rugit-elle.

Elle cogne, mais Joona est rapide, il fonce sur elle, la prend par le cou d'une main, la fait pivoter et lui donne un coup de pied dans le pli du genou qui la met par terre, puis il pointe sur elle son pistolet.

— Police criminelle !

Elle reste blottie sur le pont en gémissant et le regarde quand il ramasse le gros marteau, le saisit à deux mains et l'envoie sur la serrure qui se brise. Un protège-serrure en métal atterrit à seulement dix centimètres du visage de la femme.

Joona ouvre les portes : le conteneur est rempli de gros cartons de téléviseurs. Il en sort quelques-uns pour inspecter l'intérieur, mais Disa n'est pas là. Il essuie le sang de sa figure, se met à courir entre les voitures, dépasse un conteneur de couleur noire, grimpe l'échelle jusqu'au pont supérieur.

Il se précipite au bastingage. Respire l'air froid par à-coups. Dans l'étendue blanche devant le roulier se dessine le chenal noir qu'un brise-glace a ouvert à travers tout l'archipel jusqu'à la haute mer.

Une mosaïque de glace brisée gondole autour d'une bouée de signalisation.

Le navire est maintenant à vingt mètres du quai et Joona a subitement une vue d'ensemble du port franc. Le ciel est sombre, mais de puissants projecteurs éclairent toute la zone portuaire.

Malgré la chute de neige, il voit la grande grue charger un train de marchandises en attente. L'angoisse serre le cœur de Joona quand il s'avise que trois des plateaux sont chargés des mêmes conteneurs rouges.

Il sort son téléphone, compose le numéro du centre d'appels d'urgence et demande qu'on bloque tout trafic sortant du port franc de Stockholm. Le coordinateur connaît Joona et le met en relation avec la directrice de la police départementale.

— Tout le trafic ferroviaire sortant du port franc doit être stoppé, répète-t-il en haletant.

— C'est impossible, répond-elle calmement.

De lourds flocons tombent sur le grand terminal à conteneurs.

Il grimpe sur le treuil d'amarrage et monte sur le bastingage. Un *reach stacker* est en train de transporter un conteneur rouge vers un camion.

— Il faut stopper tout le trafic, répète Joona.

— C'est infaisable. La seule chose que nous pouvons…

— Alors je le ferai moi-même, dit Joona sèchement et il saute.

Le contact avec l'eau à zéro degré lui fait l'effet d'un coup porté par un éclair de glace, comme s'il recevait une injection d'adrénaline directement dans le cœur. Ses oreilles vrombissent. Son corps n'arrive pas à gérer le brusque refroidissement. Joona coule dans l'eau noire, perd connaissance pendant quelques secondes et rêve de la couronne de mariée en racine de bouleau tressé. Son cerveau ne communique plus avec ses mains et ses pieds, mais il sait qu'il faut à tout prix remonter vers la surface. Il bat des jambes dans l'eau et réussit enfin à freiner la descente.

166

Joona fend la surface de l'eau, perce la boue de glace, essaie de rester calme et inspire de l'air dans ses poumons.

Le froid est épouvantable.

Sa tête menace d'éclater, mais il ne s'est pas évanoui.

C'est son entraînement de parachutiste qui l'a sauvé – il a réussi à contenir le réflexe de vouloir inspirer de l'air.

Les bras gourds et les vêtements alourdis, il nage dans l'eau noire. Le quai n'est pas loin, mais sa température corporelle baisse à une vitesse vertigineuse. Les plaques de glace s'entre-choquent autour de lui. Il a déjà perdu la sensibilité dans les pieds, mais il continue de battre des jambes.

Des vagues se soulèvent et balaient son visage.

Il tousse, sent ses forces l'abandonner. Sa vue se brouille, mais il s'oblige à continuer, fait encore quelques brasses et finit par atteindre le quai. En soufflant, il tente de s'agripper aux pierres, aux minces interstices. Il se déplace de côté et trouve une échelle en fer.

L'eau ruisselle de son corps quand il grimpe. Ses mains collent au métal gelé. Il manque de s'évanouir, mais continue son ascension d'un pas pesant.

Avec un gémissement, il roule sur le quai, puis se redresse et se dirige vers le poids lourd.

Il tâte le holster avec sa main pour s'assurer qu'il n'a pas perdu son pistolet.

La neige cingle et brûle son visage mouillé. Il ne sent plus ses lèvres, et ses jambes sont prises d'un violent tremblement.

Il se met à courir dans l'étroite allée entre les piles de

conteneurs sombres pour atteindre le camion avant qu'il ne quitte le terminal. La perte de sensibilité le fait trébucher, il heurte un conteneur et s'appuie contre son flanc avant d'enjamber un remblai de neige.

Il surgit enfin dans la lumière des phares du semi-remorque sur lequel est chargé le conteneur rouge portant l'inscription Hamburg Süd.

Le chauffeur se trouve derrière la remorque, en train de vérifier l'état de marche de ses feux de stop, quand il voit Joona s'approcher.

— T'es tombé à l'eau ? s'écrie-t-il et il fait un pas en arrière. Merde, tu vas mourir congelé si tu ne rentres pas au chaud.

— Ouvrez le conteneur, bafouille Joona. Je suis policier, je dois...

— Ce sont les douanes qui décident, je n'ai pas le droit d'ouvrir...

— Police criminelle, l'interrompt Joona d'une voix faible.

Il a du mal à focaliser son regard sur l'homme et il entend lui-même combien ses propos sont décousus lorsqu'il tente d'expliquer les compétences de la Rikskrim.

— Je n'ai même pas les clés, dit le chauffeur en jetant un regard aimable à Joona. Seulement un coupe-boulon et...

— Dépêchez-vous, le supplie Joona et il tousse de fatigue.

Le chauffeur file vers l'avant du camion, monte dans la cabine, fouille derrière le siège passager et en sort un solide coupe-boulon.

Joona frappe les parois du conteneur et appelle le nom de Disa.

Le chauffeur revient en courant. Son visage s'embrase sous l'effort quand il serre les manches de l'outil autour de la serrure, qui saute avec un petit bruit sec.

La porte s'ouvre sur des charnières grinçantes. Tout l'espace est rempli de cartons empilés sur des palettes et cerclés de feuillards, jusqu'au plafond. Sans un mot au chauffeur, Joona prend le coupe-boulon et poursuit son chemin. Tout son corps tremble de froid et ses mains le font horriblement souffrir.

— Tu ferais mieux d'aller à l'hôpital, crie l'homme derrière lui.

167

Joona marche aussi vite qu'il peut en direction de la voie ferrée. Le lourd coupe-boulon heurte plusieurs fois des congères de neige tassée, faisant douloureusement tressaillir son épaule. Le train de marchandises devant le gros dépôt se met lentement en branle, les roues crissent contre les rails. Joona essaie de courir, mais les battements de son cœur sont trop lents et il a les poumons en feu. Il escalade le talus enneigé du chemin de fer, glisse et se cogne le genou contre le ballast, il lâche le coupe-boulon, se relève et monte sur les rails en titubant. Il ne sent plus ses mains ni ses pieds. Ses tremblements sont incontrôlables et le refroidissement extrême le met dans un état de confusion inquiétante.

Ses pensées sont étranges, ralenties et fragmentées. Il sait seulement qu'il doit stopper le train.

Le lourd convoi commence à prendre de la vitesse et s'approche dans un grincement aigu. Joona se tient au milieu de la voie ferrée, il regarde droit dans les phares et fait le geste "stop", paume ouverte. Le train klaxonne et il distingue la silhouette du conducteur dans la cabine. Les vibrations font trembler le gravier sous ses pieds. Joona dégaine son pistolet, le lève et tire sur le pare-brise de la locomotive.

Les éclats de verre volent sur le toit et s'éparpillent avec le vent. L'écho rapide et fracassant de la détonation rebondit entre les conteneurs alignés.

Des papiers volettent dans la cabine et le visage du conducteur est totalement inexpressif. Joona braque son pistolet sur l'homme. Le train décélère dans un bruit de friction étourdissant, les freins grincent et ralentissent doucement la course du train qui s'arrête à seulement trois mètres de Joona.

Il manque de tomber en descendant du remblai. Il ramasse le coupe-boulon et se tourne vers le conducteur de train.

— Ouvrez les conteneurs rouges ! dit-il.

— Je n'ai aucune autorité pour…

— Faites-le, c'est tout ! crie Joona et il jette le coupe-boulon par terre.

Le conducteur descend de la locomotive, prend l'outil et longe le convoi. Joona lui emboîte le pas et montre le premier conteneur de couleur rouge. Sans un mot, le conducteur monte sur l'attelage brunâtre et fait sauter la serrure. La porte s'ouvre et des cartons remplis de téléviseurs se déversent sur les rails.

— Le suivant, chuchote Joona.

Il marche, perd son pistolet, le ramasse dans la neige et poursuit, le long des wagons. Ils en dépassent huit avant de trouver le conteneur rouge suivant portant l'inscription Hamburg Süd.

Le conducteur sectionne la serrure, mais ne parvient pas à dégager la robuste barre. Il tape avec le coupe-boulon et le tintement du métal contre le métal résonne lugubrement dans la zone portuaire.

Joona arrive en titubant, il pousse la barre vers le haut et la lourde porte en métal s'ouvre grand.

Disa est allongée sur le plancher rouillé du conteneur. Elle est blême et ses yeux ouverts retiennent une question. Elle a perdu une botte et ses cheveux sont congelés autour de sa tête.

Sa bouche s'est figée dans une expression de terreur et de pleurs.

Du côté droit de son long cou mince, il y a une profonde coupure. La flaque de sang sous sa nuque est déjà recouverte d'une pellicule de glace lisse.

Joona la descend doucement du conteneur et fait quelques pas pour s'écarter du train.

— Je sais que tu es en vie, dit-il et il tombe à genoux avec Disa dans ses bras.

Un peu de sang coule sur sa main, mais le cœur de Disa s'est arrêté. C'est terminé, il n'y a pas de retour possible.

— Pas ça, chuchote Joona contre ses cheveux. Pas toi…

Il la berce lentement tandis que la neige tombe sur eux. Il ne remarque pas la voiture qui s'arrête et n'a pas conscience de la présence de Saga Bauer, qui se précipite vers lui. Elle est pieds nus et seulement vêtue d'un pantalon et d'un tee-shirt.

— Les renforts sont en route, crie-t-elle. Dieu du ciel, qu'est-ce que tu as fait ? Tu as besoin d'aide…

Saga hurle dans son unité radio et pousse des jurons. Comme dans un rêve, Joona l'entend forcer le conducteur de train à retirer sa veste qu'elle pose ensuite sur ses épaules. Puis elle se laisse tomber assise derrière lui et met ses bras autour de son corps tandis que les sirènes des ambulances et des voitures de police envahissent tout le port.

La neige est balayée du sol sur un large cercle quand l'hélicoptère-ambulance jaune se pose en oscillant sur ses patins. Le vacarme est assourdissant et le conducteur de train s'éloigne à reculons de l'homme qui tient la femme morte dans ses bras.

Les pales du rotor continuent de tourner quand les ambulanciers sautent à terre et accourent, leurs vêtements secoués par le vent.

Le souffle de l'hélice fait voltiger des papiers gras qui se plaquent contre la haute clôture grillagée. C'est comme si tout l'oxygène disponible était subitement chassé.

Joona est en train de perdre connaissance quand les ambulanciers le forcent à lâcher le corps de Disa. Ses yeux sont troubles et ses mains gelées toutes blanches. Il tient des propos incohérents et tente de résister quand ils veulent l'allonger.

Saga pleure quand on l'emporte sur la civière et qu'on le monte à bord de l'hélicoptère. Elle comprend que le temps presse maintenant.

Le bruit des pales se modifie lorsque l'engin décolle à la verticale et qu'une brusque rafale le fait tanguer.

Le rotor cabre, l'hélicoptère pointe vers l'avant et disparaît au-dessus de la ville.

Pendant qu'ils découpent ses vêtements, Joona s'enfonce dans un coma léthargique. Ses yeux sont ouverts, mais les pupilles se sont élargies et restent fixes, sans plus aucune réaction à la lumière. Aucune respiration, aucun pouls n'est perceptible.

La température corporelle de Joona Linna est en dessous de 32 degrés quand ils se préparent à atterrir sur l'hélisurface du bâtiment P8 de l'hôpital Karolinska.

La police est rapidement sur place dans le port franc et, après seulement quelques minutes, un avis de recherche est lancé, sur une Citroën Évasion gris argenté. La voiture de Jurek Walter a été filmée par plusieurs caméras de surveillance alors qu'elle pénétrait dans l'enceinte du port environ quinze minutes avant l'arrivée de Disa Helenius. Ces mêmes caméras ont aussi permis de repérer la voiture au moment où elle a quitté le port, sept minutes après l'apparition de Joona Linna.

L'ensemble des voitures de police de Stockholm ainsi que deux Eurocopter 135 sont détachés pour les recherches. C'est une énorme mobilisation et, moins d'un quart d'heure après le lancement de l'avis de recherche, le véhicule suspecté est signalé sur le pont Centralbron avant de s'engouffrer dans le tunnel de Söderled.

Les voitures de police se lancent immédiatement à ses trousses, gyrophares et sirènes allumés. Des barrages routiers sont en cours d'installation à la sortie du tunnel lorsque l'éclat d'une énorme explosion jaillit par l'ouverture.

L'hélicoptère en vol stationnaire tangue et le pilote parvient de justesse à parer le violent souffle. L'onde de choc propulse de la poussière et des débris sur les deux chaussées, sur la voie ferrée et jusque sur la glace enneigée du bassin de Riddarfjärden.

Il est quatre heures et demie du matin et Saga Bauer est assise sur une banquette recouverte d'un papier de protection bruissant pendant qu'un médecin recoud ses plaies.

— Il faut que j'y aille, dit-elle avec un regard sur l'écran télé poussiéreux suspendu au mur.

Le médecin vient juste de commencer à faire le pansement de sa main gauche quand le reportage sur la terrible explosion est diffusé.

Un reporter à la voix austère fait le récit de la poursuite policière en plein centre de Stockholm qui s'est achevée sur un accident mortel à l'intérieur du tunnel de Söderled.

— L'accident s'est produit à deux heures et demie cette nuit, dit le reporter. C'est probablement la raison pour laquelle il n'y a pas eu d'autres véhicules impliqués. La police a déclaré que la chaussée serait dégagée à temps pour le trafic matinal, mais ne souhaite pas commenter davantage les événements.

L'écran montre l'entrée du tunnel vomissant une épaisse fumée noire. Le nuage enveloppe entièrement l'hôtel Hilton de voiles de deuil ondulants pour ensuite se dissiper lentement en direction de Södermalm.

Saga avait refusé d'aller à l'hôpital, jusqu'à ce que deux collègues de Joona lui confirment que Jurek Walter était mort. Pour ne pas perdre de temps, les techniciens de la police avaient accompagné les pompiers dans le tunnel pendant le travail d'extinction de l'incendie. La violente explosion avait arraché les deux bras et la tête du corps de Jurek Walter.

Sur le plateau télé, un homme politique et une animatrice aux traits lourds de sommeil débattent des dangereuses poursuites en voiture de la police.

— Il faut que j'y aille, dit Saga et elle se laisse glisser de la table.

— Les plaies sur vos jambes doivent…

— Ça ira, tranche-t-elle et elle quitte la pièce.

169

C'est le froid qui réveille Joona à l'hôpital. Il sent des picotements dans les bras quand la solution chaude de la perfusion se diffuse. Un infirmier se tient à côté de son lit et lui adresse un grand sourire lorsqu'il entrouvre les paupières.

— Comment vous sentez-vous ?

Joona essaie de lire son badge d'identification, mais ne parvient pas à stabiliser son regard, les lettres dansent devant ses yeux.

— J'ai froid.

— Dans deux heures, vous aurez retrouvé une température corporelle normale. Je vais vous donner du sirop chaud.

Joona essaie de s'asseoir pour boire, mais ressent alors une piqûre dans la vessie. Il enlève la couverture chauffante et voit deux gros cathéters insérés dans son ventre.

— C'est quoi ? demande-t-il faiblement.

— Un lavage péritonéal. On réchauffe votre corps de l'intérieur. Vous avez deux litres de soluté isotonique chauffé dans votre ventre en ce moment.

Joona ferme les yeux et essaie de rassembler ses souvenirs. Des conteneurs rouges, la bouillasse de morceaux de glace à moitié fondus et le choc qu'a subi son corps quand il a sauté du bateau dans l'eau glacée.

— Disa, chuchote Joona et il sent des frissons courir sur sa peau.

Il s'appuie contre l'oreiller et fixe la rampe chauffante au-dessus de son lit, mais tout ce qu'il ressent, c'est le froid.

Un instant plus tard, la porte s'ouvre, laissant apparaître une grande femme, les cheveux relevés en chignon et portant un pull moulant sous sa blouse blanche. C'est Daniella Richards, qu'il a déjà rencontrée de nombreuses fois.

— Joona, dit-elle d'une voix pesante. Je suis tellement désolée…

— Daniella, l'interrompt Joona d'une voix rauque. Qu'est-ce que tu m'as fait ?

— Tu étais en train de mourir de froid, tu sais ? On t'a cru mort quand tu es arrivé ici.

Elle s'assied au bord du lit.

— Tu ne réalises peut-être pas le bol monstrueux que tu as eu, poursuit-elle lentement. Pas de lésions importantes, à ce qu'il semble… On réchauffe tes organes.

— Où est Disa ? Il faut que je…

Sa voix se casse. Il y a quelque chose qui cloche avec ses pensées, avec son cerveau. Il n'arrive pas à assembler les mots correctement. Tous ses souvenirs sont comme de la glace brisée errant sur des eaux noires.

Daniella baisse les yeux et secoue la tête. Un petit diamant sur une chaîne repose dans le creux de sa gorge.

— Je suis tellement désolée, répète-t-elle à mi-voix.

Pendant qu'elle lui raconte ce qui est arrivé à Disa, son visage est contracté par d'infimes spasmes de chagrin. Joona regarde les veines sur le dos de sa main, voit son pouls battre et sa cage thoracique se soulever sous le pull vert. Il essaie de comprendre de quoi elle parle et ferme les yeux, puis d'un coup les événements se précipitent à travers son cerveau. Le visage blanc de Disa, l'entaille sur sa gorge, sa bouche exprimant la peur et son pied déchaussé recouvert du bas de nylon.

— Laisse-moi tranquille, dit-il, et sa voix est creuse et rauque.

Joona Linna est allongé, immobile, il sent le glucose affluer dans ses veines et l'air chaud émaner du dispositif au-dessus de son lit, mais il ne parvient pas à se réchauffer.

Des frissons glacés roulent par à-coups dans son corps et par moments sa vision se dérobe et tout devient noir, d'une obscurité aveuglante.

L'envie de mettre la main sur son arme lui traverse l'esprit, une envie d'enfoncer le canon dans sa bouche et de tirer.

Jurek Walter s'est évadé.

Et Joona sait qu'il ne reverra plus sa fille ni sa femme. Elles lui ont été enlevées à tout jamais, de la même façon que Disa lui a été arrachée. Le jumeau de Jurek avait compris que Summa et Lumi vivaient toujours. Joona sait que ce n'est qu'une question de temps avant que Jurek le comprenne aussi.

Il tente de s'asseoir sur le lit, mais n'en a pas la force.

C'est impossible.

La sensation de s'enfoncer de plus en plus profondément à travers la mosaïque de morceaux de glace est trop forte.

Il ne parvient pas à chasser le froid de son corps.

Soudain la porte s'ouvre, laissant entrer Saga Bauer. Elle est vêtue d'une veste noire et d'un jean sombre.

— Jurek Walter est mort, dit-elle. C'est fini. On l'a capturé dans le tunnel de Söderled.

Elle se tient devant le lit de Joona. Il a fermé les yeux de nouveau. Saga a l'impression que son cœur va cesser de battre, tellement elle a peur pour lui. Il a l'air si épouvantablement malade. Son visage est presque blanc et ses lèvres ont une teinte gris pâle.

— Je vais chez Reidar Frost maintenant, dit Saga. Il faut qu'il sache que Felicia est en vie. Les médecins disent qu'elle va s'en sortir. Tu lui as sauvé la vie.

Il entend ses paroles et tourne le visage sur le côté, les yeux fermés pour refouler ses larmes. Et alors, en un instant, il comprend le schéma.

Jurek est en train de fermer une boucle de vengeance et de sang.

Joona creuse la pensée, s'humecte la bouche, respire un instant, avant de dire à voix basse :

— Jurek est en train de se rendre chez Reidar, en ce moment même.

— Jurek Walter est mort, répète Saga. C'est fini…

— Jurek va reprendre Mikael… Il ne sait pas que Felicia a été libérée, il ne doit surtout pas apprendre qu'elle…

— Je file chez Reidar, je vais lui annoncer que tu as sauvé sa fille, dit-elle encore une fois.

— Jurek n'a fait que prêter Mikael, il est en route pour le reprendre.

— De quoi tu parles ?

Les yeux de Joona se reposent sur elle et son regard gris est tellement dur que Saga en frissonne.

— Les victimes ne sont pas les personnes qui ont été enfermées ou qui se sont retrouvées dans des tombes, dit-il. Les victimes, ce sont ceux qui sont restés derrière, qui ont attendu… jusqu'à ce qu'ils n'aient plus la force d'attendre.

Elle pose sa main sur celle de Joona pour le rassurer.

— Je dois y aller…

— Emporte ton pistolet.

— J'y vais seulement pour annoncer à Reidar que…

— Fais ce que je te dis, l'interrompt-il.

171

L'aube est encore loin quand Saga arrive au manoir. La vieille bâtisse repose dans le froid et dans la morne profondeur du petit matin. Une seule fenêtre est allumée au rez-de-chaussée.

Saga descend de la voiture et avance dans la cour en grelottant. La neige est vierge et l'obscurité qui plane sur les champs semble d'un autre temps.

Même les étoiles ont abandonné le ciel nocturne.

Le seul bruit qu'on entend est le bruissement d'un cours d'eau impétueux.

En s'approchant de la maison, elle voit par la fenêtre de la cuisine un homme assis à la table, lui tournant le dos. Un livre est posé à côté de lui. Il boit lentement dans une tasse blanche.

Saga poursuit sa progression dans la neige qui recouvre la cour, monte l'escalier en pierre jusqu'à l'imposante porte d'entrée et sonne. Après un petit instant, l'homme qui était assis dans la cuisine vient lui ouvrir.

Il porte un pantalon de pyjama rayé et un tee-shirt. Sa barbe naissante est blanche et son visage, ravagé par de nombreuses nuits de veille, semble fragile.

— Bonjour, je m'appelle Saga Bauer, je suis agent de la Säpo.

— Entrez, dit Reidar Frost d'une voix étouffée.

Elle fait quelques pas dans le vestibule sombre d'où un large escalier mène à l'étage supérieur. Reidar recule un peu. Son menton se met à trembler et il lève une main vers sa bouche.

— Non, pas Felicia, pas…

— On l'a retrouvée, dit Saga rapidement. Elle est vivante, elle va s'en sortir…

— Je dois… je…

— Elle est très malade. Votre fille souffre de la légionellose à un stade avancé, mais elle va s'en sortir.

— Elle va s'en sortir, chuchote Reidar. Je dois y aller, je dois la voir.

— Elle sera transférée des soins intensifs vers le service des maladies infectieuses à sept heures ce matin.

Il la regarde et les larmes coulent le long de ses joues.

— Alors j'ai le temps de m'habiller et de réveiller Mikael et de…

Saga lui emboîte le pas à travers les pièces jusqu'à la cuisine qu'elle a vue à l'instant par la fenêtre. Le plafonnier répand une agréable lumière sur la table et la tasse de café.

La radio diffuse un morceau lent pour piano.

— On a essayé de vous appeler, dit-elle. Mais votre téléph…

— C'est ma faute, l'interrompt Reidar en essuyant ses larmes. J'ai été obligé de couper le téléphone la nuit, je ne comprends pas, je reçois sans arrêt des coups de fil de gens complètement détraqués qui me donnent des tuyaux, des gens qui…

— Je comprends.

— Felicia est vivante, dit Reidar lentement, comme pour goûter la phrase.

— Oui.

Il affiche un grand sourire spontané et regarde Saga, de ses yeux injectés de sang. Il a l'air de vouloir lui reposer la question, puis il secoue simplement la tête, souriant toujours. Il va prendre une grande cafetière en cuivre sur le fourneau noir et lui sert une tasse de café.

— Du lait chaud ?

— Non merci.

— Je vais aller réveiller Mikael.

Il se dirige vers le vestibule, puis s'arrête et se retourne vers elle.

— Il faut que je vous demande… Avez-vous capturé… Avez-vous arrêté le Marchand de sable ? demande-t-il. Celui que Mikael appelle…

— Il est mort, et Jurek Walter aussi, répond Saga. Ils étaient jumeaux.

— Jumeaux ?

— Oui, ils faisaient cause commune pour…

Soudain la lampe de la cuisine s'éteint, la musique de la radio s'arrête : tout devient absolument sombre et silencieux.

— Coupure de courant, murmure Reidar en appuyant sur l'interrupteur deux, trois fois. Je crois que j'ai des bougies quelque part.

— Felicia était enfermée dans un ancien abri antiatomique, raconte Saga.

La réverbération de la neige à l'extérieur éclaire peu à peu la cuisine et Saga peut voir Reidar chercher son chemin jusqu'à une grande armoire.

— Il est situé où, cet abri ?

Reidar fouille dans un tiroir et met la main sur quelques bougies.

— Dans la carrière de Rotebro.

Il s'arrête net, fait un pas en arrière et se retourne.

— Je suis originaire de Rotebro, dit-il lentement. Je me rappelle, il y avait des jumeaux. Ça devait être Jurek Walter et son frère… Je ne comprends pas… J'ai joué avec eux pendant quelques semaines quand j'étais petit… Mais pourquoi, pourquoi a-t-il…

Il se tait et fixe l'obscurité.

— Je ne sais pas s'il existe des réponses, réplique Saga.

Reidar trouve des allumettes et allume une des bougies.

— J'habitais tout près de la carrière quand j'étais enfant. Les jumeaux avaient peut-être un an de plus que moi. Un jour, je pêchais le gardon, et je les ai trouvés assis dans l'herbe derrière moi. C'était au bord de la rivière qui se déverse dans le lac d'Edssjön…

Il déniche une bouteille de vin vide sous l'évier, la pose sur la table et y plante la bougie allumée.

— Ils étaient un peu bizarres… Mais on a commencé à jouer et je suis allé chez eux, je me souviens que c'était le printemps, on m'a donné une pomme.

La lumière diffusée par la flamme se répand dans la pièce et rend les fenêtres noires et opaques.

— Ils m'ont emmené à la carrière, poursuit Reidar au rythme de ses souvenirs. L'accès était interdit, mais ils avaient trouvé un trou dans la clôture et on y jouait tous les soirs. C'était excitant, on grimpait sur les tas de gravier et on roulait dans le sable.

Reidar se tait.

— Continuez, je vous écoute.

— Je n'y ai jamais pensé, mais un soir je les ai entendus chuchoter vivement entre eux, puis ils ont disparu... J'ai roulé en bas du tas de sable pour me sauver quand le contremaître a surgi. Il m'a attrapé par le bras, il m'a crié dessus... qu'il allait prévenir mes parents, et patati ! et patata ! J'ai eu la trouille et j'ai dit que je ne savais pas que c'était interdit, que les garçons m'avaient assuré qu'on pouvait jouer là. Alors il a posé des questions sur les garçons et je lui ai indiqué leur maison...

Reidar allume la deuxième bougie à la flamme de la première. La lueur sautille entre les murs et le plafond. Une odeur de paraffine se répand dans l'air.

— Après ça, je ne les ai plus jamais revus.

La chandelle à la main, il quitte la cuisine pour aller réveiller Mikael.

172

Saga se tient devant la table de la cuisine et boit son café noir. Elle regarde la bougie et les deux reflets de la flamme dans le double vitrage de la fenêtre.

Elle pense à Joona. Comme il était mal en point ! Il n'a même pas entendu que Jurek était mort. Il répétait seulement que Jurek était en route pour prendre Mikael.

Saga bouge un peu son corps fatigué et sent le poids de son Glock 17 sous son épaule. Elle s'éloigne des fenêtres et tend l'oreille vers l'intérieur de la grande maison.

Quelque chose la met tout de suite sur ses gardes.

Elle avance vers la porte ouverte et s'immobilise. Il lui semble entendre un petit frottement métallique, un grattement.

Ça peut être n'importe quoi, une tôle détachée de la bordure d'une fenêtre que le vent fait bouger, une branche contre une vitre.

Elle attend un instant, retourne à la table, boit une gorgée de café et regarde l'heure, puis elle sort son téléphone et appelle l'Aiguille.

— Nils Åhlén, médico-légal, répond-il après quelques sonneries.

— C'est Saga Bauer.

— Bonjour, bonjour, de bon matin !

De l'air froid passe sur le sol autour des jambes de Saga. Elle se place dos contre le mur.

— Tu as examiné le corps du tunnel de Söderled ? demande-t-elle et elle voit la flamme de la bougie vaciller.

— Oui, je suis sur place, ils m'ont sorti du lit au milieu de la nuit pour que je m'occupe d'un corps qui…

La flamme tremble de nouveau et elle entend la voix nasale de l'Aiguille résonner entre les murs carrelés de la salle d'autopsie de l'institut Karolinska.

— Il s'agit d'un corps présentant des lésions importantes causées par brûlure, en grande partie éclaté et calciné, fortement racorni par l'action de la chaleur. Il manque la tête ainsi que les deux…

— Mais tu as pu l'identifier ?

— Ça ne fait qu'un quart d'heure que j'y travaille, je ne pourrai pas fournir d'identification formelle avant plusieurs jours.

— Non, mais je voulais juste savoir…

— Tout ce que je peux dire à ce stade, poursuit l'Aiguille, c'est que c'est un homme d'environ vingt-cinq ans et qu'il a…

— Alors ce n'est pas Jurek Walter ?

— Jurek Walter ? Non, c'est… Vous avez cru que c'était Jurek ?

Des pas rapides résonnent sur le plancher à l'étage au-dessus. Saga lève les yeux et voit la lampe au plafond osciller et projeter une ombre chancelante. Elle dégaine son arme et dit à voix basse au téléphone :

— Je suis chez Reidar Frost. Il faut faire venir la police et une ambulance ici au plus vite, tu dois absolument m'aider.

Reidar traverse les pièces silencieuses du premier étage. Avec sa main gauche, il protège la flamme de la bougie contre les courants d'air. La lueur tremble sur les murs et les meubles, et se multiplie dans les rangées de fenêtres noires.

Il a l'impression d'entendre des pas derrière lui. Il s'arrête et jette un coup d'œil par-dessus son épaule. Mais il ne voit que les fauteuils en cuir luisant et la grande bibliothèque avec ses portes vitrées.

L'embrasure de la porte du salon qu'il vient de franchir se dessine comme un rectangle noir. Impossible de distinguer si quelqu'un se tient là. Il fait un pas en avant et perçoit un scintillement dans l'obscurité, qui disparaît aussitôt.

Reidar se retourne de nouveau, voit la flamme de la bougie papilloter sur les carreaux des fenêtres et il poursuit son chemin. La paraffine coule, lui brûlant les doigts.

Le parquet grince sous ses pieds et un malaise l'envahit quand il s'arrête devant la chambre de Mikael.

Il laisse son regard courir sur la collection de vieux portraits dans le couloir.

Le parquet geint encore là où il vient de marcher.

Reidar frappe doucement à la porte de son fils et attend un petit instant avant de l'ouvrir.

— Mikael ? lance-t-il dans la chambre obscure.

Il brandit la bougie et éclaire la pièce. Les murs gondolent sous la lumière jaune. La couverture est entortillée sur elle-même et pend par-dessus le bord du lit.

Il avance dans la chambre et l'inspecte de toutes parts, mais

Mikael n'est pas là. Reidar sent la sueur perler sur son front. Il se penche pour regarder sous le lit.

Soudain, un bruit derrière son dos le fait sursauter et il pivote sur lui-même, tellement vite que la bougie manque de s'éteindre.

La flamme est toute petite, tremblante et bleue, avant de redevenir normale.

Son cœur bat à tout rompre, il commence à ressentir des élancements dans la poitrine.

Il n'y a personne.

Il se dirige lentement vers l'ouverture sombre de la porte, tente d'y voir quelque chose.

Il entend un raclement venant de la penderie et fixe les portes fermées, s'en approche, hésite, mais tend finalement la main et ouvre.

Mikael est accroupi derrière les vêtements.

— Le Marchand de sable est là, chuchote-t-il et il se blottit tout au fond de la penderie.

— Ce n'est qu'une coupure de courant. On va…

— Il est ici, répète Mikael.

— Le Marchand de sable est mort, dit Reidar et il lui tend la main. Tu comprends ce que je dis ? Felicia est sauvée. Elle va s'en sortir, on lui donne un traitement exactement comme à toi, on va aller la voir…

Le cri d'un homme perce les cloisons, assourdi mais terriblement animal, comme si l'homme était soumis à une douleur effroyable.

— Papa…

Reidar tire son fils hors de la penderie. Des gouttes de cire éclaboussent le sol. Le silence est revenu. Qu'est-ce qu'il se passe ?

Mikael essaie de se rouler en boule par terre, mais son père réussit à le mettre debout.

La sueur coule dans le dos de Reidar.

Ils sortent ensemble de la chambre et longent le couloir. De l'air frais balaie le sol.

— Attends, murmure Reidar quand il entend le parquet craquer dans le salon devant eux.

Dans l'embrasure obscure de la porte tout au fond du couloir, une silhouette mince se dessine. Jurek Walter. Les yeux brillent dans son visage de boucher et l'éclat du couteau qui pend dans sa main est lourd de menaces.

Reidar recule et perd ses pantoufles. Il jette la bougie en direction de Jurek. Elle s'éteint au vol avant de s'écraser au sol.

Ils pivotent sur leurs talons et filent dans le couloir sans se retourner. Il fait sombre, Mikael trébuche sur une chaise, manque de tomber et titube contre le mur, frotte la main sur le papier peint.

Un tableau se décroche et le verre se brise en mille morceaux qui s'éparpillent sur le parquet.

Ils poussent une lourde porte et pénètrent dans le hall de la vieille salle de conseil.

Reidar doit s'arrêter, il tousse et cherche fébrilement un appui. Des pas s'approchent inexorablement dans le couloir.

— Papa !

— Ferme la porte, ferme la porte ! halète Reidar.

Mikael ferme la solide porte en chêne et donne trois tours de clé. La seconde d'après, la poignée est actionnée et le chambranle grince. Mikael se déplace à reculons, vers le milieu de la pièce, le regard fixé sur la porte.

— Tu as ton téléphone ? demande son père.

— Il est resté dans ma chambre, murmure Mikael.

La douleur irradie dans la poitrine de Reidar et dans son bras gauche, et il tousse encore.

— Il faut que je me repose, dit-il faiblement.

Ses jambes commencent à se dérober sous lui.

Jurek pousse avec son épaule – ils entendent des chocs et le bois massif craque, mais la porte ne cède pas.

— Il ne pourra pas entrer, chuchote Reidar. Donne-moi quelques secondes seulement…

— Où est ton vaporisateur de trinitrine ? Papa ?

Reidar transpire et la pression sur sa cage thoracique est tellement forte qu'il a du mal à parler.

— En bas dans l'entrée, dans mon manteau…

174

Saga scrute le moindre recoin, le pistolet à la main, puis se faufile par le couloir jusqu'à l'escalier dans le vestibule.

Il faut qu'elle monte trouver Mikael et Reidar et qu'elle les amène à la voiture.

L'aube a sans doute commencé à pointer, car il est possible désormais de distinguer les tableaux aux murs et les contours des meubles.

L'adrénaline afflue dans son corps et aiguise son attention.

Le bruit de ses pas est amorti lorsqu'elle arrive sur le tapis devant le piano à queue noir. Elle perçoit un reflet du coin de l'œil, tourne rapidement la tête et voit un violoncelle reposant sur sa pique escamotable.

Ça crépite dans les murs comme si la température extérieure chutait subitement de plusieurs degrés.

Saga avance, le canon du pistolet dirigé vers le sol. Elle déplace lentement son doigt jusqu'à la détente, presse en douceur le petit levier de sécurité.

Au milieu d'un pas, elle s'arrête et tend l'oreille. Tout est silencieux dans la maison. Le vestibule devant elle est plus sombre que les autres pièces, les doubles portes sont presque entièrement closes.

Saga entend un bruit traînant derrière elle. Elle pivote immédiatement et voit dégringoler devant la fenêtre la neige accumulée sur le toit de l'oriel.

Son cœur cogne dans sa poitrine.

Elle se retourne vers le vestibule et remarque tout de suite la main sur la porte. Des doigts fins serrent le bord du vantail.

Elle pointe son pistolet sur la porte, prête à tirer, quand un cri épouvantable retentit.

La main glisse et disparaît, un choc sourd retentit et les deux vantaux de la porte s'ouvrent en grand.

Un homme gît par terre. Une de ses jambes est secouée de spasmes.

C'est Wille Strandberg, le comédien. La respiration haletante, il presse sa main contre son ventre.

Des flots de sang bouillonnent entre ses doigts.

Il fixe Saga, l'air confus, et cille rapidement des yeux.

— Je suis policier, dit-elle et elle entend l'escalier menant à l'étage grincer sous le poids d'un homme. L'ambulance est en route.

— Il a l'intention d'enlever Mikael, souffle l'acteur dans un râle.

Mikael murmure pour lui-même et fixe la porte verrouillée quand la clé, repoussée de son trou, tombe sur le parquet.

Reidar se tient debout, la main appuyée sur sa poitrine. Son visage est inondé de sueur. La douleur devient insoutenable. Plusieurs fois, il a tenté de dire à Mikael de fuir, mais il n'a plus de voix.

— Tu peux marcher ? chuchote Mikael.

Reidar hoche la tête et fait un pas. Ils entendent un raclement dans la serrure et Mikael passe le bras de son père autour de ses propres épaules et entreprend de l'entraîner vers la bibliothèque, l'ancienne salle du conseil.

Derrière eux, le raclement de la serrure s'obstine.

Ils progressent lentement devant une haute armoire et le long de la cloison aux grandes tapisseries tendues sur des cadres en bois.

Reidar s'arrête, tousse, cherche sa respiration.

— Attends, souffle-t-il.

Il laisse courir ses doigts sur le bord de la troisième tapisserie et ouvre la porte dérobée donnant sur l'escalier de service qui descend à la cuisine. Ils se glissent par le passage secret et referment soigneusement derrière eux.

Reidar remet en place le petit loquet avant de s'appuyer contre le mur. Il tousse aussi silencieusement qu'il le peut et sent la douleur se répandre dans son bras.

— Descends par là, chuchote-t-il d'une voix étouffée.

Mikael secoue la tête et s'apprête à dire quelque chose quand la solide porte en chêne craque.

Jurek arrive.

Ils sont comme paralysés en l'observant à travers le tissu de la porte secrète.

Il se glisse dans la pièce, le dos courbé et le long couteau à la main, son regard de rapace balayant le moindre recoin.

Sa respiration régulière parvient jusqu'à eux.

Reidar serre les dents et se penche contre le mur, la douleur dans sa poitrine monte jusque dans ses mâchoires.

Jurek est tellement près maintenant qu'ils perçoivent même l'odeur douceâtre de sa sueur.

Tous deux retiennent leur respiration lorsque Jurek passe devant la porte tendue de tissu, se dirigeant vers la bibliothèque.

Mikael essaie de traîner Reidar avec lui dans l'étroit escalier avant que Jurek se rende compte qu'il s'est fait avoir.

Reidar secoue la tête et Mikael lui lance un regard plein de désespoir. Reidar étouffe une quinte de toux, tâche de faire un pas et manque de tomber. Une latte du plancher craque sous son pied droit.

Jurek se tourne vers la porte secrète et ses yeux clairs deviennent étrangement calmes quand il comprend ce qu'il voit.

Au même instant, une puissante détonation retentit dans le couloir et des éclats de bois volent du bord de la haute armoire.

Jurek s'écarte telle une ombre et se met à l'abri.

Mikael traîne Reidar vers l'escalier qui descend à la cuisine.

Berzelius s'élance dans le hall de la bibliothèque. Il tient le vieux Colt de Reidar à la main. Le petit homme a les joues rouges quand il remonte ses lunettes sur son nez et poursuit sa course.

— Tu vas laisser Micke tranquille, putain ! crie-t-il, quand il arrive au niveau de la haute armoire.

La mort arrive si vite que Berzelius est avant tout étonné. Il sent un étau enserrer son poignet, puis une brûlure comme une piqûre de guêpe quand la lame rigide du couteau pénètre entre ses côtes et s'enfonce jusqu'au cœur.

La douleur n'est pas particulièrement forte. C'est plus comme une crampe persistante. Mais il sent un flot de sang chaud couler le long de sa hanche quand la lame est retirée de son corps.

En tombant à genoux, il se rend compte qu'il urine et il se met à penser à Anna-Karin, son ex-femme, bien avant leur divorce et sa maladie, à l'époque où il la courtisait. Elle avait paru si heureuse quand il lui avait fait la surprise de rentrer d'Oslo plus tôt que prévu et qu'il lui chantait *Love me tender* sous son balcon, les bras chargés de quatre sachets de chips.

Berzelius s'effondre sur le côté, il voudrait tenter de ramper quelque part pour se cacher, mais une fatigue vertigineuse s'abat sur lui.

Il ne remarque même pas que Jurek le poignarde une deuxième fois. La lame suit une autre trajectoire, traverse les côtes et reste plantée là.

176

Saga surgit en haut du large escalier et traverse rapidement les pièces du premier étage. Il n'y a personne, elle n'entend rien. Elle tente d'inspecter systématiquement chaque angle sensible et de s'assurer qu'il n'y a pas de danger, mais elle prend tout le temps des risques pour avancer plus vite.

Elle pointe son pistolet sur un canapé en cuir luisant, puis le tourne rapidement sur l'ouverture de la porte, à gauche et dans la pièce.

Une bougie est jetée sur le sol dans le long couloir aux murs recouverts de portraits.

La porte d'une chambre est grande ouverte et la couverture traîne à moitié sur le tapis. Saga avance rapidement et se voit telle une ombre coulant sur les fenêtres à gauche.

La détonation d'une arme à feu retentit, venant d'une des pièces plus loin. Saga se met à courir en rasant le mur droit, pistolet levé.

— Tu vas laisser Micke tranquille, putain ! crie un homme.

Saga court et saute par-dessus une chaise renversée, court encore et s'arrête devant une porte fermée.

Elle appuie doucement sur la poignée et laisse la porte pivoter sur ses gonds.

L'odeur d'une arme à feu déchargée est très nette.

La pièce est plongée dans le noir, et silencieuse.

Saga se fait plus vigilante à présent.

Le poids du pistolet lui fatigue l'épaule. Son doigt sur la détente tremble légèrement. Elle s'efforce de respirer régulièrement et se déporte sur la droite pour avoir une meilleure vue d'ensemble.

Un choc sourd et humide se produit, avec un écho métallique.

Quelque chose bouge – une ombre s'en va.

Des traces de sang s'étendent sur le parquet à côté d'une haute armoire.

Elle avance et voit un homme à terre, un couteau planté dans le corps. Il gît complètement immobile, sur le côté, le regard figé et un sourire aux lèvres. La première impulsion de Saga est de se précipiter sur lui, mais quelque chose la retient.

La pièce est trop difficile à analyser.

Elle baisse le canon du pistolet et repose son bras pendant quelques secondes avant de le lever de nouveau et de se déporter encore plus à droite.

Un pan de la tapisserie est ouvert. Là derrière, on devine un petit passage menant à un étroit escalier. Elle distingue des bruits de pas traînants en bas et dirige son Glock vers cette brèche tout en continuant d'avancer.

La porte à l'autre bout de la pièce est ouverte sur une bibliothèque sombre.

Elle entend un faible bruit, comme quelqu'un qui s'humecte les lèvres.

Elle ne voit rien.

Le pistolet tremble dans sa main.

Elle fait un pas en avant, retient son souffle et perçoit une respiration derrière elle.

Saga réagit immédiatement et pivote. Mais il est trop tard. Une main de fer lui serre la gorge et elle est entraînée avec une force inouïe contre le montant de l'armoire.

La prise de Jurek autour de son cou est tellement serrée que l'afflux de sang au cerveau est freiné. Il la regarde très calmement et la maintient immobile. La vue de Saga se brouille et le Glock lui échappe et tombe sur le sol.

Sans force, elle essaie de se dégager et, juste avant de perdre connaissance, elle entend Jurek chuchoter :

— Petite Sirène…

Il la propulse contre l'armoire, sa tête heurte le bord, puis il lui cogne la tempe contre le mur en pierre. Elle s'écroule, et tout est flou. Avant de sombrer dans le noir, elle voit Jurek se pencher sur l'homme mort et retirer le couteau de son corps.

Ils ne cherchent plus à bouger en silence. Mikael soutient Reidar pour descendre l'escalier. Dans l'étroit couloir de service du rez-de-chaussée ils prennent à gauche, passent lentement devant la vieille armoire où est rangée la porcelaine fine de Noël et débouchent dans la cuisine.

Reidar doit s'arrêter à nouveau, il est à bout de forces, a besoin de s'allonger, la crampe dans sa poitrine est insoutenable.

— Tu dois fuir, dit-il en haletant. Sauve-toi, cours jusqu'à la grande route !

Sur la table de la cuisine, la bougie brûle toujours avec sa flamme vacillante. De la paraffine a coulé le long de la bouteille et sur la nappe en lin.

— Pas tout seul, dit Mikael. Je ne peux pas…

Reidar prend une grande inspiration et avance encore, mais des éclairs viennent troubler sa vue. Il prend appui sur le mur avec la main, poussant au passage la grande peinture d'Erland Cullberg qui se retrouve de guingois.

Ils traversent la salle de musique et Reidar sent à peine le sol sous ses pieds nus.

Ils ne prêtent aucune attention au sang qui macule le parquet, continuent tout droit dans le vestibule. La porte d'entrée est ouverte et la neige s'est engouffrée sur le tapis persan, elle couvre le sol jusqu'au grand escalier.

Mikael court vers la penderie, sort précipitamment le manteau de Reidar et trouve le vaporisateur rose de trinitrine. Avec des mains tremblantes, Reidar approche le flacon de ses lèvres, ouvre la bouche et pulvérise la nitroglycérine sous sa langue, fait quelques pas en arrière et vaporise une autre dose du médicament.

Il fait un geste pour montrer le vide-poche de l'autre côté du vestibule où se trouvent les clés de la voiture.

Des pas pesants résonnent maintenant dans la cuisine. Ils n'auront pas le temps. Ils se précipitent dehors dans le sombre matin d'hiver.

L'air est glacial.

Le vent a accumulé la neige sur l'escalier de pierre. Mikael porte des chaussures de sport, tandis que le froid brûle les pieds nus de Reidar.

La douleur dans sa poitrine a cédé et ils progressent beaucoup plus rapidement désormais. Ils courent tout droit à la voiture de Saga Bauer.

Reidar tire sur la portière, regarde à l'intérieur. La clé de contact n'est pas là.

Jurek Walter sort sur le perron et les observe dans la pénombre. Il secoue le couteau pour le débarrasser du sang, puis se dirige vers eux.

Ils pataugent dans la neige en direction de l'écurie, mais Jurek est beaucoup trop rapide. Le regard de Reidar erre sur les champs. La glace sombre qui recouvre la rivière se devine tel un ruban serpentant dans la neige jusqu'aux flots impétueux du rapide.

178

Le sang coule dans les yeux de Saga et la tire de son évanouissement. Elle cligne les paupières et roule sur le côté. Elle sent une brûlure à la tempe. Sa tête la fait horriblement souffrir, sa gorge toute gonflée l'empêche de respirer.

Avec la main, elle tâte doucement son visage et gémit de douleur. La joue posée contre le sol, elle voit son Glock dans la poussière sous la grande commode, devant la fenêtre.

Elle ferme les yeux et essaie de comprendre ce qui s'est passé. Joona avait raison. Jurek reprend Mikael.

Elle ignore totalement depuis combien de temps elle est étendue là, évanouie. La pièce est toujours plongée dans une quasi-obscurité.

Elle roule sur le ventre en geignant et se met péniblement à quatre pattes. Ses bras tremblent quand elle rampe par-dessus la mare de sang de l'homme poignardé afin de gagner la commode.

Elle tend le bras pour attraper son arme, mais le pistolet est hors d'atteinte.

Saga s'aplatit au sol, s'enfonce sous la commode autant qu'elle peut, mais n'arrive qu'à frôler le Glock du bout des doigts. Impossible de s'en saisir. Le vertige fait chavirer la pièce entière par violentes saccades et elle doit de nouveau fermer les yeux.

Mais un éclair traverse ses paupières closes. Elle les ouvre, discerne une étrange lueur blanche tressaillir au plafond, et elle tourne la tête. La lumière provient du parc, elle scintille dans les cristaux de glace sur la face extérieure de la fenêtre.

Saga se force à se relever, elle prend appui sur la commode, se retrouve debout et respire en haletant. Un filet de sang glaireux coule de sa bouche. Elle regarde par la fenêtre et voit David Sylwan arriver en courant, une fusée de détresse allumée à la main. L'éclat puissant de la lumière se répand en un cercle dansant autour de lui.

Tout le reste n'est qu'obscurité.

David s'éloigne dans la neige profonde. Il tient la fusée brandie devant lui et la lueur éclaire l'écurie par petits à-coups.

À cet instant, Saga aperçoit le dos de Jurek et le couteau dans sa main.

Elle frappe sur le carreau et essaie d'ouvrir la fenêtre. Elle tire sur les loqueteaux, mais ils sont rouillés et ne bougent pas d'un millimètre.

De ses doigts glacés, Reidar essaie d'ouvrir le cadenas à code de la porte de l'écurie. Les petites roues numérotées sont difficiles à tourner. Le bout de ses doigts colle au métal gelé. Mikael chuchote :

— Papa, dépêche-toi, dépêche-toi…

Jurek patauge dans la neige, le couteau à la main. Reidar souffle sur ses doigts et parvient à aligner le dernier chiffre. Il défait le cadenas, tire le verrou et tente d'ouvrir la porte.

Il y a trop de neige au sol.

Il entend les chevaux remuer dans leurs boxes. Ils s'ébrouent doucement et piétinent dans l'obscurité.

— Viens, papa ! s'écrie Mikael.

Reidar parvient à entrouvrir légèrement la porte, se retourne et voit Jurek Walter s'approcher à grandes enjambées.

Jurek essuie machinalement la lame du couteau sur la jambe de son pantalon.

Il est trop tard pour fuir.

Reidar tend les mains pour se protéger, mais Jurek le saisit à la gorge et le pousse en arrière, contre le mur de l'écurie.

— Pardon, articule Reidar péniblement. Je suis désolé de…

Avec une force inouïe, Jurek plante le couteau à travers son épaule, le clouant au mur. Reidar hurle de douleur et sa vue se brouille. Les chevaux hennissent, ils sont inquiets, et leurs lourds corps viennent heurter les séparations entre les boxes.

Reidar ne peut plus bouger. La douleur irradie son épaule. Chaque seconde est insupportable. Il a conscience du sang brûlant qui coule le long de son bras.

Mikael essaie de se glisser dans l'écurie, mais Jurek l'attrape. Il saisit la chevelure du jeune homme par-derrière, le tire vers lui et lui assène un coup violent sur la joue, qui le fait tomber dans la neige.

— Non, non, souffle Reidar avec difficulté, puis il voit une lueur approcher en provenance du manoir.

C'est David qui arrive en courant, une fusée de détresse à la main. Elle crépite et brûle d'une lumière blanche.

— L'hélicoptère ambulance sera là d'un instant à l'autre, crie-t-il, puis il s'arrête net en voyant Jurek se tourner vers lui.

Saga parvient à écarter la commode de quelques centimètres du mur. Sa tête lui fait mal et elle est toujours prise d'un horrible vertige. Elle crache du sang, se penche, saisit des deux mains le bord inférieur de la commode et la soulève en hurlant de rage. Le meuble tout entier bascule et se renverse.

Elle ramasse rapidement son pistolet et brise la vitre de la fenêtre avec la crosse. Des morceaux de verre tombent à l'intérieur et sur le rebord.

Elle cligne des yeux et voit la forte lueur voleter dans l'obscurité au-dessus de la neige. On dirait une méduse blanche dans les profondeurs de la mer. Jurek se dirige vers l'homme qui tient la fusée. Celui-ci recule, essaie de se défendre avec la torche enflammée, mais Jurek est plus rapide que lui, il attrape le bras de l'homme et le lui brise.

Saga fait sauter le reste de verre du cadre inférieur de la fenêtre.

Jurek est comme un fauve devant sa proie, efficace et rapide, il frappe l'homme sur le cou et sur les reins.

Saga lève le pistolet, bat des paupières pour essayer de chasser le sang qui coule.

L'homme est allongé sur le dos dans la neige, son corps entier secoué de soubresauts. La fusée à côté de lui brûle toujours de sa lueur intense.

Jurek se dérobe juste au moment où Saga tire. Il disparaît de la lumière, se coulant dans la nuit.

La fusée de détresse illumine un cercle de neige blanche. L'homme cesse de bouger. L'écurie peinte en rouge n'est visible que par intermittence. Partout ailleurs, l'obscurité règne.

Reidar est à bout de souffle, cloué au mur. La douleur causée par le couteau est effroyable. Il a l'impression que plus rien n'existe à part ce point brûlant. Du sang chaud et fumant ruisselle le long de son corps.

Jurek a disparu juste après le coup de feu. David est allongé, complètement immobile dans la neige. Il est impossible de déterminer l'étendue de ses blessures.

À l'est, le ciel s'est légèrement éclairci, et Reidar aperçoit Saga Bauer derrière une fenêtre au premier étage.

C'est elle qui a tiré et raté sa cible.

Reidar respire beaucoup trop vite, son cœur s'emballe et il comprend que la perte de sang est en train de le mener vers un état de choc.

Mikael tousse, il tient une main sur son oreille et se relève en chancelant.

— Papa...

Il n'a pas le temps de prononcer un mot de plus que Jurek est déjà de retour, il le fait tomber à nouveau, l'attrape par une jambe et l'emporte dans le noir.

— Mikael ! hurle Reidar.

Jurek lui prend son fils en le traînant dans la neige. Mikael agite les bras et tente de s'agripper à quelque chose. Ils disparaissent le long de l'étang en direction du rapide, et ne sont bientôt plus que des ombres.

Jurek est venu ici pour reprendre Mikael, pense-t-il, ahuri.

Il fait encore beaucoup trop sombre pour que Saga puisse distinguer leurs silhouettes depuis la fenêtre.

Reidar pousse un hurlement quand il saisit le manche du couteau et tire dessus. Le couteau ne bouge pas. Il tire encore, en exerçant une pression oblique afin d'obtenir un meilleur angle. La lame entame sa chair.

Du sang chaud coule sur le manche et sur ses doigts.

Il tire plus fort en hurlant, la lame se détache enfin du mur et il réussit à retirer le couteau. Reidar tombe à plat ventre dans la neige. La douleur est telle qu'il pleure pendant qu'il rampe et cherche à se redresser.

— Mikael !

Il titube jusqu'à la fusée éclairante dans la neige, la ramasse et sent les petites piqûres d'étincelles sur sa main. Il manque de tomber, mais parvient à conserver son équilibre. Son regard se tourne vers le torrent, où l'eau coule libre de glace, et aperçoit la silhouette de Jurek se découpant sur la neige. Reidar voudrait les suivre, mais il est à bout de force. Il sait que Jurek a l'intention de traîner Mikael dans la forêt et de disparaître avec lui à tout jamais.

182

Saga pointe le pistolet par la fenêtre, elle distingue Reidar Frost au milieu d'une vive lumière. Le corps ruisselant de sang, il brandit la fusée de détresse, titube, se redresse puis lance la fusée.

Saga essuie du sang de ses sourcils et voit la torche voler à travers l'obscurité en décrivant une grande courbe, elle la suit du regard jusqu'à ce qu'elle atterrisse dans la neige. À sa lueur blanche, elle peut nettement distinguer Jurek Walter. Il traîne Mikael derrière lui. Ils se trouvent déjà à plus de cent mètres.

C'est une longue distance, mais Saga prend appui sur le bord de la fenêtre et vise.

Jurek s'éloigne. Dans le viseur, le guidon sautille devant la hausse. La silhouette noire tangue dans la ligne de mire.

Saga essaie de tenir son arme sans trembler. Elle respire lentement, appuie sur la queue de détente pour dépasser le petit levier de sécurité, voit la tête de Jurek disparaître.

La visibilité est mauvaise et elle cligne rapidement des yeux.

La seconde d'après, elle a un meilleur angle de tir et presse la détente trois fois en baissant graduellement le guidon.

Les détonations courtes et sèches résonnent entre le manoir et l'écurie.

Saga a le temps de voir qu'au moins une des balles touche Jurek au cou. Le sang gicle et reste suspendu comme une brume rouge dans la lumière blanche.

Elle tire encore, plusieurs fois, et le voit lâcher Mikael et s'enfoncer seul dans l'obscurité.

Battant en retraite, elle emprunte le passage secret pour rejoindre le rez-de-chaussée et dévale les marches. Le pistolet dans sa main heurte bruyamment les barreaux de l'escalier. Elle déboule dans la cuisine, traverse les pièces en courant jusqu'au vestibule et sort dans la neige. Hors d'haleine, elle court vers la fusée de détresse, le pistolet levé. Au loin, l'eau noire du rapide scintille comme une fissure métallique dans le paysage blanc.

En avançant tant bien que mal dans la neige, elle essaie de distinguer quelque chose dans la pénombre, du côté de la forêt.

La flamme de la fusée faiblit, elle ne tardera pas à s'éteindre. Mikael est allongé sur le côté, respirant avec peine. Des éclaboussures de sang sont visibles en bordure de l'éclairage vacillant, mais le corps de Jurek n'est pas là.

— Jurek, chuchote Saga.

Elle entre dans le cercle éclairé et aperçoit ses empreintes qui s'éloignent dans la neige.

Sa tête la fait horriblement souffrir, mais elle ramasse la fusée, la lève à bout de bras et poursuit sa progression. La lueur volette comme un papillon. Ombre et lumière alternent, quand soudain elle aperçoit un mouvement du coin de l'œil.

Jurek se relève et fuit dans la neige.

Saga fait feu avant même d'avoir eu le temps de viser. La balle traverse le bras de Jurek, il titube sur le côté, sur le point de tomber, puis fait quelques pas dans la pente escarpée des berges.

Saga le suit, la torche brandie en l'air. Elle le voit de nouveau, vise et lui loge trois balles dans la poitrine.

Il bascule en arrière sur la glace qui borde la rivière puis dans l'eau sombre du rapide. Saga ne cesse de tirer pendant sa chute et l'atteint à la joue et à l'oreille.

Elle court vite vers la grève, a le temps de lui tirer une balle dans le pied avant qu'il disparaisse. Elle introduit un nouveau chargeur dans son arme, se laisse glisser dans la pente raide, tombe et se cogne le dos, presque ensevelie sous la neige, puis parvient à se redresser et fait feu dans l'eau noire. Elle éclaire les flots avec la fusée. La lumière pénètre la surface, croise de petites bulles qui remontent et s'insinue jusqu'au fond brun sombre. Une grosse masse y tournoie et elle aperçoit le visage ridé de Jurek parmi les cailloux et les herbes marines ondoyantes.

Saga tire encore et un nuage de sang se répand dans l'eau. Elle vise et tire, enlève le chargeur et le remplace par un autre et tire à nouveau. La flamme qui sort du canon scintille sur la surface agitée de l'eau. Elle longe les berges, continuant de tirer jusqu'à ce qu'elle n'ait plus de cartouches et que le corps de Jurek Walter disparaisse sous la glace à l'endroit où la rivière s'élargit.

À bout de souffle, Saga demeure sur la grève tandis que la fusée finit de se consumer en un petit tas de braises rougeoyantes.

Elle fixe l'eau, les larmes ruisselant sur ses joues comme sur celles d'une enfant épuisée.

Les premiers rayons du soleil grimpent au-dessus des cimes des arbres et la lumière chaude de l'aube se déverse sur le paysage de neige étincelant. Le crépitement d'un hélicoptère trouble le silence et Saga comprend que c'est enfin fini.

183

Saga a été conduite en ambulance à l'hôpital de Danderyd, examinée et installée dans une chambre. Elle est restée allongée un court moment, puis elle a quitté l'hôpital en taxi avant même d'avoir reçu des soins.

Elle descend maintenant clopin-clopant le couloir de l'hôpital Karolinska où Reidar et Mikael ont été transportés par hélicoptère. Ses vêtements sont sales et mouillés, son visage est strié de sang et un sifflement aigu hurle dans une de ses oreilles.

Reidar et son fils se trouvent encore dans la salle de déchoquage. Saga ouvre la porte et voit l'écrivain étendu sur un lit.

Mikael est debout à côté de lui et lui tient la main.

Reidar ne cesse de dire à l'infirmier qu'il doit absolument voir sa fille.

Lorsque Saga apparaît, le silence se fait.

Mikael prend quelques compresses stériles sur un chariot et les donne à Saga. Il montre son front où le sang s'est remis à couler de la vilaine coupure au sourcil qui a déjà viré au noir.

L'infirmier s'approche, observe Saga et lui demande de venir se faire examiner dans une autre salle.

— Je suis policier, dit Saga et elle cherche sa carte.

— Vous avez besoin d'aide, insiste l'infirmier, mais Saga l'interrompt et le prie de les conduire à la chambre de Felicia Kohler-Frost dans le service des maladies infectieuses.

— Il faut que je la voie, dit-elle gravement.

L'infirmier passe un coup de fil, reçoit le feu vert et pousse le lit de Reidar jusqu'à l'ascenseur.

Les roues grincent légèrement au contact du sol en PVC clair.

Saga les suit et sent les pleurs lui monter à la gorge.

Reidar est allongé, les yeux fermés, Mikael marche à côté, tenant son père par la main.

Une jeune aide-soignante les accueille et les fait entrer dans une chambre à l'éclairage tamisé.

Les seuls bruits sont les bips et le lent chuintement des machines qui mesurent le pouls, la fréquence respiratoire, la saturation en oxygène de l'hémoglobine et l'activité du cœur.

Une jeune femme très frêle est allongée sur le lit. Ses longs cheveux sombres se répandent sur l'oreiller et sur ses épaules. Elle a les yeux fermés et ses petites mains reposent le long du corps.

Sa respiration est rapide et son visage couvert de gouttes de transpiration.

— Felicia, chuchote Reidar et il essaie de tendre sa main pour la toucher.

Mikael approche sa tête de sa sœur et lui chuchote quelque chose, un sourire aux lèvres.

Saga se tient derrière eux et fixe Felicia, la fille séquestrée dans le noir, désormais sauvée.

ÉPILOGUE

Deux jours plus tard, Saga Bauer traverse le Rådhusparken pour se rendre au quartier général de la Säpo. Des oiseaux gazouillent dans les buissons et dans les arbres enveloppés de neige.

Ses cheveux ont commencé à repousser. Elle a douze points de suture à la tempe et cinq à l'arcade sourcilière gauche.

Hier au téléphone, son chef, Verner Zandén, l'a priée de se présenter à son bureau à huit heures du matin afin de recevoir la médaille d'honneur de la Säpo.

C'est une cérémonie qui lui paraît déplacée. Trois hommes sont morts au manoir et le corps de Jurek Walter a été emporté loin sous la glace jusqu'au lac en bas du manoir de Råcksta.

Avant qu'on l'autorise à sortir de l'hôpital, elle avait eu le temps de rendre visite à Joona dans sa chambre. Allongé, le regard absent, il répondait patiemment à ses questions concernant Jurek Walter et son frère, et les raisons pour lesquelles ils avaient commis toutes ces horreurs.

Le corps de Joona tremblait comme s'il était encore en hypothermie, tandis qu'il lui racontait lentement le fin mot de l'histoire.

Vadim Levanov avait fui Leninsk avec ses deux fils, Igor et Roman, après l'accident catastrophique en 1960 quand un missile intercontinental avait explosé sur l'aire de lancement. *Via* de nombreux détours, il était arrivé en Suède, avait obtenu un permis de travail et était employé à la grande carrière de granulats de Rotebro. Ses enfants vivaient clandestinement avec lui dans le logement d'ouvrier, il leur faisait l'école le soir et les gardait à l'intérieur durant la journée. Il espérait obtenir la nationalité suédoise et un nouveau départ dans la vie pour tous les trois.

Joona avait demandé un verre d'eau chaude et quand Saga s'était penchée en avant pour l'aider à boire, elle avait senti qu'il frissonnait de la tête aux pieds malgré la chaleur que son corps dégageait.

Reidar avait déjà raconté à Saga comment, dans son enfance, il avait rencontré les jumeaux au lac d'Edssjön et avait commencé à jouer avec eux. Ils l'avaient emmené à la carrière et, bien que cela fût interdit, ils y jouaient dans les gros tas de sable tamisé. Un soir, Reidar s'était fait prendre par un contremaître. Il avait eu tellement peur des représailles qu'il avait dénoncé les deux garçons plus âgés et avait montré où ils habitaient.

Les jumeaux furent ainsi découverts, puis pris en charge par la Commission pour la protection de l'enfance et, puisqu'ils ne figuraient dans aucun registre suédois, l'affaire fut confiée à la Commission pour les étrangers.

Joona avait dû demander une couverture chauffante à une infirmière avant de révéler la suite à Saga. Igor avait contracté une pneumonie et se trouvait à l'hôpital quand Roman fut expulsé vers le Kazakhstan. Comme il n'avait pas de famille dans ce pays, il fut placé dans un orphelinat à Pavlodar.

À partir de l'âge de treize ans, il travaillait sur les péniches le long de la rivière Irtych. Pendant les troubles consécutifs à la déstalinisation, il fut recruté de force par une milice tchétchène. Les miliciens emmenèrent le garçon âgé de quinze ans dans un faubourg de Grozny et firent de lui un soldat.

— Les frères ont été envoyés dans des pays différents, avait dit Joona à mi-voix.

— C'est scandaleux, avait chuchoté Saga.

La Suède était inexpérimentée et n'avait aucun programme d'accueil des réfugiés digne de ce nom à cette époque-là. Beaucoup d'erreurs furent commises et le jumeau de Roman fut envoyé en Russie dès son rétablissement. Il s'est retrouvé à l'orphelinat Internat 67 dans le district de Kouzminki dans le sud-est de Moscou où on l'a catalogué malade mental, simplement parce qu'il était encore affaibli par sa maladie. Lorsque, après de nombreuses années comme soldat, Roman s'enfuit de la Tchétchénie, il réussit à pister son frère dans une clinique psychiatrique, l'Institut Serbski, où il était interné, et totalement brisé psychiquement.

Saga est restée tellement plongée dans l'histoire des frères jumeaux qu'elle ne remarque pas Corinne Meilleroux qui arrive devant les portes blindées en même temps qu'elle. Elles se percutent presque. Vêtue d'un trench-coat noir et portant des bottes à talons aiguilles, Corinne a rassemblé son épaisse chevelure en chignon. Ce n'est qu'à cet instant que Saga prend conscience de sa propre tenue. Elle aurait peut-être dû enfiler autre chose que son jean habituel et sa parka doublée.

— Je suis très impressionnée, sourit Corinne et elle la serre dans ses bras.

Saga et Corinne sortent de l'ascenseur et remontent côte à côte le couloir jusqu'au grand bureau du patron. Verner Zandén, Nathan Pollock et Carlos Eliasson sont déjà là, à les attendre. Sur la table, sont posés une bouteille de Taittinger et cinq verres à champagne.

On ferme la porte et Saga serre la main des trois hommes.

— Nous allons commencer par une minute de silence pour honorer la mémoire de notre collègue Samuel Mendel et sa famille, et la mémoire de toutes les autres victimes, dit Carlos.

Saga baisse les yeux, elle a du mal à fixer son regard sur quoi que ce soit. Elle voit encore les photos de l'intervention policière dans la zone industrielle où était située l'ancienne fabrique de mortier. Au petit matin, tout le monde avait compris qu'on ne trouverait pas de victimes vivantes. Dans la neige boueuse, les techniciens de la police scientifique avaient commencé à placer des plots numérotés devant les quatorze tombes. Les deux fils de Samuel Mendel avaient été retrouvés attachés ensemble dans une fosse, recouverts seulement d'une plaque de tôle ondulée. Les restes de Rebecka étaient enterrés dix mètres plus loin dans un tonneau équipé d'un tuyau en plastique, pour respirer.

Les voix de ses collègues se noient dans les acouphènes de Saga, et elle ferme les yeux et essaie de comprendre.

Les jumeaux traumatisés avaient gagné la Pologne où Roman avait tué un homme, s'était emparé de son passeport, pour devenir Jurek Walter. À Swinoujscie, ils avaient pris un ferry pour Ystad en Suède, puis avaient gagné le centre du pays.

Les deux frères revinrent en quadragénaires là où on les avait séparés de leur père quand ils étaient enfants, à l'appartement numéro quatre des baraquements pour travailleurs immigrés à la carrière de Rotebro.

Le père avait essayé de retrouver la piste de ses fils pendant des décennies, mais il ne pouvait pas lui-même retourner en Russie, car on l'aurait aussitôt expédié dans un camp du Goulag. Il avait envoyé des centaines de lettres et avait attendu leur retour, mais un an seulement avant que les frères ne reviennent en Suède, le vieil homme abandonna la partie et se pendit dans sa cave.

À ce moment-là de son récit, Joona avait fermé les yeux et voulu se redresser dans son lit pour expliquer que lorsque Jurek Walter apprit le suicide de son père, les derniers restes de son âme s'étaient envolés.

— Il a alors commencé à tracer son cercle de sang et de vengeance, avait dit Joona de façon quasi inaudible.

Toutes les personnes qui avaient contribué à l'éclatement de sa famille allaient vivre le même destin. Jurek allait leur prendre leurs enfants, leurs petits-enfants et leurs femmes, leurs frères et leurs sœurs. Les coupables seraient laissés aussi seuls que leur père dans la carrière de sable, ils attendraient année après année, et lorsqu'ils auraient mis fin à leurs jours, alors seulement ceux qui étaient encore vivants seraient autorisés à revenir.

Voilà pourquoi les jumeaux ne tuaient pas leurs prisonniers – ce n'étaient pas les enterrés vivants qu'ils cherchaient à punir, mais ceux qui restaient. Dans l'attente des suicides, les victimes étaient placées dans des cercueils ou des tonneaux pourvus de tuyaux pour respirer. La plupart succombaient au bout de quelques jours, mais certains survivaient pendant plusieurs années.

Les corps retrouvés dans la forêt de Lill-Jan et à proximité de la vieille zone industrielle d'Albano éclairaient d'une lumière explicite l'épouvantable vengeance de Jurek Walter. L'homme avait suivi un plan parfaitement logique, ce qui éloignait précisément son mode opératoire de celui d'autres tueurs en série, et laissait croire à un choix de victimes totalement irrationnel.

Il faudrait encore beaucoup de temps à la police pour tirer au clair tous les détails, mais ce mystère-là, du choix des victimes, était d'ores et déjà percé. Tous ceux qui avaient été autrefois impliqués d'une manière ou d'une autre dans l'éclatement de la famille avaient été identifiés. Depuis Reidar Frost, qui avait révélé l'existence des garçons au contremaître de la carrière, jusqu'aux fonctionnaires et décideurs à la Commission pour les étrangers, en passant par les responsables à la Commission pour la protection de l'enfance.

Saga pense à Jeremy Magnusson, qui était un jeune homme quand il avait été en charge du cas des jumeaux à la Commission pour les étrangers. Jurek a pris sa femme, son fils et son petit-fils et, pour finir, sa fille Agneta. Quand Jeremy s'est pendu dans sa cabane de chasse, Jurek s'est rendu à la tombe d'Agneta, qui était encore en vie, pour la faire sortir.

Jurek l'avait effectivement déterrée, exactement comme il l'avait laissé entendre à Joona. Il avait ouvert le cercueil, était resté devant la tombe et avait observé les mouvements aveugles d'Agneta. Elle était une sorte de version de lui-même dans ce cercle infernal, un enfant qui allait revenir vers le néant.

Joona avait raconté que le frère de Jurek était si psychiquement atteint qu'il vivait parmi les vieilles affaires du père dans le logement pour travailleurs immigrés abandonné. Il obéissait aveuglément à Jurek, apprenait à manipuler des anesthésiques et aidait son frère à enlever les gens et à soigner les tombes. L'abri antiatomique que le père avait construit au cas où il y aurait une guerre nucléaire faisait en quelque sorte fonction de gare de triage pour les gens enlevés, dans l'attente d'un placement dans des tombes.

Saga est arrachée à ses pensées quand son chef fait tinter son verre avec un stylo et demande le silence. Avec grand sérieux, il va chercher une boîte bleue dans un coffre-fort, l'ouvre et en sort la médaille en or.

Une étoile entourée d'une couronne, avec un ruban bleu et jaune. La médaille d'honneur du service de la sûreté de l'État, la Säpo.

Elle ne s'y attendait pas, mais le cœur de Saga frétille quand elle entend la voix de basse de Verner parler du grand courage, de la bravoure et de l'intelligence dont elle a fait preuve.

L'instant est empreint de solennité et d'émotion.

Les yeux de Carlos brillent et Nathan, tout en conservant un regard plein de gravité, sourit à Saga.

La jeune femme fait un pas en avant, puis Verner épingle la médaille sur sa poitrine.

Corinne applaudit et lui adresse un sourire chaleureux. Carlos fait sauter le bouchon de champagne jusqu'au plafond.

Saga trinque avec eux et reçoit leurs félicitations. De temps en temps un sifflement atroce à l'oreille vient troubler son audition.

— Que vas-tu faire maintenant ? demande Pollock.

— Je suis en arrêt maladie, mais… je ne sais pas.

Ça lui semble impossible de demeurer dans son appartement poussiéreux, avec ses plantes vertes mortes, son sentiment de culpabilité et ses souvenirs.

— Saga Bauer, tu as accompli un acte inestimable pour ton pays, dit Verner, puis il explique que, malheureusement, il est obligé de reprendre la médaille, puisque la mission est classée confidentielle et déjà effacée de tous les registres.

Sans façon, il défait la médaille de la poitrine de Saga, la repose doucement dans sa boîte qu'il place dans le coffre-fort avant de soigneusement verrouiller la porte.

Le soleil a réussi à percer le ciel brumeux quand Saga sort du métro sous la neige qui tombe. Les points de suture de sa tempe tirent sur sa peau et un sentiment de vide s'abat sur elle.

Après l'arrestation de Jurek Walter, Samuel Mendel et Joona Linna s'étaient retrouvés sur sa liste de vengeance. Le frère jumeau avait enlevé la famille de Samuel et était aux trousses de Summa et Lumi au moment où elles trouvèrent la mort dans un accident de la route.

La seule raison plausible pouvant expliquer pourquoi Mikael et Felicia avaient été maintenus dans la capsule, c'est que Jurek n'avait jamais eu le temps de donner l'ordre à son frère de les enterrer. Tandis que la famille de Samuel Mendel était enfouie, eux étaient restés prisonniers pendant toutes les années où Jurek s'était retrouvé isolé dans l'unité sécurisée. Le frère leur donnait des restes de nourriture et veillait à ce qu'ils ne puissent pas s'évader, en attendant les directives.

Jurek n'avait probablement pas prévu une condamnation de la cour d'appel aussi sévère : internement dans l'unité sécurisée de l'hôpital Löwenströmska pour un temps indéfini et sans contact avec l'extérieur.

Jurek Walter attendait son heure et élaborait un plan pendant que les années s'écoulaient. Les deux frères avaient probablement tenté différentes approches chacun de son côté, jusqu'à ce que Susanne Hjälm choisisse de donner à Jurek une lettre d'un avocat. Il est impossible de dire ce que contenait le texte crypté, mais tout indique que le frère de Jurek lui transmettait tout simplement un rapport de la situation de Joona Linna.

Jurek avait besoin d'un bol d'air, et il réalisa qu'il existait un moyen de briser son isolement si seulement il pouvait faire partir une lettre adressée à la boîte postale que les frères avaient parfois utilisée pour communiquer.

Les jumeaux avaient appris le cryptage par leur père et Jurek donna à sa lettre la tournure d'une demande d'aide juridique. En réalité, Jurek y transmettait l'ordre de libérer Mikael. Il savait que Joona Linna serait mis au courant et que, d'une façon ou d'une autre, la police l'approcherait pour découvrir l'endroit où Felicia était retenue. Il ne savait pas sous quelle forme cela se produirait, mais il était sûr que cette approche lui fournirait l'occasion qu'il attendait.

Comme personne n'était venu dans sa cellule d'isolement pour tenter de lui soutirer des informations sur la fille, il comprit que l'un des nouveaux patients était un agent de police, et lorsque Saga tenta de sauver Bernie Larsson, il n'eut plus de doute : c'était elle.

Jurek avait observé le jeune médecin Anders Rönn, l'avait vu outrepasser ses pouvoirs et jouir de sa position de chef dans le service d'isolement.

Il avait détecté sa fascination ouverte pour Saga et y avait vu un moyen de réaliser son évasion. La seule chose qu'il avait à faire, c'était d'amener le jeune médecin à entrer dans la cellule de Saga, avec les clés et sa carte magnétique. Il savait que Anders Rönn ne saurait résister à la beauté endormie. Jurek consacra plusieurs nuits à laisser sécher du papier toilette mouillé sur son visage afin d'obtenir un masque et de créer l'illusion qu'il dormait dans son lit.

Saga s'arrête devant une boulangerie, mais elle ne sait pas si elle a vraiment envie d'y entrer.

Joona disait que Jurek mentait à tout le monde. Jurek écoutait et assemblait à son profit tout ce qu'il apprenait en ajoutant quelques vérités aux mensonges pour les rendre plus crédibles.

Saga fait demi-tour et traverse la place Mariatorget. La neige vole en tourbillons et elle marche comme dans un tunnel de deuil, dans une solitude indissociable de la lumière hivernale et du souvenir d'elle-même petite fille.

Elle ne voulait pas tuer sa mère, elle le sait, ce n'était pas son intention.

Saga poursuit lentement son chemin et pense à son père. Lars-Erik Bauer. Cardiologue à l'hôpital Sankt Göran. Elle ne lui a pas véritablement parlé depuis ses treize ans. Pourtant Jurek a réussi à éveiller en elle le souvenir de son père la poussant sur sa balançoire chez ses grands-parents quand elle était petite, avant que maman ne tombe malade…

Elle s'arrête là, au milieu du trottoir, et sent des frissons parcourir sa nuque, glisser sur ses bras.

Un homme qui tire une petite fille sur une luge la dépasse, la luge frotte contre le revêtement de la chaussée.

Jurek mentait à tout le monde, Saga le sait.

Pourquoi croit-elle qu'il lui a dit la vérité, à elle ?

Saga s'assied sur un banc public recouvert de neige, sort son téléphone de sa poche et appelle l'Aiguille.

— Nils Åhlén, médico-légal.

— Salut, c'est Saga Bauer. J'aimerais…

— Le cadavre est identifié maintenant, l'interrompt l'Aiguille. Il s'appelait Anders Rönn.

— Ce n'est pas ça que je voulais te demander.

— Ah… Quoi d'autre alors ?

Il y a un petit silence et Saga voit la neige s'envoler de la sculpture du dieu Thor brandissant son marteau devant le serpent de Midgard. Et soudain, elle s'entend demander :

— Combien de comprimés de *Kodein Recip* faut-il prendre pour en mourir ?

— Enfant ou adulte ? demande l'Aiguille sans montrer l'ombre d'une surprise.

— Adulte, répond Saga et elle déglutit plusieurs fois.

Elle entend l'Aiguille respirer par le nez, puis le bref crépitement de ses doigts sur les touches d'un clavier.

— Selon la corpulence et la tolérance… je dirais que la dose létale se situe entre trente-cinq et quarante-cinq comprimés.

— Quarante-cinq ? dit Saga et elle pose la main sur son oreille quand l'acouphène se met à vibrer plus fort. Mais si la personne n'en a eu que treize, est-ce qu'elle peut en mourir ? Est-ce qu'elle peut mourir en prenant treize comprimés ?

— Non, certainement pas, elle va dormir et se réveiller avec…

— Alors elle a pris le reste elle-même, chuchote Saga et elle se lève en titubant.

Des larmes de soulagement lui montent aux yeux. Jurek était un menteur, il ne faisait que ça, il détruisait les gens avec ses mensonges.

Pendant toute sa vie, elle a haï son père parce qu'il les avait quittées. Parce qu'il n'était pas venu, parce qu'il avait laissé sa mère mourir.

Il faut qu'elle découvre la vérité. Elle ne peut plus en rester là.

Elle prend de nouveau son téléphone, appelle les renseignements et demande le numéro de Lars-Erik Bauer à Enskede.

Saga traverse lentement la place pendant que la sonnerie retentit à l'autre bout du fil.

— C'est Pellerina, répond une voix d'enfant.

Saga est prise au dépourvu et raccroche sans rien dire. Elle se tient immobile et regarde le ciel blanc au-dessus de l'église Sankt Paul.

— Merde, murmure-t-elle et elle recompose le numéro.

Elle patiente dans la neige en attendant que la voix d'enfant réponde de nouveau.

— Salut Pellerina, dit-elle calmement. J'aimerais parler à Lars-Erik.

— C'est de la part de qui ? demande la petite fille, comme une grande personne.

— Je m'appelle Saga, chuchote-t-elle.

— J'ai une grande sœur qui s'appelle Saga, dit Pellerina. Mais je ne l'ai jamais rencontrée.

Saga est incapable de lui répondre. Une grosse boule est coincée dans sa gorge. Elle entend Pellerina confier le combiné à quelqu'un et dire que Saga veut lui parler.

— Ici Lars-Erik, dit une voix familière.

Saga respire profondément et pense qu'il est trop tard pour tout, sauf pour la vérité.

— Papa, je dois te demander… quand maman est morte… est-ce que vous étiez encore mariés ?

— Non. On avait divorcé deux ans auparavant, tu avais cinq ans. Elle a refusé de me laisser te voir. J'avais contacté un avocat qui devait m'aider à…

Il se tait et Saga ferme les yeux, essayant de contrôler ses tremblements.

— Maman disait que tu nous avais abandonnées, dit-elle. Elle disait que tu ne supportais pas sa maladie et que tu ne tenais pas à moi.

— Maj était malade, je veux dire psychiquement malade, elle était bipolaire et… Je suis tellement désolé que ce soit retombé sur toi.

— Je t'ai appelé ce soir-là, dit-elle d'une voix creuse.

— Oui, soupire son père. Ta mère avait l'habitude de te forcer à m'appeler… Elle-même m'appelait la nuit, trente fois, et même plus.

— Je ne savais pas.

— Tu es où, là ? Dis-moi où tu es. Je peux venir te chercher…

— Merci papa, mais… Il faut que j'aille voir un ami.

— Et après ?

— Je te rappelle.

— Je t'en prie, Saga, fais-le.

Elle hoche la tête, puis se rend dans Hornsgatan où elle arrête un taxi.

Au bout de cinq jours, la police lance un avis de recherche, mais Joona Linna ne réapparaît pas. Six mois plus tard, on met fin à la procédure. Seule Saga Bauer continue à enquêter, car elle sait qu'il n'est pas mort.

Saga attend à l'accueil de l'hôpital Karolinska. On lui apprend que Joona Linna ne se trouve plus dans le service des soins intensifs, qu'il a été déplacé dans une chambre individuelle. Elle se dirige vers les ascenseurs et pense au visage de Joona après la mort de Disa.

La seule chose qu'il lui a demandée la dernière fois qu'elle lui a rendu visite, c'est de trouver le cadavre de Jurek Walter et de le lui montrer.

Elle sait qu'elle a tué Jurek, mais elle doit quand même dire à Joona que les plongeurs de la police ont exploré, sous les ordres de Carlos, la rivière gelée plusieurs jours de suite sans parvenir à récupérer le corps.

La porte de la chambre au septième étage est entrouverte. Saga s'arrête dans le couloir en entendant une femme dire qu'elle va chercher une couverture chauffante. La seconde d'après, une infirmière sort en souriant, puis se retourne vers la chambre.

— Vos yeux sont vraiment particuliers, Joona, lance-t-elle, puis elle s'en va.

Saga ferme ses paupières brûlantes, se tourne vers le mur et reste immobile un long moment avant de s'approcher de la chambre.

Elle frappe à la porte ouverte, franchit le seuil et s'arrête net dans le rayon de soleil qui pénètre par la fenêtre, avant de faire quelques pas dans la pièce.

Le lit est vide. La tubulure de la perfusion pend sur le pied, maculé de sang. Le tuyau oscille encore. Une montre au verre fendu traîne par terre, mais il n'y a personne dans la pièce.

DU MÊME AUTEUR
DANS LA MÊME COLLECTION

L'HYPNOTISEUR
roman traduit du suédois
par Hege Roel-Rousson et Pascale Rosier

Erik Maria Bark, un psychiatre spécialisé dans le traitement des chocs et traumas aigus, a longtemps été l'un des rares véritables experts de l'hypnose médicale. Jusqu'au jour où une séance d'hypnose profonde a mal, très mal tourné. Sa vie a frôlé l'abîme et, depuis, il a promis de ne plus jamais hypnotiser. Dix années durant, il a tenu cette promesse. Jusqu'à cette nuit où l'inspecteur Joona Linna le réveille. Il a besoin de son aide. Josef, un adolescent, vient d'assister au massacre de sa famille. Sa mère et sa petite sœur ont été poignardées, mutilées et dépecées sous ses yeux. Le corps lardé de centaines de coups de couteau, Josef vient d'être hospitalisé, inconscient et en état de choc. Mais il est le seul témoin du carnage et Joona Linna, pris dans une course contre la montre, veut l'interroger sans tarder. Car tout indique que l'assassin est maintenant aux trousses de la sœur aînée de Josef, mystérieusement disparue. Et pour lui, il n'y a qu'une façon d'obtenir un quelconque indice de l'identité du meurtrier : hypnotiser Josef.

Tandis qu'il traverse un Stockholm plus sombre et glacial que jamais, Erik sait déjà que, malgré toutes ses protestations, il brisera sa promesse pour tenter de sauver une vie. Ce qu'il ne sait pas, c'est que la vérité que porte Josef va changer sa vie. Que son fils est sur le point d'être enlevé. Et qu'en réalité, c'est pour lui que le compte à rebours vient de commencer.

Intrigue implacable, rythme effréné, richesse et complexité des personnages, écriture au cordeau, tout concourt à faire de *L'Hypnotiseur* un thriller unique. La première enquête de l'inspecteur Joona Linna fait date.

LE PACTE

roman traduit du suédois
par Hege Roel-Rousson

Une jeune femme est retrouvée morte à bord d'un bateau dérivant dans l'archipel de Stockholm. Ses poumons sont remplis d'eau de mer, pourtant il n'y a pas une seule goutte d'eau sur ses vêtements. La sœur de la victime, une célèbre militante pour la paix, est quant à elle poursuivie par un tueur implacable. Le même jour, un corps est découvert pendu à une corde à linge dans un appartement à Stockholm. Il s'agit de Carl Palmcrona, le directeur général de l'Inspection pour les produits stratégiques, l'homme chargé de valider les contrats d'armement de la Suède. Tout semble indiquer un meurtre car la pièce est vide et rien n'a pu lui permettre de grimper jusqu'au nœud coulant qui l'a étranglé. Pourtant l'inspecteur Joona Linna est persuadé qu'il s'agit d'un suicide... En menant de front ces deux enquêtes, Joona Linna ignore qu'il entre de plain-pied dans un univers trouble fait de commissions secrètes, d'ententes tacites et de pactes diaboliques. Un univers où les desseins machiavéliques le disputent aux pires cauchemars. Un univers où les contrats ne peuvent être rompus, même par la mort.

Après *L'Hypnotiseur*, Lars Kepler signe encore une fois un thriller haletant et continue d'explorer la face sombre de la Suède.

INCURABLES

roman traduit du suédois
par Hege Roel-Rousson

Une jeune fille est assassinée dans la chambre d'isolement d'un centre de réhabilitation psychiatrique. Elle porte les traces de violents coups à la tête. Son corps est étendu sur le lit, les mains posées sur le visage, comme si elle jouait à cache-cache avec son meurtrier. Dans la grange voisine, on retrouve le cadavre de l'infirmière de garde cette nuit-là. Elle a été tuée à coups de marteau.

Visé par une enquête interne, l'inspecteur Joona Linna est dépêché sur les lieux, mais en qualité de simple observateur. Il découvre rapidement que l'une des pensionnaires, Vicky Bennet, manque à l'appel. Sous son lit on retrouve des draps ensanglantés, et sous l'oreiller un marteau maculé de sang.

Peu après, on signale le vol d'une voiture à bord de laquelle se trouvait un enfant de quatre ans. Les descriptions confuses fournies par la mère désemparée correspondent au signalement de Vicky. C'est le début d'une course contre la montre pour Joona Linna. En fouillant le passé troublé de la jeune fille, il fait d'inquiétantes découvertes. Qui est vraiment Vicky Bennet ? De quoi est-elle capable ? Et qui est cette médium qui ne cesse d'appeler la police, prétendant être entrée en contact avec l'esprit de la jeune fille morte ?

Avec *Incurables*, Lars Kepler continue de sonder le tréfonds du psychisme humain. Une nouvelle fois, il signe un polar effréné aussi imprévisible que son héros. Un thriller impossible à lâcher.

Pour en savoir plus sur la collection Actes noirs,
tous les livres, les nouveautés, les auteurs, les actualités,
lire des extraits en avant-première :

actes-sud.fr
facebook/actes noirs
application Actes noirs disponible gratuitement sur
l'Apple Store et Google Play

OUVRAGE RÉALISÉ
PAR L'ATELIER GRAPHIQUE ACTES SUD
ACHEVÉ D'IMPRIMER
SUR ROTO-PAGE
EN DÉCEMBRE 2014
PAR L'IMPRIMERIE FLOCH
À MAYENNE
POUR LE COMPTE DES ÉDITIONS
ACTES SUD
LE MÉJAN
PLACE NINA-BERBEROVA
13200 ARLES

DÉPÔT LÉGAL
1ʳᵉ ÉDITION : NOVEMBRE 2014
N° impr. : 87852
(Imprimé en France)